Labirinto

Labirinto

Jorge Andrade

Amarilys

Copyright © Editora Manole, 2009, por meio de contrato com a família do autor.

Amarilys é um selo editorial Manole.

Este livro contempla as regras do Acordo Ortográfico da Língua Portuguesa de 1990, que entrou em vigor no Brasil em 2009.

Capa
Hélio de Almeida

Preparação, revisão e editoração eletrônica
Depto. editorial da Editora Manole

Dados Internacionais de Catalogação na Publicação (CIP)
(Câmara Brasileira do Livro, SP, Brasil)

    Andrade, Jorge, 1922-1984.
    Labirinto / Jorge Andrade ; [prefácio Sábato Magaldi]. -- Barueri, SP : Manole, 2009.
    ISBN 978-85-204-2962-4
    1. Teatro brasileiro I. Magaldi, Sábato. II. Título.
09-07047   CDD-869.92

    Índices para catálogo sistemático:
    1. Teatro : Literatura brasileira 869.92

Todos os direitos reservados.
Nenhuma parte deste livro poderá ser reproduzida, por qualquer processo, sem a permissão expressa dos editores.
É proibida a reprodução por xerox.

A Editora Manole é filiada à ABDR – Associação Brasileira de Direitos Reprográficos

Direitos exclusivos desta edição reservados pela
Editora Manole Ltda.
Avenida Ceci, 672 – Tamboré
06460-120 – Barueri – SP – Brasil
Tel.: (11) 4196-6000 – Fax: (11) 4196-6021
www.manole.com.br
info@manole.com.br

Impresso no Brasil
Printed in Brazil

À
*Helena, Gonçalo,
Camila e Blandina.*

Prefácio

Em busca do pai perdido, paráfrase do título proustiano, poderia ser o subtítulo para *Labirinto*, em que Jorge Andrade se põe nu diante do leitor. Livro de memórias, autobiografia, romance na primeira pessoa com reportagens feitas na realidade, ou simplesmente prosa, apenas texto? Agora que parecem menos aceitáveis as fronteiras entre gêneros literários, como de resto quaisquer fronteiras, Jorge Andrade compõe um sólido texto. Vigoroso e emocionante. Busca de seu tempo perdido, como do tempo de todos nós.

Sem diminuir o alcance deste *Labirinto*, penso-o às vezes como um imenso prefácio de *Marta, a árvore e o relógio*, constelação de dez peças de Jorge Andrade, a que se seguiu *Milagre na cela*. Não é preciso conhecer profundamente *A moratória*, *Vereda da salvação*, *Pedreira das almas*, *O sumidouro*, *Rasto atrás*, *As confrarias*, *Os ossos do barão* para ouvir seus diálogos em passagens de *Labirinto*. Muitas réplicas são a reprodução literal da memória do menino de sete anos que assistiu à derrocada do mundo do avô (*A moratória*), ou a recriação imaginária da biografia de seus ancestrais (*O sumidouro* ou *Pedreira*). Numa dolorosa autoanálise, Jorge se investiga e pesquisa as suas origens, para projetar-se no presente e no futuro.

Não é à toa que o eco mais remoto de sua indagação — a descoberta da verdade de Fernão e José Dias em *O sumidouro* — se aparenta aos conflitos de *A moratória*, *Rasto atrás* e *Labirinto*. José Dias, traindo o pai, o bandeirante Fernão Dias, assumiu a sua verdade e a incipiente consciência nacional. Jorge, traindo a expectativa do pai, que o desejava fazendeiro, encontrou a sua personalidade e, como escritor, construiu um mundo que engloba e explica a saga paterna e a história de todo um povo.

Labirinto mostra como o universo de Jorge Andrade se forjou com toda a matéria-prima que lhe foi dado absorver. O livro funde, com a memória do dramaturgo, as reportagens que ele fez para a revista *Realidade*. Aparentemente, o debruçar-se sobre outros, às vezes tão opostos, nada teria em comum com a exploração da memória familiar ou emocional. Jorge extrai do outro a substância que se irmana à sua ou que, por contrária, reflete melhor a própria imagem. São seus semelhantes Érico Veríssimo, Wesley Duke Lee, Sérgio Buarque de Holanda, Bento Prado. Érico viveu o remorso de um dia haver renegado o pai. Sérgio definiu a própria natureza como uma afirmação contra o autoritarismo paterno. Bento identificou-se com o pai quatrocentão que perdeu a fazenda para um ex-colono e foi lecionar na Capital. Em escaninhos contíguos, encontram-se Gilberto Freyre e Murilo Mendes. Enquanto Gilberto se torna busto em Apipucos, Jorge descreve a miséria do Nordeste. E a visita ao esteta Murilo, em Roma, lhe permite conhecer a *Pietà*, chave de toda a sua obra dramatúrgica.

Personagens criadas a partir de Érico, Wesley, Gilberto, Murilo, Sérgio, Bento — isto é, vistas de dentro — seriam provavelmente mais ricas. Em *Labirinto*, essas figuras têm momentos privilegiados mas, até o fim, reaparecem em evocações sucessivas. Concessão do autor ao jornalismo? Não é esse o propósito da presença de tão ilustres personalidades. Não interessava reconstruí-las em todos os momentos ou iluminá-las como protagonistas de ficção. De sua vivência, ou sabedoria, importava detectar aquele ponto comum com a aventura do próprio narrador — a decifração da esfinge paterna como chave para encontrar-se no labirinto. Por isso Wesley observou, com razão: "eu tenho a sensação nítida de que Jorge está pescando em si mesmo e não reportando".

Não fora o interesse específico da sucessão de espelhos que refletem o narrador, o desfile de figuras e acontecimentos históricos revela um amálgama do mais requintado efeito literário. Nenhuma descrição se fecha em si mesma, objeto acabado: um pormenor de imediato se associa a uma lembrança distante, intrincando o livro em diversidade, que forma uma compacta unidade. Roma e Chartres misturam-se com o sertão. Figuras míticas da tragédia grega revivem em episódios caboclos. Por meio da consciência universal do dramaturgo, emerge um mundo só.

A maravilhosa revolta dos alfaiates na Bahia (reprimida com violência pelos poderes da Corte), a confissão de um preso identificado apenas pelas iniciais, a narrativa do mundo da avó-onça, da avó-paina, da prima samaritana e de tantos outros vão delineando a personalidade do dramaturgo-narrador. Um homem rejeitado por ser "diferente" e que se conheceu por meio do conhecimento dos outros e se temperou em duras experiências. Jorge mostra uma coragem rara ao desvendar segredos pessoais ou familiares. Como observador, sem julgar e condenar, ele forja a própria ética.

Essa ética o situa como inimigo da violência e das injustiças sociais. A compreensão quase nostálgica da aristocracia, que perdeu seus privilégios e à qual pertence, não o impede de reconhecê-la morta. O amor à liberdade, estruturado no empenho solidário com todos os movimentos contra as tiranias, o faz repelir as ditaduras, cujos fins justificariam os meios. O mergulho na História vale para sair do labirinto do presente. Daí, depois da exploração da memória no ciclo *Marta, a árvore e o relógio*, o aproximar da atualidade e o desejo de modificá-la em *Milagre na cela*.

Labirinto apresenta o retrato de um humanista, no melhor sentido que possa ter a palavra. Compreensão, substantivo que está fora da moda, pela pressa de todos em defender intransigentemente suas pequenas crenças e conquistas, é o movimento essencial da personalidade do dramaturgo, que, de resto, se adotasse outra postura, não conseguiria iluminar de dentro os seus seres. O livro deixa claro por que Jorge Andrade analisa com igual merecimento Fernão e José Dias, o aristocrata que vê o mundo à volta como formado de "gentinha" e o imigrante enriquecido Egisto Ghirotto, o conquistador do Planalto, antepassado do fazendeiro do café, e o colono espoliado que se libera em misticismo messiânico e suicida.

Ao longo de *Labirinto*, Jorge apresenta algumas chaves para o entendimento de seu processo e de sua obra. Veja-se, por exemplo: "Já aprendi, há muito tempo, que não sei narrar simplesmente os fatos. Tenho necessidade de assumi-los, vivendo-os. Assim, não distingo o que é do passado ou do presente — eles não se contêm? Não separo o que é sentir meu ou dos conjurados perfilados à minha frente — não estão nascendo da mesma visão de mundo? Eu disse que a dor humana, onde acontece, fica para sempre presa às paredes, à terra, em nós". Logo adiante: "Sinto paz quando compreendo que, além do dramaturgo, sou um repórter que gosta, não de fornecer dados, mas de encontrar o homem, e só ele, dentro do fato. É sua face que procuro, tentando encontrar a minha"

Jorge não esconde a importância do conselho que recebeu um dia, em Nova York, do dramaturgo Arthur Miller, com cuja obra seu teatro tem tantos pontos de contato. Disse-lhe o autor de *A morte de um caixeiro-viajante*: "Volte para seu país, Jorge, e procure descobrir porque os homens são o que são e não o que gostariam de ser, e escreva sobre a diferença". Esse motivo surge numa ou noutra passagem do livro: "Deve haver nele (mundo) um lugar que é só meu. Gostaria de abrir portas, ver como os outros vivem, o que pensam, o que têm e o que gostariam de ter". No balanço que se permite fazer, Jorge conclui: "No fim de tudo, só vão restar meus filhos, Helena (sua mulher) e meu trabalho. Poderei dizer: olhei à minha volta, vi como as pessoas viviam, compreendi como tinham direito de viver e escrevi sobre a diferença".

A diferença é o testemunho que ele dá como escritor. Vítima de injustiças da direita e da esquerda, que, na pressa de rotular, nunca entenderam sua sensibilidade, Jorge praticamente ficou marginalizado como dramaturgo, embora se tivesse proposto realizar o painel mais amplo e consequente da história do nosso teatro, conseguindo-o com firmeza inabalável. Já é lugar-comum afirmar que, assim como José Lins do Rego escreveu no romance o ciclo da cana do açúcar e Jorge Amado o do cacau, Jorge Andrade compôs no teatro o ciclo do café, desde os primórdios da civilização brasileira, com o apresamento do índio (*O sumidouro*) e as lutas pela Independência (*As confrarias*), à conquista do Planalto, exauridas as minas auríferas (*Pedreira das almas*) e à grandeza e às consequências da crise de 1929 e do café (*A moratória, O telescópio, A escada, Senhora na boca do lixo*), sem omitir a perspectiva do colono explorado (*Vereda da salvação*) e a posterior fase da industrialização, ascendendo o imigrante enriquecido, que se aliou pelo matrimônio ao aristocrata decadente (*Os ossos do barão*), para finalmente o dramaturgo apaziguar-se no entendimento do conflito com o pai (*Rasto atrás*).

Enfeixando as dez peças num volume (*Marta, a árvore e o relógio*), Jorge tinha consciência de que encerrava um ciclo e enterrava seus mortos, se é que o trabalho teatral não tem algo em comum, permanentemente, com o de Sísifo. Jorge poderia fazer suas as palavras de Érico Veríssimo, reproduzidas no volume: "Sempre achei que o menos que um escritor pode fazer, numa época de violência e de injustiças como a nossa, é acender a sua lâmpada, fazer luz sobre a realidade de seu mundo, evitando que sobre ele caia a escuridão, propícia aos ladrões e aos assassinos". Alicerçado em rigorosa consciência da História, em particular da História brasileira, Jorge tomou o partido do presente na peça *Milagre na cela*.

Jorge pode confessar, numa síntese feliz: "Compreendo que a minha obstinada procura, que a peregrinação no labirinto à busca dos elementos vitais e dos significados da minha vida — desde a velha ordem colonial e patriarcal até os problemas de ser ou não ser no mundo de hoje — começou embaixo de uma cama branca e no alto de um abacateiro. Com raízes mergulhadas na memória e na vivência, eu tinha que fazer o levantamento das minhas origens, na medida em que minha consciência me impelia à consciência do outro. Buscando a mim mesmo e o meu chão na engrenagem da sociedade moderna, tentei fixar o drama do homem e da terra paulista dentro da história brasileira".

A História não se fecha no passado, mas só tem sentido se atua sobre o presente. O debruçar-se sobre a atualidade faz que Jorge exclame: "Marta e Joana! Personagens que me fizeram esquecer os mortos do passado e sofrer pelos vivos perseguidos, presos e torturados". Irmã Joana de Jesus Crucificado confunde-se com a descoberta fundamental: "Ao mesmo tempo, percebo que descobri a verdade há muito tempo, só agora conscientizada: que meu teatro já era uma cerimônia fúnebre, uma libertação dos mortos, uma partida para a vida, uma busca do homem de hoje, agora revelada por Joana".

Nenhuma consideração teórica teria importância, se não a fundamentasse a força do escritor. Assim corno o teatro de Jorge vale pela intensidade das paixões e pela energia do diálogo, na arquitetura catedralesca de seus amplos contornos, *Labirinto* se impõe pela prosa precisa, pela palavra elegante sem preciosismo, pelo poder evocativo da narrativa, abrindo-se permanentemente para o poético. Se Jorge tem talento para captar, em sínteses agudas, o universo de um Murilo Mendes ou de um Gilberto Freyre, sua melhor forma se realiza no plano da memória familiar, quando esculpe o vigor da avó-onça (fonte de todas as matriarcas de seu teatro) ou as várias faces em que o sexo se apresentou para ele: na imaginação do menino que o associa a mitos, no prazer animal da gente do campo, na descoberta do pai possuindo a portuguesa sobre sacos de batatas, na iniciação silenciosa e perfeita proporcionada pela prima samaritana. Da tragédia familiar, com o avô perdendo a fazenda na esteira da crise de 1929, e do amigo adolescente suicida, com o pai que lança suspeita sobre a virilidade do jovem "diferente", cumpre-se um penoso itinerário, até a pacificação da feliz vida matrimonial, completada com filhos. Teria Jorge se rendido ao convencional? Não como ele apresenta o tema: enfim a libertação, em longo processo, dos demônios interiores.

Com mestria que só a leitura pode mostrar, Jorge mobiliza, a cada momento, todo o seu mundo — passado e presente, memória e imaginação, acontecimentos e fuga poética, brutalidade realista e delicadeza sensível. Tudo se resume, na verdade, à descoberta do homem, frágil e desamparado na sua irremediável solidão. Vencidas as barreiras de qualquer tipo, Jorge traz à tona a substância comum a todas as suas criaturas. Afinal, é vida e morte o que ele carrega.

Por isso, fundidas nele, as personagens de seu universo o acompanham por toda parte. Ao visitar Érico Veríssimo, em Porto Alegre, expressões e vozes nordestinas estão a seu lado, às margens do Guaíba: "Somos cachos de pessoas que conhecemos, de situações que vivemos, de paisagens que admiramos, de tudo que atravessa em nosso caminho, do berço ao túmulo. Estão comigo, admirando as águas do Guaíba, Gregório, Dolor, Gilberto Freyre, Josefina Prazeres, Cícero, João Leite, Murilo Mendes, Wesley, meu avô, a avó-onça, a avó-paina, Damião... e quantos mais!"

A imagem final de *Labirinto*, esgotados os tormentos, é a da reconciliação, assim como a reconciliação povoa as últimas obras do teatro shakespeariano. O pai, reencontrado, assiste a *A moratória*, no Teatro Maria Della Costa de São Paulo, e estende as mãos ao dramaturgo, no implícito pedido de perdão, porque não sabia, não podia compreender. Érico Veríssimo, também, no pátio de sua casa de Porto Alegre, caminhou para ele com as mãos estendidas, evocando-lhe a figura paterna. Sempre a dádiva, que desarma e reconcilia. E que, transfigurada em literatura, fornece a medida de um homem e de um escritor que se encontrou.

Sábato Magaldi
Prefácio originalmente publicado na 1ª edição de Labirinto,
pela Editora Paz e Terra, em 1978.

"*Entrer dans le labyrinthe est facile. Rien de plus malaisé que d'en sortir. Nul ne s'y retrouve qu'il ne s'y soit perdu d'abord.*"

André Gide (*Thesée*)

"*Não há redescoberta mais rica que a do pai morto. É feita de vivências profundas. Não precisa do sentido escorregadio das palavras. Está liberta do tempo e das convenções. Alimenta-se de silêncio e solidão. A redescoberta do pai é como a paz.*"

Artur da Távola (*Mevitevendo*)

Desde o primeiro momento em que entrei no estúdio do pintor Wesley Duke Lee — bisneto de lavadeira portuguesa e de pastor metodista parente do General Lee, chefe das forças sulistas na guerra de secessão americana — senti a atmosfera de encantamento, sugerindo não o verde do tabaco da Virgínia, mas o de cafezais paulistas. Minha tia que viveu na Rua Maranhão, com seu vestido bandeira-paulista de miçangas brancas, negras e vermelhas, saíra da estante onde Wesley guarda o "Meccano" — seu querido brinquedo de infância — olhara-me desesperada e desaparecera no jardinzinho japonês de Wesley, no fundo do estúdio. Cheguei a ouvir o ronco de um avião e uma voz indignada gritando: "O vermelhinho está bombardeando São Paulo!" Um encantamento que não descobri de onde vinha. O universo das cores, a infinidade de objetos de todos os tamanhos e feitios, os milhares de enfeites, as dezenas de telas e quadros emparedando o estúdio imenso, haviam me confundido, perdendo-me no reino de recordações guardadas em cores, formas e objetos. Lembranças do Brasil, e do mundo visitado, espalhadas e avizinhando Roma do Recife, Tóquio de Salvador, Teerã de Ipanema, Chartres de Barretos, evidenciaram o número infinito de caminhos que eu não percorrera, mas que sonhara percorrer desde menino. Formas estranhas, aparentemente esquecidas nos cantos, colares exóticos pendurados em chifres de cervo trouxeram-me lembranças que no primeiro momento achei desconexas, como se minha mente fosse a de um louco. Ou teria sido o encontro da face da própria loucura, escondida num descaminho?

O estúdio pareceu-me o caos completo — ou seria um labirinto artisticamente reconstituído? Enquanto examinava os vidros coloridos da bandeira da porta de entrada, pensei: lugar onde tudo pode acontecer! Olhando a bandeira, cavalos-marinhos envidraçados, azuis e vermelhos, que viviam no fundo da minha infância, tinham vindo à tona e tentado me levar para o passado, flutuando, brincando na crista da memória.

Hoje, que faço a última entrevista e vou ver Wesley pintar o quadro de meus filhos, pressinto que vamos nos abeirar de precipícios cheios de serpentes — ia dizer outra coisa, mas lembrei-me do conto que tentei escrever quando ainda adolescente: um precipício que ondulava cobramente quando atingido por pedras, ameaçando o mundo com milhões de serpentes. Para isso, bastaria que uma pedra atingisse a serpente da saudade.

Durante esses dias, eu e Wesley jogamos nossas linhas um no outro, e a pescaria era sempre farta. Sei que corro para a descoberta de algo terrível, não em Wesley, em mim mesmo; que minha imaginação não conhecerá fronteiras, muito menos as recordações. Aprendi que ninguém pode descobrir o labirinto em que o outro vive, sem se perder no próprio.

Tento ordenar as impressões profundas que o estúdio fizera brotar, observando Wesley, sentado à minha frente e trocando o cachimbo pela cigarrilha. Enquanto me olha com sorriso de garoto, puxa o bigode que cai, loiro e ralo, sobre a boca: bigode de mandarim. Em segundos vejo outro bigode semelhante, mas negro e emoldurando uma boca amulatada. De quem seria? Quando o vejo, lembro-me de malas e de covardia. Em que situação da minha vida, malas, covardia e bigode chinês estiveram juntos? A memória tem milhões de pontas de fios que se perdem no emaranhado de momentos vividos.

— Sabe que estive preso na Pérsia? Não estava vacinado contra a cólera. Fiquei uma semana na cabeceira da pista do aeroporto de Teerã, com aviões descendo e subindo noite e dia, árabes por todos os lados e ninguém no mundo sabendo que eu estava lá. Pode imaginar?

O aeroporto de Teerã me faz lembrar novamente de malas e covardia. A lembrança puxa um pouco mais o fio: além das malas, vejo um facão cortando cocos verdes. A ponta do fio deve estar no Nordeste, penso.

— Viajo desde menino. Sabe como? Através do *National Geographic Magazine*. Meu avô tinha a coleção na biblioteca. Eu passava horas namorando paisagens coloridas. Mais tarde, fui reencontrando-as nas Américas, Europa, Oriente Médio, Ásia.

Com expressão indefinida, num olhar que foge, escondendo-se na fumaça da cigarrilha, Wesley está querendo falar no avô. De sobreaviso, continuo com minha atenção presa ao quadro *Meus pais*. No quadro, os olhos da mãe de Wesley fixaram-se em mim, desde o momento em que me sentei. Parecem querer me agredir, defendendo — quem sabe? — a verdade que só ela deve conhecer. Sinto grades intransponíveis à minha volta.

— Fiquei preso apenas alguns dias. Foi lá, no aeroporto de Teerã, que passei a limpo muitas coisas da minha vida, e descobri que, como pintor, sou também contador de histórias, como meu avô americano. Só que ainda não consegui distinguir o que vem da avó portuguesa ou do avô metodista.

A tarde será mesmo do avô de Wesley. Estranho! É o rosto de meu avô que vejo desenhar-se na fumaça. No quadro, os olhos da mãe de Wesley ficam mais duros, com brilho metálico. Olhamos os quadros à nossa volta: fatos da vida passada de Wesley estão presentes em quase todos. Evito olhar o trabalho sobre os pais, mas continuo sentindo que os olhos maternos me observam. No caos do estúdio, há uma ordem imaginada; na aparente confusão de milhares de coisas espalhadas pelas mesas e paredes, o sentido procurado: talvez o desejo de distrair a atenção de quem chega, para que o mundo dele não seja percebido na essência. O mesmo aparente caos, sugerido pela verdade fragmentada do dramaturgo, e espalhada em diversas personagens.

— Você é bom pescador, Jorge. Mas acho que suas águas guardam peixes iguais aos meus.

O sorriso de Wesley contém certo diabolismo. Teria ele percebido que no fundo do meu mar vivem cavalos-marinhos, prisioneiros de grades de vidro? Teria, propositadamente, com a fumaça da cigarrilha, pintado o rosto de meu avô no espaço entre nós, fazendo um biombo com ele? Estaria querendo insinuar que vai revelar o avô, porque sabe que o meu também será revelado? Por um momento, os olhos dele parecem afirmar: sou descendente de plantadores de tabaco, como você é de fazendeiro de café. Suas raízes são tão próximas às minhas quanto o cigarro de uma xícara de café. Nossos antepassados ensinaram os mesmos vícios, cometeram crimes semelhantes. Preciso não esquecer que o caos, à minha volta, revela um ser tão dividido quanto eu, portanto com a mesma qualidade de Asmodeu. Escondo-me no labirinto.

— Já tomou ácido lisérgico, Jorge?
— Não.
— Nem como experiência?
— Nunca.
— Tomei há oito anos. Eu estava sentado nesta poltrona de couro e comecei a sentir relaxamento nos pontos onde não sabia haver maior tensão: nos ombros, depois nos músculos da mandíbula, na virilha e nos pés. Percebi que tinha partido para a libertação mental. As palavras que vinham ao pensamento eram diferentes. As primeiras impressões estão ligadas aos sons: a capacidade de audição torna-se aguda. A percepção espalha-se para todos os planos da vida, do pensamento, das recordações, do espaço e das nossas próprias sombras. A outra dimensão das coisas e de mim mesmo já estava presente antes mesmo que o médico tirasse a agulha de minha veia.

— Médico?

— Usei ácido lisérgico como procura estética, ou melhor, como busca da verdade. Era experiência, fiz com a presença do médico. Eu procurava, sobretudo, minha segunda visão da vida, a que sempre esteve em mim, mas que não conseguia compreender. Perdi o medo, os preconceitos desapareceram com a desinibição. Senti-me cheio de prazer até mesmo diante de linhas erradas, mas que me levavam a conclusões mais precisas. A carga pesada dos sons que nos rodeiam, de julgamentos que nos irritam, de compromissos que nos roubam tempo, desapareceu e eu, sentindo-me exilado do mundo, mas livre dentro do meu trabalho, podia chegar ao âmago das ideias sem discuti-las. Passei a viver no movimento e nas cores. Minhas mãos estavam cheias de audácia; meus olhos começavam a ver além da aparência das coisas e dos fatos.

Wesley tira de uma gaveta — ou seria do espaço? — o envelope cheio de fotografias. Sinto crescer duas tensões: a dele e a minha. Começam a aparecer em minha frente cenas de outras reportagens. Junto a elas, fatos da minha vida. Não sei o que há no estúdio provocando recordações, magia, encantamento. Wesley olha-me hesitante como se não quisesse continuar. Com certa lentidão coloca o envelope em cima da mesa.

— Fui dividido em dois: um deles era uma espécie de fiscal que me vigiava constantemente. Sem saber por quê, chorei. Sentia o fiscal me observando e me levando para conflitos da minha infância. Subitamente, a cortina de tantos anos vividos foi aberta por mão invisível, e veio à minha lembrança meu irmão aos dois anos, montado no cavalinho de pau. As pernas dele, cobertas pelo aparelho de paralisia infantil, surgiram à minha frente como certos desenhos surrealistas. À nossa volta, percebi as hortênsias de meu avô... e no meu coração crescia a grande mágoa. Mais distante, sobre uma das hortênsias, apareceu e desapareceu a borboleta amarela, lembrando um imenso laço de fita. No primeiro momento não consegui perceber o que mais me irritava: se as pernas de meu irmão ou a borboleta amarela.

Eu também estou sendo levado para conflitos do menino que fui, não entre hortênsias, mas diante de sapatos enfileirados em rabo de fogão. Wesley, segurando o copo de cristal lapidado e cheio de uísque, olha-me irritado, como se eu o estivesse obrigando a falar. A borboleta e as pernas do irmão não saem do quadro desenhado dentro de mim, por Wesley. Como não se despregam de mim os olhos do quadro, Wesley acompanha meu olhar e sua expressão torna-se dura.

— A lembrança de meu irmão, no cavalinho de pau, trazia a mágoa e a raiva que senti aos quatro anos, vendo tantas atenções a ele. Ao menos tempo, as pernas paralisadas eram uma acusação terrível. Por mais que procurasse fugir, meu fiscal não permitia. Havia chegado o momento em que deveria compreender, de uma vez para sempre, que medo e preconceitos nunca deviam ter habitado meu mundo. Enquanto descobria que minhas lágrimas eram determinadas, não por injustiças cometidas contra mim, mas por injustiças cometidas por mim mesmo, meu avô ergueu-se do meio das hortênsias e caminhou para mim.

O avô-Dédalo, arquiteto do labirinto onde Wesley está preso, é o único que pode ensinar como escapar dele. Do fundo da minha memória, vem outro arquiteto de labirintos que guardariam monstros — não com cabeças, mas mentalidades bovinas. Não tomei ácido lisérgico, mas minha percepção também divide-se em duas: uma permanece no estúdio; na outra, vejo meu avô saindo do meio de jabuticabeiras e caminhando em minha direção. Estou dentro do rego d'água e procuro me esconder, com patos e marrecos, embaixo da pequena ponte. Wesley ergue-se, vai até uma das mesas e, do meio de centenas de objetos, tira o relógio de bolso. No quadro, os olhos de Minotauro parecem vigiar, ciumentos, os movimentos do filho. O rosto do meu avô fica suspenso no ar, enquadrado em buraco de fechadura.

— Enquanto vovô caminhava para nós, meus olhos não saíam da corrente de ouro do relógio. E à medida em que se aproximava, fazia promessas carregadas de sentido ético: "o neto que não beber, não fumar e não jogar até os 21 anos, ganhará esse relógio".

Perdido em si mesmo, Wesley aproxima-se apresentando o relógio, muito pequeno na palma da mão, que lembra as da avó lavadeira: largas, dedos quadrados, poderosas. Meu avô, ainda suspenso na fechadura, também tira o relógio de ouro do bolso da calça de brim cáqui, olhando as horas com fisionomia carregada. Volta-se para mim, erguendo as sobrancelhas fechadas, mas parece não me enxergar dentro d'água. Sinto medo de, castigado, ter virado pato. Passo a mão no rosto, procurando penas.

— O relógio é este. É bem verdade que depois que o ganhei, rompi as promessas feitas. Tenho impressão de que fiquei sem beber ou fumar, só para vencer meu irmão. O relógio não me importava. Ou importava, não sei.

Enquanto Wesley observa o relógio, sem nenhum traço de sentimentalismo, percebo que nossa pescaria começa a descer em águas profundas. Não é o relógio do avô de Wesley que está na palma de minha mão, mas o que pertenceu a meu avô, pendurado, hoje, entre livros, na minha biblioteca.

— É assim que guardei meu avô: no meio de hortênsias. Eu estava perto do cavalinho de pau e ele veio falando alto. Até hoje, vejo-o sempre falando sozinho. Aquilo me fascinava. Nunca compreendia o que dizia, e me ocorria que podia estar louco. Falava em latim, grego ou hebraico. Era o missionário metodista não mais pregando aos homens, mas ao vento. Que foi, Jorge?

— Nada, por quê?

— Você está com uma expressão profundamente triste.

— Eu também tenho um avô guardado na memória, não em um jardim de hortênsias, mas entre jabuticabeiras. Também ficou falando. sozinho, enquanto desfiava pequeninos trapos que caíam da maquina de costura de minha tia. É o quadro que está sempre pendurado na minha antessala interior.

Wesley sorri, malicioso, reafirmando em pensamento: "não disse que nossas águas guardam peixes iguais?" Procuro controlar minha tensão, mas não consigo. Caminho evitando o rosto da mãe de Wesley, com os olhos fixos na bandeira de vidros coloridos da porta de entrada. Sei que vou me perder! A sensação estranha que me dominou quando cheguei ao estúdio, começa a ter sentido: meu mundo perdido está contido em suas cores. Ao lado da bandeira, a cabeça de cervo com chifres de oito pontas, é recado do passado. Distancio-me alguns passos de Wesley, mas as visões que vêm de mim estão a centenas de quilômetros, milhares de dias. De dentro da bandeira, do relógio em minha mão, vem o Natal na fazenda de meu avô. O relógio conquistado por Wesley — o meu foi herdado — leva-me ao presente que me fora negado e que me marcaria para sempre. Já não ando, corro de bicicleta no labirinto procurando saída, puxando fios que se emaranham, e vou parar na cozinha da fazenda. A cozinheira Rosária — seios enormes — mexe panelas com expressão religiosa. Ah! O feijão com arroz que Rosária fazia! Enquanto coloco os sapatos no rabo do fogão, ouço a chuva que cai torrencialmente sobre a varanda que circunda os fundos da casa, onde os cachorros de caça vêm se abrigar das chuvas ou do frio. Hoje há silêncio: estão caçando no sertão. Como latiam! Vão latir e caçar para sempre nos campos. sem fim da minha saudade. Não sei por que, nesta noite de Natal, me incomoda tanto a chuva que tinha começado a cair de tardezinha. Quando volto para o quarto, já de pijama, alguém avisa, revelando as raízes de minha preocupação.

— Não sei se com esta chuva Papai Noel vai poder chegar aqui.

Um frio passa pelo meu corpo quando me lembro da estrada de rodagem com atoleiros um atrás do outro, um lençol de lama onde até os carros de bois ficam encravados. Meu pai está sempre distante, caçando. Sinto-me indefeso. de repente, uma ideia me ilumina.

— Não tem importância. Papai Noel vem é das nuvens.

— Vem das nuvens para a cidade, onde pega os brinquedos. De lá para cá, deveria vir pela estrada.

O condicional "deveria" me paralisa e a angústia toma conta de mim.

— Mas os brinquedos não são feitos no céu?
— São feitos nas cidades.

Odeio a tia ranzinza que insiste tanto na possibilidade de Papai Noel não vir. Não mantém ele relações com o céu, que pode parar a chuva? Secar estradas? Será que não virá por minha causa? Procuro me lembrar se tinha feito alguma coisa errada. Porque, se não vem, só pode ser por castigo. Não viviam dizendo que se me vissem nadar no rego d'água, Papai Noel não traria presentes? Nadei muitas vezes, mas ninguém viu. Ou teriam visto? Sei que vovô não viu: eu me escondera embaixo da ponte, entre patos. Ainda pensava, buscando o mal feito dentro de mim, quando a luz do quarto é apagada. As mãos de minha mãe — delicadas como asas de borboleta acariciando meu rosto, devolve-me a calma e a certeza de que, na manhã seguinte, encontrarei um embrulho enorme nos meus sapatos.

A luz que atravessa a bandeira de vidros coloridos da porta, onde há cavalos-marinhos desenhados, tinge o teto trabalhado, e me vejo no terreiro atijolado, pedalando a bicicleta, passando entre montes de café cobertos por encerados; ou apostando corrida com vagonetes que vêm do cafezal, repletos de sacas de café.

Através da porta, vem o rumor de louças e talheres: os grandes ceiam. Em volta da mesa de jacarandá, os comentários sobre chuvas preocupam os mais velhos, reavivando minha angústia. Ouço a voz de todos, menos a de meu avô. Procuro visualizá-lo à cabeceira da mesa, com barba já meio branca, o rosto severo, bondoso — mas não consigo. A mudez dele impõe silêncio aos outros. Só a voz de minha avó, mansa, macia como paina, continua oferecendo castanhas ou doces. Não ouço as respostas. É como se tivessem medo de falar, enquanto vovô se mantém silencioso. Durante o dia, do esconderijo aquático — meu segredo! — tinha visto o rosto dele, fechado e irritado, enquanto andava no meio das jabuticabeiras, para lá e para cá, sinal de que estava furioso: é no meio delas que se esconde, quando não quer ninguém por perto. Penso que até os bichos, pássaros e borboletas sabem disto e não se aproximam. Só eu sou admitido. Mas hoje não tive coragem, e mergulhei no meu "segredo" para melhor observá-lo. Agora, sinto que alguma coisa está errada na fazenda, fora dela, no mundo. O que será? Não é só a chuva que torna o mundo feio àquela noite? De repente, toda a casa estremece, quando o punho de meu avô se abate sobre a mesa, espalhando tinidos de copos e de louças, abafando o barulho da chuva. Com certeza, neste instante, os olhos dele despedem raios. Fico esperando a voz dele, como se esperam trovões depois de relâmpagos.

— Onde vamos parar com um presidente deste, que começa governando com estado de sítio, impingindo lei de imprensa que arrolha a boca da oposição? Leiteiro de Minas. Maldito P.R.P.

— Meu velho. Calma. Estamos no Natal.

O silêncio que se faz é ainda mais profundo. Mas a voz de minha avó é como chuva mansa em terra plantada: a serenidade brota em meu avô, a confiança cresce à mesa e, pensando nos sapatos no rabo do fogão, minhas esperanças se abrem em flor. O murmúrio volta a tomar parte da ceia. A maçaneta da porta, de louça com desenhos, chama a minha atenção. O buraco da fechadura parece um olho observando-me no escuro. Deslizo da cama, ando de quatro sobre as tábuas largas do assoalho e espio: vejo minha mãe de costas e, ao lado, emoldurado pelo buraco da fechadura, o perfil de meu avô, ainda contraído pelo ódio. Ele tira o relógio de ouro do bolso da calça de brim cáqui e olha as horas. Dos tios e tias, só vejo os braços que se movimentam dos pratos para a boca. Também não quero ver nada deles: enxergo mamãe e vovô, é o quanto basta. Minha mãe estende a mão — asa de borboleta branca! — e acaricia a de meu avô — gleba de brejo fértil, onde pousam borboletas. Ele volta-se, mais sereno, mas não sorri, apenas ergue as sobrancelhas fechadas: sinal de que a fúria já passou. Conheço os sinais do rosto dele, como ele os da terra e do tempo. Sentindo um amor infinito por ele, resolvo que no dia seguinte vou pedir que me leve ao cafezal, onde, de cima de um toco, sempre me lembra o mar que nunca vi, e onde devem viver os cavalos-marinhos, agora envidraçados e colorindo meu quarto. De repente, meu avô volta-se, como se me pressentisse atrás da porta, e olha com sorriso fugidio, imperceptível. Recuo e me escondo na colcha.

A expressão dele, comunicando angústia, passou pelo buraco da fechadura, atravessou os tempos e foi reviver em palcos teatrais: "Meus direitos sobre essas terras não dependem de dívidas. Nasci e fui criado aqui. Aqui nasceram meus filhos. Aqui viveram e morreram meus pais. Isto é mais do que uma simples propriedade. É meu sangue! Meu Deus. Não tire minha fazenda. Não tire minhas terras".

Olhando os cavalos-marinhos azuis e vermelhos na bandeira da porta, penso que são dragões. As labaredas que saem de suas bocas lembram-me o último incêndio no cafezal, quando meu avô trovejava ordens aos empregados, defendendo a sede da fazenda, ilha de jabuticabeiras e mangueiras, cercada de café por todos os lados. Um medo, que não sei de onde vem, faz que eu me encolha ainda mais embaixo da colcha, tendo certeza de que alguma coisa ameaça aquela casa, que um incêndio virá não sei de onde e queimará tudo. Meus pensamentos, porém, voltam lentamente para os sapatos no rabo do fogão... e, ouvindo o barulho da chuva, adormeço.

Os primeiros cantos do amanhecer me acordam. Por entre as frestas da veneziana, o dia entra no quarto. Nos currais, os bezerros chamam pelas mães. Ouço o curraleiro Vaqueiro, falando carinhoso com a vaca Soberba. O carrilhão bate cinco vezes. Salto da cama, abro a porta mansamente e atravesso a sala que nunca me pareceu tão imensa, sobretudo porque estou só e tenho medo da cabeça de cervo com chifres de muitas pontas — orgulho de meu pai pendurado na parede. Pé ante pé, dirijo-me para a cozinha, onde ouço o barulho da cozinheira Rosária. Sobre meus sapatos, o embrulho indica logo que não ganhara a bicicleta. Não sei por quê, olhando as chamas do fogo, tenho certeza de que nunca mais irei ganhá-la. Desamarro o embrulho e, diante de meus olhos, aparece o Almanaque do Tico-Tico. É aí que começo a desconfiar de Papai Noel, que não enfrenta chuva nem estradas lamacentas. Além disto, eu já vira, na casa da fazenda, aquele almanaque. Será que o castigo é contra mim? Ou contra os mais velhos, que também não ganharam nada? Que pecados teriam cometido? Por que sinto tantas ameaças no ar? Por que vovô anda falando sozinho como louco, esbravejando no meio das jabuticabeiras? Em minha cabeça, as mãos de Rosária são leves como as plumas de meus patos, quando me puxa para o seu corpo. Escondo meu rosto em coxas grossas de negra nagô-mina.

Nas lágrimas que começam a brotar, as labaredas ficam dançando em meus olhos no ritmo da minha dor... e a longa caminhada, em busca do tempo que será perdido, começa em labirintos sem fim, onde a única luz entra pelo buraco de uma fechadura.

Enquadrando-se na bandeira do estúdio, cavalos-marinhos consumindo-se em labaredas e fugindo pela fechadura vão tomando formas de folhagens estáticas, paisagem de Santo Amaro. Wesley estende-me o copo cheio de uísque, onde acabará pescando, em nossa disputa, o peixe maior. Tomo o primeiro gole, sentindo quanto é terrível a condição camponesa, quando vive apenas na imaginação; de fazendeiro que planta nas estrelas, que só tange rebanhos de nuvens. Estendo a mão e aponto a Wesley:

— Na fazenda de meu avô, havia uma cabeça de cervo como esta; mas os chifres tinham muito mais pontas. Era o orgulho de meu pai. Na bandeira da porta do meu quarto, lembrando tabuleiro de xadrez, cavalos-marinhos azuis e vermelhos. Era tão cheia de cores e coisas que, para contê-las, a bandeira precisaria ter a dimensão do universo. Enquanto não apagavam a luz da sala, era a estrada da fantasia. Pensavam que eu dormia, e eu corria mundo.

— E o avô? Está em seu teatro como o meu em minha pintura?

— É a personagem trágica de minha melhor peça.

— Quero lhe mostrar uma coisa.

Wesley vai à estante e tira o caderno de capa preta. Fazendo esforço para fugir do tempo perdido — perdido ou guardado? — afasto-me da bandeira e da cabeça de cervo, encarando os olhos maternos: são eles que me prendem ao estúdio. Fiz muitos perfis difíceis como o de Sérgio Buarque de Holanda ou Antônio Houaiss. Por que sinto tanta dificuldade em fazer o de Wesley, evadindo-me a toda hora? Sei como ele é, seu universo está todo à minha volta; no entanto, alguma coisa impede-me de seguir adiante. Qual objeto, figura ou símbolo guarda o encantamento? Em que lugar do estúdio se esconde o imponderável? Ou está escondido em mim?

— Eis o pecado da minha juventude, Jorge: meu diário. Escrevo-o desde 1951. Fiz este poema, quando meu avô morreu:

"Recostado o sereno
coberto de violetas,
Parecia um jardim
e seu rosto de barba branca
uma flor..."

— Nós somos o que temos dentro de nós, nada mais. O que guardamos e o que vamos tirando da vida. A primeira experiência com o ácido lisérgico me pôs em órbita como super-homem. A segunda trouxe-me de volta como HOMEM, ensinando-me o importante: viver a vida e com os outros. Creio que é o fundamental, não é mesmo?

— Há muito tempo — desde a adolescência — que um trecho de Eça de Queirós me ensinou isto, epigrafando tudo que escrevo: "No mundo só há de interessante, verdadeiramente, o HOMEM e a VIDA. Mas para gozar da vida de uma sociedade, é necessário fazer parte dela e ser um ator no seu drama; de outro modo, uma sociedade não é mais do que uma sucessão de figuras sem significação que nos passa diante dos olhos".

Ao me lembrar da frase de Eça de Queirós, vejo meu sogro passando apoiado em sua bengala, não entre os quadros de Wesley, mas entre cafeeiros que ondulam em curvas de nível. Seus olhos esverdeados refletem um profundo amor vegetal, como se ele fosse um dos cafeeiros. A voz de Wesley espanta a lembrança:

— Pode citar uma frase de seu avô, na peça?

— "Só os que não têm esperança é que morrem lentamente."

A tia com vestido de miçangas brancas, negras e vermelhas, voltando do jardinzinho japonês, passa correndo e desaparece num dos olhos encaveirados do cervo. Antes, porém, me olha e murmura carinhosa: "Você é um menino observador e inteligente!" Wesley me examina com olhos perscrutadores. Percebo que sou entrevistado, à medida que entrevisto. É assim que sei trabalhar: assumindo tudo, encontrando em todos raízes comuns — não importa se plantadas em algodoal da Virgínia, ou em cafezal de São Paulo. Deve ser por isto que vi meu sogro passar pelo estúdio. Sei que tento levar Wesley para onde ele se revelará. Ele se deixa levar, astuciosamente, para me descobrir. Este é um de seus traços marcantes: sempre acha o que tirar de qualquer pessoa. Sinto na expressão dele, às vezes fria e distante, na ordem determinada do estúdio — barroca e torturada — muito do pastor metodista que o vento trouxe para o Brasil.

— Você conseguiu de fato sentir a presença de meu avô. Agora compreendo por quê. Os títulos que dou aos trabalhos também esclarecem muitas coisas. Aquele, por exemplo, chama-se *Samuel Spiegel ou a respeito de vovô*. Este, *Darci ou a respeito de titia*. Se reparar no primeiro, perceberá que eu quis dizer que a vida de meu avô foi tão árida quanto o cactus colocado ao lado do quadro. O cactus pertence à paisagem do deserto. Um dia, se alguém passar por perto, ele fornecerá água. Mas se passar por perto. Não existe no cactus, ou nos homens-cactus, o movimento ao encontro da sede. Eles ficam à espera, numa eterna indecisão entre o certo e o errado, divididos entre o que julgam ser o bem e o mal. Sinto meu avô nesta situação e isto nada tem a ver com o amor que tinha por ele. Como a amizade que tenho por Samuel Spiegel não impede de fazer um comentário sobre ele: eternamente dividido entre a arquitetura e a pintura. Veja! Seu cavalete é uma guilhotina.

O jogo de Wesley se torna perfeito: partindo de uma suposta descoberta minha de seu avô, revela o que realmente deseja — e que leva à descoberta do meu. Ao falar na guilhotina, a atenção dele se fixa no envelope amarelo em cima da mesa. Como se tomasse a decisão contra a qual estivera lutando — ou esperando que eu pedisse — Wesley abre o envelope e despeja o conteúdo: fotografias antigas. Agora, a calma nele é apenas aparente.

— Este envelope é como a caixa de Pandora. Eu o abro e meus demônios ficam soltos no estúdio. Veja esse retrato: não me dá nunca a sensação de que é minha bisavó portuguesa.

— Parece figura de tragédia grega. Hécuba lavadeira.

— Minha mãe, vovó comigo no colo e a bisavó. Três mulheres de mãos poderosas, três leoas.

Cito Hécuba, pensando em outro mito grego: o que vem de Tebas das sete portas. Na fotografia, a neta da lavadeira portuguesa, nora do pastor metodista, tem no olhar, ainda mocinha, a mesma força dos olhos no quadro. Tomando alento para enfrentar as verdades que se aproximam, sentindo realmente a presença de demônios, Wesley levanta-se e apoia-se à mesa.

— Você gosta de música? Não sei trabalhar sem música. Recebi um disco hindu notável. Quer ouvir?

Os sons de cítara, *shenai* e tabla elevam-se, trazendo os mistérios do Oriente. Wesley, supostamente entregando-se a mim, dirige a revelação da verdade, até mesmo na escolha da música. Com ela, trazendo sensação de paz, posso trabalhar, aprofundar meu estudo: meus demônios fugiram escondidos entre as miçangas do vestido da tia — ou ainda me espreitam? — deixando o campo livre para os de Wesley, que começam a sair do envelope. Fica cada vez mais claro que ele não suporta que nada, ou ninguém, quebre a harmonia do mundo criado por ele. O estúdio é o quadro mais bem acabado — depósito de mil lembranças e sensações necessárias ao trabalho; universo contido; sensações-borboletas que se transformam em casulo de onde surgem telas. Ele se basta no próprio caos, ordenado metódica e metodisticamente. Defende-se com unhas e dentes do que o pode perturbar. O bigode que cai sobre a boca pode sugerir desregramento, mas as raízes metodistas não suportam o gratuito. Nele, o instinto funciona como em Henry Miller: tudo são experiências, vivências que levam à visão estética. Estava pensando no sentido egoísta dos artistas, defendendo-se para melhor dar, quando ouço a voz dele, áspera, amarga.

— No jardim da minha memória, onde meu irmão, no cavalinho de pau, ficou esboçado como centro de reivindicações, onde meu avô aparece falando sozinho ou mexendo na terra, emoldurado de hortênsias, nunca deixei que minha mãe entrasse.

Meus sentidos ficam aguçados: o demônio maior se apresenta. Enfrento os olhos da mãe no quadro, sentindo prazer na disputa pela verdade do filho, da compreensão do que viera buscar: os traços fundamentais do artista Wesley Duke Lee. Ou é a compreensão de mim mesmo que procuro? De repente, sinto-me indefeso. Alguém, da bandeira colorida — ou será dos olhos ocos do cervo? — começa a me espreitar. Resisto, tentando não perder o sentido do perfil.

— Por quê, Wesley?

— Sei o que aconteceria. Ela pensa que o universo deve estar acordado, se ela está. Ou dormindo, quando dorme. Nada de fundamental ocorre sem sua presença. Quando eu era adolescente, ela tinha uma pequena fábrica de blusas bordadas. Espalhava trabalhos a diversas bordadeiras portuguesas em São Paulo. Minha vida era andar de endereço para endereço, levando ou buscando blusas. Meu irmão já tinha sarado, era forte como um touro. Mas era eu, sempre eu, quem tinha a obrigação de fazer o que detestava. Eu não passava de um retalho onde minha mãe bordava suas vontades. Até hoje ainda sinto as agulhadas. Parece que sabia o que eu queria ser, repetindo a frase de meu avô: "ser artista é coisa do diabo".

O jogo de Wesley é diabólico. Ou será meu? Para onde está querendo me levar, levando-se a si mesmo? Para que mundo estou me levando, levando-o também? Instantaneamente, a pequena praça de cidade do interior ocupa o espaço do estúdio: o encantamento volta com força ainda maior. À minha roda, moças fazem o *footing*, andando no lado interno da calçada. Rapazes tímidos não entendem os convites e fumam sem parar. Doutor Bezerra e a mulher atravessam a praça em diagonal, dirigindo-se ao cinema: a sirena já deu o terceiro aviso. Carole Lombard e Jean Harlow vão povoar a noite de adolescentes. Meu cofrezinho de madeira, com galo pintado na tampa, foi saqueado: ele existe porque Carole Lombard vive e, de vez em quando, visita Barretos, dorme em minha cama — ou será entre a palma da mão e meu membro dolorido? Ricardo Cortez foi quem me ensinou a ter ciúmes, beijando o pescoço de Carole. Todos os fios se emaranham, enquanto a cidade se prepara para dormir em paz. Menos eu, que vou me queimar em cama de cabelos lombardianos. Nada aconteceu ontem, hoje, nem vai acontecer amanhã. Nos bancos de cimento, ofertas de casas comerciais — hoje, ontem ou anteontem? — em frente à igreja matriz, fazendeiros maiores da cidade, donos vitalícios dos bancos, conversam, bovinamente, sobre o preço do boi de corte. Ouço, no labirinto, uma infinidade de mugidos. Àquela noite — hoje, ontem, anteontem, amanhã ou para sempre? — há tensão entre os que estão sentados nos bancos. Meu pai, disfarçando o desespero diante dos amigos, repete com riso nervoso:

— Meu filho não é artista, não. É escritor. Ninguém pinta a cara pra escrever. Há muito sujeito ignorante por aí que não entende nada. Sabe lá o que vão pensar do meu filho. É escritor. Não é artista, não. Não é verdade, compadre Chiquito?

O silêncio do compadre e dos amigos o humilha. Meu coração parte-se em muitos, quando o vejo — sempre e para sempre! — andando sozinho em direção de casa. Antes que o dia amanheça, ele seguirá para a fazenda, escondendo-se, nas caçadas, da vergonha que lhe trago. Montado no cavalo Matogrosso, atravessará serrados, ignorando buracos, árvores, voando sobre cercas, até que o cervo caia morto. Ou até que ponta de pau lhe tire a vida? Como dói saber que um pedido de perdão jamais será ouvido! Na noite, fixa no tempo e no espaço da minha dor, tenho vontade de gritar:

— É a minha condição. Não dê explicações por mim. Aceite-me como sou. Só isto importa, se não quer sofrer. Se para escrever for preciso pintar a cara, eu a pintarei com todas as cores do arco-íris.

— Pintará o quê, Jorge?

— Nada, Wesley. Um pensamento maluco.

— Para mim são os melhores.

Os olhos da caveira de cervo ganham vida, e ela se torna bela como a tia das miçangas. O fogo dos dragões, na bandeira, lambe plantações de tabaco e cafezais. Fujo pelo buraco da fechadura, mergulho no rego d'água montado no cavalo-marinho, tentando escapar ao calor que abrasa meu mundo, e vou cair sentado no estúdio de Wesley — num tempo que não terá fim. Garras bovinas, vindas do labirinto, acorrentaram-me no que foi e que nunca mais poderá ser. As asas que voam sobre mim não são as de borboleta branca como as mãos de minha mãe, acariciando-me no quarto colorido do passado, mas as de abutre de uma condição, bicando meu fígado num estúdio cheio de cores, do presente. Para os que vivem divididos em mil pedaços, é muito fácil descer ao inferno. O difícil é sair dele. Luto desesperadamente para escapar do labirinto. Viro o copo de uísque de uma vez e vejo Wesley observando o quadro *Meus pais*. A violência dos olhos maternos, com um olho em duplicata, sugere que eles não se fechem nunca — como os olhos do passado que me espreitam, que me perseguem como a mosca que atazanava Io, a filha de Inaco. O sapato preto, a mão segurando alguma coisa vermelha como sangue, o broche da cor do sapato, tudo na figura materna lembra prepotência, loba destruidora. A seu lado, a figura plácida, fraca, amorosa do pai. Esmaecida, esvaindo-se, quase etérea. Saindo da cabeça, a frase "papai, você é a minha cachoeira" sugere ligações inconfessáveis e me lembra que Wesley ainda não falou do pai. Mas de todo o quadro, são os olhos maternos — duas verrumas! — olhos que conhecem a verdade do homem-artista, são eles que me incomodam tanto quanto a Wesley. Parecem dizer: "pode ir para onde quiser, mas só eu conheço você. Pode possuir todas as mulheres do mundo, mas nenhuma o possuirá". Compreendo por que aquela mulher não pode aparecer no jardim da memória: as formas aparentes da beleza revelariam a essência verdadeira das coisas e que não precisam ser reveladas.

    O amarelo em volta da cabeça do pai lembra-me imediatamente a fotografia em cima da mesa: Wesley aos cinco anos, com vestido de menina e grande laço de fita amarela nos cabelos loiros. Volta à minha lembrança a borboleta pousada na hortênsia, semelhante a um grande laço de fita. Desvio os olhos, percebendo que há fronteiras que não devem ser atravessadas. Dele ou minhas? Minha angústia pousa em tudo, à procura da verdade. Os olhos da mãe parecem sorrir, depreciativos, vingadores. A borboleta sai da hortênsia e vai pousar no quadro. Por um momento, quase chego a ouvir o farfalhar das asas imensas e transparentes, irradiando o amarelo para a essência das coisas. Lembro-me de que borboleta é símbolo da inspiração.

— O que representa o amarelo para você?

— Luz.

— Luz é verdade, mas que pode esconder coisas na sombra que produz, quando bate nas formas que criamos. Se o amarelo está em volta do pai, de Samuel Spiegel que representa o avô, para mim parece ser a projeção de uma verdade.

— Numa expressão artística, tudo é projeção da verdade. O mais terrível e que ela não está somente no amarelo, más no vermelho, no preto, no roxo, em qualquer traço. Ou na ausência de traços. Ela se esconde sempre, até o infinito. E é bom que seja assim. Ninguém procura o que já foi encontrado. Já imaginou o que seria a vida, se nela não houvesse mais o que procurar? Em que palavra, movimento, ação está a verdade de uma personagem sua?

— Talvez na soma de tudo.

— É assim que vejo as cores. O amarelo, para mim, não tem valor absoluto.

Pode não ser absoluto, mas deve ser determinante. Wesley não terá mesmo consciência do que o amarelo representa em sua arte, ou apenas continua o jogo, para me revelar? A borboleta levanta voo do quadro e pousa sobre tubos de tintas, em pincéis. Agora, são as mãos do pintor que se agitam como asas, trazendo das unhas reflexos amarelos. Nos olhos, vejo o branco das telas, quando acrescenta:

— Só de uma coisa tenho certeza: me vejo sozinho diante do mundo.

Os olhos da mãe, no quadro, contêm toda a dureza da disputa: sua mão continua segurando firme o vermelho da vida. A borboleta debate-se, espetada no bordado. Na atmosfera quase surrealista do estúdio, um dos olhos do quadro parece piscar para mim, triunfante. Por um momento, tenho impressão de estar em Colona, lugar do exílio de Édipo, e diante de mim, amorosos e vigilantes, os olhos de Jocasta.

— Isto pode ser aterrorizante, mas sei que minha solidão está cheia de promessas. Estar só é estar comigo mesmo. Gosto da vida como ela se apresenta.

— Você não acha que os mitos que iluminam a experiência humana são sempre os mesmos, apenas revivendo em formas diferentes?

— Claro que acho. Sabe que conheço a Grécia palmo a palmo? — Por que se lembrou da Grécia?

— Estamos falando em arte, em mitos, não estamos?

Olho o quadro, pensando em Argos, nos cem olhos que não dormem nunca, sentindo que em qualquer parte do labirinto um rosto me espreita, mas não consigo atinar quem seja. Não tenho receio ou mal-estar, apenas impressão de que ele quer me ensinar a sair do labirinto. Mas quem disse que quero sair? Será que alguém consegue viver fora de seu labirinto?

— Tenho grande respeito pelo passado, o que não me impede de comentá-lo. Dizem que sou irreverente. Pessoas que só percebem o lado fácil das coisas. Sem ter visão certa do que nos foi legado, como podemos caminhar? Às vezes, neste estúdio, me vejo como meu avô, falando sozinho: "não para de trabalhar, Wesley. Não para! Mas trabalhar, aprendi foi com minha mãe".

No quadro, os olhos estão tranquilos. Enleado em linhas coloridas, prisioneiro no gradeado de crivos portugueses, Wesley atira-se inutilmente contra pontos e laçadas que têm a resistência de fios de aço. Pontos e laçadas? O Largo Terreiro de Jesus, em Salvador, aparece e desaparece em um dos olhos do quadro. Balançando numa forca, a boca amulatada com bigode de mandarim fica suspensa na parede, como em quadro de Salvador Dalí. Wesley abre a porta do fundo do estúdio e me estende a mão, sorrindo.

— Venha ver a piscina e meu jardinzinho japonês. Foi há pouco tempo que admiti o verão. Descobri que me sentia melhor no inverno, porque as roupas cobriam meu corpo. De repente, vi que já estava tudo em meus trabalhos e que poucas roupas restavam para cair no chão. Aprendi isto no aeroporto de Teerã. Aqui, posso ficar nu diante dos outros e, o que é ainda melhor, nu diante de mim mesmo. Lembra-se da frase que meu amigo Thomaz escreveu quando acabei o quadro sobre meus pais? "É sempre necessário que a gente mate alguém para começar a viver." Aqui, afoguei o pastor metodista, as bordadeiras portuguesas, e só me vêm inteiramente nu os olhos puros de meu pai.

É a primeira vez que fala no pai, centro absoluto de conflitos, dilacerantes. No jardinzinho japonês, Wesley deixara cair a última peça de roupa. Ele sabe o momento para cada revelação, e que ninguém desnuda ninguém, sem se desnudar também. Defendo-me! Recuo para o labirinto, voltando ao estúdio. Parece que encontrei uma verdade humana — ou foram duas? — só não encontrei de onde parte o encantamento. Tudo me joga na angústia renovadora da procura, do não encontrar nunca. Por que sair do labirinto, se viver é estar preso nele? O sol da tarde, batendo nos vitrôs do teto, pinta de amarelo o mundo à minha volta. Os olhos maternos continuam lembrando os cem de Argos que não se fecham nunca, vigiando, no estúdio, como num exílio, o garoto com vestido de menina e laço de fita nos cabelos loiros. De repente, na atmosfera dourada de encantamento — desenhos, cores, formas, que lembram a delicadeza de asas de borboletas — ou o imponderável da inspiração — tudo me transporta para o espaço: acabo de lembrar de quem era o bigode de mandarim... e as asas da borboleta se transformam nas de um jato Caravelle. Permaneço no estúdio: é minha imaginação que parte por caminhos envidraçados.

O jato faz curva, preparando-se para pousar no aeroporto de Salvador. Ou será no de Roma onde estive fazendo o perfil do poeta Murilo Mendes? A aeromoça passa recolhendo as últimas bandejas do lanche servido. No banco, ao meu lado, o homem tenso que passou a viagem fingindo que lia, segurando o jornal como se quisesse furá-lo com os dedos crispados, ganha expressão de felicidade. Nariz deitado em cima de lábios grossos revela ascendência negra. No dedo, a aliança e o anel com pedra que se exibe. Sobre os joelhos, a indefectível pasta executivo. À medida em que o avião se aproxima da pista, seu rosto vai se descontraindo, revelando uma expressão sensual. As mãos, escondidas embaixo do jornal, continuam agarradas ao braço da poltrona: medo de revelar o próprio medo.

A predisposição de sempre sondar o outro, de tentar descer dentro da verdade dos gestos, das expressões, me domina ao encarar o companheiro de viagem. Quem seria? Olho as mãos dele agarradas obstinadamente à cadeira, com zonas brancas pela ausência de sangue, determinada pela pressão forte. O bigode de chinês — com pontas reviradas — lembra o de um amigo em São Paulo. Quem seria? O pavor nos olhos dele tinha sido tão intenso que me impedira de percebê-lo como a característica maior de seu rosto. Compreendo que o bigode de mandarim é o orgulho dele, e é por isto que consegue tirar as mãos da cadeira e ajeitar os pêlos já meio grisalhos. Penso que o bigode é o cartão de apresentação, a prova da masculinidade, o brasão. Um homem pendurado no bigode, penso. De repente, no aviso *"Fasten Seat Belt"*, vejo o rosto de Wesley: era dele que tentara me lembrar, olhando o bigode do homem ao lado.

As rodas do avião tocam o solo e a solidariedade se desfaz entre passageiros: não há mais perigo de desastre. Passando os dedos pelo bigode, o homem me olha já impessoal. Quando sai à porta do avião, é como se surgisse do reino das sombras. No rosto, o sorriso de felicidade que brota do contato dos pés com o chão firme. Pouco mais tarde, vejo-o recebendo as malas, transformado em cacho de filhos. A mulher, agarrada à mão cheia de pelos, anuncia no sorriso o que vai oferecer à noite. Ele nem tanto: está regressando do Rio — o pouco que conseguiu me revelar. Trocamos um rápido olhar — sou testemunha de sua covardia — e a última imagem que fica é a dele revirando as pontas do bigode enquanto, malicioso, compreende as insinuações sensuais da mulher. Nesta noite, o macho será triunfante, enquanto garotas de Ipanema, cobiçadas de janelas de táxis entre compromissos de negócio, deitarão no chão do quarto, transformando-o em areias quentes.

Estou numa terra de encantamento, onde tudo tem a necessidade morna do prazer; em Salvador, cidade nascida do amor, do suicídio da índia Moema, transformada em estrela do mar, nadando atrás da caravela do Caramuru amado. Ao me lembrar de Moema, o sociólogo Gilberto Freyre passa em meu pensamento: eu o vejo, através de vidraça molhada, sentado na biblioteca de Apipucos, no Recife.

A cabeça de um repórter é uma espécie de arquivo repleto de cenas de viagens, de diálogos, ruas, praias, campos, fábricas, gente. Em poucos momentos, como numa projeção de slides, pode reconstituir vivências que se transformaram em notícias. Farejador de fatos, Asmodeu moderno que espia dentro de outros, descobre, no menor sinal, o rumo dos acontecimentos. Em andanças, vai aprendendo que o homem é sempre o mesmo, que as paixões não variam em São Paulo, Piauí, Estados Unidos ou África. É sempre o homem diante da terra, da mulher, do espaço, do suor, do amor, de crenças ou temores.

O táxi sobe a rampa para chegar ao Hotel Vila Romana, quase no alto do morro. A paisagem é o mar... "o mar quando quebra na areia é bonito..." A melodia de Dorival Caymmi se perde ladeira abaixo. O ar é morno, suarento; a humanidade, descontraída e feliz. Tudo lembra sons de berimbaus, atabaques, agogôs. Em minha cabeça, pequenos trechos de músicas, ouvidas durante toda a vida, melodiam os pensamentos: "Você já foi à Bahia? Não? Então vá"... "Na Baixa do Sapateiro eu encontrei, um dia..." Com intensidade dolorosa, vejo-me com dezessete anos em cima de uma porteira, na fazenda de meu avô. Não! Não foi nela! A de meu avô, o vento levou em 1929... quando eu tinha apenas sete anos. Na calçada em frente ao Vila Romana, o homem com braço cor de cuia desce o facão e corta o coco verde, tão verde quanto os olhos de Yara, deusa absoluta nas águas da minha adolescência. Ou seria o verde mansidão dos olhos de Helena, única e insubstituível companheira da minha vida? Aquela que se eu soubesse, então, que existia, não teria vivido mocidade tão solitária e amarga. A que trouxe o amor, os filhos e o verdadeiro sentido de existência! Com certeza, porque ela existia é que lutei para sobreviver. Esperava-me, porto seguro para o transcendente, enquanto eu me atirava contra as ondas encapeladas da suspeita, do preconceito e da incompreensão, pressentido na orla florida e azul do mar faróis verdes me norteando. "O mar quando quebra na areia é bonito..." Dos lábios grossos do negro que desce a ladeira, o assovio vem de curral do passado, lembrando gaita de programa de calouros — ou seria de jogo de futebol? Ah! Agora me lembro: foi na fazenda de meu tio, não de meu avô. Alguém perto de mim, encarapitado no alto da porteira, assovia "Na Baixa do Sapateiro", de Ary Barroso. De repente, tudo se transforma na janela do prostíbulo, e nela se recorta meu amigo Paulo segurando o copo com formicida. Logo atrás dele, a puta Jupira lembra coroa de margaridas brancas. Sei que Paulo vai morrer, que está morto há mais de trinta anos. Tudo o vento leva, só não leva a saudade, o remorso do pacto traído, prendendo-me para sempre ao signo da morte. Explicação primeira dos meus Martinianos expostos. Conhecimento de Polínice! A voz de Mariana, enfrentando o Creonte imperial, ergue-se na paisagem baiana ensolarada:

— O senhor nos impôs, como condição da sua opressão, o corpo exposto de Martiniano. Nós só lhe impomos, para a nossa delação, a sua entrada na igreja. Entre e veja o que suas leis fizeram dos homens, depois de terem feito à Província, empobrecendo a terra com seus tributos e toda sorte de impiedades! Onde está Gabriel? Onde os mortos estão expostos, e os vivos, presos nas rochas, sonham com uma terra mais justa.

Céu do passado carregado de nuvens negras, no azul do presente. A magia da terra baiana faz minha mente girar e me perco em labirintos. Labirinto? À minha volta, balaústres, tábuas largas, estátuas, penumbra colonial, tudo no Hotel Vila Romana faz lembrar Ouro Preto. Mas em minha geografia interior, ele se situa em Roma, pois no lugar do recepcionista, é Murilo Mendes quem me recebe, perguntando: "Por que achar o fio do labirinto? O importante é viver perdido dentro dele". Passo pela Piazza Navona, paro diante da Piazza di Spagna, desço ladeira de Ouro Preto acompanhando Marta que carrega sua rede, extasio-me diante da Catedral de Chartres, passando o braço no ombro de Bento Prado, saio da Notre Dame com Érico Veríssimo e caminho pelo Boulevard Saint Michel, vejo Fellini passando na Via Due Macelli. Vou me perdendo no labirinto...

— Por favor, seu RG.

— Como?

— Sua carteira de identidade. É a primeira vez que se hospeda no Hotel Vila Romana?

A sensação de encantamento se quebra. O recepcionista do Hotel me olha com desconfiança. Compreendo que estou numa terra onde tudo pode acontecer — lugar de veredas misteriosas que podem nos perder. Ou é a imaginação que me traz sempre preso como escravo? Não fugi tantas vezes do quarto de bandeira colorida, montado em cavalo-marinho? As fugas não se repetiram — milhares! — ao longo da vida? Não pensei em loucura, quando no estúdio de Wesley vi o rosto de meu avô pintado a fumaça? É condição de dramaturgo, poeta, repórter, ou é loucura mesmo? Os que não conhecem a fuga — conseguem realmente sobreviver? Percebo que começo a fugir novamente. Pergunto o preço da diária: o dinheiro é bom catalisador. Instantaneamente, Ouro Preto, Roma e Paris desaparecem, ficando a realidade presente: a reportagem sobre a Revolução dos Alfaiates, acontecida em Salvador em 1799, quando quatro mulatos foram enforcados e esquartejados. A leitura dos "Autos da Devassa" já me ensinara muito. Falta agora conhecer os lugares onde medrou a conjura. Deixo as malas no Hotel e vou ao Terreiro de Jesus, um dos palcos da tragédia.

Salvador é cidade que não se entrega como um todo, mas em fatias. Esconde-se em colinas, espreguiça-se em vales, abriga-se em árvores, debruça-se sobre o mar, sobe pendurada em encostas. Está sempre entre o céu e o mar. Negaceia, frajoleia, abre-se sensual, ondulando erótica em milhões de peitos morenos. Onde será que mora Jorge Amado? Desço no Terreiro de Jesus, já tentando reconstituir os acontecimentos do passado. Mas sinto que, primeiro, preciso vencer o fascínio envolvente da cidade. Entro na Igreja de São Francisco. Onde será que mora Jorge Amado? De repente, recuo sentindo horror, com os olhos fixos nas formas torturadas. Meus olhos passam pelos altares, imagens, teto, colunas, pessoas ajoelhadas, enquanto vou recuando. Subitamente, a voz de Marta, personagem da minha peça *As confrarias*, ergue-se dominando todos os sons. Vejo a face enfurecida estampar-se nas formas, orientais de tanto ouro. As palavras dela dão a dimensão da igreja, o significado mais profundo:

— Aqui, colocam inscrições santas, imagens, pinturas, talhas de valor inestimável. Mas, por baixo, nos alicerces e nas paredes, estão os que gemeram nos grilhões, os que acabaram seus dias sem Cristo e sem remédios!

Quando saio no Pátio de São Francisco, lembro-me de que as palavras de Marta foram ditas aos pardos da confraria de São José. Os mulatos da conjura baiana já dominam meus pensamentos: estou prisioneiro de sensações que me impedem de ver a cidade. A situação se inverte: é preciso primeiro realizar o trabalho, se quiser apreciar as obras de arte, o povo, as tradições, pedir a Jorge Amado que me leve a uma procissão de Oxalá. A tortuosidade da sensação, do pensamento, esconde-se em meandros no fundo de nós mesmos, absolutamente insondáveis. Penso onde deve morar Jorge Amado, porque são palavras dele que guiam meus primeiros passos: "O negro levantou nos ombros o fardo da escravidão e apesar dos grilhões e dos pelourinhos soube rir e cantar. Não deixou de lutar contra sua condição de escravo desde o momento em que chegou..."

Caminho em direção ao Terreiro de Jesus, já sabendo que preciso me libertar dos mulatos alfaiates, supliciados no cenário onde estou. Sinto que eles, como personagens, já começam a me espreitar, escondidos em portais coloniais. E, durante quatro dias no Pelourinho, no Convento do Carmo, nos terreiros de santos, no Solar do Unhão, na Gamboa de Baixo, na Rampa do antigo Mercado, a presença deles foi se tornando cada vez mais angustiante — cicerones invisíveis de cabeças decepadas e corpos esquartejados, mostrando-me a cidade de hoje e de ontem. Se estou debruçado na amurada do antigo Largo das Portas de São Bento, admirando a Ilha de Itaparica, um deles cochicha em meu ouvido:

— Na última década do século XVIII, ideias vindas da França começam a ameaçar o princípio absolutista em toda parte. Apesar de Pina Manique, intendente da polícia de Portugal, tentar neutralizar a ação revolucionária da França no Brasil, esta, através de livros e publicações de discursos na Convenção Francesa, sai da biblioteca dos letrados, ganha as ruas, entra nos engenhos e nas senzalas, insinua-se nos quartéis, atraindo oficiais e soldados.

Se admiro o Palácio do Governo, outro conjurado, escondido entre o povo que passa, segreda:

— Governava a Capitania da Bahia D. Fernando José de Portugal, que era tão fidalgo que não usava cumprimentar o homem do povo. Veio do Reino, na mesma nau que o Visconde de Barbacena, repressor da inconfidência mineira. Dois governadores, duas inconfidências, duas devassas, cinco homens enforcados e um só processo histórico: o da independência brasileira.

Admirando o Museu de Arte Sacra, Convento de Sta. Teresa, não são as imagens ou peças sacras que dominam minha atenção, mas a audácia de Luiz Gonzaga — um dos conjurados — entrando naquele Convento e deixando boletins subversivos. A situação trágica do homem brasileiro na Colônia, o sofrimento dos mulatos e escravos, a atmosfera de opressão que sufoca tudo — me acompanham por toda parte, entram em meu quarto no Vila Romana, não me deixando dormir, nem mesmo depois de muitas doses de uísque. Minha imaginação havia encontrado adversários à altura: acorrentaram-me à condição deles. Era como se os mulatos tivessem visto em mim a oportunidade de reviverem. Senti-me mulato.

Na madrugada do quinto dia de intensa peregrinação pela cidade, procurando reconstituir a tragédia em cada canto, adro, praça, acordo às quatro da manhã e vou ao Largo da Piedade, lugar do enforcamento. O sentido criativo, em mim, tem a alma de meus avós: é madrugador como o homem do campo. Sempre que as ideias vão se apresentar, vejo o dia nascer. Ou quando a chuva é mansa, criadeira.

Àquela hora da madrugada, o Largo está deserto. Há qualquer coisa de muito estranho em tudo que me rodeia. A cidade remendada de séculos parece fantasmagórica, e tenho a impressão de que nunca mais vai despertar. Sento-me no banco e fico de olhos fixos na Igreja da Piedade. Rumores, lembrando o arrastar de correntes, povoam minha mente. Os sons distantes do mar quebrando nas praias fazem pensar em gemidos. No lugar da fonte de mau gosto, no meio do Largo, vejo quatro forcas erguidas. Da torre da Igreja, a impiedade escorre pelas paredes, como líquido grosso e viscoso que lembra sangue humano. As mariposas — ou seriam borboletas? — em volta das lâmpadas ganham colorido negro e recordam urubus em círculo, descendo para a carniça localizada. Toda a minha sensibilidade está à flor da pele. Pareço ter mil olhos que enxergam através dos tempos; centenas de ouvidos que podem captar palavras, lamentos que ficaram circulando no espaço. O momento é irreal, meio alucinante. Sei que a dor humana está presente no Largo: onde ela acontece, fica para sempre presa às paredes, à terra, às consciências. Quem foi mesmo que disse: "nossos antepassados ensinaram os mesmos vícios, cometeram crimes semelhantes"? E de repente, o negro de 122 está na minha frente, com expressão fescenina, animalizada. O olhar escravo revela o muro onde está preso, ainda com gargalheira de ferro. Sei que é semelhante a produtos de antepassados meus, do mundo branco, quando traça o quadro de abjeção humana que eram as senzalas:

— A Sinhá corria a senzala e apartava as escravas que tava no "vício", nas quadra da lua. Quando a quadra da lua tá certa, a cria é garantida. Mulher é como porca, vaca, égua. Na ocasião dela, entrega mesmo. Era rebanho de umas dez, no ponto pra tirar raça. Não era qualquer fazenda que tinha reprodutor nagô-mina, como eu. No rebanho tinha uma chamada Duca, de lombo bem feito, da anca lisa, de tetas que ia dar bom ubre, umbigo bem curado, uns quarto que dava gosto. Andei no meio delas, negaceando, mas só via a Duca. Mas ela arrepiou, medrosa. Correu se esconder. Reprodutor é bicho paciencioso. Eu sabia que tinha um mês pra repassar todas. De longe eu ouvia o choro dela, baixinho pra ninguém ouvir. Se a Sinhá ouvisse, o "bacalhau" comia no lombo. Fui chegando de manso, com fala macia, agradando. Eu era reprodutor que sabia tratar as fêmea. O choro virou cochicho e, no fim da tarde, a Duca, negrinha de quinze pra dezesseis anos, já tinha entrado na vara, era mulher prenha. Eu era negro sarado nas ferramenta. Sabe? Nóis tava lá pra isso: o fazendeiro precisava de braço pro trabalho e negrinho pra vender na feira. Só dei produção boa, macho ou fêmea. Se a fêmea que nascia era nagô, a Sinhá ficava contente que só vendo. Fêmea nagô é da perna grossa. O senhor sabe: negra dos quarto largo, perna grossa e bunduda, dá boa cozinheira, ama de leite, serviço de casa. Mas se nascia negrinho mina, era o Sinhô que ficava rindo pras paredes. Mina é da canela fina — sinal de bom trabalhador, sarado no cabo da enxada. Nas feira alcançava os maiores preços.

Na ponta do galho da mangueira, vejo meu avô pendurado. Na não existência de sentido fazendeiro, encontro meu pai acuado, não mais caçador, mas caçado, tão caçado quanto fazendeiros de cacau de ontem ou de hoje. A tia, coberta de miçangas brancas, negras e vermelhas, passa no Largo da Piedade procurando mortos que tombaram no Túnel, defendendo a bandeira das treze listras. Enquanto procura, repete sua fervorosa oração:

"Bandeira que é o nosso espelho!
Bandeira que é a nossa pista!
Que traz, no topo vermelho,
o coração do Paulista!"

As fazendas estão abandonadas, incendiadas. O negro velho, amedrontado, foge. Agora me lembro: foi Wesley quem insinuou que nossos antepassados ensinaram os mesmos vícios, cometeram crimes semelhantes. Ao mesmo tempo, escuto passos que se aproximam na escuridão. Volto-me, tenso, como se alguma coisa terrível fosse desembocar no Largo, vindo pela Rua da Forca, exatamente por onde passaram os condenados antes de morrerem. Os passos se aproximam mais e parecem pertencer a milhares de pessoas em cortejo. Sem querer, encolho-me no banco, aguardando. Minha respiração fica opressa; sinto frio na madrugada quente. Subitamente, emergindo das sombras, dois homens entram no Largo, caminhando no meio da rua. Um ri, o outro acende o cigarro. O clarão da chama ilumina a face mulata, marcada pela bexiga. A outra, muito branca, esquálida, tem qualquer coisa de diabólico. Os dois olham-me, suspensos. Um sorri depreciativo, observando-me com desprezo. E eu, já não sei se pertencem ao presente, ou vêm de um passado longínquo. Não os vejo desaparecer, porque não estou mais ali. Tudo fica preso entre a realidade e a fantasia. Transponho-me no tempo, permanecendo no mesmo espaço: estou no Largo da Piedade, mas no dia 8 de novembro de 1799. Como autômato, saio correndo em direção ao Terreiro de Jesus: sei que, no amanhecer, os prisioneiros vão partir de lá.

Enquanto caminho pelas ruas desertas, um silêncio cheio de horror domina a cidade, abafante como o que antecede as tempestades. Algumas famílias, na penumbra de casas fechadas, sabem que, dentro de poucas horas, terão que ver a cabeça dos maridos e dos pais, na alto do poste fincado diante das janelas; que as casas serão arrasadas, o chão salgado, e os filhos para sempre malditos. Vejo-me no meio do Terreiro, com as mesmas paixões que dominam o povo à minha volta. Sinto-me numa situação teatral, onde o autor passa a viver no meio das personagens.

As portas do Colégio dos Jesuítas — transformado em hospital militar e prisão desde a sua expulsão em 1759 — giram nas dobradiças, e os condenados à morte aparecem com vestes brancas. Impossibilitado de qualquer ação, só me resta narrar os fatos. Minha condição é terrível: vejo todos e ninguém pode me ver. As pessoas à minha volta comunicam sua dor, eu fico sozinho com a minha. E nesta madrugada, ela é a soma de todas que estão presentes no Terreiro de Jesus.

Os prisioneiros passaram a última noite na capela interna do Colégio, juntos com frei José de Monte Carmelo, que vai acompanha-los até à forca. São quatro mulatos: Luiz Gonzaga das Virgens, Lucas Dantas de Amorim Tôrres, João de Deus Nascimento e Manoel Faustino Santos Lira. Logo atrás, vejo surgirem os companheiros de sedição, condenados a assistir à execução e sofrer açoites no pelourinho, antes de serem expulsos do território brasileiro: são as figuras principais da conjura que envolvia mais de 600 pessoas.

Rufam os tambores. As cornetas anunciam e convocam o povo — plebe mestiça, acossada pela miséria e flagelada pelo fisco — para o espetáculo da morte. Do Largo Terreiro de Jesus, vão partir mais quatro mártires da independência, quatro Tiradentes baianos. Vejo que nada foi esquecido. O negro das batinas e dos trajes dos homens da justiça ressalta a alvura das túnicas dos que serão enforcados. Os uniformes de grande gala que envergam os regimentos, as vestes simbólicas que distinguem altos cargos, as capas ricamente bordadas das irmandades religiosas dão colorido de festa à morte dos conjurados. Em todos os séculos, o espetáculo é invariavelmente o mesmo: o homem libertário é sempre a grande personagem.

À volta do cortejo que se forma, nos rostos que enchem o Terreiro de Jesus, escondem-se muitos companheiros de conjura, amoitam-se muitas esperanças de liberdade. A dois passos dos condenados, escondidos entre o povo, estão o cirurgião Cipriano Barata, figura destacada em todos os movimentos sediciosos de seu tempo e companheiro de conspiração, e o tenente Hermógenes Francisco de Aguillar, uma das principais figuras da conjura. Os dois — condenados a alguns meses de prisão, cumpridos durante o processo — amanheceram diante do colégio à espera dos companheiros. Assim, há dois cortejos de conjurados: um que seguirá com mãos amarradas no meio da rua, e outro, ao longo das calçadas, livre, mas sofrendo pelos que vão morrer. Além deles estou eu — e quantos mais! — testemunhando o renascer de figuras esquecidas, ou quem sabe, astuciosamente renegadas. Mas em todos os crimes, há sempre os erros cometidos que acabam se denunciando. Alguém já disse — ou fui eu mesmo? — que a história procura os homens, tenta-os e eles acreditam que caminham no mesmo sentido dela. De repente, a história liberta-se e prova, pelos fatos, que outra coisa era possível. Os homens que eram seus cúmplices acham-se, de súbito, na situação de instigadores dos crimes que ela mesma inspirou, pelos quais são condenados, e mais tarde redimidos. A história tem memória que se perde no fundo de todos os tempos. Nada é esquecido, nem mesmo uma folha que cai, muito menos o germinar de ideias.

No silêncio do Terreiro de Jesus, eleva-se a voz do meirinho lendo o pregão real: "Justiça que a Rainha Nossa Senhora manda fazer a estes execráveis réus, homens pardos, a que com baraço e pregão pelas ruas públicas desta cidade, sejam levados à praça da Piedade, onde na forca, que para este suplício se levantou mais alto do que a ordinária, morram morte natural para sempre".

As palavras "homens pardos" do pregão real atingem a pior ferida na mente do condenado Luiz Gonzaga — soldado de 36 anos, e ele se lembra de quando resolveu entrar na conjura. Preterido ao posto a que tinha direito, desabafara o ressentimento a Lucas Dantas no corpo da guarda no Forte da Gamboa.

— Lucas Dantas. Por ser homem pardo, não sou digno de ser acessível na graduação dos postos.

— Deixa estar, meu bom amigo, isto em breve vai acabar.

— É justo que eu e todos de minha classe sejamos extraídos de uma compatibilidade desgraçada, ornada de calúnias?

Luiz Gonzaga, machucado pela condição de mulato, olha os três companheiros — faces mulatas indecifráveis — mas, como a dele, intensamente povoadas de recordações. Vê que Manoel Faustino procura alguém no meio da multidão; que João de Deus, numa oração muda, permanece de olhos fechados e que Lucas Dantas, um pouco à frente, continua com expressão agressiva, impaciente para que o fim chegue logo. Alguma coisa dói profundamente em Luiz Gonzaga, quando se lembra dos boletins que pregou antes da hora, nas paredes e portas da cidade, comprometendo os companheiros: "Animai-vos povo bahinense, que está para chegar o tempo feliz da nossa liberdade; o tempo em que todos seremos irmãos; o tempo em que todos seremos iguais. Só haverá liberdade, igualdade e fraternidade".

Prisioneiro de um remorso que o suplicia mais do que a ideia da morte, recorda-se das advertências de Cipriano Barata, conspirando com ele no fosso do Forte de São Pedro.

— É melhor que haja demora, Luiz Gonzaga. Quanto maior ela for, maior número de gente nós conquistaremos. Grande parte das pessoas vivem debaixo da disciplina do cativeiro e não têm capacidade para a ação revolucionária.

— Quando você era lavrador de cana, também foi denunciado por publicar depravadas paixões entre rústicos povos.

— Por isto mesmo. Denunciado e preso. O melhor é esperar os franceses que andam revolucionando a Europa e logo chegarão aqui.

Lembrando-se dos franceses, Luiz Gonzaga vira o rosto e olha a fisionomia dura de Lucas Dantas, defensor do auxílio da França, modelo para o movimento. Tentando fugir de seu tormento, Gonzaga observa as paredes da igreja dos jesuítas e se lembra da nave, dos altares talhados a ouro, das missas solenes, dos cantos místicos que não ouvirá mais. De seus olhos, então, as lágrimas começam a descer. É neste instante que vê o paletó de couro e o chapéu de aba larga de Cipriano Barata, a poucos passos dele. Aparece e desaparece, deixando no ar imagem de aflição, enquanto a voz do meirinho mais uma vez se eleva: "Do réu Luiz Gonzaga das Virgens, depois de morto, serão separadas as mãos e cortada a cabeça, que ficarão postadas no lugar da execução, até que o tempo as consuma".

O impressionante aparato marcial movimenta-se, e começo a compreender por que, naqueles quatro dias, andara tantas vezes entre o Terreiro de Jesus e a Piedade, refazendo o percurso do cortejo: era a estrutura da reportagem que começava a germinar. Vejo a fachada monumental da igreja dos jesuítas crescer sobre os condenados. Ou cresce, hoje, sobre mim? A humanidade mulata que enche o Terreiro desliza silenciosa formando no cortejo. Ou é a que, hoje, começa a invadir o Terreiro? Atravesso a rua, tentando ficar ao lado dos mulatos. Preciso observar a reação deles, perceber a despedida muda em seus olhos que já começam a ficar opacos. Mas dois pares de olhos param meus movimentos, lembrando-me os mil pintados no estúdio de Wesley, escondidos na aba do chapéu de organdi. Não sei se sou observado através de organdi ou de fumaça de cigarro.

Sinto-me tão prisioneiro do olhar iluminado pelo fósforo, quanto dos olhos terríveis que se escondem no organdi. Por que o quadro de Wesley, *Os mil olhos da verdade*, vem à minha memória pela primeira vez no Terreiro de Jesus? Ou será na Piedade?

Rosária — a dos peitos enormes — com bata rendada, saia engomada, colares, pulseiras e brincos, olha-me com negra bondade, mexendo o tacho no telhado da Faculdade de Filosofia.

— A gente nunca sabe se ocê tá inventando!
— É verdade, Rosária. A minha pata fez ninho em cima do telhado da varanda. Bem embaixo do beiral. Venha ver.
— Tenho tempo pra ver pata, não. Preciso tirar as pamonhas do tacho. Seu avô tá pra chegar do cafezal.
— Ninguém me conta mais história. Hoje à noite você conta?
— Não.
— Por quê?
— Escuta aqui: o que tava olhando em meu quarto?
— Nada.
— Pensa que não vi seus olhinhos no buraco da fechadura?
— Queria ver como é.
— Como é o que?
— Negras malas, sulfurosas. Patas chocas...
— Sai pra lá com essa língua, menino!

Saio correndo, mas paralisado por dentro pelo olhar que passa debicando, cascavelando. O grito que atravessa as idades vem do fundo da alma, confundindo os tempos:

— Quero estudar filosofia.
— Isto é profissão de mulher.
— Pois que seja. É a que quero.

Escondo-me no alto do abacateiro e leio Nietzsche: *Despojos de uma tragédia*. Lá de cima, entre uma página e outra, avisto mangueiras que vão ficando distantes, sombreando um rego d'água coberto de patos, marrecos, luas e cavalos-marinhos.

— Olha o abará, o acarajé!

— Preciso procurar o professor Luís Antônio: é um estudioso da conjura baiana. Será que Jorge Amado também leciona na Faculdade de Filosofia?

Por um instante, não sei se estou na fazenda — qual? — no Terreiro de Jesus, no estúdio ou na Piedade. Tempo passado e presente se misturando na madrugada povoada de alucinações. O sentido do repórter vence e, com os dedos da imaginação, agarro as cenas que não preciso mais procurar: vêm de dentro de mim, fazem parte de minha herança cultural.

Retomo o meu lugar na procissão de fantasmas. Lentamente, volta diante de mim o rosto de Manoel Faustino, lívido pela ideia da morte, parecendo ainda mais jovem. João de Deus cambaleia ao abrir os olhos, ofuscado pela intensidade da luz. Luiz Gonzaga, com profundo misticismo, vai caminhando não entre pessoas ou casas, mas numa ala infinita de igrejas, onde tantas missas assistira ou ajudara a celebrar, igrejas que vão surgindo quase em cada passo que dá. Esta presença é seu único alento.

Lucas Dantas — soldado de 24 anos, com grande cicatriz na cabeça — olha o Largo do Cruzeiro de São Francisco e avista as portas da marcenaria. Soldado marceneiro começando a última parada! Vira-se em um movimento brusco, militar, libertando-se do colorido da fachada de sua casa. A emoção faz latejar as veias, provocando dor na ferida da cabeça. Quando João de Deus fora preso, Lucas Dantas e Manoel Faustino fugiram pelo Solar do Unhão, onde tomaram embarcação e foram se esconder no Recôncavo. Lá as autoridades foram encontrá-los. Temeroso, Manoel Faustino entregara-se. Lucas Dantas reagiu, lutou como fera acuada, defendendo a vida. Foi ferido e, com o corpo sangrento, levado para a prisão. A saúde poderosa venceu a morte: salvou-se para a forca. Durante a última noite, quando frei José de Monte Carmelo tentou confessá-lo, Lucas o enfrentara firme:

— Sou como francês: não tenho religião. Ela não me deu justiça na terra, não me dará também no céu. Isso de religião é peta. Devemos todos ser humanos, iguais e livres da subordinação.

Numa lentidão de mil agonias, o cortejo caminha pela travessa do Guindaste, pela rua do Arcebispado e desce pela Misericórdia. Quando passa no Largo das Portas de São Bento, a baía de Salvador e a ilha de Itaparica se apresentam em despedida. A imensidão livre do mar vem bater em Lucas Dantas e ele se recorda das paradas no Forte da Gamboa; e de Hermógenes Francisco de Aguillar, tenente de 28 anos, aliciador para a conjura de soldados e oficiais. Fora com o tenente que começara a ter consciência da humilhante situação dos coloniais.

— Vocês são faltos de espírito e de sentimentos, não são homens livres como os franceses.

Lucas Dantas observa o alfaiate João de Deus, ainda sentindo irritação contra ele, por ter se confessado com frei Monte Carmelo, aceitando o consolo da Igreja romana que pensaram destruir. Agora, a dois passos da forca, não deixa de se comover com o companheiro — também pai de tantos filhos — e se lembra de quando o conquistara para o movimento.

— João de Deus. Me irrita essa fraqueza de espírito que domina os rapazes deste continente.

— Por quê?

— Sabe que o número de regimentos de brancos é inferior ao de pretos e pardos? Se a gente quiser, quem haverá de resistir?

— Que está querendo dizer?

— O que esses branquinhos do reino pensam? Pardo também é gente.

— Mas não é branco.

— João de Deus. Você tem cara de falso, não lhe digo o meu particular.

— Que particular?

— De entrar numa revolução.

— Que é revolução?

— É fazer uma guerra civil entre nós, para que se não destinga a cor branca, parda e preta, e sermos todos felizes, sem exceção de ninguém, de sorte que não estaremos sujeitos a sofrer um homem tolo que nos governe. Só governarão os que tiverem maior juízo e capacidade para comandar a homens, seja ele de que Nação for, ficando esta capitania em governo democrático.

— Eu entro.

— Mas não declare nunca o meu nome, nem de pessoa alguma do movimento.

E fora ele, Lucas Dantas, quem denunciara o tenente Hermógenes, acusando-o de chefe do levante. Sente um travo na garganta, quando conclui que não fora só Luiz Gonzaga que não soubera agir. Ele também. Porém, uma recordação faz seu sangue latejar, aumentando as dores das feridas em todo o corpo: o misterioso tenente Hermógenes tinha sido colocado numa cela acima da sua e, na calada da noite, os dois conversaram longamente e ele entendera que sua vida não era tão importante quanto a do tenente, que alguns precisavam continuar a pregação da liberdade. A verdade encontrada foi transmitida aos companheiros das celas vizinhas e as acusações contra o tenente foram retiradas nas acareações.

É no Largo das Portas de São Bento que Lucas avista o tenente Hermógenes caminhando no meio do povo. Do olhar que trocam, fica a certeza de que a luta pela independência do Brasil vai continuar. Lucas Dantas consegue sorrir, ao se lembrar do único elogio que recebera na vida.

— Lucas. Você é o torneador de bengalas mais hábil que conheço.

— Sou soldado, tenente, mas também marceneiro: gosto de trabalhar com o cerne da madeira.

Agora, avistando a expressão decidida do tenente, sente-se no cerne dos acontecimentos. É com esta alegria interior, com sorriso malicioso numa expressão astuta, que o povo não pode compreender, que continua caminhando para a morte. A voz do meirinho ressoa na cabeça do soldado marceneiro, que deverá secar, fincada no alto de um poste, acariciada pelas brisas do mar, caminho de ideias libertárias, mas também do despotismo lusitano: "Dos réus Lucas Dantas e João de Deus, depois de separadas as cabeças e os corpos feitos em quartos, será conduzida, a do réu Lucas Dantas ao sítio mais descoberto e público do Campo do Dique do Desterro e pregada em um poste alto, até que o tempo a consuma."

Debruço-me no parapeito do Largo das Portas de São Bento, namorando a Ilha de Itaparica, que parece flutuar como um saveiro imenso com velas de nuvens. A brisa do mar acaricia meu rosto, ainda confirmando que é caminho de ideias, mas não mais do despotismo lusitano. Esse tem outros nomes no presente. A boca líquida do mar segreda-me que o tempo consome corpos, não ideias. Estou no lugar predileto de Lucas Dantas, onde vinha admirar a entrada da barra, porta para um mundo livre, e ainda sofrendo pelas mesmas ideias, acompanhando-o neste cortejo organizado pela violência, filha de todos os tempos. Como os barcos no mar à minha frente, os tempos flutuam em minha mente: ora é o silêncio angustiante do passado que vem na crista das ondas, ora é o barulho vazio do presente, fazendo-me lembrar palavras de Jorge Amado:

— "O povo é mais forte do que a miséria. Impávido, resiste às provocações, vence as dificuldades. De tão difícil e cruel, a vida parece impossível e no entanto o povo vive, luta, ri, não se entrega."

O homem que assume o passado, vivendo o presente, sente-se tão esquartejado quanto os que serão supliciados na Piedade. É o escritor de hoje, no tempo de ontem, que se volta tentando acompanhar prisioneiros alfaiates, pedreiros, soldados, escravos e pardos livres — ilha mulata de aspirações, cercada de alienação por todos os lados. Argolas de ferro, porém, prendem-me ao parapeito, enquanto a sinhá prepotente, minha antepassada, grita furiosa:

— Belisca o umbigo desta negra.

Não compreendo, pensando que a loucura veio para ficar, vejo Duca, pomba-rola de plumagem negra, encolhendo-se no catre. A mão do reprodutor desliza nas penas e abre as pernas. Os olhos são ovos de dor, no ninho da Sinhá. O grito vara paredes da senzala e vai terminar na feira de negrinho mina ou negrinha nagô. O rosto de 122 anos — ou teria 22? — com olhinhos de pássaro, sorri:

— Fui reprodutor na fazenda Correias, do Barão do Rio Branco. Quando não tinha escrava pra enxertar, ele me alugava. Deviam pagar bem: eu era negro de nação. Fiz pra mais de cem filhos. Povoei esse Brasil.

Volto-me tentando fugir do parapeito, mas é Castro Alves quem mora no Largo das Portas de São Bento. Com vontade e eternidade de estátua, vigia navios negreiros que ainda passam diante de Itaparica, lembrando aos que passam, vozes odiosas do passado, também vivas no presente:

— "Não sabe que cada pretendente tem que provar pureza de sangue? Não podendo ter ascendente mouro, judeu carijó, negro, cabra, ou de outra infecta nação? Sabe também que se qualquer pessoa provar que sua mulher tem, de quatro gerações para baixo, herança de sangue impuro, é quanto basta para não ser admitido na ordem? E tendo sido, para ser expulso?"

Como se viesse dos lábios de bronze, a voz de Marta ressoa na praça:

— "O que geram seus pais ainda é produto de venda, compra ou troca. Mas não fazem nada para acabar com isto."

Mas é dentro de mim que ela faz comício subversivo. Temeroso, dividido entre dois tempos e muitas violências, corro e me escondo entre o povo, quando o cortejo termina a caminhada pela Rua Direita do Palácio, onde João de Deus tem alfaiataria. Percebo que Manoel Faustino e Lucas Dantas aproximam-se dele, como se quisessem ajudá-lo a enfrentar a presença da família. Mas João de Deus passa firme, pressentindo os filhos, escondidos na penumbra da casa trancada. Era o que ele temia: dar com um dos filhos espiando numa fresta de janela. João de Deus, mulato com altivez, costurou para muitos roupas que os protegeram do frio e das chuvas. Agora, com a morte, dá pontos e laçadas na mortalha que... Pontos e laçadas? Do anil da esquadria vem o flash do estúdio, pelourinho de tintas onde a família foi acorrentada: entre fotografias antigas no nicho da estante, a de Wesley inteiramente nu, como açoite. Presa à fitinha marrom que sai do meio das fotografias, a frase "Alguns já sabiam, mas todos preferiam silenciar", é confissão e condenação. Sigo o cortejo esquivando-me da memória. Das janelas, enfeitadas para o espetáculo da morte, descem toalhas bordadas com crivos portugueses que formam borboletas espetadas. É assim a rua, colorida de amarelo, por onde segue o alfaiate João de Deus, compreendendo o que se passa à volta dele. O que não consegue entender são os motivos do fracasso do movimento. Embora não os conhecesse, sabia que havia na conjura chefes importantes que não se punham em contato com o povo. Obedecendo a plano que partia de célula central, o movimento irradiara terra dentro, amparado por senhores rurais, financiado por ricos, agitado por intelectuais, garantido pela arregimentação da tropa. A vitória parecia segura. Então, por que fora o desastre? Quem seriam os chefes importantes?

Esperando ajuda de companheiros amoitados em altos cargos, defendidos por riquezas, João de Deus fingira-se de louco na inquirição.

— Seu nome?

João de Deus olha para o teto.

— Seu nome?

— Muita gente!

— Onde nasceu?

— Muita gente (olha para o teto).

— Seu nome é João de Deus Nascimento?

— Muita gente.

Desmascarado por junta médica, João de Deus revelou-se diante dos julgadores.

— Todos os cativos vão ser libertados, e não haverá mais nenhum escravo. Os conventos serão abertos, os presos das galés soltos, e todos pertencerão ao mesmo partido.

— Qual é seu nome?

— Não serão mais precisos ministros para a governança dos povos. Em nossa democracia existirão tropas de linha com comandantes brancos, pardos e pretos, sem distinção de qualidade e sim de capacidade.

Se a propaganda de Luiz Gonzaga o tinha levado à cadeia, João de Deus sabe que sua ação levou a maioria dos conjurados. Quando, identificado pela letra nos boletins, Gonzaga fora preso, João de Deus temera que ele falasse. Como medida extrema, marca com os conjurados uma reunião no Campo do Dique, para arrancar Gonzaga da cadeia e desencadear a revolução, ainda em fase inicial. Denunciados por três Joaquins — nome que tem o privilégio da delação na História brasileira — ficou esclarecido ao Governo aquilo que a negativa de Gonzaga escondia. Os poucos que compareceram ao encontro foram presos.

São os pensamentos que atormentam João de Deus, quando olha a alfaiataria pela última vez, sabendo o que a mulher e os filhos terão que sofrer a partir daquela tarde. De suas mãos não mais sairão calças e camisas, mas seus braços e pernas vão virar trapos pendurados pela cidade. Na alfaiataria que fica para trás, as palavras do meirinho circulam à volta da família, como moscas fúnebres: "A cabeça do réu João de Deus será postada defronte da casa que lhe servia de morada e os quartos nos cais e comércio de maior frequência desta cidade, até que uns e outros sejam consumidos pelo tempo. A casa será arrasada e salgada e infames para sempre a sua memória, seus filhos e netos".

Lentamente, o cortejo percorre as ruas. Despedindo-se, os quatro mulatos vão acariciando, abraçando, beijando com as solas dos pés o chão baiano que sonharam libertar. Desvio-me e vou esperá-los no Largo da Piedade. O sol, batendo na cúpula escamada da igreja, doura o Largo. Passa voando, ligeira, uma borboleta amarela com Wesley Duke Lee sentado nas asas. Espanto o pensamento, tentando compreender o momento presente. Mas a borboleta volta, tomando a dimensão do Largo. Será que foi o dourado que fez voar a borboleta, trazendo os bigodes loiros de Wesley? Por que o pensamento insiste no loiro, se estou vivendo uma tragédia mulata? Levanto-me do banco, tentando me libertar dos pensamentos. Por um momento, não sei dizer qual luz — do passado ou do presente — é tão intensa. Sento-me novamente, com ligeira sensação de que nem mesmo cheguei a sair do Largo onde estivera sentado. De repente, compreendo que a face bexiguenta que acendeu o cigarro na madrugada era a de Manoel Faustino. Então, quem seria o outro? Lembro-me de que o homem tinha cabelos loiros, parecendo estrangeiro como Wesley. Seria um dos importantes da conjura? E se fosse, andaria assim com Manoel Faustino pelas ruas de Salvador? Ou são fantasmas que não poderiam andar ontem, mas andam hoje? Recordo-me que foi ele quem sorriu depreciando-me. Agitado, volto-me no banco, olhando a Rua da Forca, no momento em que o cortejo aparece.

Manoel Faustino — alfaiate de 23 anos, imberbe, com sinais de bexiga no rosto — vacila quando avista as quatro forcas. Com os braços amarrados, Lucas Dantas o apoia. Sem casa, nada para ser sequestrado, possuindo apenas as roupas que usa, Manoel Faustino sabe que sua cabeça será postada em frente à casa de Lucas Dantas. Alfaiate e soldado-marceneiro, gêmeos na pobreza, na conjura, na fuga, na morte, nos postes no Largo do Cruzeiro de São Francisco, entre igrejas recamadas de ouro.

Manoel Faustino tem vontade de acariciar a própria cabeça, ninho de ideias de Rousseau, traduzidas, escritas em cadernos, passadas de mão em mão, em Salvador, como lições de liberdade. Manoel Faustino ganha feições de jauano quatrocentão, de Bento Prado — filósofo brasileiro e profundo conhecedor de Rousseau — que segura meu braço mostrando-me a Catedral de Chartres:

— Sempre que passo aqui, lembro-me da frase de Rousseau: a liberdade e o indivíduo são sagrados. Se permite que sua liberdade seja violada, o homem atraiçoa sua própria natureza e se rebela contra os mandatos de Deus. Renunciar à sua liberdade é renunciar à qualidade de homem. Com esta catedral, a arte dele atinge o limite do perfectível, da beleza.

Enquanto Bento Prado desaparece na catedral, Manoel Faustino tenta levar as mãos à cabeça, mas estão amarradas. Sente-a crescer acima dos ombros, como se fosse preencher o espaço do Largo, contendo todo o povo que se comprime para assistir ao espetáculo de seu martírio. Decepada ou não, sabe que as ideias não tinham saído dela, mas de outras. Sabe também que, nas quatro cordas penduradas, nenhuma das cabeças pensadoras do movimento vai balançar. Este pensamento o alegra. Dos quatro que caminham para a morte, é o único que tem critérios que superam os problemas raciais. A poucos passos da morte, só lhe resta ouvir, ainda uma vez, a própria voz ressoando na cabeça, depositária das visões do mundo com o qual sonha.

— Brancos, pardos e pretos vão viver num governo de igualdade, sem distinção de cores, baseado apenas na capacidade para mandar e governar. Os cofres públicos serão saqueados e reduzidos a um só, para se pagarem as tropas e assistir as necessidades do Estado. Mas acho que devemos conservar as pessoas de letras e tudo pertencente a religião, por política. De outra maneira será impossível evitar a guerra civil.

Quando entra no Largo da Piedade, Manoel Faustino olha à volta, procurando distinguir alguém. Mas as pessoas parecem não ter rosto. A lembrança do homem encapuzado vem à sua cabeça e a curiosidade, não satisfeita por disciplina partidária, toma conta de seus pensamentos. Quem seria o homem de capuz, estatura baixa, esquálido, cabelos loiros, modos distintos, que aparecia nas reuniões? Na última, no Campo do Dique do Desterro, vira-o encapuzado na claridade da lua, mas não conseguira reconhecer. Quem seria? É neste instante que percebe que tinham parado diante das forcas.

Observo Manoel Faustino olhando à sua volta, procurando ansiosamente o encapuzado, como se fosse a única coisa que quisesse levar da vida: reconhecê-lo para depois, como fantasma, tê-lo como companheiro em andanças nas madrugadas de Salvador. Já que em vida não teve nada, nem mesmo direitos, pensa ter todos depois de morto. Vendo a face bexiguenta, de quase adolescente, lembro-me dos "Autos da Devassa", onde aparece o inglês misterioso. A presença dele foi registrada pela História em outras partes do Brasil, sempre em movimentos libertários, mas nunca deixando rasto, nome ou rosto. Deve ser quem Manoel Faustino procura. Então, por que dei rosto ao homem que apareceu na madrugada? Estaria querendo satisfazer o secreto e último desejo de Manoel Faustino? Ando pelo Largo procurando-o também, com a certeza de que os dois que surgiram caminhando pela rua são fantasmas amigos do presente, que não puderam ser no passado. Minha cabeça, como a de Manoel Faustino, parece conter todo o povo do Largo. Por um momento, dentro dela, tudo se mistura, parecendo sala de projeção desordenada de slides de reportagens que fiz, onde o projetor não soube selecionar, confundindo tudo. Vejo slides de Apipucos, Érico Veríssimo, Paris, Sérgio Buarque de Holanda, trabalhadores em canaviais ou bananais, Termas de Diocleciano, Roma, do nordeste, centro ou sul. Vejo os Alpes franceses passarem pela janela do avião. Na neve do Monte Branco, o caixão da caridade de Águas Belas. Sentados em cima dele, Cícero e João Leite. Sinto vertigem. Espanto as imagens, cambaleando. Ou é Manoel Faustino quem cambaleia, vendo a forca? Tenho impressão de balançar suspenso no ar, como boneco de trapo. Sinto um círculo na garganta tirando-me a respiração, como se o enforcado fosse eu.

Já aprendi há muito tempo que não sei narrar simplesmente os fatos. Tenho necessidade de assumi-los, vivendo-os. Assim, não distingo o que é do passado ou do presente — eles não se contêm? Não separo o que é sentir meu ou dos conjurados perfilados à minha frente — não estão nascendo da mesma visão de mundo? Eu disse que a dor humana, onde acontece, fica para sempre presa às paredes, à terra, em nós. Se ela acontece, diz respeito a todos, é herança de cada um. Percebo-a à minha volta como se estivesse presenciando o martírio dos mulatos, como se meus olhos vissem os facões separando membros, o sangue escorrendo pelo chão, tingindo cada consciência. Comunicar, para mim, é assumir. E é assumindo que, pouco a pouco, o meirinho vai impondo sua voz odiosa dentro de mim e — num tempo que parece sem fim — ouve-se rio Largo, triunfante, a fala da violência; registra-se mais uma vez a passividade do povo diante do martírio dos que morrem por ele. Homens alienados, de tempos passados e presentes misturam-se para ouvir a voz despótica do meirinho, que também é de ontem e de hoje: "A cabeça do réu Manoel Faustino, por não ter habitação certa, será postada defronte da casa de Lucas Dantas, onde fazia a sua maior assistência, esperou os convidados, encaminhando-os para o Campo do Dique, a fim de reduzirem o continente do Brasil a um governo democrático, e o subtraírem ao suavíssimo e humaníssimo governo da Rainha Nossa Senhora".

É ouvindo a voz do meirinho que Manoel Faustino vê o encapuzado entre o povo. Sorri, enquanto o coração bate violentamente. Por baixo do capuz, emoldurados por cabelos loiros, os olhos do desconhecido dizem mais do que as palavras, como se neles estivesse estampado o futuro com o qual sonha. O olhar estranho, envolvente, vem do capuz como se viesse do fim dos tempos... e Manoel Faustino não sente mais a cabeça, compreendendo que outras continuarão guardando seus ideais.

Estranhamente, pela primeira vez desde a madrugada, também não sinto a minha. Nem desejo mais saber quem é o homem de rosto branco. Vejo o encapuzado e me contento em pensar que deve ser o inglês. Sinto paz quando compreendo que, além do dramaturgo, sou um repórter que gosta, não de fornecer dados, mas de encontrar o homem, e só ele, dentro do fato. É sua face que procuro, tentando encontrar a minha. É por isto que vou me perdendo no labirinto, e vejo, subindo a escadaria da Via Del Consolato onde mora em Roma, o poeta Murilo Mendes. Sei que ele me leva às Termas de Diocleciano, museu romano preferido. Os passos dele já são inseguros, mas a voz é vigorosa quando recita versos de sua *Poesia liberdade*:

"Sob o céu do temor e zinco
Os Prisioneiros caminham, tambores velados:
A manopla da noite pesa
Sobre suas omoplatas, seus sonhos comunicantes.
As Erínias, sugadoras antiquíssimas do povo, tambores velados
Caminham, passo a passo,
Apresentando armas de ódio, punhos implacáveis."

Ouço o rufar de tambores, que abafam a voz de Murilo. Recuo no tempo e no espaço e paro diante de Manoel Faustino, que olha os companheiros balançando no ar. Ele sobe os degraus com passos seguros e caminha para a força. Sem Deus, só com as ideias, não poderá dizer no último instante, como João de Deus:
— Seja o que Deus quiser fazer do meu corpo e da minha alma.
São os homens da Justiça real que sabem o que fazer: os corpos ainda quentes são espostejados, as cabeças decepadas, os membros arrancados e espalhados pela cidade. Mas os mortos também sabem o que têm a fazer: os corpos, expostos ao calor do verão baiano, começam, em pouco tempo, a encher a cidade com suas emanações. Dois dias depois, o ar é irrespirável. Os filhos dos condenados, encolhidos, amontoados no fundo das casas, sentem no ar a presença dos pais. Polínices apodrece fora dos muros de Tebas! Num instante fugido, vejo Polínices pendurado em galho de mangueira. Encostada ao tronco, Antígone com chapéu de organdi e vestido de miçangas pretas e brancas formando listas, pensa como enterrá-lo, enfrentando Creonte cafeeiro. Polínices olha Antígone, e diz manso:
— Vem, meu filho. Vovô dará jeito.
Espanto a imagem estranha, lembrando-me de estátuas. O pensamento se desvanece, quando Antígone se transforma em um menino de sete anos. Em Salvador, nenhuma Antígone mulata enfrenta o Creonte lusitano, procurando enterrar os irmãos, pendurados como cachos de flores libertárias. Marta sai da igreja de São Francisco e se faz presente em toda Salvador, gritando justiceira:

— Meus mortos não serão mais inúteis. Devem ajudar os vivos. Para que serve um corpo esquecido como galho de árvore ou como laje? A morte deles é crime de vocês também. Que se decomponham até aparecerem os ossos — feixes de espigas em postes; que o odor dos corpos torne insuportável a vida na cidade. É a maneira de enterrá-los onde é preciso.

Os tempos são outros: não é enterrar que importa, servindo aos deuses; mas servir aos vivos ficando expostos. Pouco a pouco, como gás letal, a presença vingadora invade as casas, penetra nos conventos, toma conta das igrejas e palácios. Sobe pelos morros, desce para os vales e praias. Nem o incenso das igrejas, o perfume das flores, ou a brisa do mar, conseguem fazer esquecer, por um segundo, a presença da decomposição. É como se ela pertencesse à alma da cidade, saindo dos alicerces, paredes; brotando do chão. Círculos de urubus cobrem as nuvens — ou são mariposas voando em volta de lâmpadas? — pousam nas cruzes, torres de igrejas, telhados de palácios, estendendo manto negro sobre Salvador. Daí, descem para os postes e, durante cinco dias, são os únicos donos de ruas e praças.

Procura-se plantar nos baianos o temor pela revolta, mas na verdade o que se planta é o horror ao despotismo. O terrível mau cheiro não vem tanto dos corpos dos mulatos mortos, quanto do sistema colonial em decomposição. No alto de quatro postes, olhos mulatos que viraram do tempo são os únicos que enxergam o amanhã. Com quatro postes — mais quatro agulhas — a tirania real vai costurando a própria mortalha. É a vingança dos alfaiates.

Ainda perdido em mim mesmo — em Tebas, Salvador ou embaixo de mangueiras? — percorrendo as veredas que os mulatos abriram em minha mente, subindo pelos postes à procura deles, percebo que as lâmpadas à minha volta se apagam. Sigo a mariposa que voa em busca de outras luzes e dou com os olhos dos dois homens, o de rosto branco e o de face bexiguenta. Eles continuam observando-me, com certeza pensando que sou algum bêbedo caído no banco, ou talvez coisa pior, ao verem meus olhos fixos no rosto deles. O sorriso depreciativo acentua-se. Lentamente, saindo da alucinação histórica, percebo que os fantasmas do passado desapareceram com a luz do sol, que bate na torre escamada da Igreja, dourando o Largo da Piedade. Só ficam, rondando-me, fantasmas do presente. O sorriso, que ficara suspenso no ar, desfaz-se e os dois homens continuam o caminho, cumprimentando a baiana gorda com bata rendada, saia engomada, colares, pulseiras e brincos que, no canto do Largo, arma o tabuleiro de abarás e acarajés. Compreendo, então, que não havia saído do banco, que a tragédia dos alfaiates fora vivida dentro de mim. Acontecera enquanto durou o sorriso de desprezo do operário que passava. Os olhos me observavam através da fumaça do cigarro, não da aba do chapéu de organdi. Magia baiana! Ou encantamento que não sei de onde vem, num estúdio distante? Distante ou à minha volta?

Ando em direção do hotel: preciso descansar, para conhecer a cidade. Onde será que mora Jorge Amado? É o repórter com alma repleta de história e de mulatice, quem chega ao Vila Romana e desmaia na cama.

No dia seguinte, sentado no pátio do hotel, não consigo mais pensar nos personagens da conjura. É como se tivessem saído de mim para sempre, indo habitar o país democrático com o qual sonharam, situado num continente utópico. Estou livre porque assumi a tragédia.

Agora, há outros rostos que me espreitam, no ambiente que quer ser romano. Sobre pilares, estátuas de louça. Pendurada em uma delas, a plaquinha do estúdio de Wesley: "Vietato Sputare in Terra". Quero descansar, não me lembrar de nada, apenas beber meu uísque. Minha capacidade de fuga, porém, é ilimitada. Qualquer objeto, trecho de música, feição que passa, estátua, joga-me nas malhas da recordação. Olhando a brancura, a redondez dos peitos da estátua, lembro-me de cantoras de ópera. Não sei em que parte do labirinto, Maria Caniglia canta *Vissi d'arte, vissi d'amore*, da ópera Tosca, de Puccini. Sinto no ar cheiro de cravo e canela. Sei que tenho 23 anos e que estou sentado com a cabeça debruçada na vitrola. Seria somente a voz de Maria Caniglia, ou também de colonos italianos gritando em cafezais? Ou será em tecelagens? O meu personagem Egisto Ghirotto encosta-se ao balcão da recepção, dono do Hotel Vila Romana. Não foi ele quem comprou cafezais, louças, cristais, de meus antepassados? Egisto grita do balcão, fazendo pregação para hóspedes do hotel:

— O que sou ganhei com estes braços e com esta cabeça. Me entende? O que tenho não encontrei na rua, nem recebi de presente. Carcamano, emigrante... e com muito orgulho. Fiz mais do que vocês. Quando cheguei aqui, eram os donos de tudo. Hoje, o dono sou eu. E *lavoro* honesto. Honestíssimo! Vou me importar com o que pensam? *A l'inferno tutti quanti*. Eu vim pra ficar. Estrangeiro é turista, gente que não tem o que fazer em lugar nenhum. Conheço muitos brasileiros que são turistas *qui. Qui!* Andam por aí olhando a paisagem, estudando história. *Io* faço *la* história!

Egisto desaparece pela escada de balaústres coloniais. Do anjinho que urina entre folhagens no canto do pátio, vão surgindo, um a um, os enormes anjos que ladeiam a ponte do Castelo de Sant'Angelo. Vão aparecendo à medida em que subo as escadas da Via Del Consolato, acompanhando Murilo Mendes. Bem à minha frente, o Castelo de Scarpia lembra-me Maria Caniglia, martirizada como Tosca. No passado distante, levanto a cabeça da vitrola, e surpreendo o olhar atônito de meu pai, com perneiras de couro até a cintura.

— Disco que mais parece roda de carro-de-boi. Tem bezerro pra marcar e frieira pra cortar.

No passado recente — os dois passados se sobrepondo — depois de sair da Via Del Consolato, de namorar o Castelo de Sant'Angelo, chego à Piazza della Republica, onde Murilo aponta:

— Aqui está o Museu Nacional Romano das Termas de Diocleciano. É um dos meus lugares prediletos.

Vindo pelo anjinho que urina — não foi ele um irreverente? — Murilo entra no pátio do Vila Romana — ou será no estúdio de Wesley que me lembro de *Poesia libertà*, lendo o rótulo da garrafa de Carpano? Não foi a bebida que Murilo me ofereceu em seu apartamento no Palácio Malvezzi, na Via Del Consolato? Não é Murilo quem entra no pátio em Salvador. Levado pelas asas do anjinho — ou pelo fio da urina? — chego a Roma. Cinquenta anos de sonhos se realizam. Quantas vezes, namorando páginas da revista Ilustração Brasileira, não estive em Roma? Era o meu *National Geographic Magazine*. Foi nela que vi, pela primeira vez, a brancura e a redondez dos peitos de Maria Caniglia. Fiquei três horas de pé no canto do guarda-comida, castigado por ter arrancado a página da revista. Está escondida embaixo do meu colchão. Vejo do castigo, refletida no vidro do relógio, a ponta da colcha de minha cama. A noite, os peitos vão me servir de travesseiro. Enfiarei meu rosto no meio deles, enquanto me masturbo. É por isto que não consigo ouvir a Tosca, sem sentir o perfume de canela e de cravo. Onde será que mora Jorge Amado? Enquanto Paulo e Léio — meus dois grandes amigos — em concurso de masturbação, pensam em mulas, cabras ou na Rosária, eu já desejo cantoras líricas.

— Esse menino é pernóstico!

— Ai, Mimosa... vem gostosa... vou encostar você no cocho da prainha... e te mandar o pau! Ai, aiii... aiaiaiaiiiiiii!

— Que foi, Jorge?

— Nada. Por quê, Murilo?

— Você olhava a Náiade e sorria de maneira lasciva!

Admiro a praça à minha volta, sabendo que vou levá-la inteira comigo e guardar no quarto de bandeira com cavalos-marinhos, ainda colorindo todo o labirinto, transformando-o em nave de catedral gótica. Catedral gótica! Vejo, numa manhã ensolarada de primavera, Érico Veríssimo saindo comigo da Catedral de Notre Dame e Bento Prado entrando comigo na de Chartres. Mas não é em catedrais que devo entrar, por enquanto, mas nas Termas de Diocleciano e acompanhado por Murilo Mendes. Murilo é poeta, vive em Roma. Com ele, sei que vou me perder em meandros que ainda não tive coragem de enfrentar. Os passos dele são inseguros, mas a voz é vigorosa, recitando versos de *Poesia libertà*, na Piazza della Republica, denominação que mulatos baianos sonharam dar ao Pelourinho:

"*Sotto il cielo di zinco e di terrore*
Marciano i prigionieri, tamburi velati:
La manopola della notte pesa
Sulle loro spalle, i sogni comunicanti.
Le Erinni, antichissime succhiatrici del popolo, tamburi velati,
marciano, passo passo,
Presentando armi d'ódio, pugni implacabili"

No corpo central das termas, construídas em 306 pelos imperadores Diocleciano e Maximiliano, havia piscina cercada de jardins, com capacidade para três mil banhistas. Olho os restos de paredões monumentais e cheios de plantas nascidas entre pedras. Murilo observa minhas reações.

— Para mim, é um lugar verdadeiramente inspirador, bom para se pensar nos limites do humano.

A tia, vestida de contas de vidro que refletem o céu romano, lembrando asa farfalhante e translúcida de borboleta, passa por nós, entra nas termas e leva-me para tudo que pereceu, nos limites não do humano, mas da minha infância. Entra nas termas ou se esconde atrás do "Meccano", brinquedo guardado da infância de Wesley? Acompanho-a. Não posso escapar à minha condição. Ela para no terraço da fazenda Santa Genoveva, estendendo-me a mão. Recuo e saio correndo entre canteiros de dálias e zínias, procurando meu reino encantado: as mangueiras, formando imensa abóbada de folhas, sustentada por pilares nodosos, onde encostei estátuas erguidas pela saudade. É lá que viajo pelo mundo, mas ainda não visitei os Estados americanos sulistas, já levados pelo vento como minhas mangueiras. Levadas pelo vento para dentro do labirinto. É lá que vou procurá-las sempre e me vejo à sua sombra. Lugar de sonhos e de sofrimento!

Nos galhos quase medievais destruo castelos de marimbondos, dou piruetas no espaço, sou rápido como andorinha ou tesoura. Em volta dos troncos, varro, cerco com pedaços de tijolos e faço casinha. Eu, único homem entre mulheres, sou marido — estranho — uso sapatos de salto alto. Meu avô passa, fecha as sobrancelhas e me arranca dos sapatos pelas orelhas, mantendo-me suspenso no ar. Castigo que me distingue, orgulha-me. Meu pai sempre distante, caçando. Sinto-me só, indefeso. Ou renegado? A tia, embaixo do pé de azedinha, bate o guiso dental, rindo de mim. Foi quem me ensinou que a maldade é de família grande e até tradicional. Pode ter, inclusive, irmã com mãos que lembram asas de borboleta. Embaixo do caquizeiro, caio de joelhos, suplicando:

— Meu Deus! Ela ri de mim — os caquis são lindos! — e eu não sei por quê. Faça que seja feia — quando acabar de rezar vou comer aquele bem no alto! — como mariposa, e não bela como borboleta.

Meu universo contém-se embaixo de mangueiras — o de meu avô não se limita entre jabuticabeiras? Atapetado de folhas amarelas e gravetos, meu continente termina — o de meu avô também, mas do lado de baixo — no mar do rego d'água, onde, montado em cavalos-marinhos — prefiro os vermelhos como caqui — navego por oceanos desconhecidos. Ontem visitei o Vaticano, depois de ter ouvido a avó-paina dizer:

— Penso que nunca irei a Roma conhecer o Papa.

Quando meu cosmos é invadido, escondo-me com patos e marrecos embaixo da ponte — que não é ponte, mas arco-íris. Às vezes, é ladeada de anjos, como a do Castelo redondo que vi na Ilustração Brasileira. Escondo-me como estou agora. Mal respiro com a água até o nariz: parada sobre a ponte, a tia com minhas roupas nas mãos. Ela sabe onde estou. Demora-se torturando-me! Sinto sobre a ponte os anjos do Castelo Sant'Angelo — se pudessem me proteger! — e penso no sofrimento dos prisioneiros do Castelo de Scarpia, que eles também não protegeram. Ouvem, indiferentes, a voz da tia, carrapicho entrando em meus ouvidos:

— Onde será que se escondeu a mulherzinha? Ela vai aparecer. Está quase na hora do jantar. Vejo alguém vindo pela estrada da figueira num cavalo castanho. É o cavalo Matogrosso! É o pai da mulherzinha! Vou contar na frente de todo mundo.

Procuro descobrir o que tem para contar, mas não consigo. Fios d'água escorrem de meus olhos, minas abundantes, mais do que as do rego d'água. Meu mar, onde só nadam patos e marrecos cisnes, fica povoado de polvos e tubarões, enlaçando, comendo minhas pernas. O tempo passa. Minha alma fica cheia de lodo, e a Erínia da minha infância — "le Erinni, antichissime succhiatrici" — continua sobre a ponte, lembrando ninho de taturanas — ou de Serpentes? "Um precipício que ondulava, tantas eram as cobras...!" Agora, há uma de olhos verdes que me espreita, enrolada na cachoeirinha de azulejos amarelos. Ela desaparece no jardim japonês e eu já não vejo o sol deitando-se entre árvores da fazenda Quebra-Cuia. Logo, o arco-íris vai virar Via-Láctea. Calculo a distância e saio correndo: preciso chegar em casa antes que o cavalo Matogrosso. As gargalhadas paralisam-me e fico, no imenso terreiro, nu para sempre, vergastado pelas risadas. Como suplico que o mundo se abra em fendas! Como invejo países onde há terremotos!

— Olha o jeitinho dele! Mas ele tem pipi! Quem havia de acreditar!

Olho as mangueiras, pedindo que me defendam, me cubram de folhas, que atirem suas mangas e matem a cobra que me mantém preso em seus olhos, dois cus embostando-me. Mas o mundo ficou estático! Nele não há mais árvores, pássaros, músicas ou flores. Os arados da maldade reviraram tudo... e sementes da solidão brotaram por toda parte, emparedando-me. Passando pelo portão do curral, meu pai com perneiras de couro até a cintura. Enquanto o vejo subindo as escadas da varanda, ignorando-me, dezenas de cachorros cercam-me e eu caio ao chão, caça abatida.

Por que será que a tia das miçangas me levou em suas asas para eu me rever menino-humilhado? Que recordação amoitada está querendo trazer do passado perdido? Desenha-se, numa lembrança fugidia, em plena praça romana, um túmulo de granito rosa com bandeira paulista marmorificada e uma trepadeira coberta de flores roxas — Espada de São Miguel! Sei que o túmulo está no cemitério de Barretos, onde descansam meu pai e a tia bandeirante, para sempre vigiados pela avó-onça. Vejo minha mãe ajoelhar no granito, e, enquanto chora rezando, arranca ervas daninhas e lustra o bronze dos nomes. Depois, enche de água e de zínias os cachepôs de louça florida. A recordação me faz sentir ansiedade de entrar nas termas — sei que a tia escapou do túmulo rosa agarrando-se às lágrimas de minha mãe e está lá, esperando-me com asas brancas, negras e vermelhas, para me levar, através do universo da saudade, à explicação de tudo. Pressinto que vou encontrá-la escondida entre mosaicos etruscos — ou talvez estatuada em miçangas de mármore.

Os degraus que descem para a entrada das termas estão cheios de turistas jovens de ascendência nórdica. No meio deles, o menino com grande laço de fita amarela nos cabelos loiros. Pensando na ponte sobre o rego d'água, compreendo por que ele me comovera tanto. Se cada um conhecesse as raízes das próprias reações, a paz seria companheira constante. Não existiria a violência no mundo, muito menos a maldade. Aprenderia que tudo brota de nós mesmos, que é no fundo dos outros que nós nos encontramos.

Murilo para e observa os jovens, sobretudo as jovens. Por seu rosto passa o sorriso fugidio, talvez lembranças da vida boêmia e meio louca no Rio de Janeiro, na década de 20. Ah! A década de 20! Atraso-me, fingindo fazer apontamentos, e observo o poeta que nasceu em Juiz de Fora.

— Juiz de Fora, no meu tempo, era um trecho de terra cercado de pianos por todos os lados.

Mas onde não havia pianos? No Garimpo das Canoas, meu tio bisavô para em frente da casa das sobrinhas que, alegres, cantam e tocam piano. Resmungando, ele passa adiante, vergado pela vergonha.

— Nesta casa está para desenvolver uma putaria! Coitado do meu falecido irmão.

Na sala de frente da casa de sua sobrinha — minha avó-onça! — na rua Maranhão, em São Paulo, também havia um que ninguém tocava. Sobre a banqueta, almofada com melindrosa pintada, lembrando desenho de Belmonte. Bonecas sentadas em sofás. As bonecas podiam sentar, eu não. Bonecas e visitas — conforme as visitas. Lugar proibido que ficou guardando mistérios... e minha adorada tia que morreu de paixão em 32, depois de ter entregue à causa constitucionalista joias, pratarias, crença e amor. A bandeira paulista não está mais em seu vestido — que já desmiçangou — mas no túmulo de granito rosa.

Observando Murilo à porta das termas, lembro-me da caminhada que fizemos pelo Corso Vittorio Emmanuele, quando cumprimentou o jornaleiro, pedestres, gente que há oito anos o encontra no mesmo caminho, fazendo de Roma cidade provinciana.

— *Buon giorno.*
— *Come stai, professore?*
— *Grazie.*
— *Molto gentile. Ciao.*

Murilo, alto, curvado, sempre refinado, espera que eu passe à sua frente. Ele jamais esquece — em qualquer lugar ou situação — os deveres da cortesia. Com sorriso enigmático que se esconde no rosto, desce os poucos degraus que levam às termas. Há dias que estou intrigado com esse sorriso, sem conseguir descobrir o significado mais profundo. Quando chega diante da porta, Murilo recua apontando delicadamente para que eu passe. Reparo que, às vezes, ele repuxa o canto esquerdo da boca num movimento que quase une lábios e sobrancelhas. O movimento me intriga. Já o notara em diversas situações, mas não consigo ainda descobrir suas raízes. O sorriso que se esconde no rosto-mármore continua sempre presente. Agora, às portas das termas, ele se acentua ainda mais. Por um momento, lembra o enigma da expressão das estátuas que permaneceram através dos tempos. Diante de mim está um homem cuja verdade se confunde com a arte, com a estética.

— No século XVI, Michelangelo adaptou as ruínas das termas, transformando-as na igreja Santa Maria dos Anjos e no convento dos Cartuxos. As salas do convento abrigam, desde 1889, riquíssima coleção de esculturas e peças arqueológicas gregas, romanas e cristãs. Você verá mosaicos raros, sarcófagos, esculturas originais.

Subitamente, Murilo para admirando as enormes abóbadas. Admiro também, tendo ligeira impressão de que são de folhas. Nas colunas, monumentais e nodosas, vejo estampas da Ilustração Brasileira, estranhas estátuas ainda não catalogadas. Seriam os efeitos do banho de cultura, de estátuas, que Roma me dá há mais de dez dias? Banho? Espanto o pensamento e observo Murilo: no rosto dele, já não tão enigmático, estampa-se um amor profundo.

— Quando penso que isto tem vinte séculos; que Michelangelo tocou nessas paredes! Aqui, ele passava horas e horas, amando o grandioso, o gigantesco, as proporções perfeitas. Entro embaixo das mangueiras, esperando que o sol fique mais quente: o rego d'água me espera. Como espelho mágico, reflete o que desejo. Hoje, vou pedir que reflita a lua e as estrelas. Os igarapés estão roxos. Nadarei entre luas, estrelas e flores.

— Com certeza já visitou o Vaticano?

— Já e não gostei.

— Acontece com muitos. Lá, quase tudo sofre de gigantismo.

— Menos a *Pietà*.

— Claro. E outras coisas também.

Entro na Basílica de São Pedro acompanhado por minha avó: faço a viagem especialmente para levá-la, antes que ela morra aos cem anos. Mas acontece uma coisa estranha: ela não pergunta pelo Papa. Simplesmente abraça-se às minhas pernas e fica imóvel, com os cabelos soltos parecendo manto esculpido.

— Visitou a capela Sistina?

— Juntamente com cem mil japoneses, duzentos mil americano e milhares de homens de todo o mundo. Parecia uma feira de idiomas. É muito bom ver tanta gente com o rosto voltado para o alto, admirando pinturas de Rafael, Botticelli, Perugino, Michelangelo. É a arte não mais como patrimônio de meia dúzia, mas propriedade do povo; de todos os povos.

Ergo os olhos e admiro a abóbada verde, movida pelo vento. Vou, sensualmente, desabotoando a camisa, procurando galho para pendurá-la. Quero um que a faça bandeira em mastro. Como a que vi na matinê, em Barretos, enquanto o pianista tocava *Sobre as ondas*.

— Roma é isto: sente-se a presença de gênios para qualquer lugar que se vá.

— E o monumento a Vittorio Emmanuele?

O tique reaparece no rosto de Murilo: o canto esquerdo dos lábios ergue-se, encontrando-se com a sobrancelha. Descubro sua origem: é a irritação profunda e silenciosa que faz repuxar seus lábios. Falar no monumento a Vittorio Emmanuele naquele lugar parece a ele um sacrilégio de minha parte.

— Aquilo é uma dentadura num riso quase obsceno.

Murilo caminha, saindo no jardim interno onde estão espalhadas diversas estátuas sem cabeça, braços, sexo; pedaços de colunas, de monumentos; fragmentos de mármore que marcam um tempo e um espaço.

Embaixo das mangueiras há silêncio de catedral. Em volta de um tronco, pedaço de tijolos, tampa de panela velha, uma perna de boneca e folhas picadas dentro de xícara de porcelana chinesa sem asa. Abraço-me à mangueira e olho o tronco que se perde no espaço — ponte para o infinito.

— Roma é uma cidade que não se entrega ao primeiro contato. Há muitas Romas.

— Seu povo é belo. As pequenas ruas nos prendem como visgo. O ocre das casas e palácios lembra sangue, carne, paixão.

— Roma é sobretudo as obras mestras que contém, que marcam o caminhar maravilhoso do homem.

— É como cada homem: soma das obras que deixa.

Estátuas cinzeladas pela dor. É uma delas que procuro, caminhando embaixo das mangueiras. Mas não é a minha, nu e cercado de cachorros, esculpida com o cinzel das gargalhadas e da humilhação. Qual seria?

Murilo senta-se no parapeito de mármore, volta-se e observa a estátua às nossas costas. Seu rosto de linhas retilíneas, de traços helênicos, parece completar o cenário. Os olhos dele descem e sobem acariciando o mármore da estátua. Por um momento, tenho a impressão de que há diálogo entre eles, o mesmo que deve existir entre estátuas, enquanto na sua eternidade observam os homens que passam... como esses com gravatas berrantes e máquinas fotográficas.

— Se tivesse cabeça ou braços, não teria, talvez, o mesmo mistério que o tempo conferiu. Quem teriam sido essas pessoas? Isto me impressiona muito, Jorge. Sabe que as estátuas sofrem quando são tocadas?

Vejo a espingarda caída sobre folhas amarelas. Ao seu alcance, a mão pendida, inerme. Sei que é a de meu avô, pela idade e pelos que contém. E porque é a que me ensinou andar entre mangueiras.

— Vem, meu filho. Não tenha medo. Não ponha essa folha suja na boca!

Tento me relacionar com uma das minhas estátuas, como Murilo se relaciona com a que está às nossas costas.

— Sabe, Jorge? Ainda menino eu já colava pedaços da Europa e da Ásia em grandes cadernos. Eram fotografias de quadros e estátuas, cidades, lugares, monumentos, homens e mulheres ilustres, meu primeiro contato com um futuro universo de surpresas. O prazer, a sabedoria de ver chegavam a justificar minha existência. Uma curiosidade inextinguível pelas formas me assaltava e me assalta sempre. Ver coisas, ver pessoas na sua diversidade, ver, rever, ver, rever. O olho armado me dava e continua a me dar força para a vida.

Não tive grandes cadernos, mas quantas páginas da Ilustração Brasileira não colei em minha alma? Quanto não sofri por causa da minha infinita curiosidade? Vovó atravessa o jardim das termas, levando bacia com partes do porco que acaba de ser morto. Passo atrás com mãos que já viraram livro.

— Vovó! A senhora acha que o porco está morto?

— Claro. Não está vendo os pedaços dele na bacia, menino?

— Para mim não está.

— Melhor. Sobra mais para os outros no almoço. Porque ninguém come porco vivo, não é?

— Não é isso, vovó. Para mim é o porquinho que ajudei a criar na mamadeira. É a imagem que tenho dele. Estará sempre vivo. Nem quero comer meu porquinho. Não sou antropófago.

— Pernóstico inventador de palavras. Escute aqui: o que pretende da vida, hein?

— Ver como é a próxima cidade depois de Barretos, e a próxima, e a próxima. Correr mundo. Deve haver, nele, um lugar que é só meu. Gostaria de abrir portas, ver como os outros vivem, o que pensam, o que têm e o que gostariam de ter.

— Sabia! É a mania feia de espiar em buraco de fechadura. Já *não* basta a surra que levou?

Que escultura é esta que procuro em minhas termas, da qual só possuo a espingarda e a mão pendida de meu avô? Sei que tudo principiou com ela. Mas principiou o quê? De repente, no jardim das termas, sinto-me prisioneiro de um mundo distante, essencialmente brasileiro. Foi preciso conhecer Roma e Murilo para compreender. Agora vejo que são visíveis nele os efeitos dos longos anos distantes de sua terra. Ou teria sido sempre assim? Concluo que Murilo sempre viveu enquadrado no espaço intelectual e artístico europeu: é um esteta da vida. Com sua arte, criou uma imagem do Brasil, cultural no melhor sentido da palavra, mas divorciada da minha e de outros brasileiros. Conhecê-lo foi como tomar contato com a estátua ao nosso lado, por exemplo. Levamos a imagem bela, não a estátua que não nos pertence, nem simboliza nosso homem. Cícero, o pernambucano de Águas Belas, bate feijão entre juazeiros secos, petrificados. O corpo talhado a foice e a enxada, os músculos poderosos, o suor que o lava das sujeiras do mundo, a harmonia dos movimentos transformam-no em obra-prima no museu de nossas responsabilidades.

— Onde será que mora Jorge Amado?

— No bairro do Rio Vermelho. Não conheço a rua.
— Obrigado.

O garçom sai levando a garrafa de uísque, junto com o turista que passa falando alto, importunando com sua câmara fotográfica homens e estátuas. A reação de Murilo é silenciosa, como deve ser a das estátuas que sofrem quando são tocadas. De repente, como se fugisse, levanta-se e caminha admirando as esculturas e fragmentos expostos ao longo das platibandas do jardim, nos monumentais muros das ruínas.

— Veja que massas colossais.

Neste cenário que lembra a grandeza romana, Murilo sente-se em seu elemento, espectador privilegiado da arte vinda através dos séculos. Na minha busca desesperada da verdade — para que serviria a arte? — vejo, pendurada no muro, a página da Ilustração Brasileira: *A violação de Lucrécia*. Ou seria *Uma noite com Cleópatra*? Páginas arrancadas, escondidas no colchão, provocando masturbações intermináveis. Foi através destas que penetrei no mundo da arte. Mas elas não fazem parte da estátua que procuro desde o momento em que entrei nas termas.

À entrada do claustro, Murilo detém-se para que eu passe à frente. Há algo de frio em sua expressão; qualquer coisa da indiferença do mármore. Mas é aí que começa o grande banho; onde Murilo, com respeito religioso, vai me apresentando estátua por estátua. Uma ansiedade aflita toma conta de mim, como se numa das salas do claustro fosse encontrar a estátua que procuro. Sobre pedestais ou em blocos, passa a inteireza compacta do equilíbrio grego ou da paixão romana dos césares. Meus passos se adiantam, mas Murilo detém-me. Tempos e espaços, nos limites de sociedades — grega, romana, etrusca — se fazem presentes em fragmentos de mármore ou de pedra — matérias-primas de comunicações transcendentes. "E os fragmentos da sociedade à qual pertenço? Onde estão?" Com as sociedades, vêm usos e costumes; com a religião, deuses e templos; com o poder temporal, leis e governantes, — "Foi o bode de Macaé!

Ele e o leiteiro de Minas. Maldito P.R.P.!" — tudo o que só pode continuar vivo pelo trabalho dos artistas. No silêncio, cheio de séculos: "ou de sonhos infantis?" — diante das formas frias repletas de humanidade; — "ou carregadas de ódio e desesperança, embaixo de mangueiras?" — de verdades em expressões estatuárias; — "ou em rostos avoengos?" — das linhas que saíram de mãos que anteciparam os tempos; — "ou de acontecimentos que fizeram tempos perecerem?" — em todos os momentos, Murilo vai me conduzindo pela mão. "Como me conduz pela angústia, interiormente, a memória." As linhas de sua alma, muriladas em pedra juiz-forana, se transfiguram em arte ocidental, em poemas brasileiros. "As minhas, moldadas em barro barretense, em tragédia teatral." Ao me conduzir, Murilo revela-se o esteta, o homem que assumiu a condição da arte como o ar que se respira. "E a mim, a memória, um dramaturgo que não encontra mais seus caminhos." Nas termas, sou ilha de aspirações literárias, cercada por uma infinidade de estátuas cinzeladas na memória pela dor, mas não sei o que fazer com elas: as portas teatrais me foram fechadas. Parece que meu teatro morreu! E de repente eu vi, entre estátuas gregas, etruscas e romanas, separada, no topo de escadaria com balaústres coloniais, a minha *Pietà*, conjunto estatuário que procurava, cadinho de onde sai tudo o que escrevo.

Encontro o galho que andei procurando e acabo de tirar a camisa. Hoje, tenho permissão para nadar no rego d'água. Parece que os grandes não me querem por perto. Há qualquer coisa de terrível no ar. Ninguém olha vovô de frente, sempre no meio das jabuticabeiras, andando como animal acuado. Tios e tias desapareceram; só ficou minha mãe. Vovó não tem saído da beira dos tachos, como se fizesse provisões para uma longa viagem. Como acontece quando a gente vai pegar o trem.

— Por que a senhora está chorando, vovó?
— Não vê que é a fumaça?

Respondeu passando a mão no rosto afogueado, escondendo os olhos. A voz não era macia como paina. Há dias que mamãe não dá boa noite, passando as asas em meu rosto. Ouvi choro nos quartos. Não sabia que gente grande chorava! Pessoas que trabalhavam em volta da casa evaporaram. Ou o vento levou? Sinto a tia casca-veleira não estar presente, para desafiá-la. Nadarei nu nos rios e mares até o fim dos tempos. Os raios do sol atravessam a abóbada de folhas — das mangueiras ou das termas? — fazendo desenhos luminosos no chão. O cosmos mangueiral está livre de monstros; a fazenda parece deserta, não há ninguém para rir da minha nudez. Fico longo tempo olhando para o alto — ou para meu corpo? — contando mangas, seguindo galhos. De um deles, salto fazendo piruetas no espaço e vou cair na mangueira seguinte. Montado em manga coração-de-boi — linda com pintas vermelhas! — sigo andorinhas e tesouras, vencendo-as no voo. Ataco caixas de marimbondos, castelos da tia ferretoante. Observo patos e marrecos que deslizam indiferentes ao mundo dos barrancos cobertos de samambaias. Os círculos na água partem de meu peito, vencendo distâncias no oceano-quintal. Quando vou pendurar a camisa — vela ou bandeira? — ouço O som apavorante. Parece-me grito de pássaro ou de animal ferido de morte, mas que lembra a voz de minha mãe. Agarro a camisa, saio correndo, subo a escadaria e entro na sala: meu avô segura a espingarda com o rosto congestionado, ameaçando um inimigo invisível para mim. A barba branca é negra como o ódio; os olhos bondosos viraram espreita maligna, tocaia. Minha avó, de joelhos, abraçada às pernas dele, paralisa os movimentos assassinos. Minha mãe, agarrada à espingarda, é um anjo lutando — determinação e movimentos não registrados na arte de Michelangelo. As ameaças que eu sentia no ar, deitado no quarto pensando na bicicleta, concretizam-se em palavras:

— Pensei morrer antes de ver este dia. Não se tem mais respeito por nada. Não existem mais amizades. Não se pode acreditar na palavra de ninguém. Não entregarei minhas terras por nada. Pode dizer a eles, na cidade, que se vierem aqui eu os receberei a bala, a bala! Está ouvindo?

— Papai! Entregue-me a espingarda...

— Não me importo de morrer. Nada de bom, nada de decente restará depois disto.
— Não, papai! Acalme-se!
— Nem meus filhos poderão me respeitar.
— Não, papai, pelo amor de Deus, acalme-se.
— São terras que pertenceram a meus pais; que são de meus filhos. São minhas... Meu Deus! Não tire minhas terras. Não tire minha fazenda...

Meu avô cai ajoelhado, ainda abraçado por vovó, silenciosa na sua piedade infinita. O imenso coque desfeito é um manto protetor de cabelos azuis e brancos. Não chora, nem vai chorar nunca. Minha mãe segura a cabeça dele, encostando-a no rosto molhado, que é a expressão máxima da solidão, da desesperança. Os olhos dele, fechados, lembram os de estátuas que vertem água. A espingarda, caída no chão, ao alcance da mão que jaz pendida, inerme. Minha mãe passa as mãos no rosto dele, como passava no meu em quarto escuro: meu avô é criança indefesa e eu, velho de repente. Tenho sete anos: transformam-se em setenta. Assim ficam para sempre: iluminados pela luz colorida das bandeiras, marmorizados na minha *Pietà* fazendeira.

Procuro refúgio nas mangueiras. Mas elas estão secas, sem folhas e mangas, garfos imensos. Corro ao rego d'água, mas só encontro lodo e cavalos-marinhos mortos. Meus patos e marrecos, pendurados pelo pescoço no pé de azedinha. O jabuticabal é uma fogueira imensa. Recuo, encosto-me ao tronco agonizante da mangueira e, lentamente, deslizo para o chão. Meus olhos estão secos. Vejo a terra coberta de borboletas amarelas... e começo a comê-la, antes que ela me devore. Com a fúria dos deuses lançada contra mim, fico sozinho, exposto pelo quintal em fragmentos... até que alguém, na escuridão da noite, vem me buscar: é meu avô. Ele diz manso:

— Vem, meu filho. Vovô dará jeito.

Firme, seguro a mão vacilante dele... e até hoje ainda não paramos de andar. Nem vamos parar: nossos caminhos jamais poderão chegar à sala de bandeiras coloridas — ela não existe mais. Só existe, na lembrança, o bloco cinzelado pela dor: meu avô com as mãos no rosto tentando esconder as lágrimas; minha mãe abraçada a ele num gesto de impossível consolo; minha avó agarrada em suas pernas — *mater dolorosa* caída no assoalho de tábuas largas. A luz, esverdeada por dezenas de mangueiras, entrando em vidraças desenhadas, iniciava a pátina de tempos que findavam. Petrificado na lembrança, eu, que tinha apenas sete anos, comecei a percorrer as termas da saudade.

 Encostada à *Vênus no banho*, de Menophant, observando-me, vejo a tia coberta de reflexos miçangueiros, segurando alguma coisa nas mãos. Sei que é brinquedo, mas não consigo distinguir suas formas. Ela sorri para mim, coloca o chapéu de organdi, pega a bolsa e sobe no bonde Higienópolis que desce pela rua Maranhão. Alma desenraizada, como eu, vagando pelos caminhos do mundo. À procura do quê?

 — Que caminhos, Jorge? Que foi que disse?
 — Do claustro, Murilo!
 — O sentido em que vamos é o melhor para se ver as estátuas.

 E dos tempos passados — indo para os vindouros — a comunicação entre os homens pela arte — e pela dor — se transfigura em esculturas, mosaicos e pinturas. Passa a Nióbida dos Jardins Salustinos; a Vênus de Cirena; o Discóbolo do Castelo Porziano; a Filha de Antium; o Efebo de Subiaco; o Gaulês matando sua mulher e a si mesmo; o Lutador em repouso; a Atena; o Augusto Pontífice Máximo; o Marte em repouso; o Apolo; as pinturas do Palácio de Lívia; a famosa cabeça de Afrodite, achada no rio Tibre. E toda a beleza de Roma se faz presente: da *Pietà* ao Capitólio; da Capela Sistina à igreja de São Clemente; das ruazinhas silenciosas ao amanhecer envoltas numa atmosfera ocre às barulhentas *trattorias* do Trastevere. Sinto-a — e levo comigo — exatamente como Fellini em seu filme genial: a obra-prima entre obras-primas é seu povo.

 Murilo para diante da banheira onde, possivelmente, Diocleciano tomava banho, e volta-se para mim. Pela primeira vez, e a única, não havia distância de séculos em seu rosto. Lembra-me, imediatamente, mineiros de minha terra. Até o tom da voz se modifica, amineirando-se. Meus antepassados não saíram de Airuóca, em Minas?

— Que me legou meu pai de grande e permanente? Sem dúvida a religião católica, mas incluindo o respeito pelas crenças ou descrenças alheias. Moviam meu pai, conservador-progressista, a tradição, a grandeza de ânimo, a tolerância, a ternura antissentimental, o bom senso. Ouvindo-o nunca reparei que lhe faltava o canudo de doutor. Praticou a paz, não a paz telegráfica e a de comícios; viveu a paz em música de câmara, amando-a total na sua carne e no seu espírito.

Vovô não deu jeito: teve que entregar a Santa Genoveva. Aproveito a ausência de meu pai, alugo caminhão e vou à nossa fazenda: encho de sacas de café, vendo-as e dou o dinheiro à minha avó — logo devolvido a meu pai, e deste ao comprador: o café foi recuperado. Meu primeiro e último furto. Pensava que assim resolveria o problema de vovô e poderíamos voltar à imensa sala com oito portas e seis janelas que se abriam sobre o mangueiral. Eu sentia, como sinto, saudade do meu cosmos. Saudade que aumenta à medida em que a idade nos aproxima da criança que fomos. Agora, no meio de obras-de-arte, mais do que a figura de meu avô, é a criança que fui que sinto me espreitando no claustro, brincando de colar páginas da Ilustração Brasileira em mangueiras, reencontrando o que sempre amei, desde quando brincava de conquistar o mundo, não mais embaixo de mangueiras, mas sentado na tábua que coloquei entre os galhos mais altos de um abacateiro, na fazenda de meu pai. Era lá que lia Nietzsche. Foi lá que conheci Jacques Thibault, um adolescente solitário como eu. Também foi lá que o tempo começou a esculpir, em meu labirinto, a *Pietà* da fazenda Santa Genoveva. Foi embaixo de árvores, ou em cima delas, que aprendi o sentido da morte e elas surgiram mais tarde, em meu teatro, como símbolos da prisão ao passado, aos meus ancestrais, que tentei inutilmente renegar.

Passamos novamente embaixo das abóbadas monumentais, sentindo-me como alguém que começa a ver luz, ainda muito distante, depois de perdido na escuridão. Encontrando novamente minha *Pietà*, descubro a ponta do fio que leva ao meu teatro. Mas este também já é passado, e o sentimento de mundo perdido continua presente, inexorável como o relógio na sala da Santa Genoveva, continuando em marcha sem se importar com os pássaros que voavam, as mangas que caíam, ou com as esperanças de meu avô.

Saímos na praça ensolarada. É diante das Náiades, envolvidas em jatos d'água, que Murilo encerra o banho de estética, contando-me que as duas irmãs que posaram nuas para que Rutelli criasse as esculturas da fonte, depois de velhinhas, vinham à praça todas as manhãs — cabelos brancos, corpos deformados pelo tempo — admirar as próprias formas: a matéria efêmera havia sido transfigurada pela arte. As duas irmãs, transformadas em Náiades, viverão para sempre no meio de águas que jorram sem parar, como a beleza suprema das formas.

Também minha avó — vovô tinha morrido — quando foi ver minha peça que conta sua tragédia, beijou-me com olhos rasos d'água e, entre soluços — única vez que a vi chorar — repetiu muitas vezes:

— Como podia saber, meu filho! Você tinha apenas sete anos...
e tudo foi exatamente assim.

Apesar disto, sei que a procura dentro de mim vai continuar. A *Pietà* fazendeira e o garoto nu são apenas partes de um conjunto de formas esculpidas, revelador da minha razão de ser. O ônibus parte levando Murilo. Compreendo, então, que o sorriso enigmático que apenas aflora em seu rosto, já é de estátua. De repente, como que por encanto, Náiades, fonte, tritão, tudo desaparece e a Piazza della Republica se transforma no terreiro onde está o menino de sete anos, nu, cercado de cachorros. Ele é branco como louça. É de louça!

O anjo urinando entre folhagens, samambaias e avencas, no canto do pátio do Hotel Vila Romana, traz-me de volta a Salvador, meio embriagado e com vontade de ir ao mictório.

— O senhor quer mais uísque?

— Não. Vou ao Rio Vermelho visitar Jorge Amado. Não foi Rio Vermelho que você disse?

— Foi, sim senhor.

Sempre tenho receio de incomodar pessoas que respeito e admiro. Seria sentimento de autoridade perdida? É assim com Gilberto Freyre, Érico Veríssimo ou Antonio Candido. Com este, então, é ainda pior, como se ele soubesse o que sou, que não sei o que é e tenho medo de saber. Não fui procurar Jorge Amado. Continuo apenas de tocaia, espreitando-o como o personagem de *Terras do sem-fim*. Espreitando-o ou tocaiando-me? Quem espera, cismando atrás de um toco, para me abater? O homem escondido no toco é loiro e de olhos azuis. Não conheço ninguém parecido. E não está com espingarda, mas com compasso e transferidor. Não é loiro, não tem olhos azuis, nem é homem: é minha avó paterna que passou pela vida como onça acuada. Nem está atrás do toco, mas na beirada de minha cama, com olhos que são brasas de fúria, quando esbofeteia meu pai: eu havia tentado me operar sozinho com gilete. Pensei ter encontrado na fimose de meu membro, algo que me tornava ímpar, fazendo-me sofrer.

— Como tem coragem de abandonar o menino assim! Filho da puta. Não vê que seu filho está se esvaindo em sangue? Queime pano para pôr em cima! É preciso estancar...

Há muito tempo não sei o que é realidade ou ficção em minha vida. Quando foi que começou? Teria sido no dia em que comi terra de mangueira, e que, abandonado, enfrentei monstros da noite, perdendo-me na escuridão do medo? Lembro-me de que vi meu avô pendurado em um dos galhos; seus olhos suplicantes perdiam a vida à medida em que o dia morria, olhando-me fixamente, como se em mim — nó, olhadura do tronco que ele mesmo plantara — pudesse, um dia, brotar e voltar a florescer, estendendo novos cafezais. Depois, em cada galho, minha mãe, vovó, patos, marrecos, cavalos-marinhos, a vaca Soberba, a Lua, Rosária e muitas bicicletas. Vi-me cercado pela morte do mundo... até que a mão acariciou meus cabelos, e a voz segredou:

— Vem, meu filho. Vovô dará jeito.

Teria começado no dia de mangueiras carregadas de Políníces?

— Como é insuportável o odor de lua morta na água, ou de cavalos-marinhos, em vidraças! — Não sei dizer. Sei que, a qualquer pretexto, vivo intensamente situações insólitas, conflitos dramáticos, como se minha mente fosse depositária do sofrimento do mundo. Partindo de um ruído qualquer — barulho de manga que cai — tanto posso ser ovacionado, como gritar de dor e angústia, vendo minha família ser torturada. Não há um instante em que a mente não esteja criando situações cômicas, dramáticas ou trágicas. É como se eu fosse um Prometeu caboclo, pagando os pecados do homem. Agrilhoado em minha condição, a imaginação — ou a mente enferma? — vem comendo a minha sanidade como um abutre. É maldição ou castigo por pecados do passado? Por que esse sentimento de culpa? Essa impressão de passos que me rondam? De olhos que me espreitam? Quem sou eu? Mente criadora ou porta-voz de loucura? Quantas vezes não assisti ao meu próprio enterro? Não corri pelas ruas da cidade inteiramente nu? Quanta vergonha arrastada, sem saber do quê! Quem me cinzelou imagem da procura? Que incidente, cena presenciada, palavra ouvida, expressão surpreendida, condenou-me a viver buscando sem saber o quê? Volto-me para dentro de mim mesmo, abro portas, vasculho quartos, salas, cozinhas e porões; abro gavetas e jogo tudo ao chão; releio livros, cadernos; percorro com paciência de sírio mascate estradas palmilhadas desde que aprendi a andar embaixo de mangueiras; revejo rostos, reconstituo diálogos; rondo portas trancadas; espio em buracos de fechaduras; fujo por bandeiras coloridas; durmo novamente em camas dormidas; masturbo-me pensando na *Violação de Lucrécia* ou nos peitos de Maria Caniglia; recuo levando prostitutas para a cama — todas com o rosto da Carole Lombard — até chegar à minha primeira noite, quando a prima samaritana chega à beirada da cama com a xícara de chá; sento-me em mesas servidas e por servir; vejo-me médico operando com gilete; reatravesso ribeirões, regos d'água, rios; espio embaixo de pontes; passo sob ou sobre árvores de diversos tamanhos ou já mortas; onde é campo e foi mata — passo na mata e no campo; sento-me no pesqueiro e namoro patos, igarapés e luas; revejo casas que já não existem; acomodo-me em cadeiras que viraram lenha; converso com quem morreu ou ainda vai nascer; examino as situações vividas, dou balanço geral e sempre há restos a pagar: o acontecido que não consigo me lembrar. Às vezes, tenho impressão de que vou ver um homem tombar assassinado. Quem seria? Puxo, um por um, os milhares de fios que se perdem no labirinto, mas não consigo segui-los até o fim: em determinadas partes formam maçarocas impossíveis de serem desfeitas, dando sentido ao que vem depois, mas escondendo o que veio antes e as determinou. Mil olhos parecem vigiá-las, cuidando para que não sejam desmanchadas. Penélope ao contrário, embaralhando os fios para que não sejam desembaraçados, nem interpretados seus bordados, impedindo que eu descubra até mesmo em que momento começou a diferença no meu deve-haver. Sei que existe e vem crescendo de importância, pelos efeitos que foi determinando em minha vida interior. Seria a condição de dramaturgo? De Asmodeu? Não sei. Sei que, às vezes, quase chego à ver a face da loucura, quando os temas da morte, do medo e da dor enlaçam meus pensamentos como cipós malditos. Se eu conseguisse dormir, pelo menos uma vez na vida, oito horas seguidas! Mas que medo eu tenho da noite! Como tenho aguardado, a vida inteira, as primeiras batidas do dia em minhas janelas, como se cada um deles fosse sempre véspera de Natal. Nunca consegui deixar de me ver dormindo, indefeso. Mas indefeso do quê? Quem é que me espreita dormindo? Procuro respostas entre velhos, mas só encontro crianças. Busco entre crianças e vejo velhice como explicação. Um círculo que se fecha no começo e no fim, maçarocando tudo. Por que proteger-me tanto, se aprendi sozinho que viver é conhecer e vencer desproteção? Que o fundamental é procurar; achar é apenas consequência. E que não se procura, nem se acha para nós. Wesley, garoto de bigodes de mandarim, se faz presente, arrumando no estúdio uma das mil pequeninas coisas:

— Ninguém procura o que já foi encontrado. Já imaginou o que seria da vida, se nela não houvesse mais o que procurar?

Afinal, onde estou? Em Salvador, em Roma, ou ainda no estúdio em Santo Amaro? O que foi que aconteceu e me escravizou para o resto da vida? Quem, o que pode me ajudar a escapar do labirinto? Procurei no passado, no reino dos mortos, teatralmente. Mas eu e o teatro nada mais representamos um para o outro. Hoje, procuro entre vivos — seriam? — percorrendo o Brasil, Roma ou Paris, conhecendo homens sem medo — pelo menos penso. Quem sabe a minha verdade estará nas diferenças encontradas. Mas quais tenho encontrado? Homens também prisioneiros — só as prisões diferentes. Ou o minotauro que vigia meu labirinto, faz-me projetar condições para não encontrar a saída? Por que não admitir que o pavor da morte era meu, e não do homem sentado ao meu lado com boca amulatada e bigodes que lembravam os de Wesley? Por que não aceitar que, vendo-o abraçado à mulher no aeroporto de Salvador... Não! Não quero me perder novamente. Preciso descansar.

Admirando as baianas de maiô, penso na índia Moema. Teria ela partido da praia onde estou deitado, nadando à esteira da caravela que levava Caramuru? Em cama de algas, pescadas nestas ondas, ela sonhou se entregar ao filho do trovão, abrasada. Foi onde está a morena de tanguinha — "a xícara de chá aproxima-se de minha cama, flor pendurada na ponta de cabelos longos" — que Moema implorou ao pai do fogo e da morte que a flechasse. Com certeza, embaixo destas palmeiras, endoidada, — "os dedos, remédios para desespero, percorrem meu corpo encipoado pela angústia" — Moema viu-se mãe de um povo mameluco. Moema desejante, ascendente índia de todos os amores, renascendo sempre em cada posse. Se não foi mãe de mamelucos — "a mão, mãe-professora de transcendências, dirige meu sexo para o nascer da vida" — é e será sempre filha de cada gemido de amor baiano. Não posso voltar sem ouvir esse gemido — "e, na noite da fazenda, cada gemido é um sol que levanta, forrando a telha-vã de universos". Viro-me na areia quente, sentindo o desejo brotar. Prevaricar é arte ou imposição? Será que posso levar mulher ao Vila Romana? Procuro observar os saveiros que partem, mas é Moema quem volta lembrando moenda, garapa, rapadura, mulata. Já sei: vai ser a loira catarinense, hóspede do hotel, que tomou dezoito chopes no restaurante Moenda. Moenda, Moema, morena. Não quero loira, quero é mulata. As palavras vão se misturando em minha cabeça. Será que é o desejo que aumenta e que começa a me ferroar, ao admirar cores morenas que lembram rapadura? A necessidade é mãe da acomodação: vou passar a conversa na loira. O desejo, flecha de Moema, torna-se tão intenso, que corro e me jogo na água. Vou nadando, sentindo vontade de chegar em alto mar. No mergulho cortando a onda, lembro me do suicídio de Moema. Quase ao mesmo tempo, das profundezas do mar, aparece a expressão de Gilberto Freyre, através da vidraça molhada de chuva de sua biblioteca em Apipucos, com certeza escrevendo sobre a morenidade brasileira. A vidraça líquida desfaz-se. O que não consigo entender é por que a lembrança de Gilberto Freyre é sempre trazida por Moema. Os cabelos de espumas da índia são cortina vedando a compreensão. Procurando me lembrar da reportagem que fiz com Freyre, mergulho novamente, como se a resposta estivesse presa ao corpo de Moema no fundo do mar — mulher-ostra guardando em sua concha o que o homem, mergulhando, sempre busca. Mas no fundo só encontro estrelas de areia, enfeitando as coxas da loira que coloca a xícara de chá sobre o criado-mudo de coral, deixando cair a camisola de penas de garças e gaivotas, puxada por cavalos-marinhos. Nado para a praia e quando saio das águas, reconheço, não a praia de Salvador, mas a de Boa Viagem, no Recife.

Recife é cidade branca e verde. Sonolenta, vive abraçada em árvores, lendo sua história canavieira nas águas do Rio Capibaribe. É onde gostaria de viver, depois de São Paulo.

"Ao entrar no Recife
Não pensem que entro só.
Entra comigo a gente
Que comigo baixou
por essa velha estrada
que vem do interior;"...

Não venho do interior, nem por caminhos de água, mas de espaço. Nas asas da borboleta ou do anjo de louça? Trago também muita gente comigo, de todas as condições e classes. Vêm comigo mangueiras, cajueiros e abacateiros, como os que vestem as ruas por onde passo. No coração, um rego d'água, cabeceira do rio que me leva pela vida. Não deságua neste mar verdecana, mas no irmão verdecafé. Não transporta mortos canaviais, mas Polínices meus que baixam de cafezais. Não traz trabalhadores crucificados em canas, mas em galhos de café. Porém, as casas-grandes que descem no meu rio são iguais às que passam por Recife — fogos mortos. Os casarões, lembranças do esplendor passado, vão passando pela janela do táxi e contando histórias, nas mesmas ruas onde agentes da ditadura fascista escreveram insultos ao escritor-sociólogo. Espanto pensamentos sobre fascistas e vejo o solar de Apipucos se aproximando.

Sei que, para conhecer o homem, preciso chegar diante dele sem nenhum conceito formado, destituído de qualquer preconceito.

Não é possível descobrir a verdade de ninguém, partindo de opiniões predeterminadas. Tenho consciência das atitudes e declarações de Gilberto, condenadas pelos intelectuais brasileiros. Mas só posso entrar no solar que vai se aproximando, com dois dados objetivos: foi ele quem escreveu *Casa-grande & senzala* e *Sobrados e mocambos*. E forma, com Câmara Cascudo, em Natal, Jorge Amado, em

Salvador, e Érico Veríssimo, em Porto Alegre, a quadra de ouro que não se exilou. Quem vive em Apipucos respondendo por tanta história — nossa, injusta ou não — por que vai viver em Washington, Roma ou Rio? Os quatro não fugiram, vivem onde deviam viver, não se cariocaram. Também Jorge Amado tem sido atacado, por razões exatamente opostas as que são usadas para atacar Gilberto Freyre. E Érico Veríssimo — um dos melhores homens que já nasceram neste país — o tem sido pelas duas... como eu. Gosto deles, porque sendo Brasil, não querem ser nada mais do que Pernambuco, Bahia, Rio Grande do Sul ou do Norte.

Como será o homem que há quarenta anos é o mito mais discutido no país — admirado e odiado com a mesma intensidade? Em criança, que regos d'água teve? Terá usado laços de fita amarela como Wesley? Sentiu no rosto, como eu, carícias de mãos-asas-de-borboleta? Guardará, pendurado na memória, o avô emoldurado em buraco de fechadura? Que preços pagou, para começar pela obra-prima? Patinado como Murilo, terá também se transformado em estátua? Que esculturas guarda em seu museu wanderleyano?

Atravesso o portão de ferro. Caminho, entre árvores, com os olhos fixos nas paredes cor-de-rosa do casarão século XVIII. Os troncos, as copas, os galhos vão revelando, lentamente, partes do solar. Não abóbada de folhas de mangueiras, mas cortina colonial de rendas que se abre vagarosamente, com certeza puxada por mãos aristocratas e holandesas. Os azulejos, as estátuas, as vidraças, as escadarias vão prendendo meus passos, minha respiração, como se o momento que se aproxima fosse a volta definitiva ao tempo perdido. Sinhás, sinhazinhas, sinhôs, negras, mulatos cruzam comigo, acompanham-me. Tenho vontade de recuar, fugir, temendo fantasmas. O negro, reprodutor mina-nagô, passa acompanhado por vinte escravas com barrigas enormes. A sinhá dá beliscões na negrinha. Surgem, vindos do fundo do parque, o velho com altivez acompanhado por seis filhos, barbudos como ele, severos como ele, orgulhosos como ele: é meu bisavô Andrade, vindo de Airuóca. O mais novo dos filhos é meu avô.

Eles passam por mim e desaparecem a caminho da igreja, onde vovô conhecerá e se casará com vovó Genoveva. Depois, serão três dias de festas que reunirão parentes de dezenas de fazendas de quatro Estados. Os noivos voltam da igreja à cavalo, passando na rua de Apipucos.

— Tivemos três dias de festas. Estavam todos lá. É gente bem diferente, não é?

— Muito. Os antigos são de peso.

— É gente que não se vê mais!

— Como discutiam! E como falavam alto. Davam impressão de briga, quando apenas conversavam.

— Bastava tocar em caçadas, ou em política.

— Já não se caça como antigamente.

— Nem se planta café!

As vozes vão se distanciando. O barulho dos cascos dos cavalos se perdem no labirinto. Entre tanta gente que passa, surge Wesley, desfazendo visões e segredando-me:

— Suas raízes são tão próximas das minhas quanto o cigarro de uma xícara de café. Nossos antepassados ensinaram os mesmos vícios, cometeram crimes semelhantes.

Tabaco, café e açúcar! Antes de subir a escadaria, volto-me. De Apipucos, avista-se Engenho do Meio, Caxangá, Camaragibe, o serpenteado do Capibaribe que passa quase dentro do jardim. Rio de margens canavieiras, de sofrimento escravo, seguindo em curvas para o centro do Recife, em demanda do mar. Não são águas que passam, mas versos de João Cabral levando para o mundo-mar a agonia do homem pernambucano:

"Vi homens de bagaço
enquanto por ali discorria.
Vi homens de bagaço
que úmida morte embebia.
E vi todas as mortes
em que esta gente vivia."

De repente, saí das margens do Capibaribe, e caminha para mim, molhado de suor, o trabalhador Gregório que me revelou o viver canavial. Antes de ouvir a voz dos donos da cana, ouço o lamento dos que são esmagados por ela.

A luta entre o canavial e o meio foi assim: no princípio, a mata, generosa, cedeu uma pequena clareira de terra para que a cana pudesse brotar e crescer. Crescendo, pediu pedaço maior. A mata cedeu. Sabendo que continha riqueza e que os homens lutariam, sofreriam e morreriam por ela, a cana não mais pediu: exigiu. Quando a mata tentou resistir, não teve mais forças para lutar. Plantado pelo homem, o canavial se espalhou em todas as direções: drenou varjões, cobriu várzeas, seguiu o leito sinuoso dos ribeirões, acomodou-se nas baixadas, cruzou rios, seguiu rodovias, empurrou a mata para o fundo das grotas, para o meio das pedras, para o alto das montanhas. A mata resistia nas encostas, o canavial lançava os braços em volta. Se a mata se defendia de um lado, o canavial atacava de outro. Até que a mata foi se acocorar no alto dos morros, somente onde o homem não conseguia se manter de pé para trabalhar.

E o canavial cercou casas, currais, jardins, campos de futebol, homens. Expulsou vacas, fez os pássaros emigrar. Para qualquer lado que se olhe, não há verduras, frutas, cereais ou flores. Há um mar verde que produz um som seco e áspero, quando ondula batido pelo vento.

Quem olha de longe ou de passagem não adivinha o que esconde. Nem chega a perceber que é prisão, onde milhares de homens, mulheres e crianças já terminaram seus dias e outros estão terminando. Paredões canavieiros, grades açucaradas construídas pelo próprio homem para se aprisionar.

Chegando até a três metros de altura, as touceiras projetam fora da terra uma média de cinquenta canas por metro quadrado — um milhão e duzentas mil por alqueire. No Engenho Flor da Ilha — onde Gregório termina seus dias — com três mil alqueires, são mais de três bilhões de canas em blocos compactos que se espalham pelo vale. Umas de pé, outras caídas, muitas cruzadas, uma infinidade delas entrelaçadas, cercando por todo lado. A falta de ventilação faz com que o calor atinja até 40 graus. As folhas cortam como navalhas e soltam pelos que entram na pele feito espinhos. As touceiras escondem a cascavel que anda à espreita dos ratos, de pés, de mãos que passam cortando. Canavial — riqueza e alimento do homem — lugar onde o açúcar é amargo.

A luta entre o homem e o canavial é assim: Gregório, do Engenho Flor da Ilha, gosta de sonhar. Sonha andando ou trabalhando. Dormindo não sonha, ou melhor, não dorme porque a cinza e o carvão da cana queimada entram na pele e não deixam o homem dormir. Na noite que custa a passar, Gregório olha à sua volta, medindo as paredes do quarto: três metros por dois. Procura ver Dalvanise e ao mesmo tempo ouve o barulho da mulher na cozinha. Os filhos maiores que ajudavam tinham casado, restando só miudeza, os de menor: cinco. Severino, de oito anos, não vai ao corte de cana hoje: está com o peito cheio. Cabrinha macho, esse. Com a ajuda dele, tinha cortado tonelada e meia de cana por dia durante a semana. Gregório sente frio e encolhe o corpo: acha que é falta de sangue. É por isso que o corpo não se esquenta. É nesse momento que ouve Dalvanise:

— Gregório! Gregório!
— Deixa eu dormir, cabra da peste.
— O sol tarda não!

Gregório ouve João Duda e seu filho Zé passarem na estrada e pula da cama. São 3 e meia, pensa. Passa por cima de Matilde e de Madalena, ferradas no sono, sai na sala, onde dormem Severino e Joaquim. Olha Severino. Deixa o bichinho dormir. Amanhã, ele me ajuda. Criança só no tamanho. Sai no terreiro e vai urinar na bananeira — única fruteira entre ele e a cana. Depois tira água na cacimba, lava o rosto, molha a cabeça para espantar o sono. Pensa irritado: pra que que não veio enquanto eu estava deitado? Entra na cozinha no instante em que Dalvanise mistura a farinha da mandioca com água fervente.

— A farofa tá pronta.
— Que tem mais?
— Taquinho de bacalhau.
— Só?
— Só. Semana que vem, dou uma demão. Sobra mais dinheiro.
— Vida danada!
— Pensa em Deus, Gregório.
— E no que mais vou pensar, mulher?
— Se não fosse o canavial, como é que a gente ia viver?
— O leite Ninho da Madalena acabou?
— Precisa mais não. Já tá com dois anos. Severino é que precisa de chá de capim-santo. Na encosta do morro do Tigre tem.

Gregório acaba de engolir a farofa e de mastigar o bacalhau com seus três cacos de dentes — um de ouro, orgulho da boca — pega a foice e o embornal com o resto da farofa e sai para fora, resmungando:

— Dalvanise anda com carestia de corpo. É asneira dizer que come. Comer o quê? Agora é a vez de Madalena entrar na farofa. Sou avô solteiro. Tive sete filhos. Ninguém bota banca comigo. Criei meus filhos com esses braços. Ninguém nunca me ajudou. Farofa, taquinho de carne há 54 anos. É só. Asneira dizer que come. A gente enche a barriga, mas a danada da fome volta logo. Sou cabra bom. Não tenho vexame de dizer. Os dedos da mão não são iguais.

Gregório se volta e olha a casa: uma entre vinte emendadas. Muro branco, indistinto. Ilha de alvenaria cercada de cana por todos os lados.

— Muro sem luz, sem água, mas a sala, o quarto e a cozinha são meus.

Vê as latas de leite Ninho amarradas: trenzinho do Joaquim. Olha o passarinho dentro da gaiola e grita:

— Dalvanise! Dá banana pro guriatã.

A resposta vem aguda e seca:

— Passarinho que come, mas canta não. E mesmo que cantasse! Gregório sorri, concordando: unzinho, nessa imensidão de cana. E, ainda sorrindo, ganha a estrada, apressando o passo. Mulher danada essa Dalvanise! Juntou comigo e valeu por três braços. Semana que vem é semana de lua: vou ganhar dobrado. Até em noite de lua a gente trabalha. Deixa pra lá. Sobra mais pra algum capricho da Dalvanise. Ainda vou ter dinheiro e comprar uma pocilga. Quero ver porcos pra todo lado.

Gregório desce a encosta do morro sentindo o cheiro de melado que enche o ar, passa entre as casas do engenho principal, ladeia o grande prédio da usina e fica observando a descarga de cana na esteira de aço. Os guindastes descarregam as cargas dos caminhões — nove toneladas cada uma –, movimentando suas grossas correntes, empurrando a cana para a primeira máquina: 32 navalhas de meio metro cada uma, picando 60 toneladas de cana por hora, noite e dia, durante seis meses — período da safra.

Tempo de trabalho pra todo mundo, quando os parentes e conhecidos do Agreste e do Sertão vêm com as famílias ganhar o dinheiro pra sustentar os pequenos roçados. Entre todos, de quem Gregório mais gosta, é de Cícero de Águas Belas, sertanejo sarado no facão, enquanto conta histórias divertidas, como a do negro de Santana Santa Lucena, que sentou os ferro na patroa. Gregório sorri com a lembrança, parando em frente das grandes navalhas e, com satisfação vingadora, fica olhando a capa ser despedaçada. As pernas dos trabalhadores, empurrando as canas para dentro da esteira que leva às picadeiras, são raios das engrenagens, como raios são seus braços.

— Um dia, vou trabalhar na esteira só pra ver essa amaldiçoada ser esmagada até virar mais bagaço do que eu.

Espantando o pensamento — pois não é a cana que dá o sustento? –, Gregório se volta e vê o Opala do dono da usina — máquina formosa! — e lembra: amanhã temos pagamento. Dia de pinga! Novas esperanças movimentam seus pés descalços e ele caminha rápido, atravessando a ponte sobre o rio Serinhaém.

— Já trabalhei plantando, carpindo, embolando mato, envenenando cana, despalhando folha seca, cortando, amarrando, até como cambiteiro. Já fui arrastado por burro morro abaixo, rolando misturado com cambitos cheios de canas. Na próxima safra vou trabalhar na usina. Não nas navalhas: ali, a danada ainda é cana. Picada, mas ainda é cana. Vou trabalhar na segunda máquina: no esmagador. Quero ver a cana gemer, virar mina de garapa como meu corpo é de suor.

Gregório atravessa pinguelas, varjões, beira encostas e vence os oito quilômetros até o lugar do corte. Quando chega, já ouve o barulho das foices no alto do morro. Para e olha para cima: o canavial sobe quase a prumo. Queimado há menos de 24 horas para facilitar o corte, ainda tem tocos fumegantes e brasas, pontos luminosos na madrugada escura. Enquanto não vier o vento, a fumaça vai sufocar, fazer a gente chorar. Mas é melhor o canavial queimado do que seco, emaranhado e cheio de cobras. Bem no alto, divisa o resto da mata, como chapéu no morro. Ouve as vozes e o barulho das foices, mas não consegue distinguir ninguém. Procura lugar, guarda o embornal com a farofa seca e o taquinho de bacalhau, olha a lâmina da foice: inimiga da cana, amiga da gente. Inimiga também, pensa, sentindo no corpo muitos cortes e, em cada um, uma cana espremida para estancar o sangue.

— Você faz parte do meu corpo. Trata de cortar direito, porque o braço eu sei que cansa não.

Antes de começar — sabe que só vai parar à tarde — olha à sua volta. Trabalhando solitário num canto do canavial está Manuel, que seduziu três das suas próprias filhas em três sábados de pagamento, quando a pinga se torna a única companheira. Com ele, Gregório não quer conversa.

— Homem que só tem três tenções na vida: cortar, beber e envelhecer.

Irritado, Gregório bate a foice no pé da cana. Com três cortes, limpa as folhas e parte a cana no meio — tamanho exato dos cambitos no lombo dos burros. É a hora de fazer a única conta que aprendeu na vida, conta que faz há 54 anos: três cortes pra limpar e dois pra picar. Pra ganhar bem o dia, precisa cortar no mínimo uma tonelada — mais ou menos, duas mil canas. Em cada uma dá cinco cortes, são dez mil vezes que o braço terá que levantar, sustentar o aço e ir cortando a cana e abrindo espaço. Mas, hoje, ele dará quinze mil cortes. Precisa cortar tonelada e meia. Gregório olha novamente o morro e já consegue distinguir os companheiros: parecem formigas limpando a encosta. Naquele momento, dois mil homens cortam em catorze fazendas de cana, pertencentes à usina.

Os primeiros burros, arcados de canas, já começam a descer para descarregar na estrada. Súbito, um deles, não aguentando, rola, espalhando cana no ar. O burro geme, tenta firmar-se nos cascos, enquanto a correia de couro cru estala no lombo, no focinho, nas pernas.

— Levanta, filho de uma puta. Não estraga o trabalho de um homem.

Gregório sorri: Severino não está pra brincar. Ontem, ele estava doente. Por que será que veio trabalhar? Só quando a gente morre é que acreditam na doença que sempre morou no corpo. Deixa isso pra lá. Hoje, não quero pensamento espinhento. Gregório olha o canavial, dizendo:

— Você derrubou a mata, subiu o morro, passou por cima de tudo. Agora vou passar por cima de você. Você dá o pão, mas também a morte. Toma lá!

O braço de Gregório desce rápido. O brilho da foice, batida pelos primeiros raios de sol, é vingador. E Gregório, corpo encordoado, seco como castanha de caju, sobe cortando, tirando bandeiras, amarrando e fazendo esteiras de canas; pesando e entregando aos cambiteiros que descem para a estrada, onde, um atrás do outro, os caminhões transportam para a boca voraz da usina. Calado, concentrado, cortando à direita e à esquerda. Se as touceiras resistem, seus braços atacam por trás, comendo lentamente o canavial.

Como a cana é ordenada nas passadeiras que levam às espremedeiras, também os braços de Gregório vão amontoando folhas de um lado e canas amarradas de outro. E, entre burros carregados que descem, entre folhas que cortam como navalhas, crivando o corpo de pelos espinhosos, tentando se manter de pé no declive do morro, Gregório vai subindo com uma única certeza: hoje terá que dar quinze mil cortes. Dalvanise e seis filhos de menor esperam isso dele. Para melhor trabalhar, começa a sentir raiva. Sentindo raiva, cada cana é inimigo de quem precisa tomar o pão. Pensa nas máquinas onde gostaria de trabalhar:
— Sei que nos caminhões que transportam não posso, porque não sei choferar. Será na usina mesmo. Em escritório também não, porque nada sei das escritas. É lá, onde a danada é espremida. E não será nas primeiras navalhas, nem no esmagador ou nas primeiras moendas — mas na última, na sétima, onde a cana já virou bagaço e sobe para sustentar as caldeiras. Nos fornos de melado grosso, não gosto. Onde a cana vira açúcar, também não: a máquina enche um saco de açúcar por minuto. Não gosto de carregar saco, nem de viver com o corpo coberto de açúcar. Será na sétima moenda. Trabalhar nas máquinas é bom. Domingo, elas param para serem engraxadas, para descansar.

Gregório relanceia os olhos por entre os braços que sobem e descem, observando, distantes, os companheiros. Já estão negros de carvão e de cinza da queimada. Que vida suja, meu Deus. Passa perto de Agenor, sentado no toco queimado. Não consegue distinguir onde termina a perna e onde começa o toco: a cor é a mesma. No rosto, só os olhos e os dentes mordendo a cana são brancos.

— Chupando cana no amanhecer, Agenor?
— Alimenta.

Não deve conversar. Precisa chegar no alto do morro. Tonelada e meia; quinze mil foiçadas. Não deve esquecer. E Gregório passa por Agenor. Pouco a pouco, enquanto o sol esquenta e cruza no céu, vai subindo, vencendo o canavial.

— Hoje, só vou comer às 3 horas, depois que terminar o serviço. São quatro grãos de feijão, taquinho de carne e farofa. Mas é melhor do que farofa pura e seca. Sei o que ganhei nesta semana. Passa o dedo indicador na testa: tudo está marcado aqui. Sou analfabeto, mas sei escrever na memória. Desta vez não vai ser como na semana passada, que foi só molhar o dedo na folha branca, porque não havia mais nada para receber: os vales já tinham comido tudo.

De repente, Gregório para e olha à sua volta: a capa cerca por todo lado. Abrira uma clareira no canavial queimado e as canas parecem barras de ferro.

— A gente vive pior que na detenção. Lá, se divertem: têm banho de sol, cinema, remédio. E aqui?

Olha os braços: estão negros. A roupa de pano de saco de farinha, rasgada e suja. Os pés molham onde pisam: o corpo é mina d'água de cima a baixo. Unhas lascadas, couro lanhado, corpo chorando, pensamento cheio de esperança: tirar tonelada e meia. Deixa esse negócio de prisão pra lá! Pobre não pensa. Cabra macho, como eu, não sofre. Isso é danação de mulher. É assim que a gente vive: formiga mordendo, pelo entrando como espinho, carvão tingindo, corpo suando, braço cortando. Pra que pensar?

Só pensa numa coisa: ainda vai trabalhar nas máquinas. Quer ver, durante seis meses, as máquinas consumindo mil e quatrocentas toneladas de cana por dia; vinte e três hectares de trabalho, de suor e esperanças, passando nas moendas. Cada tonelada virando noventa quilos de açúcar e estes canaviais se transformando em trezentas mil sacas e dois milhões de litros de álcool. Isso, sim, é coisa boa de se ver. Gregório sente os braços parados, ouvindo a voz do administrador:

— Cana queimada perde sacarose se não for cortada e usinada dentro de 48 horas. Vamos! Não podemos atrasar a produção.

Recado da máquina esfomeada, sentencia Gregório, investindo contra a cana: não sou máquina nem navalha, mas sei cortar. Também sou aço. Toma, infeliz! Gregório abre uma vereda e continua subindo. O corpo arquejante, os olhos embaçados, o suor entrando no nariz, no ouvido e na boca; com as mãos segurando e cortando — navalhas afiadas e lubrificadas! — Gregório consegue dar os quinze mil cortes e uma tonelada e meia de canas jazem amontoadas de baixo até no alto do morro.

Senta-se, passa o braço pela testa, enxugando o suor. Deixa os olhos passearem pelo vale e subirem pelas encostas. Em todas as frentes, o canavial está sendo batido e recua, como a mata, para o alto dos morros, empurrado por duas mil determinações, e uma só esperança: vencer o canavial para não atrasar a produção, alimentando a máquina que não pode parar.

Sentindo amor-irmão, Gregório observa os homens como ele, aparentando serem muito mais velhos do que são; Dalvanices, que em dias distantes foram tentação; Severinos, crianças só no tamanho, canas novas para safras do amanhã — guardando as armas para a batalha que recomeçará na madrugada seguinte — ou na noite de lua — e que somente se decidirá na rede ou no caixão da caridade, quando viram cruzes — único registro da passagem pelo mundo.

Todos, por um segundo, param imóveis como Gregório: magros, esfarrapados, molhados, exaustos, formando touceiras e olhando a foice amiga, sexto dedo da mão e que os vai abatendo dia a dia. Conjunto esculpido na mesma ala onde está o de meu avô, abraçado por mamãe e por minha avó, e que me comove igualmente, lembrando eras canavieiras.

Pensando em Dalvanices, em Severino doente, nos netos de avô solteiro, nos de menor que estão em casa, Gregório murmura:

— Ganhei bem ganhado meus três cruzeiros e quarenta e quatro centavos por um dia de serviço.

Satisfeito e cheio de esperanças, começa a descer o morro... desaparecendo nas margens do Rio Capibaribe, bem em frente ao solar de Apipucos, indo habitar as galerias do meu labirinto, estátua esculpida pelo uso consentido, silenciado; mais significativas do que as das Termas, não pela beleza das formas, mas pelo terrível viver que comunicará para sempre, marcando definitivamente a diferença de compromisso de artistas frequentadores de museus, como Murilo e eu: uns, estrangeiros em museus estrangeiros; outros, brasileiros em museus vazios brasileiros, tentando colocar em pedestais expressões do nosso homem, já esculpidas em todos os nossos tempos e espaços. Ir a Roma ou a qualquer outra parte, só tem significado se nos ajuda a ver o mundo que nos rodeia, modificando-o. Como o homem preso ao solar à minha frente, escravo da terra onde foi erguido, conhecedor também das estátuas colocadas nos parques das casas-grandes, nos sobrados e nos mocambos. Seu número é infinito, sentinelas em mármore mulato, branco ou negro, às portas refinadas do inferno onde viveram: o canavial — senzala verde, termas de suor.

Parado entre árvores de Apipucos, sinto-as enchendo jardins, margens de rios, o espaço pernambucano... e já não sei se Gregório é de ontem, hoje ou de sempre; se corta cana ou apanha café. Sei que iguais a ele — Cíceros e Joaquins — estão sendo cinzelados em sofrimento, nas veredas onde vivem buscando salvação. Volto-me — dividido e nos limites de dois mundos, amando-os igualmente — e olho, acariciando evocativo, o solar de Apipucos. Mas, nas paredes rosas erguidas com tijolos negros e mulatos, sobrepõe-se o rosto de Marta, que sempre volta quando encontro catedral — olhos incansáveis, espreitando-me, dirigindo-me, ensinando e lembrando-me:

— Aqui, colocam inscrições santas, imagens, pinturas, talhas de valor inestimável. Mas, por baixo, nos alicerces e nas paredes, estão os que gemeram nos grilhões, os que acabaram seus dias, sem Cristo e sem remédios.

Por quê, em minha mente, Marta é mosca que atazana picando-me e, fazendo-me ir sempre para a frente? Por que não me deixa apenas usufruir a beleza das formas, como Murilo, jogando-me no labirinto infinito do que elas contêm? O que quer de mim? Leva-me para onde, se não me deixa admirar a igreja de São Francisco, em Salvador, o solar de Apipucos, no Recife, ou a casa mágica de bandeiras coloridas, onde cavalos-marinhos levavam-me para onde sonhasse?

Tabaco, café e açúcar! Três raízes profundas segurando-me, encaminhando meus pés para o alto da escadaria, onde me espera, bela, transfigurada — como orgulhosa Wanderley! — a tia com vestido de miçangas brancas, negras e vermelhas. Ou será uma estranha mulher de chapéu de organdi, com bordados portugueses na tela já esgarçada de sua alma? A tia desaparece na pequena varanda azulejada de séculos e eu vejo, através da vidraça molhada pela chuva — ou pela onda do mar? — Gilberto Freyre sentado — a pequena tábua sobre o joelho — escrevendo. Na parede, às suas costas, belíssima Wanderley com pérolas pingando das orelhas, minando no colo, lembra mulheres da minha família, aprisionadas em álbuns, gavetas e canastras. Mulheres que me fizeram pressentir, ainda criança, um mundo mítico que se perdera no tempo!

Gilberto não me vê, absorvido no trabalho. Fico observando-o, como se observa alguém dormindo, indefeso. Há um silêncio profundo no solar e eu tento apreendê-lo na sua imobilidade povoada de história — como palcos vazios onde acabaram de se representar tragédias: atores, personagens e público já saíram, mas vozes e sentimentos continuam ressoando nas coxias e plateias. Por um momento, lembra-me o Largo da Piedade: onde a dor humana aconteceu, fica para sempre presa às paredes, à terra, às consciências. Ou seria o estúdio de Wesley com a frase de Apollinaire: eu vivi no tempo em que acabaram os reis!

Escravos do tabaco, do café e do açúcar, rondam-me, enchendo o labirinto de sons ferrugentos de milhões de correntes. Sua condição histórica, gemidos, palavras de amor e de esperança, vão saindo do labirinto e retomando às casas-grandes, aos canaviais e cafezais, se transformando em conceitos de sociologia, em cenas teatrais, passando a habitar páginas de livros ou palcos de teatro. É onde podemos encontrá-los sempre vivos, acusadores. Gilberto continua sentado sem me perceber. Outro homem, também de cabeça grisalha, levanta-se de Gilberto e se dirige à parede: é meu avô. Ele passa a mão, ansioso, pelo relógio e se volta para minha avó:

— Seria bom tirar agora?
— O quê?
— O relógio?
— Na hora de partir nós tiramos.
— Foi presente de casamento de meu avô ao meu pai. Sabe? Vovô tinha um propósito. Os antigos não davam nada, assim sem mais nem menos. Sabiam sempre o que era mais útil. Junto com o presente, veio a recomendação: "Não deixe nunca o sol pegar você na cama, meu filho, e saiba dividir o seu tempo que tudo..." Disto ninguém poderá me acusar. Em toda a minha vida, só aquela vez quando tive maleita, não vi o sol nascer.
— Ninguém vai acusar você de nada, meu velho. Já disse isso.
— Até hoje não compreendi como foi que tudo isso aconteceu!
— As coisas mudam. Às vezes, não somos culpados do que nos acontece... embora tudo pareça erro nosso.
— Naquele dia, andei como louco pela cidade; em cada casa que entrava, era como se não encontrasse ninguém. Estamos sós, minha velha... nem parentes, nem amigos! Não sei o que foi feito deles.

A água da chuva, ainda escorrendo na vidraça, apaga a cena. Ou é Gilberto Freyre, levantando a cabeça e me vendo?

Há oito dias — todas as manhãs — frequento a biblioteca de Apipucos, onde Gilberto vive desde que se casou com a paraibana Madalena Guedes Pereira. Olhando os livros, lembro-me de advertências de pernambucanos do Recife, de brasileiros conhecedores ou não da obra do sociólogo, num coro que já se tornou lugar comum:

— Gilberto Freyre é intolerante, inacessível, difícil de se perceber, tal a couraça de vaidade que o envolve; transpira presunção; ficou parado no tempo; só dá valor ao que escreve e o que escreve, hoje; é ruim.

Volto-me e o vejo sentado com a perna esquerda no braço da poltrona, posição que não é de senhor de engenho, mas de trabalho: Gilberto escreve numa pequena tábua que apoia sobre o joelho.

— A mesa é sempre burocrática. Lembra-me tabelião.

O olhar, agudo, examina-me constantemente, meio irônico. De repente, ele se ergue, ágil para a sua idade, colocando a mão em meu ombro. O rosto, com qualquer coisa de judeu, ganha expressão maliciosa, perguntando:

— Vamos à pitangada? É de minha invenção: pinga, licor de violetas e pitangas.

Com as pitangas, vem o cheiro de fubá torrado, passando entre folhas de taioba. Alguma coisa no ambiente me faz lembrar plantas à beira d'água. Sei que não são as folhagens enfeitando a mesa com retratos em molduras de prata. Nem as árvores encaixilhadas nas vidraças. Ando pelo solar buscando a recordação amoitada. Estaria dentro dos livros de lombada verde, ou no lampeão com flores de louça? À minha volta, azulejos do século XVIII, móveis coloniais, louças preciosas, pratarias, livros raros, imagens barrocas, quadros a óleo de antepassados ilustres. Do pátio interno mourisco, cheio de plantas, vem o som calmante de água que cai, produto da sabedoria árabe. Do meio de suas plantas sai a visão amoitada. A lembrança escondia-se, não em objetos, mas em sons: o borbulhar da água não vem somente do pátio mourisco, mas de bica distante levando água ao monjolo e à roda d'água, também cercados de plantas: taiobas enormes com folhas que lembram mesas; embaúvas com ramagens de duas cores; samambaias, jaborandis, um muro de avencas. Na casa da memória, sons, formas, odores, plantas, bichos, marrecos, patos, borboletas, expressões ou sentimentos, permanecem guardados na mesma gaveta. Basta abri-la — bricabraque compacto — e um mundo de coisas, aparentemente esquecidas, fica ao nosso alcance. Passo das folhas de taioba para sons de roda d'água: ruonn, ruonnn; para batidas do monjolo socando milho: iiiponn, iiiponnnn; para a voz de minha avó-onça, fazendo farinha de milho.

— Onde será que se enfiou esse menino!

Espero que ela se afaste para tirar bijus dos grandes. Fico quieto no meu segredo, escondido entre folhas de taiobas, sonhando com a ponte que meu pai vai construir, exatamente no lugar onde estou, igualzinha à da fazenda de vovô. Cruzo as mãos na nuca e fico olhando o céu pendurado na ponta de um galho. Ruon, ruonnn; chuáá, chuááá; iiipon, iiiponnnn!

— Onde será que foi esse menino!

A roda d'água continua girando, a água correndo, o monjolo socando, minha avó resmungando... e eu, sonhando entre muitos arco-íris, prisioneiros no calabouço do monjolo. Preciso perguntar à vovó-onça por que gente grande chora escondida embaixo de mangueiras.

— Aposto que está escondido em cima da pitangueira. Vive trepado em árvore, quando não está espiando em buraco de fechadura. Nunca vi maior vocação pra ser chave!

Seguro a gargalhada, volto-me e vejo, através da bica d'água e por entre as tábuas da casinha do moinho, minha avó, suada, desgrenhada, passando as costas da mão na testa molhada. De repente, o rugido da onça atravessa as matas da fazenda, indo mergulhar no rio Pardo:

— Aluízio! Venha cá ou vou buscar você pela orelha.

Entro no moinho. Vovó-onça coa fubá no tacho quente. Ela é forte, com seios grandes, mas com expressão meio masculina. As mãos ásperas trabalharam a vida inteira; os pés parecem plantados no chão como raízes de figueira. Os cabelos puxados para a nuca — jamais cortados! — formam um grande coque. As sobrancelhas são grossas e o buço, ligeiramente acentuado. Vaidade é coisa que nunca sentiu. O vestido — sempre o mesmo modelo e quase nos tornozelos — é preto há mais de quarenta anos, quando ficou viúva com 23 anos. Rainha do Rio Pardo, ouvi alguém chamá-la uma vez. Quando perguntei por quê, fui repreendido e obrigado a prometer que nunca mais repetiria a pergunta. Nervosos, os grandes queriam que eu dissesse quem havia me dito a expressão, mas eu não me lembrava. Rainha do Rio Pardo foi como passei a chamá-la interiormente, em todas as histórias que inventava no alto do meu abacateiro, de onde avistava a curva do Rio Pardo cercado de coqueiros — e todo o reino da rainha-onça. Um dia, vou criar coragem e perguntar diretamente a ela. Vamos ver o que acontece.

— Onde se escondeu? Na pitangueira, não é?

— As pitangas estão maduras, vovó.

— E em cada uma, dúzias de bichos.

— Não vi nenhum.

— Porque só vê o que quer. Igualzinho ao pai que só vê rasto de veado, anta e capivara. Nunca vi pitanga que não fosse bichada.

— Vovó. A senhora não acha que seria bom fazer ponte ali?

— Pra quê?

— Para passar, ora.

— Passar pra quê? Não vê que do outro lado é só brejo?

— A senhora manda papai fazer ponte lá?

— Não vou mandar nada. Ponha pau de lenha no fogo. Este, não, aquele.

Enquanto coloco a lenha no fogo, vovó se afasta, ergue a saia, abre as pernas e, na minha frente, urina de pé. Lembro-me de vacas no curral em dia de chuva. Estou olhando minha avó-onça urinar, quando Gilberto Freyre volta com dois cálices em salva de prata:

— Minha pitangada foi muito apreciada por Roberto Rossellini, John dos Passos e muitos outros. Aldous Huxley, abstêmio, apreciou apenas a cor.

Gilberto encosta o cálice no meu. De repente, o movimento de minha mão, para. Olho a cor amarelada da pinga e, de dentro do cálice, vem o cheiro forte da terra da zona da mata, a cor dos canaviais, o aroma do melaço, o perfume das pitangueiras em flor... e do pequeno cálice, como se contivesse um oceano de recordações, começa a brotar o que Gilberto me contara até então:

Na sala do Palácio do Governo, o jantar continua, enquanto as balas de fuzis vêm morrer no chão, ou nas paredes. Estácio Coimbra, Governador de Pernambuco, vários de seus amigos mais íntimos, entre eles Gilberto, continuam impassíveis a conversa como se nada estivesse acontecendo. Entrincheiradas na rua Aurora, as forças vindas da Paraíba atacam o Palácio. Estamos em outubro de 1930. Aconselhados pelo comandante da tropa federal no Recife, o Governador e amigos passam a noite nas docas, enquanto o ataque deve ser repelido. Na manhã seguinte, porém, as tropas federais embarcam para destino ignorado: a Revolução getulista vencia e uma nova era começava. Sem proteção, Governador e amigos vão para o engenho Morim, de propriedade de Estácio Coimbra. De lá, seguem para Salvador, onde pegam o navio Belle Ille, com destino a Dakar, no Senegal.

— Vovó! Por que gente grande chora escondida?
— Quem viu chorando?
— Vovô. Por quê?
— O pai de sua mãe perdeu tudo que tinha.
— Perdeu como?
— Não dá para explicar.
— Pode explicar, vovó. Eu quero saber.
— Burrice de bodarrão filho da puta. Entendeu?
— O que é bodarrão?
— Bode grande, um mulatão.
— O que é puta?
— Diaba que vende a bunda.
— Como?
— Está me atrapalhando. A farinha queima... Meu Deus! Fecha o falador, Aluízio!

Lentamente, o navio se afasta, enquanto a noite cai e o exílio começa. Gilberto Freyre está sendo exilado e sem convicções políticas, apenas por ligações de amizade. Ou seria por ligações mais profundas? De onde nasceria o fascínio que o homem, agora dormindo no camarote do navio, exerce sobre ele? Gilberto Freyre, debruçado na amurada do navio, sente o cheiro forte da terra que vai se distanciando... e se vê andando por Recife sem destino, aparentemente sem raízes. Dividido entre dois mundos: na Europa, sempre com saudade do telúrico. Diante das forças telúricas, sentindo-se cosmopolita. Assim andou pelo Recife, sentindo-se desenraizado.

De longe, sigo vovô pelas ruas de Barretos: sei que vai ao ponto das jardineiras buscar o latãozinho de leite que vem da fazenda de meu pai. Ele passa em frente ao Grupo Escolar, vira na esquina do Bar Jaú e para: à sua frente estão oito ou dez jardineiras sujas de barro vermelho como sangue. Vovô não olha ninguém, mas percebo que namora as pessoas que descem da jardineira de Jaborandi: ela passa quase dentro do jardim de sua fazenda.

— Bom dia, seu Quim.

— Bom dia.

A resposta vem seca, amarga, carregada de saudades telúricas. Vovô pega o latãozinho de leite e anda no meio das jardineiras, prisioneiro. Escondo-me atrás da árvore, observando-o. Disfarçadamente, ele pega a pelota de barro da roda da jardineira e enfia a mão no bolso. Afasta-se, rápido, levando, numa das mãos, o latãozinho; na outra, dentro do bolso, a pelota de barro. Sigo-o para assistir à cerimônia de todas as manhãs, quando ele coa o leite e o divide em diversas cabaças trazidas da fazenda, porque o leite fica mais gostoso. Depois, exatamente como fazia na fazenda, coloca sobre a mesa perto do filtro, cobre com pano de prato, arrumando-o carinhosamente, como se fossem coisas preciosas. Minha tia, sempre sentada à máquina de costura, observa-o com expressão comovida.

Caminhadas solitárias de Gilberto pelas ruas do Recife que o levam sempre à presença elegante e máscula de Estácio Coimbra, para os sons do piano de sua mãe Francisca, ou para os braços da sensual Amália, teúda e manteúda, mas amando o jovem doutor.

— Vovó! O que é rainha?

— Mulher que usa coroa de ouro.

— Não vejo nenhuma em sua cabeça!

— Não sou rainha, como posso ter coroa?

— Nem do Rio Pardo?

Vovó-onça volta-se para mim. Recuo com a força estranha de seus olhos que parecem querer me varar. O rosto, branco de repente, parece de pedra.

— Nem do Rio Pardo, nem de merda nenhuma. Fui antes de entregar a fazenda pra seu pai e seus tios, que só sabem caçar. Estão enfiando no rabo o que lutei sozinha pra conservar. Agora, vai embora daqui. Já me atazanou o bastante. Suba na sua pitangueira...

Vindo pelo cheiro morno da terra — sobrepondo-se a tudo na amurada do navio — o rosto da mulata Amália, moradora da Travessa do Forte, faz-se presente, esquentando os sentidos do homem. Mulata canela, cabelo bom, enxuta, muito sexo, demais sensualidade, analfabeta mas inteligente, instinto puro. A lembrança faz Gilberto sorrir.

— O meu doutor está com muita ruga na testa.
— Tenho preocupação profunda, mas não sei o que é.
— Com você é só amor. Não se preocupe com dinheiro, não.
— Não se trata disto.
— O meu doutor que veio da estranja com tanta sabedoria...

A lembrança parda, sensual, se esconde numa onda do mar, ainda trazendo movimentos de pernas quentes como torrões de terra ou morenas como rapadura. Com Amália aprofundava ainda mais a importância fundamental do sexo como origens africanas na formação da família e da sociedade brasileira — para o sociólogo e para o homem Gilberto Freyre. Era nos braços de Amália que sentia ser também mulato, preso em correntes atávicas, percebendo por todo lado e em todos os tempos, a miscigenação largamente praticada, corrigindo desníveis, encurtando distâncias, determinando formação de raça, de sociedade.

No paiolão, dividido em duas tulhas — de café e de milho — deito-me no milho, depois de ter escondido meu cavalo no tronco do curral. Deslizo para perto das tábuas que dividem as tulhas, escolhendo a melhor fresta. Prendo a respiração quando ouço barulho na corrente que fecha o imenso portão gradeado. Os cochichos vão se aproximando, subindo pelas altas pilhas de sacos de café, e chegam, diante de meus olhos, o carroceiro Ataíde e a copeira Didieta, filha do meeiro Pelegrini, italianinha bem feita, rebanho de demônios. Muitas vezes, eu ouvira, vindo de diversos pontos do cafezal, o grito dos colonos: "Didieta! Arrebita a baieta que eu te enfio a baioneta!" Pelegrini espuma de ódio no cabo do rastelo. Didieta, com a cabeça coberta por panos e aba de chapéu de palha, carpe sorrisos que caem do rosto, brotando e crescendo como capim marmelada. Para não ouvir os gritos dos machos excitados, Pelegrini empregou-a na fazenda.

— Acha que ninguém viu?
— Foram todos em Barretos. Pode tirar a roupa.
— E o garoto? Ele anda pra todo lado.
— Foi tocar vaca com Zé Peão.

O mulato Ataíde vai falando e arrancando a roupa de Didieta, que aparece nua diante de mim, com peitos-mamões. Ela ri encolhendo-se. Ataíde a empurra deitada sobre sacos de café. Com sorriso lascivo, fica observando Ataíde tirar botas e roupas com movimentos rápidos e nervosos. O corpo musculoso fica à mostra. É como ela esperava, desejava, queria que fosse. Ele fica de pé com as pernas ligeiramente abertas, exibindo a virilidade poderosa. Diante do corpo chocolate, o de Didieta fica leite.

Ataíde ajoelha-se, oferecendo-se impudico, soberano nas proporções. Didieta revira-se, abrasada, com os olhos cativos no sexo de Ataíde, que abaixa e levanta até ficar projetado para frente como alavanca. Ela se aproxima, leva a mão e o acaricia, como se fosse a criança mulata que fará nascer.

— Parece o chifre do touro.

Didieta enfia o rosto nas coxas encordoadas do corroceiro, beijando, mordendo. Endoidado, com expressão que se congestiona, Ataíde segura-a com violência e seus lábios grossos, os dentes brancos e perfeitos, vão passando dos peitos — sugados e mordidos — para o pescoço, orelhas, olhos, coxas, e se fixam na boca de Didieta como ventosas. De repente, ele ergue-a, sentando-a com as pernas abertas entre dois sacos de café. Exposta, sem defesa, é penetrada pela rigidez do aço, revelando, na aceitação sem gritos, o desejo longo, guardado, esperando hora. Em movimentos rápidos que vão num crescendo, Ataíde chega até o fundo do poço, arredondando fendas. Estou a dois metros deles, mergulhado em um mundo confuso. Tenho vontade de fugir, mas estou pregado na fresta. Arrependo-me de ter usado o empregado de meu pai para aprender o que não devia. O paiol se transforma num imenso terreiro e me vejo novamente nu, cercado de cachorros. Sofro porque não pensei que fosse assim, e não tenho ninguém que me explique. Ou assim era somente na fazenda da avó-onça, onde tudo era violento, primitivo? Violência na gênese, revelando-me pela primeira vez minha condição animal.

Ataíde volta-se, ligeiramente, em minha direção. Depois, retoma os movimentos. Didieta corcoveia no dorso da tropa do prazer e tudo se transforma num longo e profundo gemido, num único vidrar de olhos. Os de Ataíde, bem à minha frente, fixos, opacos, lembram os de animal morto, quando cai sobre os sacos de café — corpo descansado de desejo contido. Didieta, porém, cai sobre ele, beijando-o, lambendo-o, mordendo-o — corpo ainda sedento — até que o aço se faz novamente presente... e tudo recomeça.

Vejo quando Ataíde e Didieta saem do paiolão. Fico deitado sobre espigas, mergulhado em meu dilaceramento, pensando que as grades do portão não me deixarão sair. Vou me perdendo na noite da não explicação, quando ouço os gritos de minha mãe e da avó-onça:

— Aluízio! Onde está? O livro que queria, chegou. Venha jantar, menino.

Quando entro em casa, Rosária — que saíra da fazenda junto com meu avô, vindo para a nossa — tira mandioca frita da frigideira. Didieta, com o mesmo rosto de sempre — madona italiana — enche as moringas d'água, sugerindo-me, numa fazenda distante, que nada é como aparenta ser — assim é se lhe parece — arma poderosa na defesa de cada um. Sinto vontade, não de me sentar à mesa — estendida por Didieta, servindo-se a si mesma e Ataíde em meu prato — mas de subir ao alto do abacateiro e buscar resposta em meus livros.

No outro dia, a caminho do cafezal, meu amigo e professor mulato, pergunta:
— Viu como é?
— Vi.
— Convida que ela vai à tulha. Se não for, eu levo no tapa.
Toco meu cavalo. Quando convido Didieta, ela pede as contas. Ataíde também, que resolve não mais carrocear, mas carpir café do Pelegrini. No outro dia, no cafezal, brota por todos os lados os gritos dos machos excitados: "Didieta! Arrebita a baieta que eu te enfio a baioneta!" Ataíde faz da enxada baioneta, cortando o pescoço do primeiro que encontra gritando, desaparecendo da fazenda.

No navio, já em alto mar, sobrepondo-se ao rosto pardo da Amália, como pardas são as terras ricas do litoral pernambucano, aparece o rosto da sinhazinha muito branca, delgada, cabelos castanhos, olhos extraordinariamente belos, voz musical e sem a estridência nordestina. Com vestido leve e claro, sem nenhuma joia, parece ter vindo correndo sobre o mar, acompanhando o navio como nova Moema, mas aristocrática, espanholada, com qualquer coisa de sério, não de triste, no rosto. Sua voz de prata vem pelo prateado do luar:

— Gilberto! Você é o pernambucano mais pernambucano que conheço.

–É minha condição. Vem de dentro de mim, de todas as coisas. E você?

— Também me sinto assim.

Lembro-me por quê, na praia de Itapuã, em Salvador, Moema sempre traz Gilberto Freyre ao meu pensamento: é de lá que ele parte, exilando-se, levando à esteira do navio, a Moema mulata da Travessa do Forte. Mas também parte com ele o amor pelo semelhante, amor dentro da classe, da família, amor endogâmico, quase incestuoso. Subitamente, agitado, Gilberto volta-se, desfazendo a presença branca, a voz argentina. Apoiado na amurada, deixa a cabeça pender para trás, sentindo o vento passar entre os cabelos; fecha os olhos tentando descobrir por que a lembrança da moça branca o agita tão profundamente, como se pensar com desejo, possuindo-a, fosse cometer um pecado maldito, possuir a própria irmã. O sentimento desconhecido que sempre o agita, traz à sua memória a figura da mãe que, durante a sua meninice, fora a mulher mais bela entre todas, até o dia, quando aos sete anos, deitado em seu colo, aparentemente dormindo, mas maliciosamente escutando, ouvira a voz dura do tio:

— Francisquinha! Em todas as famílias existem sempre os feios. Na minha, por exemplo, é meu filho Alcindo. Acho que na sua é Gilberto.

Com os sentidos aguçados, Gilberto espera o protesto, a defesa, a indignação de sua mãe. O silêncio que aprova se transforma em agulhas circulando no sangue. A palavra feio alia-se imediatamente a tudo que ele considera realmente feio, não apenas a feiura física, mas outras inconfessáveis que podem vir de dentro de cada um. O silêncio materno o fere profundamente, começando a perceber que feio é ser diferente, como ele; que sempre fora um menino não muito querido pelos mais velhos, como se fosse garoto cacete.

Gilberto caminha observando o navio. Mas preso nas garras de tempos mortos e vivos, cacho de recordações que se exila, cadinho de forças ancestrais, vai encontrando presenças — mortas e vivas — em cada canto do Belle Ille. Revê sua fuga de casa com uma pequena trouxa e o naviozinho, o brinquedo predileto. Com ele, anda por ruas do Recife, anda muito, mas a saudade da mãe vai, pouco a pouco, guiando seus passos para a casa materna, onde domina o pai, amante da odiada matemática, do terrível latim. Vozes do passado ressoam no tombadilho:

— Esse menino está com oito anos e ainda não aprendeu a ler, nem a escrever!

— É retardado!

— Para que serve desenhar? Desenha o dia inteiro!

— Quem não é bom na matemática, não faz nada na vida.

— Vamos pescar na ceva do rio.

— Não quero, papai.
— Não quer, mais vai.
Passamos pelo cafezal, cruzamos a várzea com água no peito dos cavalos, ladeamos o angical, atravessamos a grande mata à beira do rio Pardo. Na vereda escura, emparedada de cipós, vou admirando troncos que precisam de muitos braços para abraçá-los. Alguns trechos lembram-me a penumbra mágica do mangueiral de meu avô, sugerindo, vagamente, estátuas que nunca vi em livros, que não chego a saber como são. O silêncio entrecortado de cantos de pássaros, de barulhos estranhos, fascina-me e me atraso, parando meu cavalo. Logo vem a voz de meu pai, saindo da parede de folhas:
— Venha! Pescaria é na beira do rio.
— Acho que ouvi barulho de leão.
— Deixa de ser bobo. Leão só existe em seus livros.
Toco meu cavalo que não consegue acompanhar Matogrosso, porque procuro flores para levar à minha mãe, na volta. Ouço o grito terrível de pássaro ferido — ou seria de animal? — e antes que peça socorro, meu pai explica de longe:
— São araras.
Penso em índios, em meu pai flechado entre árvores, e esporeio o cavalo, alcançando-o. O grito da arara continua ressoando dentro de mim e, não sei por quê, lembro-me da sala da fazenda de meu avô. Pensamentos me atormentam: vejo mil olhos me espreitando atrás de peroberias, cedros, jequitibás; encontro-me arrastado em boca de onça pintada, a caminho de grotas desconhecidas; sinto-me enleado em corpos lisos de sucuris que me puxam para o fundo de brejos; levanto preso entre garras de pássaros gigantes que me levam para o alto de jatobazeiros. Pouco a pouco, a mata vai ficando clara e saímos na prainha, coberta de coqueiros. Sempre penso que vou me perder na mata, como o bandeirante da história que minha tia — a de vestido de miçangas pretas e brancas — gosta de contar: perdido sete anos na mata, buscando esmeraldas e morrendo abraçado a elas. Mas meu pai não procura esmeraldas, nem encontra matas

onde pode se perder. A prainha é o rumo certo: para ele, da pesca; para mim, da luz, do espaço e das águas.

Satisfeito, meu pai assovia, descendo do Matogrosso e preparando as varas de pescar. Anda como se estivesse em terra firme, sentando-se no bico da canoa.

— Sente-se no banquinho. Aí tem muito lambari. Sabe como se põe minhoca no anzol?

— Sei. Pode deixar.

Enquanto meu pai pesca piracanjubas, piaparas ou dourados, tiro do rio as formas de vida e do belo que ele oferece, guardando no covo no fundo de mim mesmo, como peixes dourados que serão pescados nas águas da memória. O barranco, atapetado de borboletas de todas as cores, predominando amarelo, lembra bordados de minha mãe. Debruço-me sobre a água, tentando reencontrar cavalos-marinhos, mas a água barrenta é espelho turvo. Sigo o igarapé florido que desce girando nos remoinhos, e vejo uma infinidade formando girândolas coloridas. E eu que não queria vir! Que vim sob ameaças de castigo se não viesse! Com o anzol dentro d'água e sem minhoca — assim não mato lambaris — posso admirar a beleza remansosa do rio, principalmente agora que os patos selvagens, voando em bandos, descem abrindo as patas e deslizam na água, justamente onde vejo a lua minguante refletida — escama prateada de peixe encantado. Sigo os patos e me escondo na ponte de ramagens, passando antes embaixo da árvore que debruça galhos sobre as águas mansas e barrentas, enfeitadas com bolas pardas e penduradas como os peitos da vovó-onça. Ao lado, a barra do ribeirão do Rosário deságua centenas de garças, patoris, jaburus. Livres, coroam as árvores com penas. Peixes, também livres, pulam escamando a superfície do rio. Disfarçadamente, levo a mão ao covo preso à estaca junto à canoa e abro. Fico olhando os peixes partirem rio abaixo, enquanto pergunto:

— Papai! Por que a água corre para lá?

— Por causa da queda.

— Acho que devia correr ao contrário.
— Mas não corre.
— Seria mais bonito. Passaria primeiro na árvore cheio de... Que árvore é aquela.
— Figueira branca. Padrão de terra boa, filho.
— As raízes parecem escada no barranco. Que é aquilo pendurado na figueira?
— Ninhos de guachos.
— Parecem pacotes de balas.
— Pescaria exige silêncio, meu filho.
— Nunca passou tanto igarapé florido, como hoje.
— Assim você não pesca, Aluízio.
— Um rio de flores e de luas. Papai! Por que os igarapés descem o rio?
— Porque as águas arrancam das margens.
— Papai! É bom ser homem?
— Claro. Você não é?
— Não, papai! É bom ser homem grande?
— É sim. É bom ser homem grande. É a melhor coisa. São os homens que mandam, domam, caçam, dominam os bichos e são donos do mundo. Não há caça, por mais matreira que seja, que possa fugir deles. Aquela cabeça grande de cervo que está na parede.
— Aquelas que tem duas arvorezinhas secas na testa?
— Eééé! Aquele cervo, cacei quando você estava pra nascer. Nunca vi bicho mais astuto. Mas acabou na garupa do Matogrosso.
— A lua já não é mais uma bola! É queijo partido. Quando eu ficar grande. a lua ainda será partida?
— Acho que sim.
— Quando o senhor era do meu tamanho, ela já era?
— Era.
— E o senhor nunca descobriu por quê?
— Larga mão dessa porcaria de lua, Aluízio! Assim não é possível. Vamos embora! Mas... onde estão os peixes? Você soltou outra vez?

— Soltei. Fiquei com pena, papai.

— Seu pamonha! Estou tentando ensinar a você um divertimento de gente, de homem!... está ouvindo? De homem! E você com esta alma de mocinha. Vamos! E não comece a chorar.

Já não ouço meu pai. Vindos do fundo do rio — subitamente sujo, lamacento, sem flores, borboletas, patos e garças — emergem os olhos da tia que lembram cus embostando-me. Que ela não me compreenda, está certo, é a maldade enlodando minha infância. Mas meu pai! Por que olha e não me vê? Por que não vê o que amo tanto? Por que não consigo ver o que ele tanto ama? No longo caminho de volta, a mata e seus monstros se multiplicam. Na fazenda — que pavor de enfrentar minha avó! — fico longo tempo no quartinho de arreios, pensando em pendurar-me, como pendurados eles estão. É lá — entre arreios, sacos de sal, vidros de criolina e caixas de formicida — que aparece pela primeira vez a ideia do suicídio. Ela vai crescer até virar cipó enleando e sugando minha resistência, transformando minha adolescência em útero da morte. É vovó-onça quem vem me buscar, rugindo:

— Você só sabe ver flores no rio, e ele, peixes. Qual a diferença se não precisamos de flores nem de peixes para viver, reaver o que perdemos? Trabalhar que é bom ele não sabe.

Enfio o rosto nos peitos-ninhos de guachos, e, por baixo deles, corre o rio do meu pranto. Sinto que os outros me cinzelam ambíguo — todos, até meu pai! — quando dentro de mim a visão de mundo é clara, absorvente: gosto de coisas bonitas, pessoas inteligentes, livros, música e cores. Não consigo tolerar certas pessoas, mas suporto-as, sabendo que fazem parte dos caminhos que preciso vencer. Sei que, às vezes, jogo-me em águas turvas, lamacentas, mas é para apreender o sentido da vida. São as que tenho para chegar à margem e subir para caminhos que me levem ao mais distante. Quero partir como os igarapés, não ficar preso à margem vendo flores e luas passarem. Necessito saber, preciso que respondam minhas perguntas antes que se tornem acusações, ou espreitas que me envergonhem.

Os peixes que soltei já estão mortos, como morta está a maldade que quase me destrói. Mas os meus continuam vivos no rio que passa dentro de mim, levando-me pela vida. De sua cor parda, vem a alma da terra coberta de cafezais, coqueiros, garças, igarapés e luas, onde nasci e cresci.

Do verdo do mar, vem o dos canaviais batidos pelo vento, com suas flores lembrando penachos em batalhas coloniais, quando o sangue negro, índio, português, flamengo argamassavam o pernambucano. Envolvem o navio como laço de aromas, o cheiro de jasmim de banha, das pitangueiras, de cajás e maracujás. No rosto crispado do homem surge o sorriso e ele se vê menino, andando embaixo de mangueiras, olhando fascinado os canaviais, mas deles não se aproximando, pois não era neles que o temível bandido Cabeleira ia se esconder? No tombadilho escuro ressoa a frase ouvida não sabe onde — cada pé de cana é um pé de gente — acompanhando o exilado, como o acompanha o aroma do melaço virando cheiro de suor da raça negra ou índia. Menino de engenho, sofrendo, crescendo, pensando, partindo, mas sempre voltando... como muitos meninos do mundo tabaco, cacau ou café.

A imagem do menino de engenho que aparece tanto na obra de Gilberto Freyre começa a ganhar corpo na luta do menino contra as coisas, contra adultos, contra o mundo. Brincando com o naviozinho de papel — feito pela mãe, sempre pela mãe — no rego d'água do Engenho São Severino, o menino ouve sons de piano que vêm da casa-grande e descobre que a mãe determina a única dimensão do mundo. De repente, o menino corre para a casa-grande, ouvindo o canto das negras do engenho:

— Fecha a porta, Rosa, Cabeleira aí vem, pegando mulheres e meninos também.

Mãe branca na sala grande tocando Chopin, mãe preta nos restos de senzala cantando cantigas populares, contando histórias. Histórias de sofrimento negro, de maldade branca; de navios com brancos ao sol, e negros em porões escuros; de brancos sentados em varandas, de negros afogados em suor; de brancas emprenhadas em alcovas fechadas, de negras animalizadas em espaços abertos; de amor e carícias brancas, de amor e proteção negra. Histórias de solidão negra ou branca que foram se cravando como carrapichos na memória do menino que gosta de brincar com naviozinhos feitos pela mãe, em regos d'água de engenhos poderosos.

Atormentado, Gilberto Freyre olha o mar e só vê a imensidão enluarada. Os fantasmas tinham passado, todos, para dentro de si mesmo. Comovido, começa a perceber que o mundo das casas-grandes estava moribundo. Pior ainda: tinha morrido. Não morto pelas balas que atingiram o Palácio do Governo, mas pelo tempo dentro de um processo histórico. A Revolução de 30 que o exila apresenta-se como o grande divisor de águas. E, do oceano de saudade-canavial, vem a onda que me joga contra os rochedos do mar-cafezal — penhascos de recordações! — onde meu avô, exilado também, vai agonizar desfiando um pequeno trapo xadrez.

Temeroso, mas fascinado, encolho-me no canto do filtro, escondendo-me atrás da mesinha de vasilhas de leite: sei que a discussão vai estremecer a casa, quando vejo vovô entrar no quarto de meu tio. Eu estive lá e vi os vômitos ao lado da cama: meu tio embriagara-se novamente. Foi por isto que fiquei rondando a copa, mentindo dor de cabeça para não ir à missa: aguardo, prisioneiro da casa, conflitos reveladores. Não preciso espreitar portas, espiar em fechaduras, fingir que durmo — para alimentar a curiosidade que vai descobrindo os grandes do meu mundo infantil, mas trágico. Não brinco com naviozinhos, não tenho mais os patos, não sei em que mar mergulharam os cavalos-marinhos — brinco de sondar, de espreitar, de espiar. Minha infância ficou envidraçada em bandeiras coloridas, pendurada em galhos de mangueiras. Um mundo terrível — de magias que fazem coisas queridas desaparecerem, de suspiros que vêm do fundo de recordações, de silêncios e olhares cheios de gritos — passou a fazer parte da penumbra das mangueiras, agora de alvenaria. Mas hoje será diferente: o palco de revelações está armado à minha frente, onde as personagens da minha infância vão ser teatrais... e sou o único espectador.

Encolho-me ainda mais embaixo do filtro, quando vejo vovô sair do quarto. Meu tio, só com a calça do pijama, cai sentado no banco, escondendo o rosto atormentado entre as mãos. Meu avô vira-lhe as costas, apoiando-se à mesa.

— Pegue um pano e limpe isto já. Não quero que sua mãe veja esta sujeira.

— Não vamos discutir agora, papai. Minha cabeça...

— Está cheia de álcool. Nunca teve dentro outra coisa.

— Não quero discutir, já disse.

— Sente-se! Estou falando com você. Quero saber, por que saiu do frigorífico?

— Eu tentei ficar lá, papai, eu tentei, mas não consegui.

— Você não honra o nome que tem.

— E o que vale este nome?

— Muita coisa. Ainda somos o que fomos.

— Até quando o senhor vai mentir a si mesmo? Não percebe, não vê que não contamos mais para nada? Ninguém mais tem consideração por nós. Vivemos num mundo diferente, onde o nome não conta mais, e nós só temos nome. O senhor não me educou para ser operário.

— Por que não estudou? Não foi por falta de falar.

— A situação seria a mesma. Não se trata disto. O que importa é aceitar ou não o presente; esquecer, saber esquecer o que fomos.

— Eu afirmo a você: ainda somos o que fomos!

— Por quê, então, ninguém vem à nossa casa? Lembra-se como vivia cheia de gente? Como era alegre? Por quê? Porque não passamos de uns quebrados sem importância.

— Não sou um quebrado! A moratória vai devolver tudo que era meu. Tudo!

— O senhor ainda acredita nisto?

— Acredito! Sempre acreditei. A fazenda vai ser devolvida. O processo de praceamento está nulo por lei. O seu mal é que não soube ter esperança. Sei defender meus direitos. A lei manda que os editais de praça sejam publicados pela imprensa local, e não foram. O processo está, portanto, nulo. Estou cansado de afirmar isto.

— Desejo apenas que o senhor continue com esta esperança, aconteça o que acontecer.

— Não tenha dúvida. E pode estar certo de uma coisa: na minha fazenda você não põe os pés.

— Sei disto. Como sei!

— Não soube arcar com a responsabilidade. Em vez de ajudar, só nos tem dado desgostos e mais desgostos.

— Não pretendo mais acusar o senhor.

— Acusar?! Uma pessoa como você não pode acusar ninguém de nada. E a mim muito menos.

— Não? E a nossa situação?

— Não tive culpa.

— Teve. Teve muita culpa. Os maus negócios foram feitos pelo senhor e por ninguém mais.

— Você se atreve?

— Atrevo porque é verdade. Foi o senhor quem vendeu o café a prazo e contraiu dívidas e mais dívidas. Reconheço, sou um fraco. Não assumi a responsabilidade. E o senhor? O senhor que só pensa na sua fazenda, no seu processo, nos seus direitos, no seu nome. Enquanto pensa em si mesmo, na sua honra, não pode sentir o que sinto. O senhor não sai à rua para saber o que os outros pensam de nós. O senhor finge não perceber que não fazemos mais parte de nada, que o nosso mundo está irremediavelmente morto. Se voltássemos para a fazenda...

— Vamos voltar!

— ...tornaríamos a perdê-la. As regras para viver são outras, regras que não compreendemos nem aceitamos. O mundo, as pessoas, tudo! Tudo agora é diferente! Tudo mudou. Só nós é que não. Estamos apenas morrendo lentamente. Mais um pouco e ficaremos como aquele galho de jabuticabeira: secos, secos!

A bofetada joga meu tio em cima da máquina de costura. De lá, ele salta agarrando-se nos braços de vovô, desesperado.
— Saia já de minha casa!
— Papai!
— Bêbado!
— Papai!
— Tire as mãos de mim.
— Olhe para mim. Olhe bem para mim, papai.
— Não é o rosto de meu filho!
— O senhor não está vendo que eu sei?
— É um rosto sem esperança.
— Por isto mesmo. Papai! Volte a si. O senhor está cego. Não vê que... não é mais possível? Não queria magoá-lo... o senhor perdeu... compreende?
— Perdi o quê? Diga!
— O processo de nulidade. Foi por isto que bebi.
— Mentira! É mentira! Diga que é mentira, meu filho.
— Não, não é. Doutor Riolando chegou de São Paulo. Vem hoje comunicar ao senhor.

Na pausa longa e mortal, o tempo que ainda parecia ser presente torna-se passado, história. Vovô olha meu tio e faz um gesto como se pedisse desculpas. Há nele uma angústia inexprimível, quando pega o trapo na mesa, senta-se e começa a desfiá-lo. Estou sozinho no mundo, cativo dos fios xadrezes que vão caindo ao chão, e que se fecham à minha volta, soluçantes. Meu tio ajoelha-se junto a ele. Os dois ficam olhando para muito longe, para o começo de todos os tempos: mortos no espaço do presente, mas vivos, correndo livres no tempo do passado. Saio de meu esconderijo, mas os dois não me veem. O rosto de vovô, lívido, parece mármore. Os olhos, brasas vivas de saudades, examinam a copa como se procurassem alguma coisa. As mãos, agarradas ao trapo de pano xadrez, brancas, não lembram mais terra humosa de brejo: estão secas, galhos de tronco morto, onde não pousam borboletas. Estranho! O rosto que me olha e não me vê não é o da copa, mas o que ficou emoldurado no buraco da fechadura. Camisa de zuarte, brim cáqui, chapéu, correias, polainas, esporas, chicote — vindos não sei como, são colocados nele pelas mãos da primeira lembrança. Em seus dedos, não mais o trapo xadrez, mas o relógio de ouro. Só então ele me vê, agachando-se sorrindo e me estendendo os braços:

— Vem, meu filho. Não tenha medo. Não ponha essa folha suja na boca!

Não corro para ele, vou engatinhando na direção dos olhos de meu tio — espelhos que refletem despedidas definitivas — onde vejo, desvanecendo, jabuticabeiras, pastagens, cafezais, uma curva de caminho, beirais, balaústres azuis, mastros de São João e São Pedro, tulhas, terreiros, bicas, a vaca Soberba amarrada e Vaqueiro esgotando-a, Rosária contando histórias sentada no rabo do fogão — pedestal de estátua negra... e todo o universo da fazenda Santa Genoveva, cadinho de felicidade e de descaminhos.

O que parecia presente no tombadilho do Belle Ille já era passado, história. O homem brasileiro — branco ou negro — caminhava em outras vertentes. Mas o solitário a caminho do exílio sabe que, mesmo morto, mas fixado no tempo e no espaço, o mundo dos canaviais é essencial para se compreender o Brasil; que nenhum futuro pode ser divorciado da experiência vivida, fosse qual fosse: casas-grandes, senzalas, mulatas, sobrados, mocambos, cana, café, tabaco, cacau, pelourinho, argolas, troncos, índio, africano, holandês, mouro, português — raças e fatos que devem ser assumidos para se compreender o presente e ter perspectiva de futuro.

De imagens refletidas no mar — a mulata Amália, a filha do Governador e a mãe; de angústias que vinham de dentro dele mesmo — o menino e o adolescente incompreendidos; do navio que deixa para longe a terra-mãe; da força que o impele para as costas da África, para o desconhecido — de tudo, pouco a pouco, longinquamente, como os primeiros movimentos de feto, começa a nascer, em Gilberto Freyre, *Casa-grande & senzala*. Filho branco e negro de mulatice social, nascerá como carne, sangue, memória; amor puro, sensual ou inconfessável; como morte de épocas e princípio de outras.

Sinto novamente a biblioteca de Apipucos à minha volta. Ouço, caindo no pátio mourisco, a água que me levou à presença da avó-onça, no calabouço do monjolo; ao ponto de jardineiras, onde vovô tirava pelotas de barro para acariciá-las secretamente; ao amor animalizado na tulha de café; à pescaria de igarapés, luas e sentido de liberdade; mundo — gêmeo do canavial — onde nasce meu teatro e minha visão trágica da vida.

Olho o líquido amarelo da pitangada e percebo que Gilberto acaba de bater o cálice no meu. Os fantasmas de Gilberto que tinham passado para mim — levando-me aos meus — desaparecem novamente quando sinto a pitangada descer em minha garganta. Descubra os caminhos por onde passou um homem, e você o conhecerá sem mesmo ter visto a sua face. Estava pensando nisto, quando ouço a voz de Gilberto:

— O mundo brasileiro, saído principalmente de casas-grandes e senzalas — em engenhos, fazendas de criar, estâncias, fazendas de café, fazendas de cacau — é o mais meu dentre os mundos que formam o Brasil total e estão à sua raiz e dentro do seu presente e do seu futuro e não apenas do seu passado. Por isto, procurando revelá-lo, interpretá-lo, compreendê-lo e fazer não só outros brasileiros como estrangeiros sentirem-no e compreenderem-no, creio ter conseguido revelar uma parte essencial e até germinal do homem brasileiro, como um homem situado num espaço e num tempo diferentes dos outros: dos europeus, asiáticos, africanos e do anglo-americano.

Lembro-me do que um pernambucano ilustre me dissera dois dias antes:

— Pernambuco não dá glória a ninguém. Cada um que trate de erguer seu próprio monumento.

Olho Gilberto parado diante da porta que se abre para o jardim e compreendo sua verdade profunda, dramática: tudo nele é pedreiro, escultor, artesão, criador do monumento que julga ter direito de deixar, um dia, não só em Pernambuco, que ama profundamente, mas sobretudo no Brasil. Gilberto sabe, tem consciência dolorosa do silêncio que se criou em torno dele. Então, de Apipucos, ele dirige há muitos anos as obras do seu próprio pedestal, numa luta desesperada contra o tempo.

A luz avermelhada do sol bate em Gilberto, patinando as feições: mais uma estátua entre as muitas espalhadas pelo parque da casa-grande cor-de-rosa, sentinelas em mármore branco ou negro, às portas refinadas do inferno canavieiro. Bem próxima está a de Gregório, e tem a mesma importância para a compreensão do universo pernambucano.

Acompanhado por Gilberto Freyre, saio no jardim de Apipucos caminhando em um labirinto de esculturas modeladas pela dor e pela injustiça, e chego correndo diante do portão do Cemitério dos Aflitos, em Águas Belas, acompanhando o coveiro Manoel. Os olhos miúdos de Manoel, acavalados no nariz, fecham-se ligeiramente quando empurra o portão e percebe que fora aberto. É neste instante que vê o caixãozinho azul abandonado em cima de um túmulo. Preso à tampa, o bilhete: "Sr. encarregado do cemitério. Pode efetuar o enterramento da menor Maria Pastora da Conceição, falecida hoje..."

Estou confuso, pois acompanhara o enterro antes de ir chamar Manoel na feira. Eu deixara, esperando à sombra de uma árvore, o pai e quatro crianças segurando o caixãozinho. Com naturalidade, Manoel abre a capela e pega a enxada. O Caixão da Caridade, guardado para os que não podem comprar um, chama a minha atenção. Sei que nunca é enterrado: apenas joga o morto dentro da cova e volta para a capela, onde fica esperando o próximo.

Não sei que estranha força move os passos do repórter, levando-o ao centro de acontecimentos que melhor explicam os temas que tem a desenvolver. Para escrever sobre o caixão da caridade, por que fui parar em Águas Belas, entre centenas de cidades com o mesmo sentido trágico? Não consigo explicar a mim mesmo, e no entanto, nela, tudo é tema da morte. Enquanto entrava na cidade, via telhados, muros, árvores, torres, salpicados do negro de urubus, numa antevisão sinistra. Águas Belas — nome belo encobrindo verdades terríveis — é cidade limpa, branca, luminosa, não revelando, à primeira vista, o que encobre. À medida que se vai descendo em sua verdade, passa-se do branco puro para todos os tons de cinza, até se chegar ao negro de verdade social que nos angustia.

Damião, garoto que parece ter 10, 5, 7 ou 13 anos, é o primeiro indício do baixo nível de vida na cidade. Logo que chego, começa a me seguir, maltrapilho. Pergunto se quer trabalhar, ele aceita imediatamente.

— Se vai trabalhar, precisa estar pelo menos vestido.

Dou-lhe sapato, calça e camisas, que ele veste na própria loja, deixando molambos no chão.

— Só poderá trabalhar se puser preço no serviço.

Damião fica confuso e aflito. Distancia-se, pensando. Enquanto observo a cidade, percebo que ele me segue de longe. Depois de muita relutância, aproxima-se:

— Trabalho por 1 cruzeiro por dia.

— Um cruzeiro?! Só isto, Damião?

— Os mais graúdos ganham dois, três. Acho que 1 cruzeiro está bom.

Lembrando-me de Damião, vejo Manoel erguer o caixãozinho leve com palha — Maria Pastora tem seis meses — e levantar a tampa.

— Que malvadez. Não botaram nem florzinha de malva.

Não é Damião quem observa atrás do túmulo: sou eu mesmo. Nem é o caixão de Maria Pastora sem flores de malva: é o do meu amigo Paulo, coberto de margaridas brancas. Como nos sonhos que vêm com a febre, a porta do jazigo se transforma em janela de prostíbulo, onde Paulo me olha fixamente, segurando o copo com formicida.

— Por favor, Paulo, não faça isto.

— Covarde!

— Eu não tenho coragem.
— Fizemos um pacto de morte, não fizemos?
— Eu quero viver.
— Viver para quê? Para assistir ao que assistimos? Se meu pai põe as putas acima de minha mãe, eu morro com uma.
Jupira aparece à janela com outro copo. Em seu rosto, o pavor, mas sinto que irá até o fim, que ele não a deixará escapar.
Paulo passa o braço no ombro de Jupira, erguendo o copo.
— Eu sabia que não teria coragem, por isso arranjei quem me acompanhasse. Já dei minha trepada. Só falta beber. Você vai viver mordido pela vida, estraçalhado como os veados que meu pai e o seu só sabem caçar.
— É assim com todo mundo.
— Não será mais comigo.
— Paulo! Escute...
— Não se aproxime... senão eu bebo. Você não cumpriu o trato, vai ter que viver nesta cidade porca, bovina.
— Também combinamos trabalhar no Rio de Janeiro, não combinamos? Quero viver, ler, viajar, mesmo mordido.
Envenenado pelo sofrimento da mãe que o joga contra o pai, de quem era amigo e companheiro, Paulo compra chicote, vai à casa da amante. Aconselho que não bata, mas que a leve para a cama, o insulto seria mais completo, única maneira de acabar a ligação e pôr fim às intermináveis discussões que atormentam sua casa. Paulo, furioso, não atende, espancando a mulher com fúria desesperada.
— Puta sem-vergonha, explorando meu pai, infernizando a vida.
No primeiro encontro, meu tio o esbofeteia com a mesma fúria, matando-se a si mesmo para ele. Passa, então, a arquitetar todas as formas de suicídio, convidando-me. Que motivos tinha eu para viver, vindo da infância que tive, vivendo a adolescência que vivo, atormentada na mais compacta solidão? Ou estaria apenas querendo espiar como é a morte, na fechadura da busca que me mantém trancado? Espreitar os vivos de dentro de túmulos, como Sparken-

broke? Não consigo seguir os passos de Jacques Thibault, fugindo do mundo entabocado, espinhento, pedrado, da avó-onça. Ou nunca quis realmente fugir, amando-o nas formas ásperas, de sensualidade transbordante, de caças abatidas, de mães publicamente traídas, de meninos brutalizados em homens precoces?

Mesmo assim, perdidos neste mundo, éramos felizes: eu, Paulo e Léio — o tripé. Meses inteiros de férias, escondidos na fazenda, discutindo e resolvendo problemas do universo; mordaceando os mais velhos — ridículos para nós; indo a Bebedouro, namorar; à zona, trepar; ao carnaval, deixando no chão do Grêmio, molhada de suor e lança-perfume, enleada em serpentinas, sufocada em confetes, nossa juventude; caçando, nas matas da fazenda, Dorothy Lamour acompanhada de tigres — princesa de nossas selvas que íamos buscar no prostíbulo da Rosinha, ou nas próprias mãos, quando nossos dedos viravam tranças de seus cabelos envolvendo o sexo, e a palmada mão, coxas que se abriam — enquanto assobiávamos *Moonlight serenade*. Mas, nas paredes brancas do quarto, ou nas camas da Rosinha, para mim era Carole Lombard quem sempre aparecia.

Tempo cheio de problemas, de desesperos, por isso repleto de vida. Eu, Paulo e Léio saímos correndo. Léio grita:

— Primeiro!

A mula Mimosa espera-nos na cocheira: hoje, será a princesa das selvas — também assobiamos para ela *Moonlight serenade*. Depois, será o banho no Ribeirão, a disputa das baganas Fugor, a melancia na roça, o coco macaúba, o mel do toco caído, o caminhar na enxurrada, as arapucas na mata, as conversas transcendentais em cima da porteira, na árvore tombada no meio do pasto, sentados na ponte com os pés mergulhados na água do Ribeirão; o concurso para ver quem tem pau maior. No concurso, lembramos que, à noite, vamos ao baile na colônia, em casa de Chico Filisbino. Paulo, único com dinheiro, vai arrematar a flor da dança da meia-noite, pretendendo dançar com Carlinda, demônio vestido de gente, mais provocante do que Didieta — hoje, puta no Bico do Pavão. Léio perdeu a aposta: eu serei o segundo na dança. À noite, Carlinda terá que se decidir com qual dos três quer namorar. Paulo diz que é com ele, porque ela lhe mostrou as coxas. Léio afirma que não, garantindo que ela lhe ofereceu os peitos. Fico humilhado: para mim, só sorriu sorriso convite. Mas minto, dizendo que Carlinda, no mandiocal, abaixou as calças para eu ver. Paulo e Léio empurram-me e caio no Ribeirão, ainda ouvindo as gargalhadas e a voz de Léio:

— Eta Bilois mentiroso!

De vez em quando, porém, desapareço: vou à fazenda de meu pai, a três quilômetros, e fico em cima do meu abacateiro conversando com Jacques Thibault, tentando ler Nietzsche que me fascina na sua loucura, ou tentando ver o mangueiral distante. Agora, o rego d'água começa e termina na minha tábua. Meus patos são as pombas que fazem ninho nas imensas traves de aroeira do paiolão.

Não quero que Paulo morra: muita coisa morrerá em mim — ou viverá para sempre? Pois não estou, agora, neste cemitério de Águas Belas, sentado com ele e Léio na ponte do Turvo? Montados em nossos cavalos, não passamos em corrida desabalada embaixo do pé de esporão, para ver quem não deixa cair o chapéu? Não estamos eu e Léio — espiando-o deitado dentro do carroção levar a mão, conhecedor, entre as pernas de Carlinha e tirar-lhe a calça — esperando a nossa vez?

A janela do prostíbulo desenha-se novamente no túmulo — palco onde assisto à morte de um dos dois maiores amigos que tive, e que ficou exposto na lembrança. Vejo-o com os olhos secos pela amargura, lembrando contas de Santa Bárbara penduradas nos seios de nossa avó-onça. Os cabelos caídos na testa, a boca ligeiramente repuxada, o inseparável corneta na cintura, compõem um dos herdeiros, como eu, dos trinta mil alqueires do reino da avó-onça, e que foram minguando como a lua. No pescoço, a correntinha que a namorada Cecília havia colocado, enquanto ele, de cabeça abaixada, passava o rosto em seus peitos, rindo para mim, sentado no banco

de trás do carro e abraçado à minha deusa das águas, de olhos verdes como os de Helena, esperando-me em São Paulo.
— Quantas bofetadas vai aguentar?
— As necessárias para viver.
— Para mim basta uma, para morrer. Não levo a segunda.
Eles viram o copo; ela, temerosa, em goles; ele, de uma vez. Corro ao peitoril da janela, tento subir, mas minhas unhas escorregam no reboque amarelo, e só vejo o rosto dele, máscara de dor atroz, ir caindo para trás, bem na direção do Coração de Maria, até ficar coberto de margaridas brancas, flores prediletas de tia Maria, sua mãe.

O rosto de Maria Pastora, profundamente desidratado, consequência da gastroenterite que assola Águas Belas e a maioria das cidades nordestinas, é a visão do dia-a-dia de Manoel. Ele ajeita o rostinho — tia Maria beija o rosto azul — fecha o caixãozinho, indiferente, — tia Maria agarra-se à tampa procurando evitar que se feche — e o coloca em cima da cabeça como pote. Enquanto tia Maria — mater dolorosa — desaparece carregada para o quarto, Manoel pega a enxada e caminha procurando as covas dos anjos: há sempre abertas para as duas ou três crianças que morrem diariamente em Águas Belas. Manoel coloca o caixão sobre o monte de terra e, acostumado a falar sozinho — pensa que os mortos não falam — vai murmurando:

— Maria Pastora da Conceição. Eu tive quinze filhos e enterrei oito como você. E tinha uma Maria, da mesma idadinha. Não se agaste com seu pai que deixou você só. Quando peguei o corpinho da minha Maria, tão Maria quanto você, embora não fosse Pastora, e depositei no fundo da cova, meus olhos estavam mais secos que o chão na desgrameira de 70, mas senti muito fracasso em mim. E assim que vou pegar ocezinha, como se fosse a minha Maria.

E com o murmúrio carinhoso, Manoel vai puxando a terra sobre o caixãozinho azul, enfeitado com flores de purpurina, enterrando também minhas visões. Penso que passei a vida tentando enterrar meus mortos — são tantos! — sem conseguir.

Manoel alisa o monte e coloca a cruz de madeira dos que devem ceder lugar a outro. Na cartilha onde milhares de crianças nordestinas aprendem a morrer, o alfabeto começa com F de frio e fome, vai para S de sofrer, T de trabalho e termina com M de miséria e morte. Manoel olha à volta contando quantas covas preparadas restam: três.

— Não estamos na força do inverno, entre São João e Santana, quando aparece até oito por dia. Carece mais não. Penso que o mundo é boca desdentada de criança gritando, gemendo. Anjo não tem fome nem sede, pode bater as asinhas para bem longe daqui, pracolá.

Manoel entra na capela e guarda a enxada. Entro junto. Ele senta-se na mesa de pedra e revira o papel de Maria Pastora diante dos olhos. Homem trancado para os vivos, de poucas palavras, não tem também conversa com papéis, só com cruzes, pedras e mortos que chegam.

— Coveiro é homem que deve ser visto de longe. Isto me aperreia.

Entre as presenças do Cemitério dos Aflitos, é do caixão da caridade — negro e com enfeites de purpurina prateada — que Manoel gosta mais. Entro na capela e meus sentidos ficam presos a ele, como se fosse me contar as tragédias nordestinas que carrega há cinco anos. Se soubesse falar, a voz vegetal com certeza contaria a mais fantástica sociologia do desespero humano.

Puxando fumaça do cigarro, Manoel alisa a mesa de pedra, onde recebeu centenas de mortos. Percebo que sofre, não por ter enterrado mais uma criança, mas porque se chama Maria. Há tantas Marias mortas no mundo onde vive! Sinto que vai começar a se abrir, pela maneira direta com que me encara pela primeira vez. Há tristeza nos olhos dele, quando examina o caixão, presença que se torna cada vez mais inquietadora, fazendo-me lembrar da feira. Andando por ela, observando a humanidade que juntou um pouquinho na semana para vender na segunda-feira, dia de feira em Águas

Belas, lembro-me do caixão no silêncio da capela... e a cruz de purpurina da tampa, desenha-se na testa da maioria. Agora, enquanto meus olhos percorrem o prateado das flores, percebo que é símbolo de uma terrível verdade.

— Por que está triste, Manoel? Sei que na seca de 70 houve dia em que teve treze enterros.

— Nunca tive abandonado assim.

— Vi o pai de Maria Pastora.

Manoel vira-se no banco e me encara com olhos ainda menores, numa expressão desconfiada. Os olhinhos, matreiros, ficam aguardando explicação.

— Ele disse que era de Ouro Branco, em Alagoas, que precisava caminhar muito e ligeiro: deixou feijão esperando para ser batido. Estava muito aflito. Não acha que está certo? Sem o feijão, acaba enterrando os outros filhos.

— Arte do Cão!

— Arte do Cão! Por que vocês, em Águas Belas, não dão nome certo às coisas! Arte da fome, miséria, ignorância, gastroenterite.

Não compreendendo o que quero dizer, Manoel, silencioso, verifica uma das alças do caixão. Lembro-me de Damião: percebendo que faço trabalho sobre o caixão da caridade, negaceando, disfarçando, acaba levando-me à Funerária.

— Não é bonito?

— Não acho, não.

Ele olha o caixão exposto na vitrina, coberto de veludo negro, com crucifixo em cima, tampa de vidro no lugar do rosto, voltando-se admirado.

— Custa 600 cruzeiros. Foi o homem quem disse!

— Para quem já morreu, este ou o da caridade é a mesma coisa.

Damião olha o caixão e vejo o rostinho refletido na vitrina, ainda fascinado, mas irritado comigo. Compreendo que quer mostrar alguma coisa bonita em Águas Belas. A imagem refletida desfaz-se e, no vidro do caixão, vejo-me sentado na copa, encostado à mesinha de vasilhas de leite, onde sempre fico quando observo os grandes. Tenho o tamanho de Damião e estou, como ele, fascinado pelo caixão negro na sala de jantar, onde meu avô foi aninhado entre flores. No quarto, vovó-paina consola filhos. Mulheres, tropeçando em mim, passam atarefadas, servindo café. As crianças são incômodas no espetáculo da morte.

Durante a noite, espiei tudo: abri portas impunemente. Vi como pessoas que choram têm fome e sede, passando do riso ao choro, ou vice-versa. No quintal, sob a paineira florida, homens contam caçadas, discutem política xingando Getúlio Vargas: nenhum percebe o processo histórico que coloca meu avô no caixão, pobre; como acabará colocando-os também. A maioria depende de moratória, não do Governo, a do tempo inexorável. Ninguém se dá conta. Não enxerga a tragédia de meu avô como advertência terrível da morte de épocas e princípio de outras. Para eles, basta derrubar Getúlio e tudo voltará como antes: caçadas, festas matrimoniais que duram três dias, o fio de barba como assinatura, a palavra — a própria honra, leis agrárias ditadas pela sabedoria dos avós, crédito só para os do mesmo partido... e quem não era parente ou casado com um, era gentinha.

— Quem não é Junqueira ou Nogueira, é porqueira.
— Também! Entregar o país a um bodarrão.
— Imagine! Um italiano na Câmara. O que mais não se verá!

No caixão está meu avô, pobre, que viu tudo o que possuía ir à praça. E nem assim percebem, ligam os fatos. De vez em quando entristecem: basta chegar alguém que ainda não esteve no velório. Mas dura pouco. Logo as conversas se animam.

— Quero saber de quem é que é filho. Isso é que é importante.
— É neto do Capitão Chico!
— Ah!!
— Prima Teodora passa bem?
— Anta, eu não mato. Corto a ponta da orelha e solto.
— Também! Entregam-se ao "ditador" com facilidade de vendidos.

— Adubo é água de chuva. Meu pai sempre dizia...!

— Afinal, entre dois homens de bem, a palavra empenhada basta.

— É Vilela de Andrade, da Franca. Muito parente!

Casamentos e enterros — festas de parentescos. Nesta noite sondo tudo e todos. Espreito fingimentos. Descubro sofrimento onde não espero. Somo pessoas que choram, que riem; que estão de preto ou que não estão; que tomam canja, ou que não tomam. A conta de xícaras de café, perdi há muito tempo. A curiosidade, coeficiente na minha aritmética maluca, leva-me a somar, diminuir, dividir, multiplicar, tentando ver quantos vieram se despedir de meu avô.

— O Prefeito apareceu?

— Não.

— Uma gentinha, que não sei de onde veio, tomou conta de tudo!

— Esse fulano está pedindo coça!

Não consigo entender por que, amando tão profundamente meu avô, não consigo sofrer, perdendo-me em tudo que me rodeia. Faço esforço para chorar, mas meus olhos continuam secos: não sei onde se escondeu a dor. Atravesso a copa, o corredor, a sala sem fim — na madrugada, tudo me parece interminável — e me aproximo da mesa onde ele está. Percebo, como em teatro de arena, mulheres de negro sentadas à volta. Não usam leques, mas lenços brancos rendados, com os quais assoam nariz, enxugam olhos e se abanam. São tantos que lembram despedida na estação — borboletas brancas esvoaçando sobre barro negro de brejo. Invejo os olhos de minha mãe — duas nascentes no canto da sala. A seu lado, vovó-onça, trancada em luto impiedoso, intolerante, parece fazer parte da poltrona, tal a imobilidade: em meu avô, vela e chora todos os seus mortos. Com os cabelos embranquecidos na noite em que a filha morreu, nunca mais sorriu, passando a andar só em dois caminhos: da igreja e do túmulo com a bandeira paulista. Minha tia, a de vestido de miçangas pretas e brancas, deve ter ouvido — quem não ouviu no universo do Rio Pardo? — os rugidos da mãe-onça se transformando em maldições contra o "gaúcho" — não pronunciava o nome maldito — filho das sete pragas do Egito, cavaleiro do Apocalipse. Foi a primeira vez que não o xingou de filho da puta: seria elogio.

De vez em quando, as mulheres ajoelham-se atapetando o assoalho de preto, e rezam a ladainha que atravessa a noite como gemido da terra. Nestes instantes — belos! — a comoção tranca-me a garganta, e sinto vontade de morrer, afogando-me no rio que desce no rosto de minha mãe, encachoeirando-se no queixo. Mas os olhos de vovó-onça, repreensões mudas, estão sempre advertindo:

— Homem não chora!

Urbana foge de Pedreira das Almas e senta-se a meu lado na capela do Cemitério dos Aflitos. Trancada no mundo indestrutível de pedras, vigia-me constantemente.

— Não se pode cortar o passado. Ele nos acompanha para onde vamos.

Disfarçadamente — como meu avô com a pelota de barro — acaricio o caixão — de meu avô ou o da caridade? — sentindo aspereza de tronco de mangueira. Intimamente, agradeço a meu pai. Quem, na família, além dele, poderia comprar um igual? Vejo que das flores emergem apenas as mãos cruzadas fingindo segurar o rosário, e a face que ficou judia, com nariz adunco. Quero exibir minha dor não há palco melhor, nem melhor plateia — mas os soluços, negaceando, escondem-se na expressão imóvel que parece querer dizer alguma coisa. De repente, lembro-me de que já vi a mesma expressão parada, e relembro a briga na manhã dos vômitos: foi com esta expressão que meu avô ficou, sentado no banco, desfiando o trapo xadrez. Nem ouvia, a dois passos, o que minha avó, consolando meu tio, dizia passando as mãos em seus cabelos:

— Vocês não têm paciência com ele. Setenta anos! A vida inteira levantando de madrugada, pensando em colheitas, em negócios, em vocês... tendo responsabilidade e, de uma hora para outra, se vê sem nada, sem ter o que fazer o dia todo, sofrendo calado, esperando, esperando! E para que tudo isto? Para você, meu filho, falar com ele deste jeito? Fazer estas acusações? Deixe seu pai falar. É o único prazer que tem. Ele se agarra nisto para continuar a viver. O resto, que importa? Para que desiludi-lo?

— A senhora não esperava voltar?

— Nunca tive ilusões. Para mim, tudo acabou naquele dia... em que saímos da fazenda. Sempre falei em voltar para não desanimar seu pai. Meu Deus! Pedi tanto que adiasse... que adiasse até ele morrer!

Olho à minha volta, com secreto triunfo: sou o único na sala que assistiu à morte de meu avô, quando sua agonia, em fios de pano xadrez, foi caindo no chão da copa, envolvendo-me em malhas de aço... e os soluços denunciaram meu esconderijo, para ninguém, para mim mesmo. Até hoje sinto em minhas costas o frio da parede barrada em óleo amarelo. Encolhido no canto, com os olhos fixos nos fios que caíam, fiquei engradado em bicos vermelhos de crochê que desciam do mármore do filtro. Compreendo por que não consigo chorar: eu começara embaixo de mangueira, encostado ao tronco e vendo o dia findar, como findava o mundo de meu avô. Na noite de Polínices pendurados, também minha infância tinha chegado ao fim, não cercada de flores e risos, mas da solidão que me levaria pela vida, obrigando-me a carregar, para sempre, o mundo fixado no tempo e no espaço de uma tarde de agonias, até que a voz viesse sussurrar:

— Vem, meu filho. Vovô dará jeito.

Agora, cada soluço é despedida definitiva de época que se acabou, encerrada no caixão com meu avô. Eles se despedem e descansam; eu vou me despedir durante a vida, recriando. Meu pai passa amparando mamãe. Os soluços a transformam em menina machucada no pomar da Fazenda Santa Genoveva, que nunca mais verá. À medida em que se afasta, desaparecendo no quarto, vejo, em buraco de fechadura, a asa de borboleta branca pousada na mão terrosa. De vovó-onça só vejo os olhos: monogramas da dor tarjando o lenço.

Meu tio, roído de remorsos, soluça como criança diferente de mim. Não deixo de achar estranho, os grandes chorarem com tanto atraso. Só minha avó-paina sabe, como eu, que meu avô morreu há algum tempo, sentado no banco da copa, entre fios xadrezes. Por isso, não chorando, chora constantemente: de seus olhos não caem lágrimas, descem saudades — resina fechando-lhe a alma ferida. Dos lábios, nenhuma queixa, mas palavras carinhosas que estende como manto sobre os filhos que sofrem. Nunca, de seus lábios, saíram silêncios e palavras a mais ou a menos. Teve quinze filhos: assistiu à morte de onze, sem exibição de dor. Quando a adversidade, como ladra maldita e filha de tempo perecido, a atacava roubando-lhe fazenda, casa, filhos, irmãos, marido, defendia-se à beira das tachas, transformando mágoas e lágrimas em doces de cidra, mamão, laranja, caju. Alta, espigada, aloirada, sempre me lembrou pé de milho sozinho em roça já quebrada. Em toda a vida, até os cem anos, nunca ninguém a ouviu erguer a voz. Mas quando falava, não havia quem ousasse contestar. Quando meu avô trovejava prepotência, sua voz, como brisa depois da tempestade, acalmava-o como que por encanto. Católica, nunca frequentou sacristia, transferiu resoluções ao céu, nem assistiu a uma missa a mais. Repreendia netos, filhos, como repreendia meu avô, com o mesmo tom manso:

— Meu velho! Calma! Estamos no Natal.

Fez, da vida atormentada, noite de paz onde presenteava esperança a todos. Mas se alguém a espreitasse — como eu, e quantas vezes! — a veria mexendo panelas, consertando meias, bordando, fazendo crochê, curando feridas, com um véu de bondade encobrindo a tristeza profunda que sabia não poder extravasar para não ferir os que a rodeavam. Como agora, nesta sala cheia de filhos, genros, noras, netos, que choram: silenciosa para que eles não sofram mais. Exatamente como na minha *Pietà*, pedestada em escadaria de balaústres coloniais.

Agora, vão levar vovô. Recuo levando-o antes comigo. Só vejo mãos agarrando alças do caixão de veludo negro — vovó-paina queria um simples, comum; mas a tia cascaveleira protestou, humilhada — com tampa de vidro e crucifixo, onde não há ninguém... como este em minha frente em Águas Belas.

Olho Damião e compreendo que, como ele, vivi, em menino, entre mortos. Não da mesma condição social, mas mortos também. Não viveram com a cruz prateada do caixão da caridade na testa; mas com a cinza de tempos findos. A imagem de Damião se desfaz quando vejo a mão de Manoel deixando a alça do caixão, onde estivera pousada, carinhosa. Em outro dia, ele já teria saído da capela para carpir, tentando me evitar. Mas, hoje, está querendo falar, embora continue em silêncio.

— Contaram-me na cidade, Manoel, que há pessoas que fazem tudo para não usar o caixão, mesmo não podendo. É como se fosse humilhação. É verdade?

— Tenho visto entrar aqui gente que vendeu o último frango, só para não usar ele. Entram em caixão besta feito de sabacuim, praíba e cupinha. Este é de pinho, fineza, veio do Paraná.

— Penso que é soberba.

— Não é soberba, não. É que a gente vive desabusado, merece também satisfação. Sei que vou usar o meu caixão. Um homem com sete filhos, ganhando 27 cruzeiros por semana, como vai comprar caixão de 70? Esmolar caixão é muito pior. Meu trabalho parece complicoso, mas não é. Espero o morto; com ele vem o dinheiro que sustenta os filhos. Isto é viver soberboso? É, não.

— Estou seguindo você há quatro dias, e ainda não me contou sua vida. Vim a Águas Belas só para isto. Dou-lhe cem cruzeiros, se me contar.

Um sorriso leve passa pelo rosto de Manoel. Sinto certa vergonha, ao perceber que comprei o homem, como comprei a história da criança Damião, por uma calça, duas camisas, um sapato e alguns cruzeiros por dia. Mas são as crianças que morrem em Águas Belas, é natural que seja uma a me mostrar o reino dos mortos — Virgílio infantil segurando minha mão para descer ao inferno do sertão pernambucano. Não é o menino que fui quem está me levando pelo labirinto, fazendo-me passar entre meus mortos? Não são as crianças que mais sofrem as consequências de uma condição social abjeta? Condição que não é somente nordestina, mas nacional? Lembro-me da dor das crianças que esperam uma família, em um orfanato de São Paulo. Crianças de todas as idades e tipos, todas numeradas, precisando de afeto, um nome e uma família, procurando casais, com ou sem filhos, que queiram adotá-las. Fui andando entre berços numerados e parei diante de um sem número. A criança, esquálida, gemeu para mim: "Não tenho nome e ainda não recebi um número, pois cheguei ontem, aqui na Casa de Plantão do Juizado de Menores. De onde vim? De uma rua perto da Avenida Paulista. Foi ontem mesmo que nasci no mundo de vocês. Eram 11 horas da noite. Minha mãe ia andando sem saber para onde, não aguentava mais as dores do parto. Encostou-se a uma árvore e lentamente foi-se deitando. Ali eu nasci, no canteiro da calçada dura e fria. Fiquei com o corpo coberto de terra. Enquanto abria a boca no mundo, minha mãe se levantou, olhou-me com desespero e se afastou. Pouco a pouco, desapareceu de vista. Lá em cima, os galhos da árvore iam de um lado para outro, batidos pelo vento. Bem mais alto, por entre os galhos, estrelas brilhavam. Comecei a sentir que meu corpo precisava de alguma coisa, meu estômago também. Gritei mais forte. Nada! Ninguém! As horas foram passando e lentamente amanhecia. Perto de mim, rodas enormes com grandes luzes passavam em alta velocidade. E o barulho que faziam! Gritei mais alto. De repente, um rosto enorme, coberto de barba, debruçou-se sobre mim e teve uma expressão de horror. Ao mesmo tempo murmurou:

— Coitadinho!

Que mundo estranho. Desejam-nos tanto e nos abandonam.

Gritei mais. Não é chorando que criança pede? Não é chorando que criança protesta? Não é chorando que criança condena? O homem tirou dois lenços do bolso, enrolou-me e levou-me para o hospital. Lá trataram-me, cobriram-me de panos muitos brancos, deram-me um remédio horrível para beber e agora estou aqui. Tenho um dia de vida, olhos castanhos, cabelos pretos, nenhum sinal no corpo, nenhum defeito. Sou homem e tenho direito de viver como qualquer um. Nasci há 24 horas apenas, mas já aprendi que ninguém vive sem nome, sem pais, sem casa. Por que não me dá um nome, antes que eu receba um número?"

Continuei caminhando entre berços, onde crianças regurgitavam acusações terríveis, e fui parar diante do número 1238. Sorrindo esperançoso, mas com olhos acusadores, ele se agarrou à grade do berço e se apresentou: "Eu sou o 1238. Sou pretinho e estou aqui há quase dois anos. Neste espaço de tempo, pelo menos uma coisa já percebi: quando casais vêm nos ver, escolhendo um futuro filho, os olhos passam, mas nunca param em mim. No máximo, um agrado. Será que não gostam da minha cor? Ou sou muito feio? Até me comparei com meus vizinhos. O da esquerda é um garotinho muito magro, olhar triste, sem um fio de cabelo na cabeça. Em que pode ser mais bonito do que eu? Só por que é branco? Já ouvi uma das enfermeiras falar de mim 'Que lindo! Quando ri, faz covinhas. E como é esfomeado!' Nenhum deles — e há uma infinidade neste berçário — controla tão bem as horas quanto eu. Tique-taque, tique-taque: foi o primeiro som que ouvi quando cheguei no mundo. Assim que nasci, dei de cara com um relógio em cima de um caixote. Um relógio, uma vela acesa, um terço e o retrato de um tal Sílvio Santos. Minha mãe levantou, examinou devagar o quarto feio e sujo. Não me olhou, não sorriu, não falou comigo. Embrulhou-me num pano e saiu daquele lugar. Desceu barrancos, atravessou cercas, sempre tentando me esconder. De repente, parou e me colocou numa caixa fria e escura, onde havia outro barulho, parecido com o de relógio. O tempo passou, aquela escuridão começou a desaparecer e uma chuva fininha caiu sobre mim. Fechei os olhos e senti a água ir entrando em minha boca. Foi quando ouvi uma voz diferente se aproximar e soltar um grito:

— Meu Deus! Deixaram uma criança no relógio da luz! Coitadinho! A mulher correu comigo para dentro de casa e começou a discussão:
— Alberto! Vamos ficar com ele.
— Você está louca?
— Foi Deus quem colocou aqui. Por favor! Vamos ficar com ele.
— Se você me desse um filho, não viveria com essas maluquices na cabeça!
— Mas o médico disse que a culpa não é minha.
— Aquele médico é uma besta! Depois, não estamos em condições. O que ganho não dá. E, mais a mais, já disse a você: quero filho meu, da minha cor! Vá ao Juizado e entregue. Eles que deem jeito. Que papel é este?
— Estava com ele. Decerto foi a mãe quem deixou.
— Uma vagabunda!
— São recomendações impressas, da Casa Maternal. Veja! Dê de três em três horas... É Deus quem está mandando, Alberto! Por favor...!
— Vá entregar! Não quero filho preto!
Quando saiu comigo, a mulher chorava."

A dificuldade em Águas Belas é sair de lá sem ter comprado um homem, uma mulher ou uma criança. Será somente em Águas Belas? Qual é o valor do ser humano, quando é a injustiça e o desamor que impõem o preço? Na bolsa de valores de um mundo onde impera a violência e a opressão, qual a cotação do homem, sobretudo do homem-criança? Na rua da megalópole do sul ou na "rua" nordestina, o preço confunde-se com o da mandioca ou o do feijão mulatinho. Os cem cruzeiros oferecidos transformam Manoel e ele anima-se, alisando o caixão da caridade. Pressinto que os mortos de ontem e os de amanhã vão começar a me acompanhar. O caixão cresce como se fosse a própria capelinha, e me vejo dentro dele, carregado com irmãos meus.

— Carece contar, não, o viver no mundo mal dividido, de colheita apartada, povo mesquinho de pobre, vida precária lanhando a gente como espinho de jurubeba. A gente nasce uma vez e morre outra. Estou lidando com os mortos até chegar a minha vez. Quem não sabe o que é a vida do pobre? Em 70 o mundo virou braseiro e a gente, carvão. Chegavam aqui em banguê, rede, caixão, arrastados feito animal. Tive mês de 60 dias que enterrei 99. De um São João a um janeiro, encovei 150. Tudo sequinho! O caixão da caridade de antes deste trabalhou tanto que andava derrubando defunto no meio da rua: caía um praqui, outro pracolá. A terra parecia que ia virar tulha de gente.

Cem cruzeiros milagrosos! Manoel, agora, me pertence. A alma sofredora do Nordeste anuncia-se no rosto; a terra, areienta e pedrada, estampa-se nos dentes brancos; da boca, cacimba que viveu sedenta, vai brotando o seu viver.

— Não tem vida pior nem melhor. É tudo assim. Desde ainda bichinho, meu tráfego foi cabo de enxada. Pai da agricultura só cria filho mourejando. Meu pai criou onze. A gente quando põe no mundo tiquinho, põe dez. Mas criar, cria não.

Dolor passa entre os túmulos, espreitando-me. Estou chorando entre bambolinas teatrais, ou diante do caixão que a deve ter levado, e a seu filho messiânico? Ou são pompas fúnebres em bastidores de teatro? Observo o céu drapejado em panos negros, sofrendo por minha peça. Já não é mais o rosto de Manoel que está em minha frente: são muitos que conheci na fazenda de meu pai, sentado sob cafeeiros, andando nos carreadores, em torno dos montes de milho, perto dos bateadores de arroz ou no eito das capinas. Ouvindo queixas e sonhos, pouco a pouco aprendo a estabelecer a horrível equação: o que têm direito a receber da vida e o que recebem. A diferença ergue muralha que os empareda na mesma injustiça, vivendo mortos pela vida. Entre muitos, distingo o rosto do meu amigo Devair, com quem trabalho entregando sacas de café na colônia. Nas viagens entre a colônia e o cafezal, vai me contando as andanças de fazenda em fazenda. Percebo que ele fantasia tudo, encobrindo mágoa que o corrói. Às vezes, fica alheio ao que está fazendo... e os burros carroceiam sozinhos. Mais de uma vez o surpreendi com os olhos cheios d'água. Distingo o de Irânides, casando em Jaborandi e atravessando — noivo, noiva, padrinho (eu), convidados — as ruas numa nuvem de poeira. O de Carlinda, demônio desesperando casadas, atormentando solteiros, pondo em cada homem vontade de abandonar a filharada. Carlinda — ou Artuliana atormentando Joaquim? Joaquim — ou Devair que vivia agoniado por Carlinda, vendo-a dar para todos os homens da fazenda, menos para ele? No carreador-mestre do cafezal, ele estala o chicote no lombo da mula Morena, gritando retesado:

— Vamos, Carlinda! Puta sem-vergonha. Ainda vou pegar você.

Mas não se aproximava nunca, como se a temesse. Quando contei que eu, Paulo e Léio deitávamos com ela no carroção, Devair olhou-me de maneira estranha e pediu as contas.

Mas é o rosto de Dolor — Dolor ou Jovina, mãe de Devair? — ainda espreitando-me entre túmulos — ou seria Cleyde Yáconis entre cenários? — que mais me comove. Síntese de todas as camponesas que conheci: seios muito caídos, seca de corpo, dedos sem unhas, boca sem lábios, olhos sem cílios e sobrancelhas, mulher sem sexo — nada supérfluo ao trabalho, à condição.

Foi no meio deles — mais estragados pelo meio do que pelo tempo — que surgiu o sentimento de paraíso perdido, como surgiu a consciência de família exilada, abandonada, atolada no analfabetismo, escrava de farmácias e médicos; desorientada num mundo vazio de amor e diante de um céu mais vazio ainda; transferindo tudo ao demônio; aceitando sofrimentos para não merecer o inferno, sem perceber que já vivia nele.

— Sou Manoel Salvino da Silva nos cartório, registro civil, prefeitura, e ninguém contesta. Não sou cabra sem papel, de pai que ninguém conhece. A lei, deixei pro recanto para não precisar dela: é mais vesga que mulher do Cão. Casei no Sítio da Prata. Maria do Carmo me deu quinze filhos. Dos oito que morreu, só me lembro de três: Cícero, Antônio e Maria. Foi falta de medicina, de comida, de tudo.

Mundo canavial e cafeeiro! Filhos gêmeos da mesma dor. A expressão irônica de Wesley — ou estaria, irreverente como é, sentado no caixão? — traz a advertência:

— Nossos antepassados ensinaram os mesmos vícios, cometeram crimes semelhantes!

Não consigo imaginar Gilberto Freyre sentado na capelinha do Cemitério dos Aflitos. Fico irritado sem saber por quê. Dolor, com filho agarrado ao peito, passa vergada, carregando um saco de arroz. O filho e o saco desaparecem e vejo Cleyde Yáconis cair ajoelhada no palco do teatro, desgrenhada, imagem do sofrimento. Mas a voz de Manoel prende-me novamente à capela, não me deixando fugir:

— A morte é teimosa quando lida com pobre: volta sempre e acaba levando. Trabalhei nas palha de usina de cana, alugado no cabo da enxada, ajudando pedreiro. Não tive divertimento, não. Corpo cansado pede é jirau. Minha vida é isto. Tem mais nada, não. Pode ser que as água aqui seja bela, mas a vida é margosa como casca de angico, espinhuda como malícia.

É difícil fazer o sertanejo se queixar da vida. Quando começa, porém, a linguagem o transforma num dos homens mais dramáticos deste país. A presença terrível do caixão no destino de tanta gente, torna-se, em mim, obsessão. Vários rostos vindos do passado, de outras partes do Brasil, misturam-se aos que entrevistei em Águas Belas, e todos se estampam na parede da capelinha. Josefina Prazeres, viúva, mãe de doze filhos, criados seis, rosto cor de cuia emoldurado de cabelos brancos — espetados como raios de sol em desenho infantil — olha-me indignada:

— Nasci, morri, renasci 70 vezes 365. Casei civilmente. Não conheci dois varão: entre essas pernas só passou meu marido Severino. Vivi com ele 47 anos e nunca tive agravo. Marido muito regenerado, mas pobre. Mais um pouco e vou ao encontro dele. As pedra não se encontram? Que dirá as criatura! Depois que ele morreu, pedi aposentadoria agrícola. Mas disseram que tenho que mostrar a roça onde trabalho. Como posso mostrar? Trabalho desde o berço. Moço! Não está escrito no meu rosto a vida de agonia que tive? Não butei no mundo doze filhos? Não amarguei vendo filho morto? Meus braço não viraram cabo de enxada? Meus peito não lembra jenipapo, de tão chupados? Não está nas minhas cicatriz que vivi no campo? Pra que papel, se meu corpo já é documento?

— Não se importa de ir no caixão da caridade?

— No caixão, na rede ou no banguê, é a mesma coisa. Posso pagar 70 cruzeiros por um caixão? Moço! Se tivesse 70 cruzeiros eu vencia a morte e o Cão.

Dolor, vindo do mundo cafeeiro, apresenta-se à irmã pernambucana, vestida de Cleyde Yáconis. Sua tragédia anula fronteiras, faz esquecer raças e religiões, transforma o mundo em um só continente: o do desespero humano. Estou na coxia do teatro e olho fixamente as bambolinas pretas: choro por minha peça, incompreendida, atacada, obrigada a sair de cartaz. A humanidade camponesa que conheci e que trago no sangue, está à minha volta, viva em atores. Não é Esther Mellinger, nem Artuliana, mas Carlinda quem fuma, sentada no fundo do palco. Não é Raul Cortez, nem Joaquim, mas o carroceiro Devair quem, vestido de branco remendado, toma café, antes de entrar em cena para o voo impossível. Não é Cleyde Yáconis, nem Dolor, mas Jovina mourejando com filho pendurado nos peitos, quem cai de joelhos no palco, tomando a opção definitiva: deixar que o filho morra, feliz no delírio da utopia messiânica. Antes isto do que a crueldade do cotidiano.

Era na roça da prainha — na mata à beira do rio, que eu chamava de Vista Alegre por causa do Rio Pardo ladeado de coqueiros, lembrando as estátuas da ponte do Castelo Sant'Angelo — que eu, disfarçadamente, ia observar Jovina, sentindo uma angústia que não sabia explicar. Angústia e vergonha. Amarro o cavalo no cafezal, escondo-me na árvore caída — como no tronco de mangueira ou debaixo do filtro — e fico horas vendo-a trabalhar. Carpe, colhe, bate, carrega, amontoa, tirando forças não sei de onde. Com braços, pernas, corpo, que lembram coivaras, parece estar em toda parte ao mesmo tempo. Confundindo-se às canas de milho, tal a magreza, por onde passa, os pés e os olhos vão molhando as plantas — mulherchuva que não depende de nuvens. De pé entre o milho, deitada na rua de arroz, ou ajoelhada diante do feijão, é sempre a mesma energia desesperada, dando-me impressão de assistir a uma cerimônia religiosa: um corpo está sendo repartido, um sangue, bebido. Fascinado, apaixonado, fico na tocaia até que, ao anoitecer, ela passe pelo carreador a caminho de casa: cacho de filhos gravetos e, ela, estátua-mater-dolorosa de todas as roças. Nos olhos, um furor sagrado que não consigo interpretar. Corpo sem sexo, impossível de ser desejado por um homem, fazendo-me pensar que os filhos não vieram de posse amorosa, saíram do corpo como suor — frutos do trabalho como espigas e cachos de arroz. Sementes que se tornam ervas daninhas na roça da maternidade. Mais tarde vejo-a em frente a fazenda, enfrentando meu pai:

— Meu marido morreu. Devair precisa continuar carroceiro: é o dinheiro que entra pras despesas. Sozinha dou conta. Não me tire a roça.

Um dos filhos começa a chorar. Jovina dá-lhe um safanão:

— Cala a boca, fiadaputa! Tenho seis filhos pra sustentar. Qual fazenda vai me receber, sem a enxada de um marido?

Meu pai não lhe tira a roça. Os olhos dela ficam, na tarde vermelha, duas luas novas convidando-me a espreitar um sofrimento que míngua e cresce num tempo sem fim. E é o que faço durante dez anos, enquanto sou fiscal da fazenda. Vejo seus filhos, um a um, pingarem em covas como grãos de milho carunchado, até que parte, sozinha, com Devair: com certeza a caminho de alguma Malacacheta.

Agora, na parede da capelinha, a roça que se perde de vista parece uma nave de catedral, com paredes de canas de milho, touceiras de arroz e ossos humanos. À entrada, os olhos de Jovina são pias de lágrimas bentas, onde sempre molho meus dedos, persignando-me. E deste mundo, iluminado através de vitrais vegetais — ou seriam gelatinas verdes em dezenas de refletores? — vem a voz da minha Dolor, que é Cleyde Yáconis e Jovina ao mesmo tempo:

— Pra todo lado que a gente vai... tem sempre alguma coisa pondo desordem na vida. Meu filho penou tanto como Cristo! Maria foi mulher como eu. Viver carregando cruz ou morrer numa, pra mim é a mesma coisa. Ver filho agoniar nos cravo da cruz, ou em ruindade que a gente não tem sentido, também é a mesma coisa. Nunca me deram nada... e tomaram o que era meu. Vivi pingando trapo em tudo que é fazenda. Botei tanto filho no mundo! Meu maior desejo era fazer eles comer! Comer! Comer! Enquanto meus peito dava leite, eu podia fazer alguma coisa. Catei arroz com filho pendurado nos peito. Carpi roça com filho pendurado nos peito. Velei filho, com filho pendurado nos peito. Foi o que deixei nas fazenda: um filho em cada uma. Mas, deixei embaixo da terra! Meus olhos e meu corpo deitou mais água na terra que as nuvem do céu. Sou! Sou Maria das pureza. Não tive tempo de saber o que é pecado, não conheci outra coisa que penação. Sofri pra meus filho nascer... e agoniei mais ainda pra eles morrer. A Maria do livro perdeu um filho na cruz. Eu perdi oito! Na cruz tenho vivido eu. Vivendo como a gente vive, qualquer um vira presa de tudo quanto é demônio. Nós serve só pra botar filho no mundo, como manda o livro... pra esse mundo agoniar e matar. Pra andar pelas estradas feito cachorro sem dono, pisando um chão que nenhum sofrimento, nenhum trabalho dá posse... servindo só pra semear cruz nas terra dos outro. O pior demônio é essa ruindade que fizeram da vida da gente.

A voz de Manoel desfaz as imagens na parede:

— Quem anda dentro dele, anda sem enfeite, flor, sem nada. Anda como andou na vida: enfeitado de ruindade. Mas isto é das determinação de Deus.

— Não tem medo dos mortos, Manoel?

— Tenho, não.

— E de espírito?

— O espírito do homem é o sangue. Quando o homem morre o sangue acaba, e morrendo de desgraça a terra chupa o sangue. O sangue não anda atrás de ninguém pra fazer o mal, não. O que faz medo é cachorro doido, raposa, guará, leão, outro homem ainda com sangue, a seca e o cão. Pobre como eu só levanta poeira quando tomba. Não sei se peco, se não peco; se fiz o bem ou o mal. Sou um volume que caminha; inocente como Maria Pastora. Mas meu assunto já gravou: a gente precisa é de ano molhado, constante, de serviço maneiro e refrigério da terra. Mas só temos merecido ano atravessado, a justa assoberbando em cima de nós, filho com olho maior do que a cara. A vida, aqui, é sempre espinhenta.

— Bem fez o Avelino que aventurou, Manoel.

— Que Avelino?

— O velho que vive deitado ao sol, na calçada da Travessa do Sertão.

Olhamos, ao mesmo tempo, o caixão: a madeira fica mais negra, a purpurina, brilhante, ganhando as dimensões do mundo onde vivemos. Para se compreender o sertão, é necessário ter visão trágica da vida, ou sua aparência nos leva apenas ao folclórico. Sinto-me no caixão novamente, ao compreender o sentido do nordestino que encontramos nos caminhos do sul. E também o do homem-pinheiro-café-cana-cacau-caminho. Manoel, Tirésias em Águas Belas, prenuncia:

— Viveu pelo mundo sem aderente, sem ninguém, esse Avelino. Também vai usar meu pinho compensado.

— Eu sei.

A voz de Avelino se faz presente na capelinha, como se saísse da boca em cruz prateada do caixão:

— A gente só pode responder calcado em documento. Não conheci nenhum. Sei que nasci com enxada na mão. Cresci em terra precária. Dela, sempre voltava tiquinho. Mas do meu jirau, brotou filho como colheita arretada. Levei de tudo na feira da rua, até filho que dei chorando pra dentro. Vi o bichinho desaparecer, deixando dois olhos entre as barracas, como duas chimbre carambola cheias de estrela molhada. É que me doía a cabeça pensando como levar um quilinho de carne praqueles cristão. Pedi que a água caísse do céu, e ela só derramava do meu corpo. Por onde passei, foi o que encontrei. Vivi num mundo onde o rico tem açude cheio de peixe, e nós só caldeirão de pedra onde a água acaba no segundo mês de seca. Dentro das tapera, o silêncio de muito filho agoniado pela fome, faz a vida um inferno. A gente conhece o desespero, a loucura. Um dia, me deu uma agonia de ir se embora. O assunto virou cigarra zunindo no oco da cabeça. Pensei ter ficado mouco, com a zoada nos ouvido. A mulher pegou com aborrecimento por cima de mim, quis conversar. Conversamo, mas foi nas ponta dos ferro. Butei ela pra quetar. Ferida, morta não. Fugi. Primeiro visitei os lugar santo pra pedir proteção. Topei com um bando que descia e só falava no Sul. Assuntei: depois de morto, Avelino, já viu — só ganha a rua dos paletó fechado. E depois de morto é como se não tivesse nascido. Segui o bando me ajeitando com uma magrinha de Bom Conselho. Vivi desapartado, e só tive tenção quando conheci o Sul. Mas os cabelos já tava branco, nada mais podia fazer. Irmão usando irmão, é a verdade que encontrei. Visitei o mundo Brasil. Trabalhei no oco da terra em São Paulo, em cima de prédio pertinho do céu, no Rio; em estrada do Paraná. Carreguei tijolo, cimento, cobri casa — mas não cobri pra mim. Colhi café, cana, milho, arroz, trigo — só não colhi pros filho. Por lá, todo mundo que encontrava tinha nome eu é que não tinha. Muita gente sem filho — só eu que tinha muito. Todo o povo dentro da luz — e eu preso na escuridão. Se erravam, logo gritavam: aposto que é o pau-de-arara. Se roubavam ou matavam, tinha que ser eu. Acabei maginando que não tinha vez no mundo. Assuntei como de antes: depois de morto, Avelino, você já viu — só ganha a rua dos paletó fechado, e é como se não tivesse nascido. E, trabalhando, retomei o caminho de volta, sonhando com o canto do guriatã, com a terra onde basta um respingo, e o imbuzeiro bota roupa verde. Cheguei velho e caí na porta deste filho que não escreve meu nome, nem tem nada pra me dar, só o jirau e o sol da porta. Deitei na calçada e doutrinei: deixa secar até virar pedregulho. E, quando morrer, quero o Caixão da Caridade. Não tenho soberba. Ele é bom porque você não perde a rede, filho. Se quiser, pode mandar arrastar como criação morta. Foi como elas que vivi.

Vozes infantis sobrepõem-se à de Avelino. Manoel volta-se e vê quatro crianças carregando outro caixãozinho azul: é o terceiro. Automaticamente, pega a enxada e vai ao encontro das crianças. Vendo-o afastar-se, já não sei mais se ouvi essas histórias na cidade, se são monólogos de Manoel ou produtos da imaginação sofrida de Damião; se estão escritas nas cruzes toscas dos Aflitos, ou se é o Caixão da Caridade que as insinua.

Manoel coloca o caixãozinho na cabeça como pote e, seguido pelas crianças, caminha para as covas dos anjos indigentes. O cortejo, passando entre túmulos, abre ferida em mim. Vejo Damião no portão e compreendo que estivera ali o tempo todo. Há quatro dias que me segue como sombra, parecendo cachorrinho em meu calcanhar. Agora, no rostinho entre as grades do portão, vejo o azul e as flores dos anjos. Com olhos tristes, corpo corroído pela fome, Damião olha para mim como se eu fosse a salvação. Sinto a presença do caixão da Caridade pairando sobre a cidade — nuvem prateada e negra — marcando o destino de Damião e de todas as crianças que não viraram anjos. É aí que começo a chorar pelos mortos que ainda caminham em Águas Belas, pensando em todos que conheci numa fazenda distante, de onde parte e deverá findar meu labirinto.

Angustiado, fecho o portão e vejo, não Manoel, mas Gilberto Freyre se afastando em direção ao solar de paredes cor-de-rosa, cercado por milhares de estátuas de muitas Águas Belas. Por um momento, não sei se estive no Cemitério dos Aflitos ou se foi Gilberto quem me contou — acompanhando-me da escadaria colonial ao portão — as histórias de barqueiros nordestinos em Aquerontes secos.

Pensando nos mortos que caminham nas veredas da minha memória, em ruas, praças, caminhos brasileiros, lembro-me dos

Campolargos e Vacarianos... e a expressão índia, profundamente enigmática de Érico Veríssimo, guia meus passos em direção sul. É ainda a voz de João Cabral que ouço, ao deixar o Recife:

"Rio lento de várzea,
vou agora ainda mais lento.
Que agora minhas águas
de tanta lama me pesam.
Vou agora tão lento
porque é vida o que carrego."

E eu acrescento: porque é vida e morte o que carrego. É vida, é morte, é gente, é paisagem, é Gilberto em Apipucos, Manoel nos Aflitos, Cícero e João Leite no Sítio Saco, Gregório no canavial, Dolor na fazenda de meu pai, Josefina Prazeres e Damião nas ruas de Águas Belas, Murilo Mendes nas Termas de Diocleciano, Wesley em seu estúdio, é tudo que conheci e que me acompanha para onde vou; é saudade, é consciência do que foi e que não pode ser mais. Nunca mais! São assim os nossos rios: deságuam no mar levando vida e morte — os dois elementos da equação em que os homens vivem. Volto-me na poltrona e encaro Arthur Miller. O dramaturgo americano observa-me longamente. Sinto que vai dizer alguma coisa que norteará minha vida. Olho Nova York através da janela e sinto-a estranha, distante. "O que estou fazendo aqui? Minha terra tem rios onde os homens descem como lama, pesados de vida e de morte." Willy Loman passa pela sala, arcado com sua vontade de acertar, de vencer, de educar e encaminhar os filhos, mas também com sua total incapacidade para fazê-lo. Anda à volta de seu criador provando que morreu como viveu, esmagado pela fantasia e pela realidade, sem jamais ir corajosamente ao fundo das coisas, sem nunca compreender a si mesmo ou aos outros. É o próprio produto da terrível equação. E é ela que Arthur Miller me apresenta como se fosse a incógnita da minha procura: "Volte para seu país, Jorge, e procure descobrir por que os homens são o que são e não o que gostariam de ser; e escreva sobre a diferença".

Meu avô pega um trapo xadrez e começa a desfiá-lo, prisioneiro, exilado para sempre na terrível diferença. De repente, levanta os olhos secos pelo vento frio da saudade e murmura evocativo:
— Em que mês estamos?
— Abril!
— Abril! O café está sendo arruado!
— Já não se ouve o canto das cigarras!
— O feijão da seca começa a soltar vagens!
— Os que plantaram vão começar a colher!

Porque é vida e morte o que carrego. Eu já tinha feito a equação no meu trabalho, encontrado a incógnita no meu viver, na minha ânsia de saber, desde o dia em que saíra correndo das mangueiras e encontrara a minha *Pietà* fazendeira. E é esta incógnita que tenho encontrado por onde passo; e por onde passo vai estabelecendo as equações; e em cada equação, o sofrimento e a injustiça são os elementos sempre dados. Desisto de pensar e deixo que a incógnita entre comigo no mar e me deixo levar para o Sul. Vou encontrando pela costa outros ricos de trágicas equações: cacau, café, pinho, vacaria. Assim, chego em águas encrespadas pelo minuano, irmãs do Guaíba.

Observo, da janela do Hotel Plaza, o Rio Guaíba demorando-se diante da contemplação amorosa de Porto Alegre. Rio com ambição de ser mar, mas que acaba virando lagoa. Gauchesco! Olho-o, tentando ver em seu espelho imagens de Cruz Alta, por onde passa, provincianamente, com o Jacuí. Em suas águas estão ribeirões, regos d'água, nascentes da cidade de Érico Veríssimo, o romancista que contou ao mundo a história do Rio Grande do Sul, usando o tempo e o vento, não o Guaíba, como João Cabral usou o Capibaribe. Sobre suas águas, a raça negra não se debruçou agrilhoada; nem elas carregam mortos da cana, do café e do cacau. Não sabem o que é sertão calcinado; ou a mata escura e úmida bolorando os ossos dos homens. Não é rio trágico, de sofrimento escravo. É romanesco, de batalhas da cavalaria gaúcha, mas em lutas fratricidas, não contra invasores flamengos. Em suas águas não passam corpos de milhares de Severinos, Dolores e Joaquins injustiçados, mas outras formas de violências jogaram em seu leito, corpos espanholados, índios ou de cabelos loiros como espigas de milho. Vacarianos prepotentes, irmãos gêmeos de senhores de engenho e de coronéis do café, campearam e garrotearam gaúchos nas pradarias. Foi deste rio que partiu o ditador que acabaria levando a um túmulo distante minha tia de vestido-bandeira-paulista.

"Bandeira das treze listas.
Em cada topo vermelho,
Um coração de paulista!"

Foi destas águas que emergiu o homem-hidra que a avó-onça gostaria de tocaiar e despedaçar. Aquele que ficou como único culpado — numa distorção histórica — da morte do mundo de meu avô. Por mais que procure, não encontro no verdeuvapasto do Guaíba o verdecafé do universo da tia de miçangas brancas, negras e vermelhas. Ela nada tinha a ver com pastagens, gado ou uva — só com cafezais que se espraiavam em lençóis esmeraldeantes, estendidos de cabeceiras de rios que fecundavam a lavoura do homem em camas de terras amorosas e prolíferas. Suas pastagens, nunca viu! — sempre na Rua Maranhão, mantendo aceso o lume de seu amor por São Paulo. Mas amava-as porque brotavam do chão cruzado por Fernão Dias, o mítico antepassado da gente bandeirante. Gado, conheceu em louças de Limoges; e das uvas, apenas admirou a cor em copos de cristal da Boêmia. Gilberto Freyre, refinado, encosta o cálice no meu:

— Aldous Huxley, abstêmio, apreciou apenas a cor da minha pitangada!
— Trabalhadores do Brasil!

A família está reunida na sala de cortinas de filé e cheia de almofadas com melindrosas pintadas. Lá fora, passa o bonde Higienópolis levando revolucionários constitucionalistas para as trincheiras do vale do Paraíba. No silêncio religioso que reina na sala, as mulheres dão as joias. Os homens — que já entregaram cavalos, cereais, os próprios filhos — despejam na bandeja correntes, relógios, alianças, abotoaduras, flautas de prata: tudo para o bem de São Paulo. A tia das miçangas, orgulhosa e determinada, espera que cada um cumpra o seu dever! As mulheres, à sua volta, lembram matronas romanas — Cornélias inflexíveis. Urbana, com vestido cinza de pedra mineira, sai de Pedreira das Almas, apresentando-se dona de Higienópolis, transfigurada:

— Se for pecado honrar e amar os antepassados, a cidade e os feitos de meus pais, não poderei viver a não ser em pecado.

— Trabalhadores do Brasil!

Os combates no túnel são dignos de Esparta. O general Klinger, novo Leônidas. Bandeiras, tambores, capacetes! O solo idolatrado está ameaçado! O minuano, ventogeada maldito, vai queimar os cafezais, levantar em remoinho as cinzas dos mortos, enregelar os vivos. A voz de Ibrahim Nobre entra nas casas recrutando heroísmos, levando o povo às ruas e praças, despertando em cada um a vergonha de não partir:

— És paulista? Ah! Então tu me compreendes! Trazes, como eu, o luto na tua alma e lâminas de fel no coração. Ferve em teu peito a cólera sagrada de quem recebe, em face, a bofetada, o insulto, a vilania, a humilhação. Minha voz, que entre cólera se alteia, é tua dor também! Minha voz é murmúrio, é marulho, é eco pobre, de sete milhões de angústias indormidas, de sete milhões de ódios, através do pudor de todos nós.

— Trabalhadores do Brasil!

Mas, por todo lado, só ouço a palavra "resistimos". Um dia, vejo minha tia caída de joelhos, banhada em lágrimas e abraçada à bandeira paulista. Ou seria ao vestido de miçangas? O rosto virou nascente de paixões em agonia: as lágrimas — brancas, negras e vermelhas — caem em seu colo, armando-se em gargantilha de pedras, não de miçangas. Antígone cabocla que sonhou enterrar mortos paulistas, vítimas da prepotência do Creonte fronteiriço. Sonhou tanto que foi parar dentro de um túmulo, onde a bandeira das treze listras ficou para sempre marmorificada. Sua alma era verde-esmeralda como cafezais-esperança, mas os olhos, negros e brilhantes como a paixão irracional. Era digna filha da avó-onça. Se não morresse — e os tempos fossem outros — seria uma nova rainha do Rio Pardo! E da sala da Rua Maranhão — de todas as ruas de São Paulo — nasceu o rio da humilhação paulista. Tenho vontade de abraçar minha tia, mas corro para o porão, desorientado: não sabia que os grandes choravam com tanto desespero. A avó-onça não chora, xinga:

— Fronteiriço filho da puta! Você nasceu de bicheira, é por isto que não passa de um verme.

— Trabalhadores do Brasil!

E uma nova voz se ergueu e ficou ressoando em todos os quadrantes, fazendo com que, no tabuleiro da realidade social, peões ameaçassem reis, rainhas e bispos. O que estariam sentindo — Dolor, em São Paulo; Gregório, em Pernambuco e todos os Severinos da cana, do café e do cacau? Eu sei o que senti: comecei a conhecer as formas do ódio, da pobreza. Só vovó-paina não consegue sentir ódio. Vejo-a paciente, resignada, sentada na sala da Santa Genoveva, despedindo-se com os olhos para que meu avô não perceba.

— Até hoje não compreendi como foi que tudo isso aconteceu!

— Nós nos afastamos de todos, Quim. Não frequentamos nada.

— E para quê? Uma gentinha, que não sei de onde veio, tomou conta de tudo.

— As cidades também crescem. É por isso que aparecem tantas caras novas.

— Vivíamos muito bem sem elas. Gentinha!

— Nós não saímos daqui, não acompanhamos nada. A verdade, Quim, é que não evoluímos!

— Não sei; pode ser!

Afasto-me da janela do Hotel Plaza e vejo o livro de Érico aberto sobre a cama. Os cinzeiros são montes de tocos de cigarros. Desde que cheguei a Porto Alegre que estou trancado no hotel, lendo-o, preparando-me para ir à casa de Érico. Estendo-me na cama e me perco na leitura: "Nos regimes totalitários o desrespeito se exprime numa ditadura policial; na manutenção de campos de concentração; no sacrifício do indivíduo, que é um ente real, em benefício da coletividade, que é uma mera abstração; nos expurgos físicos e na ausência dos mais elementares direitos civis. Mas é preciso não esquecer que no nosso mundo capitalista também não se respeita a pessoa humana, pois aceitamos um regime de privilégios, monopólios e injustiças sociais crônicas, o qual permite que milhões de pessoas vivam miseravelmente alienadas, num plano mais animal do que humano."

Foi também em 32, enquanto eu-menino assistia a agonia paulista, que a voz de Érico começou a se erguer no Sul, e, durante mais de quarenta anos, foi ouvida em todo o Brasil, sempre falando de liberdade, de amor e de respeito ao outro.

— Trabalhadores do. Brasil!

Expressões, vozes nordestinas acompanham-me às margens do Guaíba. O verde não é de cana, café, tabaco, pastagens, mas o dos olhos de Cícero, tão grandes quanto o Guaíba, ao refletirem sua condição, mourejando no Sítio Saco que conheci perto de Águas Belas. Ao ver as águas do rio, compreendo que Cícero viajou comigo de Pernambuco para Porto Alegre, hospedando-se no mesmo hotel, no mesmo quarto. E quantos não estão hospedados comigo? Somos cachos de pessoas que conhecemos, de situações que vivemos, de paisagens que admiramos, de tudo que atravessa em nosso caminho, do berço ao túmulo. Estão comigo, admirando as águas do Guaíba, Gregório, Dolor, Gilberto Freyre, Josefina Prazeres, Cícero, João Leite, Murilo Mendes, Wesley, meu avô, a avó-onça, a avó-paina, Damião e quantos mais!

Debruço-me sobre as águas. O Guaíba se transforma em imenso espelho, onde vejo Cícero caminhando na terra espinhenta e pedrada do Sítio Saco. Neste, João Leite e Cícero são duas grandes expressões: um é profundamente místico, e o outro, místico à sua maneira. João Leite acredita no céu, no inferno — que diz ter visitado três vezes — em todos os santos, promessas, rezas — cura bicheira em vaca com meia oração. Cícero é quase o contrário: sem ser ateu, pois crê em Deus e nos santos, Cícero não transfere a um poder superior as principais resoluções de sua vida — tanto as boas quanto as más. Cícero acredita na terra, na chuva, na semente, no inseticida, na máquina e no suor. Ele representa bem um tipo de nordestino para quem a religião é mesmo a terra, a colheita, a prole.

— É a ausência quase completa de tudo isso que tem levado o nordestino ao desespero, como tem levado o homem de qualquer parte do Brasil ou do mundo. Do desespero passa para a revolta, da revolta ao fanatismo, do fanatismo aos movimentos messiânicos, que acabam tangendo-o como gado para Juazeiro, Bom Jesus da Lapa, Santa Brígida, como já tangeu para Canudos ou para o Contestado. As atitudes místicas nascem em situações sócio-econômicas, onde Deus se confunde com a espiga, o leite, a mandioca, os instrumentos do trabalho, os animais domésticos, a vida como deve ser vivida. E o demônio, com a seca, a rês maninha, o arado quebrado, a lagarta, a doença e, muitas vezes, o patrão, o "coronel". São sempre os mesmos elementos na trágica equação nordestina. Será só nordestina? Lembro-me da minha visita à basílica de Aparecida do Norte, onde o devoto anônimo deixa, na sala dos milagres, óculos, garrafas, cabelos, bolas, muletas, volantes de carro. São os ex-votos, forma de retribuir as graças alcançadas. No meio daquele imenso bricabaque supersticioso, encontrei uma fotografia de homens e mulheres na carroceria de um caminhão. Presa à fotografia, a seguinte carta à padroeira do Brasil:

— "É com satisfação que pego na pena e faço essas mal traçadas linhas, pois tenho poucas luzes de redação, para vir de viva voz agradecer tantos milagres alcançados em minha cidade. Falo em nome dos devotos que foram iluminados por sua graça: estão todos na fotografia que segue junto com esta. O caminhão da fotografia é meu e foi nele que viemos como romeiros em seu santuário para, de joelhos, agradecer.

"O primeiro dos milagres foi minha aprovação nos exames de madureza e para provar mando em separado o resultado. Mas infelizmente há nesta vida emoções tão violentas que abrem talhos incicatrizáveis na alma da gente. É o seguinte: eu, José da Silva, quando estava com o meu amigo Olivando Índio do Brasil, ouvindo um rádio portátil numa ponte férrea sobre o rio das Mortes, numa sexta-feira, vi meu amigo ser vítima de acidente, quebrando as pernas em doze lugares. Felizmente, mesmo mancando um pouco, ficou bom. E eu nada sofri: segundo milagre. É que, na hora em que o trem apareceu, eu gritei o SEU SAGRADO NOME!

"Antes que me esqueça: vai também o retrato da vaca Faceira do compadre Idazir, salva milagrosamente de mordida de cobra. Por esta graça prometeu, e já cumpriu, entregar à igreja local o melhor boi de corte que tem. Jove de Lima manda agradecer a cura da sinusite. Logo manda a radiografia devidamente enquadrada.

"Agora, meus companheiros de fotografia: o primeiro da esquerda é o fazendeiro Galdino, segurando uma arma de fogo: esta arma ele vai levar e entregar em seu santuário porque a Senhora o livrou de ser assassinado por questão de divisa. Quando ia matar o vizinho, ficou paralisado, o braço estremeceu e a arma caiu no chão. Diz ele, quando levou a arma para atirar, o dedo ficou preso no escapulário que trazia pendurado no pescoço. Logo em seguida, esse homem que está com a barba só na metade do rosto é o Vanduir; a outra metade ele raspou e já mandou por no quadro pra levar. Ficou um ano e seis meses sem fazer a barba pela graça que alcançou por ter engolido uma agulha e, antes de ser atendido pelo doutor, expeliu. O altão já grisalho é o Orcino. É operário e trabalhou 28 anos com nitroglicerina e nunca lhe aconteceu nada. Por esta graça vai levar quinze notas de cinquenta cruzeiros, tiradas de seu último ordenado, pois já se aposentou. Suplica sua proteção para os filhos que estão na mesma fábrica.

"O bonitão agachado é o Ligório dos Anjos, preso por sedução. Na cadeia alcançou a graça que, se saísse livre, casaria com a dita. Manda o retrato da seduzida Verônica dando os peitos pro filho pra provar que a família já foi constituída. Logo em seguida está a comadre Wenceslina, que leva a camisa manchada de sangue do filho atropelado por uma jamanta, mas que se salvou milagrosamente. Sentimos pela morte do chofer e seu ajudante, que, ao desviar a jamanta, caiu dentro do rio. Duplo milagre, porque o mesmo menino já havia caído numa cisterna de 98 palmos sem sofrer qualquer arranhão.

"O homem ainda moderninho de bota e guaiaca vai também porque seu cavalo baio ficou bom, pois foi milagre que o salvou na rodada que levou. O mais bem vestido do grupo é o doutor Galvão, homem de todas as luzes. Foi ébrio durante dez anos — chegou a sofrer de cirrose — e hoje não pode nem ver garrafa. Aconselhei que fosse e levasse uma garrafa de caninha riopedrense. Só não gostamos quando ele afirma que, para nós, Deus é patrão; e a Senhora, enfermeira. Pra nós, a Senhora é mãe, e Deus pai! O outro com o pé em cima da bola, que está com a nossa camisa, é o jogador Iromar e vai entregar a dita camisa por ter marcado o gol da vitória de nosso time. Mesmo tomando um chute bem no baço, ainda marcou o gol. O magro encurvado, segurando um quadro pintado, é o carreiro Aurílio. O de joelhos, segurando o terço, é o vereador Josimar, eleito por sua graça. Vai levando o projeto, já aprovado pela Câmara, de uma grande fonte luminosa, onde a imagem da Senhora surge das águas, sempre que se tocar a Ave-Maria.

"Os outros são fazendeiros que vão agradecer as chuvas; boiadeiros, pela salvação de suas pastagens; comerciantes, pelos preços alcançados; choferes de caminhão, pela salvação de caminhões caídos em precipícios; colonos, por terem arranjado boas colocações. O gaiato que está rindo é malandro e vai pedir a graça de se emendar; o de farda é soldado da nossa cadeia e estava sofrendo diversos sintomas de cardialgia, está curado e vai levando um coração de cera; o que segura o braço do soldado é o Osuar, um dos ladrões mais perigosos do Brasil central. Desceu aos abismos mais profundos da maldade. A mãe dele prometeu que, se ele se emendasse, atravessaria a cidade de joelhos gritando: "Jesus é o sol e Nossa Senhora é a lua que iluminará meu filho". Como hoje ele é homem de bem, vai com a gente levando as algemas. Do outro lado, atrás da carroceria, está Eduvirgem, mulher de vida fácil. Prometeu não usar mais o corpo, se o pai não perdesse a colheita de arroz. Choveu, ele colheu e ela está cumprindo a promessa.

"Esses são os devotos do meu caminhão. Para esta viagem, espero que a Senhora me ilumine, pois quero encontrar uma bonita frase para o para-choque de meu Dodge-700. Confirmo e assino, José da Silva."

E assim é por todo lado! O misticismo está nas igrejas, nos cemitérios, nos para-choques de caminhões, nos nomes de lojas, nas fábricas, nas fazendas, nas favelas, por onde o brasileiro passe. Vozes do dramático mundo bandeirante, irmãs-gêmeas das nordestinas, todas filhas da mesma condição social. Entre tantas vozes que trouxe do sofrido Nordeste até as margens do Guaíba, a de Cícero ergue-se mais alta, equacionando o seu viver:

— O mundo é composto! Tem de tudo. Tem a seca e tem a chuva. Tem a morte e tem a vida. Tem patrão e tem empregado. Tem o branco e tem o preto. Tem até quem tem pena da gente. Bota tudo de mistura, o que dá? A vida que um homem conhece. O homem é muito sabido, mas é outro homem que pega ele. Não tem a defesa das criação. Anos e anos de seca no meu espinhaço. Eu aguento porque sou sadio como coco. Só isto. Estou trabalhando, ouço a cachorra acuando, pego a espingarda e vou buscar o de comê. Está aí no mundo porque Deus pôs pra mim também. Ora um preá, um peba, uma paca. De todo jeito eu caço um refrigério pra viver. Um homem precisa saber defender os filhos. Se ele não defende, oração não defende, não. Quando a caça não aparece, eu entro no açude do coroné e jogo minha tarrafa. Peixe é prata de todo mundo. Eéééé! O homem é malicioso! Se for de precisão pedir, eu peço. A doença do orgulho não conheci. Conheci muitas, mas que eu soube tratar. Enquanto tiver trabalhando, sustentando filho, é porque Deus está satisfeito comigo. Eu trabalho, suo no cabo da enxada — estou mandando recado pra Deus. As roça tá dando, filho tá comendo — estou recebendo resposta de Deus. Agora, tem uma coisa que não sei explicar: o mundo tá dividido entre Deus e Cão, e sei que estou com os dois. Isto eu não sei dar explicação, não. Mas uma coisa eu explico: enquanto não perder os dente, não perco o gosto do mundo!

Sentado à sombra do juazeiro no Sítio Saco, com meu caderno de notas nos joelhos, presenciei o que deve ter sido o nascimento místico de personagens que se tornaram messiânicas em Canudos e no Contestado, de guerreiros temíveis combatendo em defesa de determinações celestes. Em Canudos e no Contestado, eles se atiravam diante das balas e das baionetas, acreditando que, morrendo assim, seriam dignos de entrar no reino da bem-aventurança. Vejo o místico João Leite, transformado em João Maria ou Antônio Conselheiro, pregando como novo Messias para homens como Cícero, que vão se arrastar embaixo de troncos queimados, entre pedras escaldantes ou mandacarus espinhentos, lutando como valentes, como anjos Gabriéis justiçadores.

Será a proximidade de cíceros-catarinenses que me faz lembrar de tudo isto, ou são vozes nordestinas ainda ressoando em minha cabeça? Olho as águas do Guaíba e fico pensando nos cíceros-gaúchos que devo conhecer. Lembro-me de Érico. Gregório, Dolor, Josefina Prazeres, João Leite, Cícero e os devotos de Aparecida do Norte saem da minha lembrança, margeiam o Guaíba e desaparecem em direção das coxilhas. Em qualquer parte do labirinto, vão mudar os nomes, trocar a cor dos olhos e dos cabelos, vestir bombachas esfarrapadas, conhecer novas formas de sofrimento, para surgirem no universo de Cruz Alta. Preciso enfrentar o homemsilêncio que abomina a violência; os olhosíndios que revelam o filho dos pampas; o que é pai e filho ao mesmo tempo da belíssima Ana Terra; o gaúcho sem gauchadas. Abro o caderno de notas para traçar planos, selecionar perguntas, mas as páginas continuam brancas. Tudo o que li escrito por Érico, ou sobre ele, aconselha-me a não preparar nada, deixar que as coisas aconteçam.

Pago o táxi. Fico na calçada olhando a casa, não envolta em silêncio setecentista, escondida entre árvores seculares. Simples, com pintura azul e branco, é abraçada por trepadeiras, pintada com hortênsias sem borboletas amarelas. Atrás da árvore na calçada — ah! a obsessão de espiar! — observo paredes e janelas, na esperança de ouvir frases, espreitar rostos nas vidraças. Será que Érico também escreve sobre tábua apoiada no joelho? Terá criado as personagens entre molduras de prata, milhares de livros e quadros de antepassados pintados a óleo — mesmo que tenham sido de encomenda? Como será o homem, por quem os intelectuais brasileiros têm grande admiração e respeito? A quem devemos a publicação em língua portuguesa — há mais de trinta anos — de obras de Aldous Huxley, Thomas Mann, Virginia Woolf, Ibsen, Tolstoi, Balzac, Proust, Romain Rolland, Conrad, Faulkner, Joyce, Charles Morgan, Maupassant e outros escritores fundamentais? Saberá o que ele e a Editora Globo representaram para todos os que tinham sede de saber? Ou quantas vocações ajudou a encontrar, em adolescentes exilados no alto de abacateiros em São Paulo, Minas, Bahia, Ceará, Pernambuco ou Mato Grosso? Terá consciência do que representou, para mim, a chegada em Barretos — a 400 quilômetros de São Paulo — de livros como Os *Thibault* ou *Sparkenbroke*?

Vejo, no pequenino terraço, a velhinha — estaria eu em Munique ou no norte da Itália? — fazendo crochê. Os olhos azuis lembram as contas de Santa Bárbara penduradas nos peitos da avó-onça. As contas! Porque ela é toda avó-paina. E é de fato a avó-paina que vem em minha direção, estendendo-me a toalha de crochê, finíssima como renda.

— Para você forrar a mala. Fiz uma para cada neto. Esta é sua. Para onde vai?

— Não sei. Correr mundo.

— Seu lugar é ao lado de seu pai, meu filho.

— Se fosse não estaria partindo.

— Não tem pena de sua mãe?

— Tenho pena é de mim mesmo.

— Nunca compreendo o que fala. Pernóstico desde menino.

Ela acaricia minha cabeça e se distancia, A carícia permanece por onde passa, enraizando-se. Quando a solidão se torna insuportável; quando o emparedamento das repressões ameaça me esmagar — como esmagam tantos homens em toda parte; quando as grades da memória — ou todas as grades? — vão aprisionando ou consumindo meus amigos; quando a censura e a intolerância tentam destruir a criatividade no mundo — fecho os olhos, febril, e murmuro ou deliro? — preciso sentir aquelas mãos em minha cabeça... e elas pousam — na calvície de hoje — acariciantes como brisa ao amanhecer. Sei que são recados de raízes profundas, determinando minha razão de ser, lembrando a verdadeira imagem das coisas. Assim, dentro dos muros da cidade impiedosa, as manhãs se tornam radiosas; o asfalto ganha cheiro de terra batida pela chuva; o ar fumacento fica impregnado com o perfume de paineiras, mangueiras e cafezais floridos. E a terrível equação se estabelece, revelando as diferenças que nos mantém prisioneiros. Defendo-me, indo buscar tudo em mim mesmo — até horizontes sempre abertos. Onde mais poderia encontrá-los? Eu, como qualquer um que necessita da liberdade de criação?

A velhinha ergue o rosto quando aperto a campainha. Como se não me tivesse visto, volta ao crochê. A empregada, com a naturalidade do costume tantas vezes repetido — o mundo inteiro vai à casa de Érico — leva-me ao pátio interno, prisioneiro de flores e de paz. Alguém, em cima de uma escada, limpa vidraças; brinquedos de netos, espalhados; uma criança chora; a voz carinhosa, consola.

Ouço a Sinfonia nº 1 de Brahms, interrompida subitamente. Érico, arcado sob pesadas sobrancelhas, sai do escritório, no porão, e caminha para mim com mãos estendidas. Vejo-as aproximarem-se de mim, como se Érico dissesse:

— Tome minhas mãos! Pode ficar com elas.

A naturalidade, o sorriso, o caráter, a dignidade, a coerência, tudo vem dentro das mãos estendidas, que vão se aproximando para selar o instante que seria ímpar. Seus olhos, aninhados entre as sobrancelhas, fazem nascer imediatamente a confiança, o respeito pelo outro, as lembranças de momentos existenciais. As mãos vêm ligeiras, não mais atravessando o pátio, nem são de Érico, mas de meu pai, recebendo-me quando volto dos Estados Unidos.

— Como vai o grande homem?

E o primeiro abraço amoroso acontece — deixando para sempre em meus ombros, como último recado de carinho, seus braços vacilantes. Abraço longo, apertado, de trinta anos, mas já de despedida. Vejo a morte estampada no rosto de meu pai. No espelho dos olhos, o coração doente. A angústia tranca-me a garganta.

— Meu filho escritor que foi no estrangeiro!

Não! Não, meu Deus! Não o leve agora que o encontrei.

Mãos estendidas no pátio, que eu tinha certeza que um dia aconteceriam, que apertam as minhas, não como se fosse a primeira, mas a milionésima vez.

— Como vai, Jorge? Já nos conhecemos em Washington, lembra-se? Eu era diretor do Departamento de Assuntos Culturais da União Pan-Americana. Se é que podemos chamar aquilo de "conhecer". Acho que nem apertamos nossas mãos. Não há nada pior, entre duas pessoas que podiam se conhecer, do que a mesa burocrática. Aqui, não há nenhuma entre nós. Sabe? Sou escravo de meu médico. Todas as manhãs preciso caminhar. Quer me acompanhar?

Tenho vontade de dizer a Érico: eu o conheci, sentado no alto de um abacateiro, olhando os lírios dos campos. Mas volta o rosto de meu pai, revelando dor.

— Por que está sozinho na fazenda? Vamos para Barretos. O senhor precisa de médico.
— Não, filho. Tenho medo de não voltar mais aqui.
— Vamos, embora. Vou buscar a caminhonete. Na cidade, conto como foi minha viagem.

Já sei que, mais do que Wesley, Murilo ou Gilberto, é Érico quem vai me levar às revelações mais dolorosas. Olho seu rosto e compreendo que, diante dele, terei que ser eu mesmo. Este homem é sempre ele, na totalidade; não criou nenhuma personagem para ser, nem mesmo a do escritor Veríssimo. E a experiência fundamental, o grande encontro da minha vida, começa.

— Vamos sair por aqui, Jorge. Eu o chamo de caminho das hortênsias. Gosta de flores?
— Muito.
— Preciso levá-lo a Gramado. Nesta época do ano é uma beleza.

O táxi passa entre casas com saudades alemãs. A caminhonete, entre árvores floridas: são ipês amarelos e roxos.

— Pare, filho!
— Que foi? Está sentindo alguma coisa?
— Olha lá o mateiro! Está vendo? Ah! veado safado. Se eu tivesse saúde, ele ia ver.

Papai encosta-se no para-lama da caminhonete e olha, carinhoso, o mateiro pastando. Érico salta do táxi no alto de Petrópolis, bairro escolhido para as caminhadas, olha à sua volta, exibindo-me mais uma vez a vista predileta. Caminha, procurando um ponto onde ela seja mais ampla. Meu pai volta-se para mim: sei que é o momento da confissão. Desligado do mateiro, olhando a mata que desce ondulando em busca do rio, ele aponta, magro, inteiramente calvo, olhos fundos:

— Lá está o Rio Pardo!

Vejo-me no alto de muitas árvores, namorando a curva do rio, não ladeada por coqueiros, mas pelos anjos do Castelo de Sant'Angelo. Em minhas mãos, o livro da Editora Globo que conta a história do menino que gosta de brincar em túmulos; ou o que revela a solidão de Jaques Thibault, adolescente como eu. Ouço o grito de minha mãe:

— Aluízio! Onde está? Chegou o livro que você queria.

Como duas pessoas tão próximas podem ver coisas tão diferentes, nos mesmos coqueiros, no mesmo rio?

— Nasci vendo tudo isto, filho. Para mim, o mundo inteiro estava aqui. Não aprendi o que você aprendeu. Eu não sabia, filho! Eu não podia compreender. Peço que me perdoe. Agora sei que há muitas maneiras de amar a mesma coisa. Nunca li um livro! Sou fazendeiro atrasado, não podia saber que...!

Não, papai! Não chore! Não me aprisione no remorso para o resto da vida. Silencioso, meu pai entra na caminhonete e partimos. Silencioso, econômico de palavras, Érico acaricia com o olhar a paisagem. Estatura média, magro, desempenado, inteiramente grisalho, fontes fundas, levanta o braço, apontando:

— Lá está o Guaíba! É formado por cinco rios que vêm do interior gaúcho. Entre eles está o Rio Jacuí, que passa perto de Cruz Alta, minha cidade natal. Sabe que em Cruz Alta já existe um museu Érico Veríssimo?

Perto da minha cidade natal não passa nenhum rio Jacuí, mas o Pardo, caminho por onde fluem recordações — girândolas de saudades que lembram igarapés floridos nos remansos da memória. E fluem sempre, formando um rio caudaloso de lembranças. Lembro-me das palavras de Martiniano em sua agonia, agonia que é minha, tantas vezes revivida:

— Somente Gabriel sabe onde ficam as terras... as terras! Gabriel fala de um mundo belo, justo... uma região onde tudo começa a viver! É preciso abençoar... abençoar!... os rios largos com barrancos altos... a água barrenta... as árvores... as figueiras cheias de ninhos de guachos...!

Martiniano era o próprio sonho! Sonho de Mariana, Gabriel e de muita gente, de partir de uma terra pedrada para um mundo mais justo. As palavras de Mariana e Gabriel tomam conta de mim:

— Um sonho que nos acompanha desde meninos!
— E que me deu forças para esperar e esquecer.
— Se a gente pudesse viver sem causar mágoas!
— Como poderei viver no planalto, sem te ver na varanda, fiando, tecendo, ouvindo o barulho do tear, ou das chaves penduradas no cinto do teu vestido!
— Viver e assistir, pouco a pouco, no meio da mata o aparecimento do céu!
— Vendo-te, de longe, recortada contra o estaleiro branco de polvilho!
— As pastagens abrindo clareiras nas matas!
— O rosto afogueado, à beira das tachas!
— Já não sei a quem mais amo: a ti ou à imagem do teu trabalho no planalto distante!
— Sem ti, ele não será tão fértil! E sem ele, sofreremos aqui sonhando a vida toda!
— Meu primo Gabriel!
— Minha prima Mariana!

E tudo foi terminar em meu avô desfiando um trapo xadrez, sentado ao lado de uma máquina de costura. Mas foi deste pequeno pedaço de chão ladrilhado, revolvido pela dor, adubado pela saudade e molhado por tantas lágrimas, que brotou a árvore do meu próprio sonho de partir das terras finalmente conquistadas, agora em agonia, para o planalto da realização artística. Árvore que foi crescendo e enraizando-se na minha alma, estendendo galhos em cuja sombra passei a sonhar. Árvore mágica, encantada, que continuava a crescer em qualquer chão onde eu estivesse: nas salas de aula, nas ruas por onde caminhava, atrás de balcão de Banco, na redação de revistas, nas camas onde dormia ou amava, nas mesas onde comia, nas privadas frequentadas, embaixo de chuveiros, nos cemitérios visitados, nos salões de baile, nas igrejas, nos trens, nos carros, nos aviões — em todos os lugares por onde passava, feliz ou sofrendo, lá estava ela — ponto de referência me norteando na paisagem do meu ser e do meu estar no mundo!

Minha cidade natal — às margens do rio-sonho de Martiniano tão diferente da gaúcha Cruz Alta! Mas nelas, dois pais impossíveis e semelhantes, viveram e determinaram destinos literários. Na praça principal da minha cidade, nos bancos de cimento, ofertas de casas comerciais, em frente à igreja matriz, fazendeiros maiores da cidade — alguns descendentes de Gabriel! — donos vitalícios dos bancos, conversam, bovinamente, sobre o preço do boi de corte. Ouço, no labirinto, uma infinidade de mugidos — será do Minotauro? Há tensão entre os que estão sentados nos bancos. Meu pai — também descendente de Gabriel — disfarçando o desespero diante dos amigos, repete com riso nervoso:

— Meu filho não é artista, não. É escritor. Ninguém pinta a cara pra escrever. Há muito sujeito ignorante por aí que não entende de nada. Sabe lá o que vão pensar do meu filho. É escritor. Não é artista, não. Não é verdade, compadre Chiquito? O compadre Chiquito pode testemunhar.

O silêncio do compadre e dos amigos o humilha. Meu coração parte-se em muitos, quando o vejo — sempre e para sempre! — andando sozinho em direção de nossa casa. Antes que o dia amanheça, seguirá para a fazenda, escondendo-se, nas caçadas, da vergonha que lhe trago. Montado no cavalo Matogrosso, atravessará serrados, ignorando buracos, árvores, voando sobre cercas e porteiras até que o cervo caia morto. Como dói saber que um pedido de perdão jamais poderá ser feito! Na noite, fixa no tempo e no espaço da minha angústia, tenho vontade de gritar:

— É a minha condição. Não dê explicações por mim a seus compadres. Aceite-me como sou. Só isto importa, se não quer sofrer. Se para escrever for preciso pintar a cara, eu a pintarei com todas as cores do arco-íris.

Bem que senti que ia me perder quando entrei no estúdio de Wesley. A sensação estranha que senti quando cheguei ao estúdio torna-se agora poderosa: percebo que vou entrar em revelações dolorosas. A cabeça de cervo com chifres de oito pontas, ao lado da bandeira da porta de entrada, é mesmo recado angustiante do passado. Mas qual recado? Onde estará escondido? Neste estúdio mágico, qual objeto, figura ou símbolo, guarda o encantamento? Em que lugar dele esconde-se o imponderável? Ou está escondido em mim? Vejo Wesley estudando o retrato de meus filhos: ele vai pintá-los! Procuro me situar no alto de Petrópolis, ao lado de Érico, mas não consigo. Nem chego a ouvir o barulho dos carros que passam ao nosso lado. É que, distantes, dezenas de latidos de cães, entrecortados pelo som de buzina de caça, abafam tudo. A buzina lembra apito de trem que se distancia... que se distancia da minha cidade levando-me para o mar, para a vida. Olho à minha volta e não estou mais em Porto Alegre, mas no meio de uma mata. Meu pai, olhando fixamente para frente, está encostado ao tronco de uma árvore e Vaqueiro, seu cachorreiro, mais distante, anda à volta, tocando a buzina. Meu pai caminha e olha atrás das árvores como se procurasse alguém. Sei que sou eu, segreda-me a angústia.

— Não adianta, compadre Vaqueiro. A caça amoitou.

— Velhaca como esta, eu nunca vi.

— Vamos matular, Vaqueiro. Depois rastejamos. Que merda! Onde será que se enfiou esse menino!

— Aluízio está por aí, compadre. Não se avexe.

Vejo-me com cinco anos, espiando meu pai atrás de árvore imensa. Crio coragem e caminho para ele, namorando a lua suspensa entre os galhos das árvores como flor prateada da mata.

— Papai! Por que a lua fica quebrada?

— Não sei.

— Será que ninguém sabe por que a lua fica assim?

— Aluízio! Você já sabe laçar?

— Não.

— Laçar e caçar é mais importante do que saber por que a lua fica quebrada.

— Por quê, papai?

— Porque é. Quer aprender?

— Se o senhor me explicar por que a lua fica quebrada, aprendo a laçar também.

— Larga mão desta porcaria de lua, menino!

A dor, aguda como apito de trem, atravessa meu peito. Faço esforço para escapar das garras da lembrança — fortes e sugadoras como os cipós envolvendo as árvores — e me volto para Érico como se ele pudesse me salvar do pensamento que atormenta. O sorriso ainda paira no rosto dele. Ao falar no museu, um sorriso irônico dominara seu rosto. É este sorriso que me faz lembrar a pergunta de um repórter, quando Érico esteve muito doente:

— É verdade, Érico, que vai entrar para a Academia Brasileira de Letras?

— Como, se já sou quase uma vaga?

Érico dá sempre a impressão de quem pede desculpas pelas coisas de sua vida, pelos livros que escreveu, desculpas que geralmente vêm acompanhadas por um sorriso de timidez. Parece querer dizer:

— Sou apenas um contador de estórias. Desculpem-me.

Libertando-me das lembranças da mata, ouço sua voz que quase nunca se eleva ou trai seus sentimentos:

— Mas não falemos de museus. Vamos conversar sobre a paisagem e, principalmente, sobre gente. Tu não achas mais interessante? Sobre quem tu queres que eu fale?

Quase grito: "sobre teu pai!", na esperança de reencontrar o meu, aquele pai impossível que domina meus pensamentos desde que Érico no pátio de sua casa, caminhou para mim com mãos estendidas. E não sei por quê: Érico não lembra o meu em nada. Por quê, então? Será que são as sobrancelhas cerradas? Meu pai também tinha! Ou será sua magreza desempenada como a de meu pai? Ou serão as fontes fundas? Será porque Érico sofre do coração como ele? Ou é a bondade que se irradia e não é percebida no primeiro momento? O que será? O que há neste homem que faz nascer em mim um amor que não sei de onde brota? Examino seu rosto profundamente gaúcho e percebo que volta a expressão irônica quando olha a ladeira à nossa frente, por onde teremos que descer do alto de Petrópolis.

— Há pessoas que fazem psicanálise deitadas em sofás, pagando uma nota. Eu faço contigo, de graça, descendo esta ladeira.

E a verdade estampa-se inteira dentro de mim: eu fiz psicanálise, criando personagens que foram viver, no palco, os fantasmas que me atormentavam. Personagens que contam a história da minha vida — cheia de momentos felizes e também de vergonha. Há muitas coisas em minha vida pedindo explicações. De muitas, lembro-me bem. Mas, são as escondidas que nos atormentam. As que ficam perdidas não sei em que imobilidade, agarradas às paredes como hera, guardadas em fundo de gavetas de cômodas velhas, refletidas em caixilhos, esquecidas em álbuns fotográficos, escondidas dentro de nós. É na infância que começa a procura do sentido da existência, nos pequenos incidentes, conflitos internos, na apreensão das cores e dos sons, na análise do mundo adulto que nos rodeia e que muitas vezes tenta nos destruir. Todas as coisas lembradas ou não — ficam depositadas, formando um museu imenso, onde as alas se sucedem repletas de ruídos, palavras, livros, imagens, pensamentos infantis, que vão formando o espelho que reflete o mundo que nos cercou, refletindo-nos também. Tento me lembrar de livros desejados, mas não consigo. Em meu mundo infantil, eles não eram guardados em estantes, bibliotecas; não eram exibidos, consultados, acarinhados; não eram expostos pela casa como troféus de conquistas. Não existiam, simplesmente, a não ser alguns em francês: livros de estudo de minha mãe, trazidos do colégio da França. Vovó-onça, rosnando, comentava:

— Livro a gente lê e acende fogo, ou limpa a bunda.
— A senhora nunca leu, vovó?
— Muito! Não faço minhas orações todos os dias?
— Digo, romance?
— Ler romance pra quê? Nunca se sabe o que vai acontecer. E quando a gente fica sabendo, é como se já soubesse desde o começo.

O que um livro pode me dizer que eu não saiba? Livro é ninho de mentiras e falsidades, como a flauta de prata de seu avô era de preguiça!
— Vovô tinha flauta?!
— Ninho de cigarras daninhas!
— Onde está? Nunca vi.
— Escondi para que ninguém encostasse a mão naquela porcaria. Enquanto eu tirava leite de vaca pra sustentar a fazenda, seu avô tocava flauta. Você vai me prometer duas coisas, meu filho: não mexa com música e livros. Isto é atraso de vida.

Há dias que rondo a canastra no quarto da avó-onça. Espero que ela e minha mãe se debrucem sobre o tacho de goiabada, justamente na hora de tirar o ponto, quando não podem se afastar de maneira nenhuma, e, pé ante pé, entro no quarto, ajoelho-me e com esforço levanto a tampa. No primeiro momento fico confuso com a quantidade de véus; entre eles encontro um vestido de noiva, uma grinalda enfeitada com pérolas e meia dúzia de garrafas de vinho Bordeaux. Com certeza, o vinho servido no casamento do meu pai. Já vi mamãe com aquelas pérolas em um retrato, portanto o vestido deve ser dela, e é o da fotografia que me fez lembrar de garça, ou de borboleta branca. Com a minha mania de espiar tudo e todos, foi no fundo da canastra que fui encontrar meus primeiros livros entre telas bordadas, pérolas e véus. Meu tesouro!... lembrando a arca de Ali-Babá em sua gruta, estampada no livro de história. Não sei por quê, no primeiro momento lembro-me do covo cheio de peixes que soltei no rio Pardo. Tiro os livros, fecho a tampa e fico meio desorientado, sem saber o que fazer, onde escondê-los. Meus olhos percorrem a cama branca e descubro por baixo a grade que protege o colchão — lugar ideal para se esconder. Estava descoberto meu novo esconderijo, onde ninguém iria me descobrir — como sob a ponte no rego d'água na fazenda de vovô. Levo os livros e empilho entre o colchão e a grade.

— Ao me lembrar dos meus primeiros livros — como foram amados! — alguma coisa dói dentro de mim profundamente. Mas não consigo descobrir o que causa tanta dor. Tentando escapar, volto-me para Érico, o escritor de tantos livros que também amei ao longo da vida. Eu os lia sentado no alto de um abacateiro, meu posterior esconderijo da vergonha de amar os livros. Observo Érico namorando Petrópolis. O romancista eu sei quem é: li seus romances. O trabalhador, o representante cultural brasileiro também: conheço tudo que foi publicado sobre sua vida. Mas e o homem que se esconde atrás de tudo? Como será? Quem é o ser que está guardado na sua impenetrabilidade índia? Qual a história que se esconde em seu silêncio compacto? Como será quando apaga a luz do quarto e fica realmente sozinho consigo mesmo? Não diante de um espelho, barbeando-se. Esta é uma forma do mundo aparente. É a outra que não se reflete no espelho que vim buscar. Mas será isto possível? Volto-me para ele e encaro seu rosto onde a bondade se apresenta em diversas formas.

— Como é, Érico? Vamos começar a análise, caminhando em nosso sofá?

— Tu queres mesmo? Eu não tenho importância.

— Com a maioria dos romances traduzidos para o inglês, alemão, italiano, russo, húngaro, holandês, norueguês, espanhol, tendo alcançado, só em língua portuguesa, mais de dois milhões de exemplares, acha que não tem importância?

Subitamente, como se quisesse fugir, ele caminha um pouco apressado. Eu o advirto:

— Cuidado, Érico! Lembre-se do que o cardiologista disse: caminhar como velha inglesa, parando a qualquer pretexto.

— É verdade: como velha inglesa. Se Mafalda, minha mulher, estivesse aqui, eu receberia uma repreensão. Percebeste como ela me vigia como se tivesse cem olhos? Cem olhos azuis?

Ao lembrar dos cem olhos azuis de Mafalda, sinto novamente a presença encantada do estúdio de Wesley, labirinto pictórico onde ele vive preso. Wesley passa carregando uma grande tela e vai colocá-la no cavalete. Sei que vai começar o quadro dos meus filhos.

Lembro a sua afirmação de que nossas águas guardam peixes iguais, que nossos antepassados cometeram crimes semelhantes. Caminho evitando olhar o trabalho sobre os pais de Wesley, mas continuo sentindo que os olhos maternos me observam como os cem olhos de Argos. Sinto que vou me perder! A sensação estranha que senti quando cheguei ao estúdio começa a ter sentido: meu mundo perdido está contido em suas cores. Ao lado da bandeira da porta de entrada, a cabeça de cervo com chifres de oito pontas é mesmo recado vivo do passado. Olho a mãe de Wesley, pensando em Argos, nos cem olhos que não dormem nunca, sentindo que em qualquer parte do labirinto um rosto me espreita, mas não consigo atinar quem é. Sei que está relacionado com a cabeça de cervo, mas não descubro quem seja. A voz de Érico espanta meus pensamentos, bando de moscas me atazanando:

— Se tivesse "escrito" uma personagem para ser minha companheira, eu não teria conseguido fazer uma criatura tão completa quanto Mafalda. Com a teimosia de meu avô tropeiro, levei um tempão para compreender que ela era, em muitos respeitos, a melhor cabeça da casa. Sei que não é fácil ser mulher de um escritor, como sei que é duro viver ao lado de um homem do meu temperamento. Apaixonado? Violento? Imprevisível? Nada disso. Silencioso, distraído, meio vago e, às vezes, quase apático. Mafalda conserva os pés firmemente plantados na terra e possui um talento especial para o convívio. Ela me conhece tão bem, que já desisti de esconder dela fatos e sentimentos. Ela lê tudo em meu rosto, exatamente como se tivesse cem olhos azuis.

Olhos negros da mãe-loba de Wesley! Olhos azuis da companheira ideal de Érico! Olhos ferozes da avó-onça! Olhos vazados da cabeça de cervo! Olhos opacos... opacos de caça abatida! De repente eu me lembro. A lembrança me torna hirto, prisioneiro de um momento de angústia que vai me acompanhar até o túmulo, que foi me tornando o que sou. Foi no pasto da prainha. bem perto do rio Pardo. Até aquele momento ia tudo perfeito. Meu pai estava feliz comigo. Confiante, falou:

— Pegue o carreador da roça do Pelegrini e vá esperar perto do rancho. Está vendo?

— Estou. Por que lá, pai?

— Conheço a manha deste mateiro. Vai sair da mata, fazer um círculo na roça e tentar descer para a várzea e embarcar no rio. Mas antes de alcançá-la, vai parar na garupa do Matogrosso. Vai ser lá, na lixeira, está vendo?

— Estou.

— Vá e fique na sombra da árvore. Quando o veado espirrar de dentro da mata, corra para aquele pau seco. Ele não terá para onde ir e cairá na boca da cachorra Melindrosa.

Meu pai esporeia o cavalo e some rápido no meio de arranha-gatos. Meu Deus! Como eu o admiro! Mas hoje ele vai sentir orgulho de mim; vai ver que também sou um caçador como ele; que sou um filho que vai herdar o seu mundo e mantê-lo intacto! Enquanto espero que o mateiro espirre de dentro da mata, olho-a e começo a contar os ipês floridos — amarelos, roxos e brancos. O manto verde da mata está inteiramente salpicado como se fosse bordado de minha mãe. O canto das cigarras e dos pássaros se transforma na voz de Gina Cigna cantando "Casta Diva". Cruzo a perna na cabeça do arreio, apoio o queixo na mão e fico admirando a curva do rio que parece sair de dentro da mata, como se nela ficasse a nascente. Percebo bandos de patos, patoris, garças sobrevoando a barra do Rosário e chego à conclusão que é o lugar mais belo da fazenda, onde devo descobrir lugar para mais um dos meus segredos, não para esconder livros, mas para pensar, em meu pai e na beleza da vida. De repente, vejo o mateiro varando o milharal. Atrás, flechas pintadas latindo, aproximando-se cada vez mais dele. Na frente, Melindrosa! Vejo que o veado para — um segundo! — estudando possibilidade de fuga. Mas, como meu pai falou, salta de lado e vem em minha direção. Prendo a respiração quando penso: "vai ser hoje que provarei a meu pai que também sou bom caçador"; "hoje, não soltarei peixes do covo!" Firmo-me nos estribos, levanto o corpo e sigo a carreira do mateiro. Aquele segundo de parada lhe seria fatal: vem acompanhado nos cascos por Melindrosa. Toco meu cavalo e vou esperar no milho amontoado. Ele vem correndo e estaca a poucos metros de mim, arfante, com a língua de fora, mexendo as orelhas. Saindo não sei de onde, Melindrosa pula sobre ele e ferra os dentes em sua garganta. O berro-gemido traz à roça a penumbra do mangueiral, a espingarda nas mãos de minha mãe, a angústia mordendo a garganta de meu avô, impedindo-o de gritar. Vejo patos, peixes, borboletas, cavalos-marinhos, tudo pendurado pela roça como Políniçes expostos e apodrecendo. O gemido do mateiro vara meu coração como agulhada. Salto sobre Melindrosa, enfio minhas mãos entre seus dentes, na disputa pela vida do mateiro. Mas os dentes da cachorra já fazem parte do couro. O sangue escorre entre meus dedos e me vejo cercado de cachorros, caça abatida. Sinto que enlouqueço, vendo o animal sendo estraçalhado e sem poder fazer nada. Agarro um pedaço de pau e desfecho a primeira paulada. Melindrosa rola, ganindo. Dou duas, três, quatro, não sei quantas pauladas. Os cachorros rosnam, recuando, mas o que fica no chão é uma pasta.

Sofrendo o despedaçamento do mateiro, que vai e vem arrastado entre dentes vorazes, com olhos opacos e cheios de terra, a língua endurecida para fora da boca — ergo o rosto e me vejo cercado por quatro cavaleiros: são os companheiros de caçada. Numa fração de segundo, compreendo que vou ser transportado para o reino das trevas, quando me lembro dos cavaleiros do Apocalipse que desenhei na tábua do abacateiro: mensageiros da morte em cavalos com crinas de serpentes, ventas de labaredas, olhos que petrificam, cascos ferrados com punhais. Fecho os olhos, esperando que caiam sobre mim, reduzindo-me à pasta a que foi reduzido o mateiro. A espera da morte — desejada, sonhada! — mais uma vez não me leva para o túmulo coberto com o vestido de miçangas pretas e brancas, nem para o que virou canteiro de margaridas brancas. Abro os olhos, encostando-me ao monte de milho. Vaqueiro, negro enorme e cachorreiro de meu pai, desce do cavalo olhando-me como se eu fosse um ser que sua mente obliterada não consegue entender. Nele, a natureza — ou a condição social? — só desenvolveu duas faculdades: distinguir no pó o rastro da caça, ou sentir na folha e no graveto, o cheiro do veado que passou, ligeiro como o pensamento. Tio Chiquito, com a perna direita cruzada na cabeça do arreio, sente por mim — é evidente em seus olhos que lembram os da tia no terreiro — certo asco. Mas quando olho para ele, tenho a impressão de que vou ver um homem tombar assassinado. Atrás de seu cavalo, como se fosse toco de tocaia, vejo, não o homem de olhos azuis, segurando compasso e transferidor, mas a avó-onça, transfigurada, com olhos cheios de agulhas envenenadas. Sinto pena dele e não sei por quê. Meu pai, disfarçando raiva e vergonha, mexe no bolso da baldrana, voltando-me as costas, cobertas de olhos acusadores. O corpo dele, vestido de couro, transforma-se em cemitério de caças de couro, de penas e de escamas. Diante de mim, o cavaleiro com asas de penas, corpo coberto de escamas prateadas, olhos, chifres, cascos de animais de pelo. Anjo pardo, branco e negro que vai me destruir — ou me cinzelar para sempre! — estátua de busca em que não se acredita mais. Sinto vontade de morrer e invejo o corpo do mateiro que virou pasta de ossos, couro, carne, escamas, penas e sangue. Sujo de seu sangue, impregnado de seu cheiro, penso que, se sair correndo no meio da roça, os cachorros correrão atrás, me alcançarão e me despedaçarão. Seria minha vingança e é o que resolvo fazer. Saio de quatro, firo meu joelho em raiz de lixeira, sinto o gosto da terra em minha boca, passo entre as patas de Matogrosso, que se assusta erguendo os cascos dianteiros. Saio correndo, entro numa rua de milho. O grito de meu pai me acompanha:

— Aluízio! Volte aqui! Onde vai!

Rápido, vou mudando de rua no milharal, mas não ouço nenhum latido atrás de mim. Continuo correndo, certo de que eles virão e quanto mais distante de meu pai, melhor, assim não serei salvo quando os cachorros pularem em minha garganta. Corro cada vez mais depressa; cruzo um carreador, passando entre colonos que almoçam; faço um arco no cafezal e vejo o imenso tronco do pau-d'alho queimado. Subo e me escondo em seu oco, Durante muito tempo ouço os gritos de meu pai, de Vaqueiro, de tio Chiquito, de todos. Encolho-me mais ainda e espero, pensando em como teria sido bom se a morte tivesse vindo para mim, não para o mateiro. Sinto um ódio surdo por meu pai, e é como se ele fosse um carrasco, um torturador policial, personificando todas as formas da violência. Meus olhos percorrem a mesa verde do cafezal, o céu carregado de nuvens e, pouco a pouco, uma estranha calma se apodera de mim... e durante horas fico pensando nas mil formas que poderia empregar para despedaçar meu pai, para ferrar-lhe os dentes como a Melindrosa, para virar mosca que o atazane. Não tenho mais vontade de morrer, antes de matar. Deixo passar o tempo e quando a noite se apresenta, saio do toco e caminho para a fazenda com uma satisfação mórbida: todos devem estar mortos de preocupação. E, de repente, vejo que, de longe, Vaqueiro me segue. Ele que é capaz de cercar uma caça a pé, que possui a ciência da direção dos rastos, com certeza havia me rastejado e me esperava descer do toco. Percebo a verdade: meu pai me pressentira no alto do pau d'alho e deixara Vaqueiro me vigiando. Ele sabia que eu teria medo da noite! Quando entro na sala da fazenda, vovó-onça faz crochê e fazendo continua. Meu pai, sentado à escrivaninha, finge que anota o movimento da fazenda. Minha mãe, ajoelhada diante do Coração de Jesus, faz as orações da noite — com certeza rezando, implorando por mim, pedindo a Deus que eu não seja tão esquisito. Ela se volta segurando o terço e diz:

— Tome seu banho. O prato está no forno.

A decepção entra comigo embaixo do chuveiro, o que aumenta meu ódio. Resolvo torturar tanto quanto sou torturado. A água cai em meu corpo — cadinho de pensamentos vingativos — mas não o acalma. Planejo meios de aumentar a vergonha que determino. Mas como? Não consigo pensar em nada que seja suficientemente humilhante. Não está em mim ser o que ele pensa. Apenas gosto das ilustrações dos livros, do céu pintado ao entardecer, do canto dos pássaros, do murmúrio dás águas nas pedras e nas ramagens, das palavras vivendo nas páginas e nas vozes, das árvores floridas pintando pastagens e matas, da lua mesmo quebrada florindo as nuvens ou a superfície dos rios, das estrelas desenhando borboleta no céu e fingindo que não são vagalumes, de tudo que revele a beleza do mundo! E detesto o que oprime, que humilha, que ameaça, que destrói, que agride e que mata. Sinto que vou lutar sempre contra a violência! Ao pensar nisto, enquanto a água continua caindo em meu corpo, vejo meu pai como deus-fúria, parado em minha frente na roça. Tio Chiquito e Vaqueiro viram o rosto. Eu sei o que vai acontecer, mas não viro o meu: assumo o que fiz até o fim. Sinto a bofetada jogando-me sobre o monte de milho: Melindrosa matando o mateiro, eu matando Melindrosa e meu pai me matando quando grita com o rosto congestionado:

— Você solta peixes, defende caças matando meus cachorros, em vez de laçar e marcar bezerros, vive em cima daquele abacateiro agarrado em porcaria de livro! O que quer? Quem é você que me mata de vergonha?

É! Quem era eu que comecei a viver, sendo caçado no campo espinhento da incompreensão!... ou na mata sombria e pegajosa da suspeita! Como é que ele podia entender que, como o mateiro, eu também caíra no meio de um terreiro, com os dentes de uma tia mordendo-me, estraçalhando minha mente infantil! E ele havia me ignorado, talvez pensando que eu estivesse com sapatos de salto-alto, deixando-me nu, pendurado nos dentes da cachorra com boca de coração, pinta no focinho, cabelos *à la garçonne*, melindrosa maldita com vestido no meio de coxas que ansiavam ser violadas pelos Ataídes da vida, um Ataíde que a jogasse entre sacos de café da tulha, penetrando-a com a dureza do aço.

A lembrança dolorosa me atordoa e perco a noção de tempo e de espaço. Já não sei se estou no estúdio de Wesley admirando a caveira de cervo — sempre observado pelos cem olhos de sua mãe! — ou se estou no alto de Petrópolis ouvindo Érico falar dos cem olhos azuis de Mafalda. Vejo Wesley passando gesso no pano da tela, preparando-a para pintar meus filhos! Quando vou me aproximar dele, ouço a voz de Érico, britanicamente dosada. Pouco a pouco, observo a rua em que estamos e que Érico denomina de "ladeira da inspiração", porque foi ali que pensou e arquitetou seus últimos romances. Começo a descida lenta, caminhando em nosso "sofá" de análise.

— Você falou sobre dona Mafalda. Quero ouvir sobre você.

— Eu me amo, mas não me admiro.

— Deixe que eu conclua isso.

— Como queiras. Mas não te esqueças de que sou um romancista, eu explico as personagens.

— E eu, como dramaturgo, deixo que elas se expliquem.

O sentimento de autocensura de Érico me desconcerta, mas me intriga. O que deverá estar escondido atrás dele? Érico olha a ladeira que desce se escondendo em curva, e volta-se para mim. Há qualquer coisa diferente em sua expressão. As sobrancelhas se encontram, hirsutas, muralhas defensivas. Percebo o homem tentando se esconder atrás de um olhar que se torna opaco, numa expressão de passividade índia. Vejo minha avó-onça com o rosto suado, os cabelos desgrenhados, secando polvilho na ladeira de Érico. Meu pai atravessa a ladeira tocando buzina, seguido por dezenas de cachorros, entre eles Vaqueiro. Tia Maria, entre dois carros estacionados, debruça-se sobre o caixão coberto de margaridas brancas e observa o rosto violáceo de Paulo. Vovô Quim senta-se na mureta da casa colonial-espanhol e começa a desfiar o trapo xadrez. O mundo se torna surrealista e eu sinto que os meus mortos vão começar a se juntar aos de Érico. A voz dele aumenta a magia, desvendando o meu passado mais ferido por inconfessáveis e ocultas amarguras.

— Uma das noites mais terríveis da minha vida foi a de 2 de dezembro de 1922. Eu havia chegado de Porto Alegre, feliz com a ideia de rever minha família, minha casa, de passar em Cruz Alta as férias de verão. Mal chegado, porém, percebi que a situação doméstica havia se deteriorado de maneira talvez irremediável. Naquela noite, minha mãe resolveu abandonar meu pai, tentando salvar o que restava da família. Se levarmos em conta a época, o tamanho da cidade e a nossa posição na comunidade, a resolução dela era um ato de admirável coragem moral. A casa não nos pertencia mais, sua hipoteca não fora resgatada. A separação de meus pais e o abandono da casa onde eu nascera me traumatizaram profundamente. Desde então, andei à procura da casa perdida.

Por um momento, há silêncio repleto de recordações — dele e minhas. Na manhã cheia de sol, os mortos começam a se misturar aos vivos.

— Naquela noite, minha mãe, sem coragem, mandou-me um bilhetinho de seu quarto, perguntando-me se eu iria embora com ela. Fui!

Vejo meu pai sentado na sarjeta, perdido em si mesmo. Percebo que os pensamentos o atormentam, que dúvida humilhante lhe corrói a alma, que a suspeita o tortura. Sei qual a suspeita que o martiriza! Parece que ela nasceu comigo — estigma que vai me acompanhar ao longo da vida fazendo-me duvidar de mim mesmo. Ela não está comigo aqui, no alto de Petrópolis, em Porto Alegre? Nada é mais torturante do que duvidar de si mesmo. Mas como resisti ainda criança, vou resistir até o fim da vida. A avó-onça cobre o polvilho, atravessa a ladeira com expressão enraivecida e se aproxima de meu pai, ainda sentado na sarjeta. Ladeira da Inspiração! — de Érico ou minha? A avó-onça não fala, ruge:

— Meu filho! Fazendeiro precisa levantar e urinar no chiqueiro. São os olhos do dono que engordam os porcos.

Vejo-me com dezesseis anos, atravessando a ladeira e gritando:

— Lua quebrada é minguante, quando não se planta nada!

A avó-onça cai de joelhos nos paralelepípedos e suplica:

— Já empobrecemos demais, meu filho! Foram até os anéis, naquela maldita crise!

Aproximo-me de meu pai e me debruço sobre ele, caça acuada:

— É assim que temos vivido! Minguante é também decadência!

A voz da avó-onça desce a ladeira como advertência terrível:

— Não deixe que nos arranquem os dedos. A fazenda está lá, ao Deus dará.

Encosto-me ao muro, triunfante:

— Decadência! Decadência, compreende, pai?

Meu pai ignora-me e se volta para a avó-onça. Afasto-me e me escondo, não na ladeira, mas atrás de um guarda-comida — sempre espiando, procurando.

— Aqui, pelo menos, eu vejo gente, mãe.

— Aluízio não está na fazenda?

— Quem sabe onde esse menino anda! Do mundo da lua ele não sai nunca.

— Você quer é obrigar o menino a gostar do que não gosta. Aluízio é bem diferente quando está longe de você.

— Pois, comigo, é sempre aquela vergonheira. Se for preciso arrancar a roupa e cercar uma caça no rio, ele prefere morrer de bota e tudo.

— Meu filho! Aconteceu alguma coisa na caçada? Desde aquele dia que vivem como cão e gato!

— Sempre acontece tudo entre nós. Parece sina! Agora, não se contenta mais em pôr tábuas nas árvores do pomar para ler. Um dia desses, ia passando a cavalo no meio da invernada, olho para cima e quem vejo? Aluízio, lendo, sentado no galho mais alto de um ipê.

— Decerto, é onde se vê livre da sua implicância.

— Mamãe! Nós temos algum caso de loucura na família?

— Só se for na de seu pai. Os meus foram sempre uns mineirões muito normais.

— A senhora não viu Aluízio vestido de noiva a semana passada? Já estão falando dele, mamãe. Tenho certeza!

— Falando o quê, meu filho?

— Falando!

— Paulo e Léio, os amigos dele, também estavam fantasiados de noiva. É carnaval!

— Desejei tudo para ele, mamãe. Por que detesta o que eu gosto? Por que não é um companheiro pra mim? Parece que ele tem prazer em me ferir.

— Não desespere. Procure ajudar o menino!

— Já tentei. Ficou uma fera. Acabamos brigando. Na idade dele eu já era um homem. Tinha até mulher por minha conta.

— É você quem desconfia de seu filho. Sei muito bem como foi que ajudou: empurrando o menino na cama de uma puta! É isto que é ser homem pra você?

— É! É isto mesmo que é ser homem. E se ele não é assim, prefiro que ele... prefiro que... Seria melhor que não tivesse nascido.

— Não se atreva a dizer isto em minha presença! Isto é que é loucura! Mania de gente fraca! Só peço a Deus que esta raiva não vire ódio. Vocês ainda vão se ferir de maneira impiedosa, meu filho. Não quero estar aqui quando isto acontecer.

Meu pai e minha avó-onça descem a ladeira e desaparecem atrás do cajueiro: ela em direção ao monjolo para fazer farinha de milho, ele para a cachoeira onde Vaqueiro prepara o angu dos cachorros, cozido com pedaços de mateiro ou de capivara. Eu, com dezesseis anos, fico pregado atrás do guarda-comida, sentindo-me profundamente indesejável. A tela fininha do guarda-comida se transforma em grades e me sinto prisioneiro do não-ser! Através das grades vejo o relógio na parede, refletindo no vidro desenhado, minha mãe estendendo roupa no quaradouro. "Seria melhor que não tivesse nascido!" As palavras voam à minha volta, picando-me com ferrões venenosos; descem pela parede como escorpiões mortíferos! "Seria melhor que não tivesse nascido!" — silvam as bananas fritas dentro do guarda-comida, transformadas em serpentes. "Seria melhor que não tivesse nascido!" — responde o tic-tac do relógio, marcando o tempo da agonia de um ser e o nascimento de outro. Os morcegos, passando de um quarto para outro sob a telha-vã, repetem no seu morcegar: "Seria melhor que não tivesse nascido!" Todas as veias, latejando, jorram no coração ferido o sangue venoso das palavras: "Seria melhor que não tivesse nascido!" "Seria melhor que não tivesse nascido!" — pulsa o coração, devolvendo as palavras até a última célula do meu ser. Indesejável! As palavras saem dos meus olhos e descem pelo rosto, deslisando em minha alma como lava incandescente que se fixa na raiz da lembrança. O sangue se transforma em espinhos dilacerando a mente e o coração. De repente, olho à minha volta e me sinto estrangeiro na casa, indivíduo sem tempo e sem espaço. Não me compreendo nascido, mas sentindo as dores do parto de um ser estranho que só depende de mim para nascer. Ser híbrido que é pai e mãe de si mesmo, filho de monstros que não têm presença física e que irá viver, exilado, entre o real e o irreal, no continente do sonho! Lá viverá até a morte. Não se sentirá nunca pertencer, pertencendo profundamente. Intemporal, passa a ser deste mundo como visão abrangente. E muitas vezes só começa a viver depois que a morte lhe dá descanso. É vivendo, como monstro, neste continente estranho que se transforma em artista. Um monstro dividido em mil pedaços, tendo uma mente que lembra caleidoscópio, refletindo um número infinito de combinações de tudo o que um homem vive do berço ao túmulo. Tem a ciência do presente, passado e futuro, porque é ao mesmo tempo futuro, presente e passado. Não tem olhos, mas enxerga. Não tem boca, mas fala. Não tem ouvidos e escuta. Não tem coração, mas ama tudo e todos. Não tem cérebro, mas pensa, compreende e julga. Não tem pernas, mas caminha pelo mundo. Não tem braços, mas vive abraçado ao próximo. Não tem mãos, mas trabalha, dá e acaricia. Não tem idade: tanto pode ter sete quanto setenta anos. É homem e mulher em todas as idades. Os olhos de pureza infantil podem se transformar em malignos, lúbricos ou refletir sabedoria. Sonha na privada e odeia na igreja, corre veloz como o pensamento e se arrasta como paralítico. E óbvio, imprevisível, destituído de qualquer inteligência e sábio como o mais sábio dos sábios! É tudo e nada ao mesmo tempo!

Lembro-me do artista Érico, parado ao meu lado na "ladeira da inspiração", onde vai nascendo um ser que talvez tenha sido indesejável como eu. Revelando a casa do pai, onde habitavam a solidão e o emparedamento de pessoas que se comunicavam por bilhetinhos, morando tão próximas, Érico quase me fez ir habitar no irreal, mostrando que viera de lá para revelar o pai. Volto-me para ele, tão estrangeiro quanto eu:

— E daí, Érico?

— Depois da separação dos meus pais, trabalhei num armazém de secos e molhados. Do armazém, passei para uma casa bancária e finalmente, antes de vir definitivamente para Porto Alegre, tive uma farmácia, como meu pai tivera e perdera. Um dia, eu tinha dezenove anos, Um amigo entrou gritando em minha farmácia: "Érico! Seu pai está caído na sarjeta. Vá acudi-lo". Saí correndo.

Instintivamente, nossos passos se apressam na calçada. Os de Érico, dirigidos pelos movimentos do passado; os meus, pela ansiedade da descoberta que se aproxima — dele e minha! Érico para embaixo dos galhos da árvore que saem de um jardim, encosta-se ao murinho e olha-me calmo.

— Meu pai não estava mais caído na sarjeta. Alguém o havia carregado para um pequeno quarto de terra batida. Quando entrei ele estava sobre um monte de cinzas. Meu pai, bêbado, ressonando entre cinzas!

Na ladeira em que descemos, ficam claros os tons cinza de certas passagens da obra de Érico. Seu olhar de uma opacidade cinza, memória de descampados cinza, de paisagens agrestes, desoladas, batidas pelo vento. À nossa volta também o vento faz os cinamomos agitarem os galhos. Na ladeira, somos dois homens que tiveram de encontrar suas respostas. No meu mundo infantil ninguém conseguia responder por que a lua ficava quebrada. Pensei que ia continuar perguntando até o fim dos tempos! Ninguém compreendia por que via as mãos de minha mãe como asas de borboleta. Ninguém perdoava a defesa do mateiro contra a raiventa Melindrosa.

Ninguém sabia por que amava tanto os livros, a ponto de escondê-los como tesouros embaixo da cama branca. Ninguém — só minha mãe! — sabia por que amava tanto as cores, a música e os livros! Não preciso fechar os olhos para ouvir sua voz, enquanto acariciava meus cabelos com mãos leves como asas de borboleta:

— Aluízio, meu filho! Não chore assim!

— Por que se encarniçam tanto contra mim, mamãe? Por que não posso ser o que sou? Cada gesto meu vira ninho de cobras. Cada palavra, um espinho. Cada pergunta, um levantar de insetos daninhos. Por quê? Por quê, meu Deus?

— Seu pai e sua avó não podem compreender, meu filho.

— Mas é justamente o que me desespera. Vivemos isolados! Ninguém se compreende, se comunica, mamãe!

— É difícil, meu filho.

— Como vencer esse homem que me barra todos os caminhos! Estou começando a duvidar de mim mesmo.

— O que é que você espera, meu filho?

— Escapar deste mundo, caduco para mim, e me comunicar de uma maneira ou de outra. Deve haver um meio!

— Você me lembra muito o pai de seu pai. É verdade! Ele tinha uma flauta de prata. Gostava muito de música. Ele compreenderia você. Seu avô era um homem maravilhoso. Parecia poeta. Tinha alma de poeta. Era inteligente, nobre e sensível. Sentia pena de todo mundo. "A humanidade é muito sofredora!", dizia. E recolhia todo mundo em casa, distribuía suas terras. Ao entardecer, sentava-se no alpendre e tocava música para quem quisesse ouvir, enquanto admirava as estrelas. Costumava dizer que sua avó era como a terra: generosa, mas impiedosa.

— Que devo fazer, mamãe?

— Não fique nesta casa, meu filho! Vão ferir você! Vá embora antes que o pior aconteça. Não vão entender você nunca!

Que impiedade cometemos, papai? Que momento foi esse que nos separou? Onde procurar mais? Em que canto de mim mesmo ainda não desci, para tirá-lo de lá como realmente foi? Há uma imagem que precisa ser destruída, para que a verdadeira apareça. É ela que preciso encontrar e que há mais de quarenta anos procuro inutilmente. Sei que é ela que me conduzirá para fora deste labirinto onde vivo prisioneiro. Para os que vivem divididos em mil pedaços, é muito fácil descer ao inferno. O difícil é sair dele. Luto desesperadamente para escapar do labirinto, onde o remorso-minotauro vai acabar me devorando. Torno a puxar, um por um, os milhares de fios que se perdem no labirinto, mas não consigo segui-los até o fim: em determinadas partes formam maçarocas impossíveis de serem desfeitas, dando sentido ao que vem depois, mas escondendo o que veio antes e as determinou. Mil olhos parecem vigiá-las, cuidando para que não sejam desfeitas. Agrilhoado em minha condição, minha imaginação — ou a mente enferma? — come minha sanidade como o abutre de Prometeu. É maldição ou castigo por pecados do passado? Por que esse sentimento de culpa? Essa impressão de passos que me rondam? De olhos que me espreitam? Quem sou eu? Mente criadora ou porta-voz da loucura? Quem me cinzelou imagem da procura? Que incidente, cena presenciada, palavra ouvida, expressão surpreendida, condenou-me a viver buscando sem saber o quê? Voltei-me milhares de vezes para dentro de mim mesmo, abri portas, vasculhei quartos, salas, cozinhas e porões; abri gavetas e joguei tudo ao chão; reli livros, cadernos; percorri com paciência de sírio mascate, estradas palmilhadas desde que aprendi a andar embaixo de mangueiras; revi rostos, reconstruí diálogos; rondei portas trancadas; espiei em buracos de fechaduras; fugi por bandeiras coloridas; dormi novamente em camas dormidas; masturbei-me pensando na *Violação de Lucrécia* ou nos peitos de Maria Caniglia; recuei levando prostitutas para a cama — todas com o rosto de Carole Lombard — até chegar à minha primeira noite, quando a prima samaritana chegou à beirada da cama com a xícara de chá; conversei com quem morreu ou ainda vai nascer; examinei as situações vividas, dou balanço geral e sempre há restos a pagar: o acontecido que não consigo me lembrar. Meu pai! Que impiedade cometemos? Que momento foi esse que nos separou para sempre?

A buzina do carro arranca-me dos pensamentos e volto à "ladeira da inspiração". Érico levanta-se do murinho e retomamos nossos passos.

— Foi depois daquele monte de cinzas que me aconteceu uma coisa terrível. Escrevi a meu pai uma carta em que...

Érico interrompe a frase, desviando o olhar de mim. Atraso-me ligeiramente, percebendo a dificuldade da confissão, o esforço para revelar fatos de sua vivência mais íntima. Érico se volta, segurando-me. Ficamos parados no meio da calçada, ignorando os que passam, atrapalhando pedestres, completamente distantes de tudo que nos rodeia.

— Escrevi uma carta a meu pai, censurando seu comportamento, exigindo que ele se afastasse de Cruz Alta, pois sua presença e conduta punham em perigo os esforços que fazíamos, eu e minha mãe, por uma vida melhor. No outro dia, encontramo-nos em um café. Ele tirou a carta do bolso e, numa frase que nunca mais esqueci, disse: "Por favor, rasga esta carta. Faz de conta que nunca a escreveste". Rasguei. Hoje, sei que o sentimento de culpa que me seguiu a vida inteira não vem do fato de ter seguido minha mãe, abandonando-o; ou por não ter feito nada diante daquele monte de cinzas; mas por ter escrito aquela carta. Ela ficou, para mim, como certas palavras que pronunciamos e que nos seguem como moscas.

Observo-o de lado e vejo que as sobrancelhas estão contraídas, parecendo abas de chapéu, protegendo o olhar opaco de índio que observa a passagem do tempo, ou do vento. Pensando em mim mesmo, no labirinto onde vivo procurando a saída, ou numa explicação que o justifique, lanço as perguntas:

— Não acha que uma obra literária fundamenta-se em nossos primeiros dezoito anos de vida? Que é no disfarce que o escritor mais se revela? Que as pessoas se revelam, sobretudo quando tentam se esconder?

— É possível. Sei que minha mãe era o cumprimento do dever levado ao fanatismo.
— E seu pai?
Sei que faço a pergunta pensando no meu. Mas alguém precisa me ajudar a descobrir esse pai impossível. Talvez Érico me conduza para fora do labirinto. Sei que, mais do que Wesley, Murilo ou Gilberto, é ele quem vai me levar às revelações mais dolorosas. Senti isto desde que saiu do escritório, no porão de sua casa, e caminhou para mim com mãos estendidas. Ansioso, no limiar de novas descobertas, renovo a pergunta:
— E seu pai?
— Meu pai cultivava o beber e o comer bem, a gravata e a roupa bonita, nada com o horário, a obrigação e, sobretudo, cultivava a arte de fazer amor. Mulher para ele era doença: não havia hora, lugar ou escolha. Tudo servia: rica, pobre, remediada, negra, branca ou mulata. Enfim, tudo que usasse saia. Um cunhado dele costumava dizer: "O Sebastião só respeita as irmãs".
Érico sorri, como se pensasse em um filho descabeceado.
— Não respeitava nem mesmo meu território.
Caminho meio desorientado — na "ladeira da inspiração" ou no estúdio de Wesley? Sinto a presença viva de Érico, mas vejo Wesley pegar os tubos de tinta plástica e espremer na palheta. Depois, concentrado em si mesmo, começa a pintar, trabalhando de pé! A tia, com vestido-bandeira-paulista, de miçangas brancas, negras e vermelhas, cruza o estúdio correndo. Ou cruza a "ladeira da inspiração"? Os rugidos da avó-onça atravessam as matas do rio Pardo, ecoando no alto de Petrópolis. Minha mãe, como indefesa borboleta branca, pousa na minha imaginação... e eu me vejo caminhando numa estrada de areia, aproximando-me do armazém que fornecia gêneros e bebidas aos colonos da fazenda. Amarro meu cavalo na cerca de pau-a-pique, desço e me aproximo da casinha com três portas verdes, esquecida entre figueiras e debruçada sobre o brejo do Turvo. Ao entrar, fico hirto, recuo e me escondo atrás de sacos de

farinha de trigo, feijão e arroz. Os braços de meu pai são laços de couro de anta em volta da cintura da Maria, mulher do vendeiro. Seus dentes mordem a orelha, o pescoço e os seios da mulher gostosa. As mãos acariciam e apertam contra si, a bunda da portuguesa desejada. Fingindo, ela tenta resistir, mas vai levando meu pai para os sacos de batatas holandesas. Transtornado pelo desejo animal, ele arranca botões, rasga roupas. Ela geme, safada:
— Cuidado! Algum colono pode entrar.
— Pois que entre!... e ponho pra fora da fazenda.
    Ela ajeita a bunda, abre as pernas com expressão lasciva e meu pai entra, desatinado. A animalidade chega à expressão máxima. Eles se lambem, se acariciam com unhas que riscam, se mordem, se penetram até o fundo e se transformam num só corpo de duas cabeças, quatro braços e quatro pernas — hidra envolvendo e destruindo meu mundo infantil, a visão pura que tinha dos "grandes". Foi num armazém sujo de fazenda que eu vi pela primeira vez o "homem". Subitamente, eles soltam um gemido rouco, inumano. As unhas dilaceram, os dentes fazem sangrar, o suor se mistura, os corpos tremem extasiados. Meu pai fica hirto, com os olhos vidrados e cai, desaparecendo entre os sacos de batatas holandesas. Acima de seus olhos, com a opacidade da morte, garrafas de pinga, latinhas de pó royal, carretéis de linha, maços de cigarro Fulgor, lampeões a querosene e mantas de charque. Maria, a puta portuguesa, desaparece no fundo da vendinha. Meu pai, com o sexo exposto, ressona, não entre cinzas, mas entre sacos de batatas. Então, acontecia com os "grandes" o mesmo que acontecia nos pastos, currais e chiqueiros? Seria assim também com minha mãe?! Aturdido, saio e enfrento a estrada de areia que se torna movediça: não consigo tocar o cavalo e ficamos parados embaixo de um sol escaldante que parecia incendiar o mundo. Como encarar a mãe-borboleta? E a avó-onça, mãe do garanhão debochado? Do sátiro fazendeiro? Desço e arrasto meu cavalo para debaixo de um ipê florido, na esperança de que suas flores virem serpentes e me piquem. Eu — que costumava subir em mangueiras

e abacateiros para sonhar — subo ao galho mais alto do ipê na esperança de morrer junto com o meu mundo. Olho à minha volta e tudo continua onde estava — menos eu que não sei mais onde estou. Encolho-me no galho e sinto um novo ser escorrendo de dentro de mim em meu rosto. De repente, entre as flores amarelas do ipê, vejo meu pai que se aproxima na estrada. Ele me vê, esporeia o Matogrosso, chega embaixo do ipê e olha sorrindo para cima com rosto descansado de deus vencido e morto.

— Que está fazendo aí, filho? Vamos pra casa. Está na hora de recolher as vacas. Você não vai me ajudar?

Ele fala, toca Matogrosso e sai a galope, ignorando arranha-gatos, lixeiras e pontas de pau — que parecem se afastar para que ele passe soberano. Começo a descer do alto do ipê para o chão, onde jazem mortas minhas ilusões infantis. Ando em volta do tronco do ipê procurando uma explicação para os "grandes", mas não consigo encontrar. Vi meu avô chorando na sala de sua fazenda, com a avó-paina caída a seus pés e minha mãe tentando tomar a espingarda dele! Ouvi milhares de vezes a avó-onça maldizer a flauta de prata do marido! Agora, vejo meu pai animalizado entre sacos de batatas! Que está acontecendo no meu mundo? Quem poderá me explicar? Sempre que pergunto, obtenho um silêncio estranho como resposta! E sobre isto que vi no armazém a quem posso perguntar? Sinto que muitas coisas estão morrendo e não sei dizer o que é. Será por isto que a avó-onça está sempre de preto? Pensando na agonia do mundo que me rodeia, toco meu cavalo em direção da fazenda.

Vamos descendo para o reino Veríssimo dos mortos — dele e dos meus. Érico havia me contado que seu pai era baixo, ombros estreitos, ventre desenvolvido, sem beleza máscula, voz ligeiramente afeminada. E meu pai? Era alto, desempenado, corpo encordoado de músculos que não se formaram no trabalho, mas nas longas caçadas; ágil, disposto, inteiramente calvo, expressão sensual, mãos poderosas, corpo fincado na terra e rosto que nunca se voltava para as estrelas, só para as nuvens verificando se ia chover para que as caças deixassem seu rasto nas estradas e nos trilhos. Procuro visualizar o pai-sátiro de Érico que lembra Sancho Pança, solto nas ruas de Cruz Alta — como vi o meu nas de Barretos — mas não consigo. Sinto que ele e o meu nos espreitam na ladeira, talvez escondidos entre as saias das gaúchas que passam na calçada. Meus sentidos ficam alertas quando percebo que debruçamos em poço profundo — meu e dele! — cheio de verdades que podem turvar as águas. Érico sorri e se volta para mim:

— Meu pai tinha uma capacidade especial para a conquista amorosa. A farmácia dele — Farmácia Brasileira — era o mais importante ponto de reunião dos vadios e aposentados da cidade. O prático tinha de preparar as receitas cercado de intrusos e curiosos, e era no meio duma algazarra e de um vaivém de feira que lidava com drogas que podiam ser mortíferas quando não pesadas com precisão de miligrama. Era um ambiente de cio permanente. Prostitutas circulando, práticos bolinando, gente trepando atrás de portas, anedotas picarescas. Nossa casa era pegada à farmácia, portanto minha mãe devia pressentir tudo. Mas silenciava. Silenciava e suspirava, como certas personagens minhas que censuram mais pelos silêncios e suspiros, do que pelas palavras.

A dele suspirava silenciosa, talvez porque não amasse. Mas a minha amava profundamente e lutava pelo seu homem. A vendinha da portuguesa não era tão vizinha quanto a farmácia, mas era sentida e vigiada — sobretudo pela avó-onça que também tinha cem olhos. E por isto que um dia, enquanto meu pai limpava uma caveira de mateiro, ouvi ela rugir como onça acuada: "Eu mando dar uma coça nesta portuguesa bunduda até ela virar cadáver! Está ouvindo?" Foi depois do dia das batatas holandesas, do ipê florido, que comecei a entender as vozes alteradas no quarto de minha mãe, vozes que varavam a noite. O medo que me atormentava desaparecia, eu levantava descalço, atravessava a imensa casa da fazenda e ia me encostar na porta do quarto deles, tentando ouvir para compreender. Noites e noites seguidas! Ouvia acusações, silêncios como respostas, choro, gemidos, súplicas, palavras que não formavam sentido para mim, mas que eu sentia destruindo o meu mundo. Eu ficava hirto, quase sem respirar, olhando o luar entrar pelas telhas-vãs, ouvindo os bezerros chamando pelas mães, os cachorros latindo na colônia, os galos cantando para a noite, os sapos dialogando no brejo do Turvo, meu coração batendo e marcando todos os segundos do meu desespero. De repente havia silêncio e eu ficava sozinho na noite do mundo. Só aí eu reatravessava a escuridão da casa e ia me esconder na cama, não para dormir, mas para chorar sozinho na imensidão da fazenda. Chorar sozinho à noite é a suprema solidão... e eu a conheci desde criança! É por isto que mais tarde, sentado no alto do abacateiro, compreendi tão bem o menino que ia buscar refúgio e proteção no túmulo dos Sparkenbroke.

Nossos passos de velhas inglesas vão vencendo a ladeira. Ao mesmo tempo, vai se afigurando o mundo sujo, doente, sensual, saindo do inferno da farmácia — ou da fazenda? — invadindo ruas, casas, envolvendo a nespereira — ou o abacateiro? — de seu quintal em Cruz Alta — árvore, reino e brinquedo dele ou meu? — onde a nossa sensibilidade e imaginação vão germinando — uma no interior gaúcho e a outra no interior paulista. Da nespereira e também do abacateiro — floresta, castelo, mirante — nossos olhos infantis estão sempre observando. Ele, na farmácia — o formol, vísceras humanas, gente doente, perseguida, dilacerada; em casa, o pai escravo de instintos, a mãe ferida, fechada em silêncio; uma família doente que, pouco a pouco, se dilacera. E eu, na fazenda, a decadência corroendo, pouco a pouco, as resistências da avó-onça, o pai também escravo de instintos, a mãe ferida, mas lutando, terras sem sementes e portanto sem frutos, uma família prisioneira do passado não se preparando para o futuro. O que resta da fazenda? Só a lembrança querida da infância — semente do destino de cada homem!

— Muitas das minhas lembranças fundamentais estão enraizadas naquela farmácia. Lembro-me que, um dia, foi arrastado para a sala de curativos um desconhecido de origem humilde, espancado pela polícia. Fui chamado — eu tinha onze anos — para segurar a lâmpada enquanto se faziam os curativos. Vejo ainda um polegar pendurado por um tendão, uma cabeça escalpelada, um ferimento de navalha que rasgava a boca até a orelha. Uma agitação terrível cresce dentro de mim e, inconscientemente, seguro meu sexo. A farmácia suja de Cruz Alta me joga diante da Santa Casa de minha cidade natal. Eu também tinha onze anos. O prédio da Santa Casa é melancólico, amarelo, com entrada ao centro, ladeada por rampas. Vidraças empoeiradas, terra vermelha nas paredes, pobreza enrolada em algodão com manchas vermelhas, gente pobre corroída pela miséria, crianças em agonia em braços maternos escalavrados, mulheres cachos-de-filhos, homens minados pela fome e pela injustiça. Sem coragem, amedrontado pela visão, recuo e volto sobre meus passos, como caça acuada. Meus passos param, volto-me e olho o prédio como se ele guardasse minha única salvação. Lembro-me do sofrimento e da vergonha que me dilaceram, apresso o passo e entro no ambulatório. Dois enfermeiros que parecem doentes olham-me, indiferentes.

— Deite-se nesta mesa!

Olho a mesa metálica que deveria ser branca, mas é parda, e deito-me. Eu tinha resolvido sozinho — criança de onze anos! — acabar com a deformidade que me destruía lentamente. Não queria mais tentar me operar com gilete. Já que o mundo dos "grandes" não podia entender minha tragédia — tragédia infantil! — eu determinava sozinho o meu próprio destino. Afinal não vivera sempre sozinho? Deito-me na mesa suja e me sinto dono do mundo! A minha frente, imensa prateleira cheia de vidros com formas estranhas — entre elas, dois com feto em formol. Produtos do mundo adulto doente! Os enfermeiros passam correias em meus pulsos, desabotoam minha calça e puxam para os pés. Fico exposto, nu, como Cristo na cruz; como todos os nus expostos no mundo. Fecho os olhos para não ver as formas estranhas, para não ser uma delas, e sinto giletes me cortando pela última vez. Engano terrível: elas vão me acompanhar para o resto da vida. O momento ficará marcado em mim como ferrete. Até hoje sinto todas as dores! Um dos enfermeiros, que parecia jardineiro, pega em meu sexo e sorri:

— Fimose completa! Como esta eu nunca vi!
— Vai doer. Mas. depois poderá trepar a vontade.
— Quer que corte também o cabresto?

Foi a última coisa que ouvi. Quando voltei a mim, minha avó-onça estava na beirada de minha cama, com olhos que eram brasas de fúria, quando esbofeteia meu pai.

— Como tem coragem de abandonar o menino assim?! Filho da puta! Não vê que seu filho está esvaindo em sangue? Queime pano para pôr em cima! É preciso estancar o sangue!

Eu brinquei sozinho embaixo de mangueiras, sozinho assisti a agonia do meu avô desfiando trapo xadrez, chorei sozinho na solidão da noite, sozinho encontrei respostas às minhas perguntas, procurei sozinho acabar com o defeito que me tornava diferente de todos, humilhando-me, sozinho é como eu aprendera a viver num mundo que me recusava. Tiro a mão do sexo. Érico percebe mas disfarça, continuando:

— Naquela noite na farmácia nasceu em mim o sentimento de justiça, de repugnância pela violência, que me domina até hoje. Sei que não tenho nenhuma qualidade de líder, mas detesto mandar ou ser mandado.

O passado e o presente vão se revelando, ladeira abaixo. O homem que sempre esteve contra a violência, venha de onde vier, continua em minha frente, sereno, coerente. Lembro da passagem do homem espancado pela polícia, numa declaração dele que falava da obrigação de acender a lâmpada. Érico confirma:

— Isto mesmo. Sempre achei que o menos que um escritor pode fazer, numa época de violência e injustiças como a nossa, é acender a sua lâmpada, fazer luz sobre a realidade de seu mundo, evitando que sobre ele caia a escuridão, propícia aos ladrões e aos assassinos. Segurar a lâmpada, a despeito da náusea e do resto. Se não tivermos uma lâmpada elétrica, acendamos o nosso toco de vela ou, em último caso, risquemos fósforos repetidamente, como um sinal de que não desertamos nosso posto.

Cheguei perto de conhecer a verdadeira face de meu pai, conhecendo a do pai de Érico. Isto me torna ansioso, não permitindo que eu me interesse pelo o que ele está dizendo. Lembro-me de algumas perguntas de Nietzsche: "O que se deseja será, porventura, encontrar a concepção do Universo, de Deus e da Redenção, mais cômoda para cada um de nós? E, para o verdadeiro investigador, não será o resultado da sua investigação algo diferente disto? Procuramos tranquilidade, paz e ventura? Não; procuramos apenas a verdade, mesmo que ela seja horrível e repelente". Mesmo que ela seja horrível e repelente! Volto-me para Érico e insisto em seu pai.

— E que aconteceu com seu pai?

Mas Érico estava preso à sua posição moral, à sua visão de mundo para me escutar. Ele, um dos homens mais dignos e íntegros deste país, continua preocupado com os destinos do homem, pensando nos seus.

— Tenho medo de perder a capacidade de indignação e cair na aceitação, que é sempre perniciosa para a vida em sociedade. Não quero ser indiferente. Dentro de mim ouço sempre meu grito de indignação. Quando choro pelo outro, sei que estou chorando por mim. Quando tenho receio pelo outro, tenho também por mim. Não sou santo, sou homem.

E que homem! Ser e deixar que o outro seja! Sem saber por que, não conseguindo estabelecer nenhuma ligação com as palavras de Érico, vejo meu pai procurando alguma coisa na "ladeira da inspiração". A voz de Érico faz meu pai desaparecer atrás do cinamomo, deixando um travo amargo em minha garganta.

— É preciso alertar a consciência do mundo e exigir-lhe ao menos alguma coerência. Não me parece lógico condenar Pedro pelos mesmos crimes que toleramos ou mesmo aplaudimos quando cometidos por Paulo. Sempre repeli com horror aqueles que, sob o pretexto de nos salvarem a alma, querem queimar-nos os corpos. Não aceito a ideia totalitária de que os fins justificam os meios. Odeio todas as formas de ditadura, inclusive as chamadas benignas ou paternalistas. Detesto qualquer forma de coação. A causa daqueles que lutam pela liberdade será sempre a minha causa. Não aceito como são e válido nenhum regime político e econômico que não tenha como base o respeito à pessoa humana.

Respeito à pessoa humana! Deixar que o outro seja o que é! Afinal, esta não foi a luta entre mim e meu pai? Não foi assim que me feriu, como também feri? As visões, ainda inconfessáveis, que o menino deve ter tido de sua casa ou da farmácia infernal, escondido entre flores os frutos de sua nespereira, não tornaram o homem amargo e odiento! Então, por que tornaram a mim, se do meio das flores do ipê eu conheci o mesmo pai? Nespereira, cinamomo, abacateiro! Olho o cinamomo — cinamomo ou abacateiro? — e me vejo com dezesseis anos, segurando *Os Thibault*. Sentei no alto do abacateiro e deixei que meus olhos percorressem invernadas, matas, as curvas distantes do rio. Há momentos de contemplação que nos colocam acima das coisas, da própria vida. Diante de mim, estendendo-se com pacífica amplitude, deitando-se reclinado em luz, o dia convidava ao alheamento de tudo que ficara lá embaixo. Olho o tronco que desce em forquilha e nós, perdendo-se no chão, sentindo-me o cavaleiro do mundo. Não me sinto no espaço de ontem, mas no de amanhã, de sempre.

Fico no alto do cinamomo — ou do abacateiro? — sonhando com a fuga daquele mundo, como Jacques Thibault fugiu do seu. Volto-me, na ladeira, e me vejo com cinco anos carregando livros e me escondendo embaixo da cama branca — ou seria embaixo do opala estacionado no meio fio? Sinto-me desorientado. Olho-me no alto do cinamomo, embaixo do opala, e me vejo com 23 anos, encostado no pilar da casa do outro lado da ladeira, com um dos volumes da *Comédia humana*, de Balzac, e com expressão de profunda intolerância. Meu pai para no meio da ladeira, ignorando carros, caminhões e ônibus, e fala como se dirigisse a mim nas três idades: 5, 16 e 23 anos:

— Ah! Porque eu trago tudo ali, na escrita, filho. Só dou baixa nos livros quando o cabrito já está na garupa. A velhacaria dele já tinha enchido um borrador. Tem caça, maliciosa como o demônio. Corre rasto atrás, confunde suas pegadas, muda de direção diversas vezes, até que o caçador fica completamente perdido, sem saber o rumo que ela tomou. E, muitas vezes, é tão esperta que fica escondida bem perto da gente, em lugares tão evidentes, que não nos lembramos de procurar. Nem estas puderam comigo, filho!

Por um momento, meu pai e eu desaparecemos da ladeira. Ansioso, murmuro:

— Nós nos procuramos tanto, papai, e estávamos tão perto, perdidos no mesmo mundo! Papai! Estou pronto! Pode ser odioso, porque eu também fui. Cada um levanta a caça que quer, mas deve voltar com ela bem firme nas mãos. Agora, eu estou!

Érico volta-se para mim, admirado.

— Quem foi odioso, Jorge?

— Eu mesmo. É uma velha e longa história. Depois eu conto.

Digo a Érico que vou atravessar a ladeira para examinar a casa em frente, justamente aquela onde me vi com 23 anos, encostado ao pilar. Quando atravesso, vejo meu pai saindo do meio do povo que passa. Eu volto ao alto do cinamomo, ao pilar e embaixo do opala. Meu pai se prepara para uma caçada. Põe perneiras, cinturão de balas, buzina, chapéu, esporas. Vai achando suas coisas nos lugares onde estou nas três idades. Vejo meu pai ajoelhar-se no paralelepípedo e olhar embaixo do opala.

— Aluízio! Quer que eu arranque você daí? Pra que se esconder, meu filho?

— É a minha gruta, papai. Onde guardo meus livros. Como se fosse um segredo.

— Também podemos chamar de amoitador, filho.

— Que é isto?
— Lugar onde as caças amoitam. Não acho minha perneira!
Meu pai levanta-se e, como um fantasma, atravessa a carroceria de um ônibus que passa e se aproxima do cinamomo. Eu, no alto da árvore, continuo absorto na leitura de *Os Thibault*. Meu pai encosta-se ao tronco do cinamomo — ou do abacateiro? — e irritado, pergunta:
— O que é isto?
— Um livro.
— Até aí eu sei. É sobre o quê? Fazenda?
— Não. Sobre a solidão de um menino que procura um caminho, um lugar no mundo. Jacques Thibault!
— E por isto sente solidão?
— Sente-se perdido.
— Ah! Não sabe se orientar, não é? Não falo pra você? Nunca me perdi. Por pior que fosse a mata. Isto não acontece a um verdadeiro caçador. Ainda não encontrei caça que me desorientasse.
— O senhor vê tudo em termos de caçada! Há outros caminhos, outras matas onde um homem pode se perder, papai. Tem gente que não sabe o que é.
— Você não sabe quem é?
— Não. Acho que não.
— Você é um homem! Um homem, está ouvindo? É o meu filho. Se aceitasse meus conselhos, não se sentia assim. É preciso caçar, andar a cavalo... em vez de ficar grudado em livro!
— Eu digo uma coisa, o senhor entende outra!
— Devia sentir vergonha!
— Do quê, papai? Diga!
— Por que não se abre comigo, filho?
— Não escondo nada. Pelo menos não escondo o que o senhor pensa.
— Quero saber quem é você!
— Também estou querendo saber quem sou.

— O que quer da vida?

— Também não sei.

Meu pai volta-se e, subitamente envelhecido, meio alquebrado, aproxima-se de mim, encostado ao pilar. Vejo-me retesar o corpo e ficar com expressão agressiva. Sem saber por quê, fico com raiva de mim mesmo, quando me ouço falar:

— Não mexa em meus livros, papai.

— A escrivaninha é minha. Lugar dos meus borradores. Tire essa porcariada de livros daqui.

— Borradores! Os eternos intocáveis!

— Gosto deles assim. Vou fazer a escrita.

— Escrita de caças abatidas, nascimento de cachorros. A outra nunca sai.

— Quando chegar a sua vez de dono, faça as besteiras que quiser.

— Garanto que não farei tantas!

— Como? Lendo romances no terraço da fazenda? Já vi que espécie de fazendeiro vai ser. Se é que vai.

— Cada um faz aquilo para que tem capacidade. O que resta desta fazenda mostra bem o fazendeiro que o senhor foi!

— Deixa acabar! Deixar terra pra quem? Você vive com o pensamento no mundo da lua!

— Pra dar certo, era preciso ter o pensamento no mundo dos bichos, não é?

— No mundo dos homens, dos homens... seu burro!

— Nós vamos devagar, papai! Não temos pressa. Mas nós chegamos lá. Usando um palavreado seu: nós vamos desamoitar esta caça. E então... soltaremos toda a cachorrada, e no entardecer, quando não nos restar senão a noite, voltaremos com ela, já de olhos vidrados, pendente da garupa suada do nosso ódio.

— De que é que está falando?

— De caças amoitadas, nada mais. Amoitadas dentro de nós, nas moitas dos olhares, dos gestos e dos silêncios cheios de acusa-

ções. Caças ferozes que não atacam, mas cercam e isolam, até que suas presas morram de incompreensão e solidão!
— Com você não adianta conversar. Não entendo você!
Sentindo o terrível que se aproxima, anseio atravessar a ladeira e procurar proteção junto a Érico, ele que é a suprema expressão da bondade, da compreensão, que pensa no outro como pensa em si mesmo, que compreendeu o pai e se libertou. Quando faço menção de andar, vejo meu pai, não mais envelhecido e alquebrado, mas vigoroso, ágil e desempenado, atravessando entre os carros como um deus intocável e se apoiar no opala. Ele grita dominador, mas com certo acento de ansiedade, para mim com cinco anos e escondido embaixo do carro:
— Onde estão os livros, Aluízio?
— Guardei na minha gruta, papai.
— Amoitador!
— Prefiro gruta mesmo, papai.
— E eu, amoitador. É amoitador, está ouvindo? Deixe desta besteira de gruta!
Enraivecido, ele chuta a roda do opala, corre para o cinamomo e grita para o alto, onde já virei galho de abacateiro:
— Vá agarrar em orelha de boi! Você passa o dia inteiro pendurado em orelha de livro! Vamos caçar! Anda!
— Não quero.
— Não vê, seu burro, o que podem pensar de você?
— Deixe pensar.
— Já estou cansado de brigar por sua causa.
— Não brigue.
— Hoje, você vai nem que seja de arrasto!
— Eu vou. Mas, vou torcer pela caça, não por Melindrosa! Sou pelos mais fracos.
— Porque é um fraco também.
— Isto depende de conceito de fraqueza!
— Língua afiada você tem. Própria das mulheres.

— E dos homens também. Daqueles que têm alguma coisa na cabeça.

— Só espero que tenha um filho igual a você mesmo, e que faça perguntas sobre a lua. Sobre isto você saberá responder.

— Saberei mesmo. Lua quebrada é minguante, quando não se planta nada. É assim que temos vivido. Minguante é também decadência. Decadência! Compreende, papai?

— Fique em casa, costurando com sua avó e sua mãe!

— Eu sabia que o senhor ia chegar aí!

Meu pai se volta e corre para o meio da ladeira, enfrentando os carros que passam buzinando, como enfrentava pontas de pau, árvores, valas, procurando nas correrias das caçadas, a morte que o libertaria do filho que o envergonhava. Agora, sou eu que começo a sentir vergonha, uma piedade infinita. Ele era apenas um caçador e nem podia ser outra coisa, sendo filho de um mundo que estava em plena agonia. Afinal, o que tinham ensinado a ele? Quais valores tinha herdado? Sinto um arrepio de horror quando o vejo se aproximar de mim encostado ao pilar. Aquele rosto de vinte e três anos é uma máscara de ódio! Ele me rodeia no pilar procurando compreender. Eu o sigo com olhos que têm a fixidez da serpente no momento de dar o bote. Sinto que, do outro lado da ladeira, Érico pode me salvar. Mas compreendo ao mesmo tempo que é preciso ir até o fim, que a hora da verdade tinha chegado. Não é ela que venho procurando há tantos anos? Encosto-me ao muro e vejo Érico do outro lado da ladeira. Seu sorriso bondoso parece querer dizer: "Eu encontrei meu pai, sozinho! Encontre agora o seu!" Percebo, então, que Érico estava me descobrindo, não eu a ele. Volto-me e ouço o gemido de meu pai:

— É de se ficar louco! Em cada lugar que entro, encontro você grudado numa porcaria de livro. Vi isto a vida inteira! Por mais que olhe em você não vejo nada meu. Nem parece filho meu!

Prevendo o que vai acontecer, corro tentando fugir das lembranças, moscas me atazanando. Mas minha própria voz de vinte e três anos, repleta de agonia, me faz estacar na calçada:

— Nem você parece meu pai!

Foram necessários vinte e três anos para que as duas bofetadas fossem dadas! A caçada ia chegar ao seu fim: a caça fora levantada! Eu, com cinco anos, saio debaixo do opala, segurando meus preciosos livros, e corro ladeira abaixo. Desço do cinamomo — ou do abacateiro? — e resolvo seguir o destino de Jacques Thibault. Seria apenas uma questão de tempo. Na avenida ensolarada que desce para o centro de Porto Alegre, ficamos apenas eu, Érico, meu pai e eu aos vinte e três anos. O povo desaparece e eu fico diante de mim mesmo, da minha única verdade, verdade que Érico me ensinara a encontrar. Érico e Nietzsche quando afirma: "Procuramos tranquilidade, paz e ventura? Não; procuramos apenas a verdade, mesmo que ela seja horrível e repelente". Érico e Nietzsche empurrando-me para a descoberta de meu próprio pai. Não sei se tenho pena de mim mesmo quando o vejo se aproximar de mim, aos 23 anos, autêntico filho de seu mundo, e lançar o anátema:

— Sabe de uma coisa, filho? Tenho pena de você. Nesta idade e ainda não sabe o que vai fazer da vida. Vai ser mocinho de esquina a vida inteira, namorando a lua!

— Para aceitar o que nos rodeia, prefiro mesmo ser lunático, fugir para um mundo impossível. Pelo menos esse, será meu. Que fazendeiro o senhor foi? Fazendeiro de um mundo sem divisas! Vou embora. Nada mais me prende aqui.

— Vá! Vá ser esquisito pela vida afora.

— Senti-me a vida inteira como se estivesse preso debaixo de uma cama.

— Porque sempre foi molengão. Se não fosse assim não teria desmanchado seu noivado. Casava e ia ser homem responsável. Decente!

— Casar e ficar em suas mãos, cheio de filhos, sem nenhuma defesa. É isto que o senhor quer?

— Quero que seja homem com profissão de gente.

— O senhor tem feito tudo para que eu me sinta culpado, por não pensar como o senhor, por não ter sido o que esperava que eu fosse. Quer que eu carregue essa culpa por toda a vida, como um traidor. É uma maneira de destruir o que sou. Mas, não vai conseguir. O senhor me abandonou a vida inteira, só porque não era caçador, uma cópia sua! Agora, quer que eu carregue sua terra como o único bem que a vida pode dar? Pois saiba que há muitos! Tudo aqui passou a ser insuportável, quando compreendi que havia outros bens que podiam ser conquistados. E compreendendo, fui levado a uma exasperação que o senhor nunca pode entender. A terra e a vida que o senhor quer me impingir, só serviriam para me prender à minha angústia, e não me deixariam jamais sair dela.

— Sabe de uma coisa, meu filho? Você não passa de um vencido.

— Vencido é o senhor, que só caçou na vida.

— É verdade. Não fiz outra coisa. Mas, ninguém fez melhor do que eu. Nunca voltei sem minhas caças. E você? Que é que fez na vida? Quem é você? O que quer?

— Foi você quem me desejou?

— Não como você veio, nem como você é!

— Sou como me fez, e vim como você quis: sozinho! Sozinho enquanto você caçava e sozinho vivemos. Vivi sozinho acuado por sua indiferença. Foi ela a minha pior cachorra, Melindrosa com os dentes ferrados em minha garganta, enquanto você rolava com uma puta portuguesa entre sacos de batatas...!

Vejo a bofetada jogar-me ao chão. Observo-me passando a mão no queixo que a mão poderosa quase quebrou. Meus olhos brilham, úmidos, e as lágrimas começam a descer. Meu pai me agarra, erguendo-me.

— Levante-se! Defenda-se! Seja homem! Venha sentir o peso dos braços de um homem! Faça sentir os seus também. Não me torne um covarde! Ataque como homem! Se quer ferir um homem, fira como homem!

Vejo meu pai com o braço musculoso em volta de meu ombro, puxando-me para a briga, como se desejasse que eu batesse nele. Agora, sei que ele não se importaria, contanto que eu reagisse como um homem. Liberto-me do braço dele e recuo com olhos de solidão onde estão refletidos vinte e três anos de ansiedade por carinho, por afeto, por uma palavra de compreensão pelo o que eu era. Sei que vou ser odioso, não batendo nem brigando, mas matando com palavras. Tento correr ladeira abaixo, mas minhas próprias palavras pregam-me na calçada.

— Pela primeira vez estive em seus braços, mas não como filho. Nunca os senti em meus ombros, nem suas mãos em minha cabeça. Olhe bem em meus olhos, papai! Olhe! Estou com eles vidrados, estraçalhado pelos cachorros da sua suspeita. Mas eu vou vencer, está ouvindo? Eu vou vencer! Volto aqui para ajustarmos contas. Aí, eu poderei lhe bater como um homem. Sabe como? Provando a você que sou alguém. Alguém que não tem nada seu. Que vence apesar de ser seu filho.

— Então, vá e volte logo! Mas, volte como um homem. Estarei à sua espera.

— Eu vou vencer. Está ouvindo? Não quero nada seu. Nem seu nome!

Vejo-me correndo pela ladeira e desaparecendo entre os carros. Meu pai cai de joelhos na calçada de tábuas largas e bate a mão no chão como se quisesse destruí-la. Recuo, preso de grande remorso, e encosto-me ao muro. Meu pai, subitamente envelhecido, encosta a cabeça no chão e rompe em soluços. Meu Deus! Não há nada que fira mais do que as palavras! Ele levanta-se, não mais preparado para a caçada, mas de terno e gravata e se aproxima de mim. Não estamos mais na "ladeira da inspiração", mas na Rua Paim, em frente ao Teatro Maria Della Costa. As pessoas que passam saem do teatro, onde acabaram de assistir *A moratória*. Ele se aproxima de mim, passa o braço em meu ombro e descemos em silêncio para a Avenida 9 de Julho. Subitamente, ele para e olha-me com imenso amor, puxando-me para ele e me abraçando. Sua voz sai da garganta montada nos soluços, tropa xucra da dor:

— Eu não sabia, filho. Eu não podia compreender. Peço que me perdoe. Agora, sei que há muitas maneiras de amar a mesma coisa. Nunca li um livro! Sou fazendeiro atrasado, não podia saber que...! Perdoe-me, meu filho!

— Não, papai! Não chore! Não me aprisione no remorso para o resto da vida. Silencioso, meu pai se volta, passa entre os carros estacionados e desaparece. Liberto, sentindo uma paz imensa, atravesso a ladeira, aproximo-me de Érico e pego em seus braços, carinhoso. Fico olhando em seus olhos sem poder dizer nada.

— Que foi, Jorge? Por que está me olhando assim?

— Obrigado, Érico!

— Obrigado por quê, meu amigo?

— Por tudo. Sei muito de sua vida, coisas publicáveis e não publicáveis. Como existem na minha vida.

— Eu acho que tudo é publicável, Jorge.

— Só ainda não sei que fim teve seu pai.

Olho o rosto de Érico e lá estavam as sobrancelhas hirsutas contraídas, formando muralha em volta do olhar opaco, que reflete a sua impenetrabilidade índia. A sensação pronunciada de ser movido por sentimento de culpa desenha-se novamente em seu rosto.

— Meu pai acabou perdendo tudo em Cruz Alta. Em 1930, a Revolução getulista o levou para São Paulo. Fui despedir-me dele na estação. Estava com um capote velho e percebi que não tinha um tostão no bolso, quando me disse que havia esquecido o pacote de linguiças fritas na casa onde vivia. Eu também não tinha nada para dar a ele. Saí correndo e fui buscar o pacote. Quando voltei, o trem partia e eu ví meu pai na última plataforma. Corri e entreguei as linguiças. A canseira da corrida e a emoção me trancavam a voz. Fiquei parado, vendo a figura dele ir diminuindo. Com uma das mãos o velho Sebastião me acenava e com a outra apertava contra o peito a linguiça frita embrulhada em um jornal manchado, sujo. Nunca mais tornei a vê-lo. Morreu em São Paulo e seu túmulo jamais foi localizado. Sumiu no tempo e no espaço.

Em silêncio e com os corações repletos de amor, retomamos nosso caminhar de velhas inglesas: Mafalda nos espera para almoçar. Compreendo que do escritório no porão da casa pintada de azul e branco, abraçada por trepadeiras, cercada de hortênsias sem borboletas amarelas ou brancas — galho da sua nespereira! — Érico dirige a idealização e reconquista de um pai impossível, mas profundamente amado, fonte da humanidade de muitas de suas personagens. Foi com Érico que entendí que faço o mesmo no porão da minha casa — galho do meu abacateiro! — também pintada de azul e branco. Fui a Porto Alegre descobrir um grande homem e encontrei meu pai perdido na "ladeira da inspiração". Onde estará o de Érico em São Paulo? Em que rua, avenida ou ladeira? Terá passado pela rua Maranhão e ouvido os rugidos da avó-onça ou os lamentos dolorosos da Antígone paulista? Uma das diferenças que existem entre nós dois é que assisti a agonia do meu pai e sei onde está enterrado. Mas será que importa saber, se eles campeiam livres em nosso coração? Correm nos cavalos ligeiros e míticos da lembrança, o dele nas coxilhas arredondadas de seus campos natais; o meu, vestido de couro de caças abatidas, vence cerrados, dobra matas, atravessa rios, faz das montanhas pedestal para ele e seu cavalo Matogrosso, ficando para sempre como um deus magnífico enfrentando nuvens e coroado de estrelas! Ele e seu cavalo castanho de testa malhada! Por isto, Matogrosso se transfigurou e transcendeu, em minha lembrança, num cavalo mitológico, transformado em amigo do homem e abrigando-se em paragens do sonho, exilado de um mundo de cimento. Seu mundo era o das terras roxas, das caças e das matas paradisíacas. Matas onde — ouvindo os latidos dos cães de caça que norteavam os sonhos de seu cavaleiro — rompia cipós, vencia troncos ignorando samambaias, avencas, orquídeas, cedros e ipês floridos, pássaros, abelhas e borboletas. Mundo de campos de horizontes abertos que não conhecia cercas. De rios lentos e barrentos que deslizavam mansos para o mar, coalhados de patos selvagens, peixes e garças. De dias chuvosos que invernavam como se fosse o princípio dos tempos. Mais tarde, pensando nele, escrevi um "Poema a cavalo" que o cantava assim: "Onde foi esconder-se amigo do HOMEM? A história da roda, registro do evoluir humano, marca através do tempo e do espaço a passagem dele como o carregador do homem. Dois riscos passeando pelo planeta revelam entre duas paralelas vestígios de seus cascos, até se transformar em símbolo de energia de máquinas poderosas. Surge na história, trabalhando, ajudando, construindo, combatendo, defendendo. Há milhares de anos na luta pela sobrevivência humana, puxando pedras e estancando águas; arando a terra que vira flores e frutos; dando energia aos moinhos que trazem o pão; movimentando o barro que se solidifica em tijolos; entrando nas batalhas e saindo estátua; saltando na imaginação e surgindo em telas e paredes. Um dia leva Dom Quixote a peregrinar e se associa à história do homem, como aquele que foi companheiro!"

É o que Matogrosso foi: companheiro de meu pai, esse Dom Quixote que só lutou contra caças, peixes e pássaros! Que importam os montes de cinzas e de batatas holandesas! Que importam, se foram eles — meu pai e o de Érico! — que apesar de tudo, nos ajudaram a descobrir nosso destino. Não é nos filhos diferentes e sensíveis que as contradições se manifestam! É, portanto, através do pai que eles começam a percebê-las!

Comecei a encontrar meu destino no meio de uma mata caçando "bicho de pena". Meu pai queria me ensinar. Eu não queria aprender. Disse a ele que estava cansado e deitei-me encostado ao tronco de uma árvore. Ele se escondeu distante de mim, piando, chamando o macuco. Fiquei imóvel, ouvindo a resposta da ave, desejando intensamente que ela descobrisse o logro. Olhando a copa das árvores, pensei estar embaixo da cama branca entre meus livros! A mata ficou imóvel, silenciada numa magia estranha. Esqueci-me de mim mesmo! De tudo! Senti-me no começo de uma grande busca, perto de algo terrível! O mundo parou e me transformei em um homem diante de sua razão! Foi aí que a pergunta brotou pela primeira vez: quem sou eu? Quem? Era o canto que começava. Então, minha verdade saiu da terra, cresceu e ultrapassou a mata. Percebi como devia ser maravilhoso compreender, interpretar e transmitir! Partir da minha casa, minha gente, de mim mesmo e chegar ao significado de tudo, tendo como instrumentos de trabalho apenas as palavras e a vontade. Não usar nenhum suor, a não ser o meu. Nenhum braço, além dos meus. Nenhuma inteligência, exceto a minha! Isto era ser livre! Eu me comunicaria com o mundo! De repente, um tiro ecoou na mata. Meu pai veio ao meu encontro, sorridente, segurando sua presa. Eu fui ao encontro dele com a minha bem firme nas mãos, sentindo que voltaria sempre ao alto das árvores. Como volto hoje, constantemente, ao alto de Petrópolis, onde Érico ficará para sempre pedestado.

O Boeing da Varig faz curva no espaço, deixando para trás o Rio Guaíba que se demora diante da contemplação amorosa de Porto Alegre, antes de transformar-se em lagoa. Espio pela janela e sinto que olhos amigos me espreitam entre as nuvens — ou atrás de telas pintadas? Vejo o Boeing descer mansamente no jardinzinho japonês do estúdio. Volto-me e percebo que são os olhos de Wesley que me espreitam. Seu sorriso, pendurado nas pontas do bigode chinês, é malicioso.

— Como é, Jorge? Descobriu alguma coisa?

— Muito! Seu estúdio é mágico!

— Não é o meu estúdio. Eu sempre digo que é dentro de nós que a verdade está.

— E eu acrescento que é no fundo dos outros que a gente se encontra.

— Porque reflete o que temos dentro de nós. Já percebi, por exemplo, que os olhos de minha mãe o incomodam. É porque deve ter iguais guardados no fundo de você mesmo.

— Lembram os da minha avó-onça. Ela também parecia ter cem olhos. Nem por isto conseguiu evitar que tudo se perdesse, que se consumasse o que mais temia: a perda de suas terras!

— Porque, muitas vezes, os crimes não estão no passado imediato, mas no remoto. Não falei que nossos antepassados cometeram crimes semelhantes? Os meus com tabaco e os seus com café?

Vejo a tia com vestido-bandeira-paulista de miçangas pretas e brancas, sentada no alto da escada que leva ao quarto de Wesley. Por que será que ela tem vindo tanto ao meu pensamento? Sei que foi em sua casa, na rua Maranhão, que comecei a estudar, a interpretar o mistério das palavras. Foi lá, onde não eram proibidos, que namorei e acariciei meus primeiros livros de estudo. Será que está querendo me lembrar disto? Era uma casa onde morava o pavor de Meneghetti, por isto vivia sempre trancada. Na sala de visitas com cortinas de filé sempre fechadas, com piano que ninguém tocava, repleta de almofadas com melindrosas pintadas, não era permitida a minha entrada. A avó-onça rosnava: "não é lugar de menino bisbilhoteiro!" Mas, um dia, eu que vivia sondando, espiei pela fresta da porta e ví os "grandes" discutindo com expressões odientas. Só me recordo de algumas frases: "Entregue as joias para o bem de São Paulo! O vermelhinho está bombardeando São Paulo! A primeira coisa que vou entregar é a flauta de prata — ninho de cigarras daninhas! Resistimos no túnel! Klinger! Pedro de Toledo! Gaúcho maldito, filho das sete pragas do Egito! Minas nos traiu!" Logo depois, assisti ao desespero da tia, que andou pela casa como Erínia enfurecida. Ninguém me falou, mas concluí que São Paulo tinha perdido a Revolução. Nem ninguém me explicou o que era Revolução. A casa se fechou ainda mais e se cobriu de luto. Durante semanas a tia chorou no quarto e eu me lembrei do meu avô chorando na fazenda e segurando a espingarda. Mas, de repente, alguém gritava: "Olha as cabras!", e a alegria voltava. Eu corria para ver o homem das cabras surgindo da neblina. A rua se transformava em curral e eu bebia leite, encostado ao portão *art-nouveau*. O negrinho, trazido da fazenda pela avó-onça, acocorado no alto do portão para anunciar a vinda do bonde, entrava gritando: "O bonde 25 vem vindo, Sinhá. Já passou a Sabará!" Minha tia saía. Eu descia a escada de mármore, encostava-me ao portão para vê-la, sempre de chapéu de organdi, subir no bonde e seguir em direção da rua Rio de Janeiro. Antes de entrar novamente, eu ia espreitar, por janelas gradeadas, o porão cheio de pilares e arcos, lembrando o interior da Igreja Santa Terezinha. O porão me fascinava, mas estava proibido de entrar lá. Mais tarde me lembrei muito dele no alto do abacateiro, quando li *Sparkenbroke* e fiquei conhecendo o menino que gostava de brincar no jazigo da família. Naquela casa eu não caminhava, deslizava em passos abafados. Nela, a avó-onça vigiava a filha solteira e adorada, e a filha vigiava, extremosa, as tradições paulistas. Toda a casa era um altar onde se venerava a bandeira paulista. *Non Ducor, Duco*! Os versos de Guilherme de Almeida ressoavam em todos os cantos, repetidos como fervorosa oração:

"Bandeira que é o nosso espelho!
Bandeira que é a Nossa pista!
Que traz, no topo vermelho,
o coração do Paulista!"

Mais tarde fiquei sabendo que, durante 90 dias, a tia fora a companheira incansável em todos os setores. Foi enfermeira desvelada e heróica, trabalhou nos serviços de costura, nos centros de abastecimentos do MMDC, nas cantinas dos soldados, na arrecadação e distribuição de cigarros para a tropa, visitando e socorrendo as famílias necessitadas, dando-lhes assistência moral e material. E a avó-onça rugia, orgulhosa: "Foi uma autêntica bandeirante, uma mulher paulista!" E no seu rugido esquecia-se que era mineira do Garimpo das Canoas e que seu marido era descendente de Gabriel que veio de Pedreira das Almas, no sul de Minas!

Apesar de tudo, eu fui muito feliz naquela casa: a tia também gostava de livros, comprava revistas e discos, assistia a operetas no Cassino Antártica, óperas no Municipal e falava sobre artistas do cinematógrafo. Lá comecei a desenhar as primeiras letras e encontrei o sentido das primeiras palavras! Fiz também minha primeira plantação: enchi de terra uma caixinha de giz e plantei um feijão:

fiquei deslumbrado quando brotou, ensinando-me que eu também podia dar vida! Será por isto que a tia tem aparecido tanto em meu pensamento? De repente, lembro-me por quê! E foi o "Meccano" constituído de peças metálicas esmaltadas de todas as cores, com as quais se pode montar tudo — brinquedo que Wesley ganhou na infância, que me fez lembrar. Vejo-o na prateleira no meio de retratos, pincéis e tubos, Aproximo-me do "Meccano" e o acaricio! Volto-me e vejo a tia descendo a escada de Wesley — ou subindo a de mármore da Maranhão? — acompanhada pelo negrinho que carrega suas malas. Ela entra na casa e eu entro atrás, pulando de alegria à sua volta. Ela abre a mala, tira um tubo todo desenhado e me entrega: "Você é um menino muito observador e inteligente. Foi o único brinquedo que encontrei no Rio que acho que vai gostar. Construa com ele o que imaginar. É ótimo para exercitar a imaginação!" Corro para meu quarto, abro o tubo e despejo na cama: de dentro caem rodinhas de madeira com furos, pauzinhos de todos os tamanhos e bandeirinhas coloridas. No primeiro momento fico confuso e decepcionado. Pego o tubo e leio o nome do brinquedo: "Tinkertoy". Gosto do nome e começo a ler as instruções. Pouco a pouco, compreendo que as rodinhas, pauzinhos e bandeirinhas podem se transformar em palácios, castelos, moinhos de vento, navios, máquinas, pontes e uma infinidade de construções. Em pouco tempo, como que por encanto, um moinho de vento, cheio de bandeirinhas, gira em cima da minha cama. Maravilhado, compreendo que tudo pode se transformar, dependendo apenas da vontade e da imaginação. Compreendo muito mais do que isto: que não é brinquedo, mas dádiva maravilhosa da primeira pessoa que acreditou em mim. Naquela noite dormi abraçado ao tubo! Guardei-o intacto até os 45 anos, quando dei de presente a meu filho. Ainda ouço-a dizendo a meu pai: "O Aluízio vai morar comigo em São Paulo e estudar no Rio Branco. Ele é um menino diferente!" Mas ela morreu, a casa virou pensão de estudantes e eu fui parar num ginásio na boca do sertão, onde os meninos não iam para aprender, mas para serem amansados. Lá, agoniei interno durante seis anos, até que voltei a São Paulo como estudante de direito e fui morar na casa onde comecei a ler. Hoje, ela não existe mais: virou prédio. Volto-me e vejo a tia no alto da escada de Wesley: ela me olha, sorri, e desaparece no quarto de esteiras japonesas.

Olho o "Meccano" compreendendo a sua magia, o significado vital que representou para Wesley, como o "Tinkertoy" significou para mim. Brinquedo para exercitar a imaginação! E imaginação era o que não me faltava! E é a imaginação elevada à enésima potência que me rodeia no estúdio, como foi ela que permitiu meu trabalho. Mas sinto ao mesmo tempo que o encantamento que me envolve não vem dele. De onde virá? A música se eleva no estúdio: para pintar, Wesley precisa de música, como eu para escrever. Ele se prende a ela, deixando-se levar pelo ritmo, projetando-o no que pinta. Vejo Wesley dançando em frente da tela. Não sei por quê, lembro-me de um sátiro dançando na mata em louvor à natureza! Depois, concentrado, volta ao trabalho. Aproximo-me e observo o quadro. Por enquanto, só existem na tela os olhos de uma filha, os cabelos da outra e o queixo firme do meu filho. Sinto qualquer coisa que me anuncia paz, mas não sei o que é. Antes que eu me afaste, ele se volta para mim com o pincel parado no ar e sorri.

— Sabe? Houve um momento em que pensei que você tivesse enlouquecido!

— Por quê?

— Atravessava e reatravessava o estúdio e o jardim, fazendo movimentos de quem se desviava de carros na rua!

— Atravessava uma ladeira da memória. Uma das mais queridas!

— Querida por quê?

— Foi onde encontrei um homem, no melhor sentido da palavra, e descobri a verdadeira face de meu pai.

— Ela estava dentro de você, como a do meu estava dentro de mim quando a projetei naquele quadro. Tudo está em nós, meu querido Jorge. O problema é encontrar meios de projetar em qualquer forma artística. Já vi seu pai em peças suas que assisti, como poderá ver o meu em muitas telas que pintei.

— Como encontrei o de Érico em alguns romances dele que li seus livros.

Minha atenção volta ao trabalho de Wesley e vejo no fundo do quadro uma árvore que lembra pinheiro.

— O que significa a árvore, Wesley?

— Não sei. Por enquanto estou pensando na palavra "infinito".

Deixo meus filhos que começam a nascer na tela e penso novamente em meu pai. Encontrei sua explicação social e humana. Mas qual seria a histórica? Volta ao meu pensamento a frase de Wesley: "os crimes não estão no passado imediato, mas no remoto". Sei que sem conhecer o passado, a história, não se pode compreender o presente. Este pensamento tem norteado todo o meu trabalho. Mas que passado remoto é este que pode explicar o imediato? Ando meio aflito pelo estúdio e, de repente, sinto que expressão meio demoníaca está me espreitando. Quem seria? Subitamente, ouço barulho de passos na escada de madeira. Volto-me e vejo o bandeirante Fernão Dias descendo e desaparecendo entre os quadros. Ao mesmo tempo vejo-me diante da casa estilo normando de Sérgio Buarque de Holanda, no Pacaembu. Abro o portãozinho quebrado, subo a escada de pedra e entro. Sua neta Isabel está ensaiando passos de dança. Olha para mim com naturalidade e continua a dança. Alto, corpulento, bochechas caídas, cabelos cinza, fumando, Sérgio desce a escada de madeira, cumprimenta-me e apresenta a neta de cinco anos:

— Esta é a minha avó (a neta). Já cumprimentou esta senhora (eu)?

— Não.

— Então, apresente seu neto (ele).

— A garota sorri, luminosa, continuando a dança. Há algo de fantástico no ambiente — como no estúdio onde estou. Olho a garota e testo Sérgio:

— Um neto enorme para uma avó tão pequena! Acho que ela é Úrsula de *Cem anos de solidão*, de Gabriel Garcia Márquez, que foi diminuindo até caber numa caixa.

— Isto mesmo. Minha avó Úrsula.

A garota aproxima-se de mim, abaixa a voz, segredando-me:

— É brincadeira do velho, sabe? Ele gosta muito de brincar. Não viu que ele afirmou que o carcará é pesado, e o elefante, leve como borboleta? O papioto gosta muito de brincadeiras.

Sérgio solta uma risada, enquanto a neta desaparece da sala, ainda dançando. Ele é sempre alegre, mesmo quando discorre longamente sobre assuntos brasileiros ou de nossa história. Seu espírito brincalhão e irreverente manifesta-se quando menos se espera.

— Quer se sentar aqui mesmo, Jorge?

— Prefiro em seu escritório.

— Prefere porque não conhece meu escritório.

— Como em qualquer artista que tenha o demônio edipiano dentro de si mesmo.

Ele olha o quadro dos pais e volta a pintar. A borboleta sai dos olhos da mãe e vai pousar nos cabelos loiros-grisalhos de Wesley, lembrando um laço imenso de fita amarela. É a criança que foi e que continua sendo, agora com pincel na mão. Vejo-me entrando embaixo da cama branca, escondendo meus preciosos livros. Compreendo que o homem que não consegue se lembrar da criança que foi está morto para o amanhã. É a criança que fomos quem deve jogar flores em nosso próprio caixão e continuar viva para sempre. Afasto-me e vou observar a caveira de cervo com véus e colares pendurados nos chifres. Sua presença não me faz sofrer mais. É apenas um troféu de algum caçador orgulhoso e realizado. Ando pelo estúdio procurando não sei o quê. Sirvo-me de uísque, caminho olhando à minha volta e vou vendo vidros, pincéis, escovas, espátulas, giz, lápis, pregos, parafusos, caixinhas, martelos, tesouras, maçanetas, penas de Galinha de Angola, máscaras, bonecas, lâmpadas, acrílicos, pedras, brincos, colares, fitas adesivas, canecas, chapéus, barbantes, estrelas do mar, plantas, caramujos, retratos, contas, passarinhos, facões, folhas secas, raízes de madeira, bolinhas de gude, conchas, piteiras, almofadas, telas, cavaletes, quadros, palavras e frases — Carpano, Moccia, Cointreau, Sapucaia, Napoleon, White Horse, Glenfiddick, "Vietato Sputare in Terra", "Você iniciou muito bem a conversa. Arranje agora um final empolgante.", Semana de 22, Carlsberg, *The glorious beer of Copenhagem, Aristide Bruant dans son cabaret, O realismo mágico, Viver bem é a melhor vingança,* quadros de Stephen Green, Nelson Leirner, Myra Landau, Hamagushi, Babinski, Gruber, Evandro Jardim, Baravelli, Piza, Francesconi, Plattner, Stupakoff, coca-cola, Lions, beterraba, pimentões, "eu não tenho uma casa, tenho um posto alfandegário", boiando na piscina, a cobra de plástico verde. Ao vê-la, certa angústia trava-me a garganta, mas não consigo saber por quê. Lembro-me do conto que tentei escrever quando adolescente: um precipício que ondulava cobramente quando atingido por pedras, ameaçando o mundo com milhões de serpentes. Para isto, bastaria que uma das pedras atingisse a serpente da saudade. Mas qual das saudades, se em minha vida há tantas? Volto para dentro do estúdio e paro diante do quadro de meus filhos. Os olhos de uma das filhas estão prontos e parecem me observar com amor. A testa inteligente de meu filho também já está esboçada. Num instante fugidio, vejo a parede de seu quarto coberta de livros e ele perdido nas páginas de um deles. Uma alegria, também fugidia, atravessa a minha mente. Mas a alegria não se firma, porque vejo o menino que fui entrando embaixo da cama para esconder.

    Com expressão maliciosa, Sérgio sobe a escada. Eu acompanho. Quando entro no escritório, paro atônito. Sérgio ri do meu assombro. A impressão que se tem é de que todos os livros — milhares! — vão desabar em nossa cabeça. Há centenas amontoados e esparramados por todos os lados. É um caos de capas e lombadas coloridas; um celeiro de obras. Lembro-me dos livros de meu filho e me vejo com cinco anos sentado no alto da estante, acariciando amorosamente os livros. Sorrio para ele, realizado.

— Que foi, Jorge?
— Nada, Wesley. Por quê?
— Você sorriu com expressão de extremo carinho.
— Lembrei-me de amigos velhos e queridos. Só isto!
Transponho-me novamente para o escritório de Sérgio, tão caótico quanto o estúdio de Wesley.
— Você consegue encontrar o que deseja nesta barafunda, Sérgio?
— Quando arrumam é que me perco.
Sérgio me olha divertido, enquanto observo à minha volta. Nas estantes, entre livros, microfilmes de toda a correspondência dos representantes diplomáticos americanos no Brasil de 1809 a 1906. Sobre uma mesa, um visor de microfilmes. Esparramados entre os livros — como no bricabraque de Wesley — vidros de colírio Moura Brasil, envelopes de Engov, lápis, cinzeiros, um vidro de Agarol, Sonrisal, fósforos, latas de leite em pó, garrafas de uísque, remédios para dormir e outros para manter acordado. O grande historiador está sentado em minha frente com sorriso demoníaco. Sei que fui transportado para seu escritório por algum motivo muito forte. Será que vim em busca de raízes históricas de "crimes cometidos num passado remoto"? A voz de Sérgio se eleva no escritório:
— Quando era pequeno, gostava muito de letras. Comecei a dispô-las em ordem e assim aprendi a ler, sozinho.
Vejo-me, menino, no alto da estante rasgando páginas da revista *Ilustração Brasileira*. Será *A violação de Lucrécia, Uma noite com Cleópatra* ou algum retrato de Maria Caniglia? Ressoa, entre os livros, a voz lírica cantando: "*Vissi d'arte, vissi d'amore, non feci mai male ad anima viva!*" A voz de Sérgio interrompe o canto de Maria Caniglia:
— Mas não se esqueça: quando falo do passado, não sei mais se é recordar ou se é a lembrança da lembrança. Assim, as recordações perdem os contornos nítidos e se confundem, às vezes, com o que pode ser apenas imaginação.

A mente lúcida, analítica, dialética do historiador se apresenta. A minha tem a confusão apaixonada dos criadores. Mas eu vim ali para procurar explicações históricas, portanto dialéticas, não as da fragilidade humana. Vejo que "eu-menino" desço nos degraus de livros e desapareço na fumaça do cigarro de Sérgio. Compreendo que com Wesley aprendi a beleza das cores, com Murilo, a força eterna da poesia, com Gilberto Freyre encontrei meu avô e seu mundo morto, com Érico descobri um pai impossível e que, com Sérgio, vou enfrentar a verdade histórica de tudo — terrível verdade, mas a única libertadora. Ouço sua voz que, de uma hora para outra, manifesta seu espírito brincalhão. Deve ter tido pai que nunca o censurou por ser o que era.

— Fui aluno comum, não me distinguindo entre os outros. Nem fui popular. Mas lembro-me de um colega de classe que usava sempre calças muito apertadas. Colocava uma enorme banana nanica no bolso quando queria sair do estudo. Levantava-se da carteira a qualquer pretexto para que o padre visse. A reação era imediata:

— Vai lá forrrra e ponha água frrrria nos pulsos. É bom.

Enquanto solto a gargalhada, Sérgio serve-se, sem se levantar. Tudo está ao seu alcance: a garrafa de uísque encostada à poltrona, o copo no meio dos livros. Instinto e sabedoria, tudo misturado — como eu gostaria que fosse em minha vida.

— Sou paulista de apenas 100 anos.

Quando Sérgio diz isso, fico retesado, sem saber por quê. Ele tem apenas 100 anos, mas conhece os 400 anos da história paulista. Sinto nova presença no labirinto, mas não sei de quem é. Sei que não é Fernão Dias, embora o tenha visto descendo a escada do estúdio de Wesley. Mas pressinto que é alguém ligado ao bandeirante, alguém que manca, usa bengala e carrega um livro de Eça de Queirós. Procuro descobrir seu rosto e vejo mãos segurando alças de caixão, ouço sinos tangendo e soluços. De repente, num desvão do labirinto, encontro a copa de nossa casa em Barretos e revejo como foi. Estávamos jantando e o silêncio era um galho abotoado de apreensões: meu pai tivera um enfarte. As mãos-asas-de-borboleta não sabiam se seguravam o garfo ou se cruzavam os dedos numa oração suplicante. Os olhares em volta da mesa se evitavam, temerosos. Meus pensamentos estavam repletos de barulho de cascos de cavalos, latidos de cães, sons de buzina, estampidos e gritos. À minha frente, a toalha se transforma num lençol d'água e vejo meu pai tirar a roupa e se atirar no rio para cercar a caça. Ele segura no chifre do mateiro e o dirige para o barranco, saindo abraçado a ele.

— Eu disse que te pegava, velhaco filho da puta.

O grito de triunfo ecoa em toda a mata, fazendo com que patos, garças e jacutingas levantem voo. O corpo nu e molhado brota da margem como figueira branca. O sorriso é mais um reflexo do sol entre as ramagens! Com o mateiro atravessado nos ombros, galga o barranco, pelo carreiro das caças, e joga sua presa no meio da cachorrada voraz. O espetáculo da morte me faz voltar à copa e olho a porta do quarto de meu pai. Minha mãe, aflita, pergunta:

— Que foi?

— Não sei. Sentí uma coisa estranha!

Levantamos e entramos no quarto: meu pai agonizava. Os olhos dele me fixaram, ansiosos, como se quisessem dizer alguma coisa. Quem pode saber o quê? Eu sei o que gostaria de dizer, mas impossível de ser dito. O diálogo entre nós dois iniciado há menos de um ano — em trinta e quatro anos de vida! — findava ali, quando apenas começara. Diálogo iniciado na Avenida 9 de Julho, quando ele me abraçou e disse:

— Eu não sabia, meu filho. Eu não podia compreender!

Lembro-me apenas que caí de joelhos, levei as mãos e segurei seus pés já quase frios. Findava a sua maior caçada: encontrava ali, naquela cama, a morte amoitada. As Melindrosas do arrependimento pularam em minha garganta e eu comecei a soluçar, estraçalhado pelos dentes da dor. Durante a noite não vi nem ouvi ninguém. Só me lembro quando entrou o compadre Chiquito e chorou aos pés do caixão. Eu o via com perneiras de couro, bota, esporas, buzina, cartucheira — caçador chorando no funeral do caçador! E eu, caça perseguida mas não alcançada, ali, bem junto deles, amoitado nas coivaras da desesperança. Naquele momento eu passava a ser o caçador e ele, a caça, mas nos campos e matas da lembrança. Senti que somente depois daquele momento eu partiria realmente, mas voltaria sempre para rastejá-lo nos trilhos da memória.

Uma semana depois, na missa de sétimo dia, o homem que mancava veio para mim, cabeça inteiramente branca, apoiado em sua bengala, com sorriso que aprisionava a bondade humana, estendeu-me a mão repleta de compreensão da vida e falou:

— Meus pêsames. Sou o Tavico de Almeida Prado. Sinto conhecer você em um momento como este.

Era o pai de Helena, que seria minha mulher. Iniciava ali o grande diálogo: a mulher e os filhos! Da morte iria brotar a vida, o transcendente. Em pouco tempo descobriria que era a única mulher no mundo capaz de me fazer feliz. E, como Érico referindo-se a Mafalda, eu poderia dizer de Helena: se tivesse criado uma personagem para ser minha companheira ideal, não poderia ter dado vida a uma que preenchesse com tanta perfeição tudo o que espero de uma mulher. Volto-me e olho nossos filhos nascendo na tela pela arte de Wesley. O sentimento de encanto cresce, chegando a me atordoar. De onde virá? Volto à minha cidade e ouço os sinos batendo. Depois da missa de sétimo dia, vamos atravessando a praça em direção à minha casa. Helena e meu sogro me acompanham. Ele é uma presença nova, profundamente amiga que faz brotar a confiança e a paz. Olho seus cabelos brancos e não me lembro de velhice, mas de juventude perene. Nos olhos azulados brilha uma vida interior intensa. Mesmo apoiado na bengala, mancando por causa da paralisia infantil, temo prumo de uma árvore. Sinto que ele está querendo me dizer alguma coisa, mas que aguarda melhor momento. O que seria? Mais tarde, na primeira oportunidade, ele pergunta:

— Gosta de Eça de Queirós? Acho *A cidade e as serras* um dos livros mais belos que já li.

Era ele, o meu sogro, a nova presença que pressentira no labirinto, com sua expressão bondosa, mas que também podia refletir uma fúria inaudita. Foi por causa dele que pensei em Fernão Dias: ele descende diretamente de Verônica Dias, irmã do grande bandeirante. Com ele entraram na minha vida as dezesseis famílias da caravela de Martim Afonso de Sousa e toda a sua descendência de quatro séculos. Minha mulher descende, por parte de pai e mãe, das dezesseis. E seu avô, o senhor França, fazia questão de me repetir isto milhares de vezes. O avô, não o pai! E fiquei conhecendo, então o verdadeiro orgulho paulista, de gente enraizada na história, de pessoas que entram no Museu do Ipiranga e reconhecem nos retratos e quadros parentes seus e, nos móveis e objetos, pertences de família. De uma delas cheguei a ouvir, enquanto observava a cama que dizia ter pertencido a Fernão Dias: "Sabe do que me lembrei imediatamente? De vovô deitado nesta belíssima cama — ele não se cansava de dizer que Fernão Dias havia dormido nela também! — e descrevendo a casa de primo Guilherme. Uma casa onde existiam sempre arrumadas mais de cem camas, todas com cortinado, lençóis guarnecidos de rendas e objetos de prata em todos os quartos! 'Prata conquistada por nossos antepassados — dizia ele — no reino do Peru, nas minas de Potosi!' Uma casa onde se podia chegar a qualquer hora do dia ou da noite, que se encontrava sempre um empregado à espera. Entregavam-se os cavalos... e só eram vistos na hora de partir, mas com arreios engraxados e estribos e freios polidos!"

Não pude deixar de sorrir da referência à riqueza conquistada nas minas do Potosi, ao me lembrar de uma pesquisa feita por um historiador americano, na qual ele tenta provar que o "Primo Guilherme", o famoso Padre Guilherme Pompeu, pai de muitos filhos naturais, foi riquíssimo porque não passou de um falsário, fabricante de cunhos falsos! Tão falsos quanto as esmeraldas do bandeirante mítico. Volto-me e o escritório de Sérgio — ou seria o estúdio de Wesley? — se transforma em imensa clareira de uma mata. Fernão Dias se destaca do meio das árvores e para admirando alguma coisa em suas mãos. Ele cai de joelhos sobre os livros de Sérgio — ou entre as telas de Wesley? — e implora:

— Repitam comigo: às margens do Sumidouro, nós achamos pedras verdadeiras de ótima qualidade e eram as sonhadas esmeraldas! Jurem!

Fascinado, aproximo-me de Fernão Dias, sento-me numa pilha de Dicionários Larousse e me encosto nos volumes da *História da Companhia de Jesus no Brasil*. Olho Fernão Dias, subitamente sem piedade. Seria já influência de Sérgio? Ou é a interpretação dialética que começa a tomar conta de mim?

— Fernão Dias! Se as pedras são verdadeiras, para que o juramento?

— Deixe-me morrer em paz.

— Depois que se duvida do que procuramos tanto, ninguém morre em sossego.

— Por que começar pelo fim?

— Porque se trata de sua vida e precisa voltar dentro dela. Estou diante de você porque voltei dentro da minha. Pode vê-la, inteira, antes de morrer.

— Ver para quê?

— Para salvá-lo da mentira. Deseja viver só na imaginação de historiadores medíocres que pactuaram com toda sorte de injustiças? Compiladores que o apresentam como desbravador heróico, alargando fronteiras? Não é melhor viver na verdade? Mesmo que ela seja amarga? Eu também estou procurando a minha.

— Deixe-me com minhas pedras. Elas não prejudicam ninguém.

— Isto é o que pensa. Há muitas maneiras de se matar um filho. Permitindo que os meus sejam criados na mentira, eu também estarei matando.

— Você não pode mudar os acontecimentos.

— Mas posso interpretar. É por isto que estou neste escritório. Volte para o seu lugar e represente seu verdadeiro papel. O que escolheu livremente. O que fazemos fica e a história é impiedosa.

— Tornei um sonho realidade.

— Sonho que brotou da violência, de um horror indescritível.

— A violência fazia parte do meu mundo.

— Faz também do meu.

— Eu dei minha palavra. Que quer? Que voltasse atrás? Eu tinha fé.

— Quer ver em quem acreditou? Precisa conhecer o rei e as personagens que fizeram de sua vida uma tragédia; que usaram seu sonho.

— Não. Não quero!

Fernão Dias desaparece entre os volumes da *História geral das bandeiras paulistas*. Se foi em março ao findar das chuvas, quase à entrada do outono que Fernão Dias entrou pelo sertão buscando esmeraldas e prata, na minha vida ele entrou de fato no mês de dezembro, exatamente no dia sete, na Capela da Universidade Católica, quando me casei com Helena. E entrou para nunca mais sair, já que meus filhos descendem de uma sua irmã. E filho é transcendência! Entrou histórica e genealogicamente falando, porque minha mulher não vive apregoando tradição. Pelo contrário. Aprendeu com o pai a dar valor à pessoa humana, ao que cada um representa como trabalho, como contribuição ao crescimento do outro. Destituída de qualquer preconceito, com incrível capacidade de humildade e dedicação, ela vê em todos predicados que ninguém vê. Com Helena aprendi a me conhecer melhor. Lê tudo que escrevo e é até hoje o meu melhor e mais severo crítico. Com ela veio um mundo rico de tradições, de história e de humanidade. E foi sua mente, moldada pelo pai, voltada para o presente mas assumindo o passado, que me ensinou a interpretar minha própria história. Por isto voltei-me para o futuro, libertando-me do passado. Levado por ela, pude sentir compreensão, amor e carinho quando começaram a ressoar no meu labirinto conversas assim:

— Assinavam também Almeida. Mas, o Almeida deles é Naves, não é Prado. É a união de Almeida Velho e Araújo Naves.
— Não tem nada a ver com o Prado do João do Prado.
— Aparentemente!
— Evidente! Porque Almeida é Almeida e saíram todos da caravela de Martim Afonso de Sousa. O fato de um ser Almeida Naves e o outro, Almeida Prado, não quer dizer que os Almeidas não sejam o mesmo.
— Eu sei disto. Não precisa me dar lições sobre nobiliarquia! Estou dizendo que o Naves não estava na caravela.
— É o mesmo que estar. Não estava em nome, mas estava em sangue. Assim, acabará por excluir os Almeida Castanho! Então, porque não tinha ninguém assinando Leme, Bicudo, Mendonça, Lara, Mesquita ou Rendon, vamos concluir que não estiveram na caravela?
— Claro que estiveram!
— E os Campos, Toledo Piza, Pires, Gayas e todas as nobres famílias paulistas? Estavam lá, como estão todos em nós.
— É a mesma confusão que muita gente faz em torno do nome Góes? Descendem de Luís de Góes, casado com Catarina, e irmão do capitão-mor da armada pelos anos 1550.
— 1553!
— Sogro de Domingos Leitão, irmão de Pedro Góes, o dito capitão-mor e de Gabriel de Góes, todos com foro de fidalgos.
— O mesmo engano se comete com o nome de Miranda!
— Exato!
— Onde aparece também o Almeida!
— Claro! O Almeida aparece em todas as dezesseis famílias da caravela. Miguel Almeida de Miranda casou-se com Maria do Prado — descendente daquele João do Prado, casado com Felipa Vicente — e faleceu em São Paulo em 9 de junho...
— Quinze de junho!
— Isto mesmo! 15 de junho de 1659. Com seus arcos seguiu o partido dos Pires contra os Camargos, como sogro que era de três

genros Pires: Henrique da Cunha, o moço — João da Cunha e Antônio da Cunha!

Era uma outra forma de decadência que cruzava meus caminhos, não rural, mas urbana e de uma sociedade já estratificada. Todas as vezes que me lembro não posso deixar de sorrir e, sorrindo, vejo Sérgio se servindo novamente de uísque, mas com expressão maliciosa. Pressinto que ele estivera me observando, enquanto eu me lembrava do perpétuo diálogo nobiliárquico de alguns membros da família. Não sei por quê, sinto que naquele escritório só vou ter boas lembranças. Tentando uma relação mais íntima para poder descobrir o homem, lanço a pergunta:

— Teria coragem de contar sua primeira experiência sexual?

— Por que não? Isso acontece com todo mundo, não acontece? Eu tinha treze anos. Todas as vezes que o bonde passava pela rua Itororó, em Santos, acho que era esse o nome, eu sentia uma coisa diferente. Eu alongava os olhos e via mulheres nas portas e janelas. Havia gordas, magras, de todos os tipos. Um dia, saltei do bonde e caminhei na rua, ouvindo vozes dizendo: "Entra, simpático". Elas me chamavam, mas eu sabia o que queria. Ela estava na janela e meus passos pararam. Atravessei a porta de um quarto. Ela abriu uma gaveta, deu-me um livro onde havia homens e mulheres se amando em diversas posições. Enquanto tirava a roupa, perguntou-me: "Que postura tu quieres, muchacho?" Qualquer, qualquer uma, respondi.

Enquanto minha gargalhada ecoa nas paredes de livros, um carinho muito grande começa a crescer dentro de mim. A luz que vem da rua Buri lembra luar. Olho para o teto, onde penso também existirem livros, e vejo realmente o luar entrando, mas pelas telhas-vãs do meu quarto, na fazenda que virou memória, saudade. Tenho quinze anos e a febre me queima. Não sei se é gripe ou desejo contido. Reviro-me na cama e observo as telhas-vãs, por onde entra o luar, fazendo desenhos estranhos nas paredes, que lembram reflexos do sol na superfície do rego d'água, no fundo do quintal. A luz trêmula da vela, que vem da sala, faz com que sombras-bailarinas dancem nas telhas, na cumeeira e traves de aroeira, nas paredes de adobe. Há magia febril em tudo! Dentro de mim, uma vontade sem fim de ser, de me sentir no mundo! Pouco a pouco, as conversas vão morrendo na casa imensa — pelo menos é imensa na memória! — acompanhadas de portas que se fecham, levando minhas sombras-bailarinas. Tenho a sensação de estar sozinho no mundo, quando ouço, vindo da cozinha pelo espaço aberto acima dos cômodos, o barulho de chaleira que ferve. Seria o chá que eu pedira e que ninguém havia trazido? Mas quem o estaria preparando, se minha mãe está em Barretos e a avó-onça, no cemitério? A prima entra e senta-se na minha cama, já pronta para dormir.

— Beba! Amanhã não terá nada.

Enquanto bebo, não a encaro, mas sinto que os olhos brincam correndo em meu rosto, que um sorriso amorável malicia no canto de seus lábios. Ela se volta e eu vejo só cabelos — cortina que deixa entrever apenas uma pequenina parte da testa. A presença inquietante se transfigura numa esfinge sem rosto, propondo enigmas misteriosos, imponderáveis, que fazem lembrar êxtase. Os sons que vêm da noite se transformam em murmúrios e gemidos de plenitude de orgasmo. Minhas veias começam a latejar e o sexo se faz presente no meu corpo. Ela põe bandeja e xícara no criado-mudo e aproxima-se ainda mais.

— Vou enxugar sua testa.

Sua mão, passando em meu rosto, queima mais do que a febre. Preso de um desejo refreado, inexperiente, que não aprendera a dar os primeiros passos, beijo o côncavo de sua mão, ainda receoso. Ela não retira a mão e acaricia meus lábios. Esses, atrevendo-se um pouco mais, sobem pelo braço procurando os seios. Ela deixa a cabeça cair ligeiramente para trás e minha boca se enche de seio. Enquanto a língua brinca, deslizando em volta do bico intumescido, unhas acariciantes passeiam em minha nuca e entram entre meus cabelos, apertando-me contra a maciez que começa a fremir. Subitamente, ela fica imóvel numa espera repleta de promessas. Na sua entrega silenciosa, a prima tem a dimensão do mundo, a grandeza da vida. Mais atrevido, sento-me e mordo a ponta de sua orelha. A voz vem mansa, ciciando sensualidade:

— Não precisa morder. Não é necessário.

Por mais que queira, não consigo me lembrar de Ataíde e Didieta na tulha: o tom de sua voz transformara tudo. Ela fica de pé e deixa a camisola cair, ficando nua. Não sei o que fazer, apavorado que ela não compreenda a confusão determinada pela inexperiência. Mas ela senta-se na cama, com os cabelos cobrindo a nudez e desabotoa meu pijama. Num instante, empurro-o para os pés. Ela se estende ao meu lado e todas as plumas do mundo envolvem meu corpo que queima como brasa, mas que continua se debatendo no não saber o que fazer. Sua mão desliza ao longo do meu corpo e, quando segura meu sexo, sinto que suas pernas se abrem num oferecimento natural. Jogo a colcha para longe, num movimento que não me pertence, e beijo-a em toda a geografia do corpo. Abrasada, procura meu sexo, dirigindo-o, levando-me para o fundo de todos os tempos! Não sei quantas vezes penetrei naquele corpo, buscando e encontrando nele o sentido de viver. Quando o primeiro alvor se anunciou nas telhas e os canarinhos-da-terra cantaram o novo dia, ela deslizou da cama e desapareceu na casa, agora repleta de esperanças e de futuro. Nas paredes não estavam mais os reflexos do luar, mas estrelas do universo conquistado, trazidas pela luz do sol. Senti que na vida haveria muitas noites escuras, mas com uma nova estrela norteando: a de ser! Maravilhosa prima samaritana, que fez nascer numa noite de luar o homem que existia em mim. A lua marcou minha vida — por que a lua fica quebrada? — como marca a germinação da semente na terra. A partir daquela noite, tudo começou a germinar, brotar, crescer, florir, dar frutos. Cada um colhe o que semeia. Eu semeei palavras, sonhos, esperanças, pensamentos, conflitos, histórias, vivência... e colho peças e livros. Não era esta a minha determinação? Não foi com isto que sonhei no alto da árvore, no meio da mata, enquanto meu pai piava atraindo o macuco?

Não era a caça sobre a qual soltei as Melindrosas da minha esperança? Vivi intensamente todos os segundos daquele dia em que foram mortas as tias com olhos-cu! A suspeita nunca mais cravaria seus dentes envenenados em minha frente. Eu não era mais o que parecia e começava a ser o que ninguém podia suspeitar. A voz de Wesley arranca-me da lembrança fundamental:

— Sua expressão era de beatitude, Jorge! Que foi? Mais uma recordação feliz?

— Lembrei-me da noite onde se abriram as portas para a transcendência. Não é ela a grande procura humana?

— A noite que escreveu sua primeira peça, ou a que gerou o primeiro filho? Porque, para mim, só há transcendência através do trabalho e da prole!

— A noite que me levaria aos dois.

— Então, deve ter sido uma noite vital!

— Noite que me libertou dos piores demônios que me atormentavam.

— Os demônios voltam sempre.

— Aqueles não voltaram mais!

Falo observando o quadro. Montanhas e nuvens começam a aparecer na tela. Os rostos dos meus filhos já estão bem esboçados. Xícara mais encantada do que a de Marcel Proust! Cadinho de trabalho, procriação, transcendência! A prima ficou para sempre estatuada, pedestada entre reflexos de luar, *mater* do vir a ser! Era a única que acreditava em mim. Porém, nunca mais voltou à minha cama. Parece apenas que quis provar que eu era um homem diferente, mas um homem. E provou! Amei-a profundamente por isto.

Aproximo-me do quadro e observo minhas filhas: parecem flores que começam a se abrir ao pé das montanhas. O brilho dos olhos faz lembrar de estrelas. Os do meu filho principiam a refletir suas preocupações físicas e matemáticas. Ou seriam preocupações filosóficas? Não está tão apaixonado por Nietzsche, como eu na mesma idade? Silencioso, não se perde nos livros como eu me perdia? Caminho, ainda procurando onde se esconde a magia que me prende ao estúdio. Por que faz brotar tantas recordações boas, más e fundamentais? Sei que não é mais a caveira de cervo. Nem o "Meccano". Seria a cobra de plástico verde boiando na piscina? Mas por que ela? Entre tantas telas e objetos, procurei e encontrei explicações sociais e humanas para os mortos que carrego comigo. Procurei explicações históricas que...! A nova presença se anuncia no labirinto. Volto-me e vejo um homem se aproximando entre cafeeiros plantados em curvas de nível. Ele leva a bengala e abre a saia do pé-de-café. Com a ponta da bengala remexe os ciscos, observando. Olha o tempo esperando chuva e sorri. Observa o cafezal que desce a encosta, deitando-se verde na paisagem, e tem uma expressão de orgulho: é o meu sogro! Observando o amor vegetal que se estampa em seu rosto, compreendo que ele foi o fazendeiro que eu gostaria que o meu pai tivesse sido. Era mais do que um fazendeiro: era um verdadeiro agricultor. Amava a terra arada, semeada, brotada, florida, frutificada. Para ele, o café e os cereais eram as respostas do amor, do suor, das chuvas e do sol. Sobretudo, a terra era onde nascia o amanhã. Digno descendente de Fernão Dias, procurou a vida inteira, não pedras preciosas para um rei, mas cachos dourados de arroz, espigas embonecadas de milho, maçãs que se abriam em algodão, galhos que se cobriam de café. Quando ninguém ainda pensava em usar as águas das chuvas, ele as prendeu em curvas na terra, curvas que lembravam seios maternos, germinais! Enquanto amava os frutos da terra, amava ao mesmo tempo os do pensamento humano. Admirei-o profundamente, não porque amava os produtos da terra, mas porque gerou a mulher que eu amaria e seria a mãe de meus filhos. Volto-me para o quadro de Wesley e os vejo. São descendentes também de Fernão Dias, mas com visão inteiramente nova da aventura humana. Estão distantes dos rastos das caças de meu pai, como estão das caças históricas de meu sogro.

 Volto-me e vejo Sérgio levantar os óculos e contar os cigarros no maço: supersticiosamente, nunca permite que tenha treze cigarros. Ele joga um ao chão e se vira para mim.

— Geralmente, confundem historiador com antiquário, adorador do passado. Escrever história é ter visão dialética do passado e, eventualmente, de suas consequências no presente. É iluminar o passado com o presente, ou vice-versa. É o presente que importa e é através dele que compreendemos a evolução humana.

Mas é esta a explicação, a verdade histórica que vim procurar neste escritório! Encontrar as consequências, no presente, de erros cometidos no passado remoto! Ansioso, bebo um gole de uísque e lanço a pergunta:

— Não acha que Fernão Dias errou ao descobrir as minas para o rei de Portugal? Ou melhor: por ter contribuído para a sua descoberta?

— Estava dentro dele errar. Errar é relativo. Ele estava errado para a gente dele, de sua época.

Volto-me e vejo Fernão Dias sentado na janela que se abre para a rua Buri. Tropeço nos livros amontoados no chão quando tento me aproximar dele. Falo de onde estou:

— Seu primeiro grande erro foi empenhar a palavra a um rei homossexual, a uma corte devassa.

— Minha palavra foi empenhada a companheiros, homens da colônia, minha família, meus filhos. Eu ocupava posição de mando, precisava garantir a sobrevivência dos outros. Você não viveu em meu tempo. Não pode julgar o que era certo ou errado.

— Não condeno o homem que foi.

— Então, para que diminuir o que fiz?

— Não é o que me proponho. Pelo contrário. Nem estou contra sua palavra. Mas contra o que se cometeu em nome dela.

— Eu encontrei as minhas soluções.

— Erradas.

— Erradas ou certas, eram as minhas. Os homens da colônia precisavam viver. Tocava a mim procurar e descobrir. Não sou responsável pelo uso que fizeram das minas.

— E não podiam deixar de ser descobertas e nem mal usadas para que a história caminhasse no sentido da liberdade.

— Então, o que quer de mim?

— Homens como você sintetizam seu tempo com suas lutas e contradições. Com você, posso entrar no debate essencial: o dialético. Sabe que grande mistificação descobri lendo e pesquisando certos historiadores? Que em seu tempo não havia povo! Não é estranho? Pelo que escreveram, o povo não tomou parte nas bandeiras. Não mourejou com cangalha nas costas, abrindo picadas na mata adversa; nem galgou penhascos escorregadios ou corredeiras traiçoeiras, transportando barcos nos ombros. Não lutou contra a selva, os índios e as feras. Não enfrentou rios, febres e montanhas. Não mergulhou nas águas nem se enfiou como toupeira na terra em busca do ouro, da prata e das pedras. Só fizeram isto os homéricos desbravadores de sertões. Apenas os fidalgos se lançavam sobre o sul, por esporte guerreiro. E em outras direções, por fascinação magnética. E quando não estavam combatendo, levavam vida helênica! Piratininga era uma verdadeira arcádia, na opinião desses historiadores com mania de nobiliarquia.

— Mentira! Entre colonos e naturais da terra se contavam pelos dedos os letrados. Nossa vida era dura, pobre e inculta.

— Eu sei. Em *Vida e morte do bandeirante*, Alcântara Machado a descreve muito bem.

— Os mamelucos eram os mais bravos e destemidos.

— É fácil de supor. De você, esses historiadores dizem que era descendente da nobreza flamenga. Garantem que Leme vem de Lems, família de Flandres.

— Como todos vêm de Adão e Eva!

— Não se impressione. Toda essa nobreza vai terminar nos ossos de um barão, comprados por um colono carcamano. Assim, o Brasil foi criado pela Oligarquia colonial à sua imagem e semelhança. No meio de tanta finura sonhada, o povo sumiu como se fosse prova de crime hediondo. Resultado das famigeradas nobiliarquias, onde José Dias, seu filho mameluco, não pertence à sua linhagem. Sabe como tem sido chamado? Bastardo dos delírios de sua mocidade!

— Bastardo?!

— Alguns chamam de Brutus indígena, que também foi bastardo. Veja como se contradizem! Se traiu por medo, como pode ser Brutus? Foi aqui que quase encontraram a verdade. Mas não podiam encontrar: a história tem sido escrita pelos ganhadores. Nela, seu filho José Dias só existiu no crime. Isto também é matar, como você tentou. Mas para mim ele continua vivo. É o primeiro brasileiro que pensou, sofreu e se deixou matar por sua gente.

— Por favor, não continue. Não quero saber mais.

— Quero que compreenda que tem importância, não pelo heroísmo de sua bandeira. Ela, em si, é apenas mais uma aventura. A história está cheia de aventuras, e mais importantes do que a sua. Quem vai manter você vivo, não será o filho que foi cópia, que mergulhou num rio para buscar seus ossos, mas o que cometeu traição por acreditar. José Dias representava os colonos, o povo da colônia que não queria que as minas fossem descobertas.

— Mas que precisavam ser!

— Esta é a vingança dos filhos diferentes... e é neles que as contradições se manifestam. Sei que as minas eram necessárias, mas não para fazer o rei depender de seus filhos, mas para que um dia ele deixasse de existir. Sabe que hoje quase não existe mais rei? Um grande escritor do meu tempo costuma exclamar: "Eu vivi no tempo em que acabaram os reis!" Sabe quem me contou? Este homem que está sentado aqui e bebendo uísque. É um dos poucos historiadores brasileiros que tem uma verdadeira visão da nossa história.

Fernão Dias desaparece da janela quando me lembro que até hoje muita gente no mundo que me rodeia ainda vive intoxicada de nobreza, de tradição obsoleta, de orgulho preconceituoso. E as conversas passadistas voltam a ressoar no labirinto, lembrando mugidos de minotauro:

— Os filhos de Felipa, filha de Pedro Leme e Helena do Prado, é que tinham olhos azuis!

— Claro, porque Leme vem de Lems, da nobreza da cidade de Bruges, do condado de Flandres. Daí os olhos azuis dos holandeses. Um deles foi almirante de França e outro passou a Portugal, a quem o senhor rei Dom Afonso V tomou por fidalgo de sua casa. Dele descende esta criança.

— Como descende dos Forquins, de ascendência francesa, por parte de Bárbara, dos Arruda Botelho!

— E de Izabel Bueno de Ribeira, de nobre família de Sevilha, do reino de Castela!

— E de Siqueira Baruel, casado com uma filha do Governador das Esmeraldas, o grande Fernão Dias!

As vozes desaparecem quando ouço Sérgio:

— Sabe que quando estive no Chile, em 1963, escrevia a diversos amigos, entre eles Manuel Bandeira, cartas que intitulei de "Novas cartas chilenas", imitando os versos de Tomás Antônio Gonzaga, o poeta da Inconfidência Mineira? Gostaria de ouvir um trecho?

— Claro que gostaria.

Sérgio conta os cigarros novamente, sorri malicioso e se volta para mim, recitando:

"Não cuides, Doroteu, que neste Reino
Aonde alado batel me trouxe um dia
Após largo adejar por sobre nuvens
E altaneiras montanhas, a memória
De amigos tão diletos se apagara
Num terno coração. Ainda agora,
Olhando da janela o casario
Bem armado entre alamedas que
Retilíneas se cruzam, e o perfil
De airosa e encanecida cordilheira,
A mim me perguntei: quanto não dera
Por tê-los a meu lado nesta casa
Entre os olmos e os choupos do Mapocho!"

Enquanto observo Sérgio servindo-se de uísque, revejo Antonio Candido, um de seus grandes amigos, dizendo:

— Os homens que estão hoje um pouco para cá ou um pouco para lá dos cinquenta anos aprenderam a refletir e a se interessar pelo Brasil, sobretudo em termos de passado, em função de três livros: *Casa grande & senzala*, de Gilberto Freyre, publicado quando estávamos no ginásio, *Raízes do Brasil*, de Sérgio Buarque de Holanda, publicado quando estávamos no curso complementar; *Formação do Brasil contemporâneo*, de Caio Prado Júnior, publicado quando estávamos na escola superior. São estes os livros que podemos considerar chaves, os que parecem exprimir a mentalidade ligada ao sopro de radicalismo intelectual e análise social que eclodiu depois da Revolução de 1930 e não foi, apesar de tudo, abafado pelo Estado Novo.

Estou nesta faixa de idade e li os três livros. É por isto que conheço o passado e cheguei a compreender a tragédia de Fernão Dias. Observo Sérgio com admiração crescente. Sei que quando dava cursos em universidades americanas e recebia carta de seu amigo Antonio Candido, escrita em português seiscentista, respondia em inglês, também seiscentista. Universalista como poucos, controvertido como pessoa, passa da expressão de uma razão pura à manifestação de uma loucura aparente; de tontice representada à seriedade mais profunda. Não há ninguém que conheça política, sociologia, filosofia, história como ele. Em sua casa cada um vive como quer ou pode; ninguém sabe, nem se interessa pelo salário do outro. O dinheiro e o sucesso não ocupam lugar na sua escala de valores maiores. Mas ele gosta de ver os filhos reunidos em seu aniversário, quando costumam cantar sobre ele:

"Gosta de uísque,
De um bom papo e de fofoca.
Dança *twist* com qualquer velha coroca.
Mas chamar de velho, isso é demais.
Ele até que ainda tem panca de rapaz.
Ele é boêmio, mas não quer saber do Rio.

Gosta do mar, só de dentro de um navio.
Mas chamar de velho, isso é demais!
Toma remédio noite e dia sem parar.
Roupa marrom, ele diz que dá azar.
Mas chamar de velho, isso é demais"

— Como se lembra de seu pai, Sérgio?
— Até hoje vejo meu pai plantando. Era muito autoritário. O que sou hoje acho que é uma reação contra a lembrança deste autoritarismo. Mas eu compreendo. Ele não podia ser de outra maneira.
— Por que não?
— Cada um é fruto da sua própria procura!
Sempre um pai na raiz de tudo! Autoritarismo! A palavra levanta a cortina da lembrança, desvendando um continente de ferro. Ouço ruídos estridentes de grades que se fecham, de chaves girando em fechaduras. Vindo não sei de que parte de mim mesmo, ressoa no escritório uma voz estranha. As lombadas dos livros se transformam em barras gradeadas e vejo, através delas, um rosto atormentado: é MR, condenado a ficar na penitenciária até o fim da vida. Ele olha para mim, sorri infantil, e diz:
— A única coisa que procurei na vida foi entender meu velho. Nunca consegui. Queria entender como e por que se transformava tanto dentro daquela mata!
Sérgio, livros, tudo desaparece à minha volta e eu me vejo numa pequena sala da Penitenciária de São Paulo. MR está sentado à minha frente. Há dias que entrevisto-o, procurando sua verdade. Eu, ansioso pela revelação fundamental que se aproxima, olho o teclado da máquina de escrever; e ele, descrito no processo como assassino frio, insensível, calculista, com forte potencial agressivo examina as mãos, o que faz constantemente. Mãos longas, magras e nervosas. Subitamente, ele levanta a cabeça e me diz:
— Pior mesmo são as portas de grades trancadas. Na cela, eu leio, faço algum trabalhinho, me esqueço. Mas as portas estão sem-

pre lembrando onde estamos. Há quatro ou cinco para qualquer lugar que se vá, e temos de esperar que o guarda abra e tranque, mesmo que esteja uma a 3 metros da outra. É ranger de ferros, de grades fechando grades, de chaves girando em fechaduras o dia inteiro. Viu o tamanho das chaves? Mais de um palmo cada uma! Saio e volto para a cela seis vezes ao dia; encontrando cinco portas, são trinta paradas por dia. Multiplique isso por doze anos! Já fiz as contas: são mais ou menos 130 mil portas trancadas que tive de atravessar nesse espaço de tempo; 130 mil vezes as chaves giraram nas fechaduras, as dobradiças rangeram e as grades bateram. É preciso muito esforço para tentar esquecer tudo isso, para fingir que não ouço. Imagine se tiver que ficar mais trinta anos aqui! Terei de ouvir isso ainda 300 mil vezes. Essa conta eu também já fiz.

Lembro-me de que, para chegar àquela salinha da diretoria, praticamente na entrada do prédio, eu também atravessara quatro imensas portas trancadas, estivera diante de muros que são paredões, sentira já a ordem, a limpeza, o silêncio, o isolamento.

— Eu sempre confessei o que fiz. Está nos processos. Vou contar tudo ao senhor. O carro seguia por uma estrada solitária. Depois de uma curva fechada, descia entre cedros e passava numa pequena ponte. O senhor conhece cedro? Cedro florido?

— Conheço. Já morei numa fazenda.

Ele se contrai ligeiramente e seus olhos perdem um pouco a imobilidade quando acrescenta:

— É a árvore mais bonita que há. Principalmente quando está florida. A flor é roxa, toda repicada.

— Roxa como a do ipê, que também pode ser branca ou amarela. É minha árvore predileta. Na fazenda de meu pai, em agosto as matas ficavam salpicadas de ipês coloridos, lembrando bordados de minha mãe.

Perdido em si mesmo, em suas recordações, MR parece não ouvir o que digo. Percebo que ele continua no carro, passando entre cedros na estrada solitária que desce em direção da ponte.

— Lembro-me de que a ponte era bastante estreita. Eu disse que estava com sede e pedi ao chofer que parasse o carro. Descemos. Senti que chegara o momento. Nunca vi água tão clara. Parecia de cisterna. Já bebeu água de cisterna, doutor? É a melhor que existe. Água de cidade é podre.

MR vira o pescoço nervosamente, enquanto fala na cisterna. Uma sombra de profunda tristeza passa em seus olhos. O termo cisterna cai no silêncio da sala, trazendo implicações ocultas. Sei que tentar conhecer a si mesmo é debruçar-se num poço enigmático e mexer nas águas para ver o que guardam em suas profundezas. Pela expressão de dor e desespero que a palavra cisterna traz ao rosto de MR, percebo que ela está inconscientemente guardada como ponto de referência da morte do ser, como rumo na senda do crime. MR continua:

— Bebi água na concha da mão e ouvi meu companheiro se aproximar, dizendo: "Córrego bom pra pescar". Foi quando me voltei já com o revólver apontado. Ele ficou meio abobado, olhando como se não compreendesse. "Você vai morrer", eu disse, e apertei o gatilho. Ele tombou de costas, ferido no ombro, pedindo:

— Eu sou casado, tenho três filhos pequenos. Não me mate.

— Você é autoridade. Precisa morrer.

— Não, não sou. Não sou ninguém.

— É, sim. É inspetor de quarteirão.

— "Por favor, não me mate", implorou, já querendo chorar. "Eu volto para a cidade e não digo nada. Pense em meus filhos. Eu não fiz nada a você. Não me tire a vida."

MR se agita, os olhos se tornam ainda mais frios.

— Senti que ele ia soluçar, e isso eu não queria, doutor. No momento eu estava obcecado, levado pelo ódio que morava em mim. Não pensava em nada a não ser em matar. Eu era um teleguiado não sei por quem. Quando matava, era como se tivesse matando outra pessoa, não a que estava à minha frente. A gente fica cego. Aquela voz, rouca de pavor, lembrou o som de sarilho de cisterna.

A palavra cisterna torna a aparecer e MR fica fixo, tenso, com a mesma tristeza nos olhos.

— Eu não via, não pensava, não sentia. Estava frio e indiferente. O barulho da água, nas pedras do córrego, misturou-se ao som gorgolejante do sangue quando passei a navalha no pescoço dele. Não queria ouvir aquele homem soluçar.

Há um silêncio de olhos baixos: meus e dele. Por um momento sinto medo. Procuro visualizar a cena. Vejo o carro partir, deixando o corpo à beira do córrego e levando MR para o seu destino penitenciário, onde iria encontrar muitas das respostas que o mundo não lhe dera. Ele vai à janela que se abre sobre o jardim interno da penitenciária, olha o céu e fala sem se voltar:

— Estou a um passo da liberdade, se liberdade fosse apenas sair daqui. Já pensei fugir quatro vezes. Hoje não penso mais.

— E liberdade não é sair daqui?

— Não. Sei que não estou inocente na cadeia. Errei. Preciso me compenetrar disso. Não sabia o que era pensar. Se tinha que matar, matava. Agora é diferente. Aqui aprendi a pensar. Aceito meu castigo. A culpa é só minha. Minha e do meu velho. Se ele tivesse me dado instrução, não estaria nessa vida. Nós mesmos é que criamos os problemas, fazemos as coisas sem pensar e depois temos que sofrer as consequências. Matei três homens, barbaramente. Três chefes de família. Contratava viagens só pra matar.

Depois de um momento carregado de tensão, ele se volta para mim retesado e acrescenta:

— Mas não posso deixar de sentir revolta quando penso que tenho 35 anos e só vou sair daqui no ano 2007. Além do que fiz lá fora, o que mais posso contar? Aqui dentro não acontece nada. Nada! Há doze anos que é a mesma rotina. Mas o homem se acostuma com tudo, até com o sofrimento. No começo foi duro, mas depois me acomodei. Quem quer sair precisa aprender a se acomodar.

Enquanto ele volta para a cadeira, reparo naquele rosto que tem qualquer coisa de juvenil, mas triste — olhos azuis que parecem contas. Com 1,80 metro de altura, é meio desengonçado como um adolescente.

— Tem saudades de sua infância, MR?

— Não. Nasci e cresci na fazenda de meu pai. Havia uma escola distante quatro quilômetros de minha casa, mas o velho achava que não interessava estudar. Minha mãe discutia muito, e ele dizia que escola não adiantava, que quem mandava no mundo era o dinheiro. Havia sempre contrariedade entre minha mãe e o velho. Eu sentia uma coisa ruim e me escondia. O único pensamento que tinha era fugir, sem destino, mas fugir.

— Não estudou mais tarde?

— Fiz o primário na penitenciária e agora estou fazendo o curso de madureza pela TV Educativa. Gosto de ler. Procuro usar meu tempo em coisa que preste, que me ajude a sair daqui. Preso tem muito tempo pra pensar, principalmente em patifaria. Para muitos, isso aqui é um paraíso, não pensam em melhorar. Eu não. Há presos que só conversam sobre crimes e processos. Isso não é bom. Conheço todo mundo aqui dentro, sei selecionar meus amigos. É por isso que gosto de ficar em minha cela, lendo, ou de jogar xadrez no recreio. Isso faz a gente se concentrar, tira o pensamento daqui, não me envolve no que não presta. A gente não pode ficar pensando na cadeia, senão acaba xarope, pancada. É fácil pegar cadeia, difícil é sair dela.

— Há pouco, você afirmou que queria fugir da fazenda, sem destino, mas fugir. Por quê? Não gostava de trabalhar no campo, de lidar com o gado?

— A vida era muito isolada, não podia ir à cidade, frequentar os vizinhos, não podia fazer nada. O velho maltratava as visitas que eu recebia e, depois que iam embora, me pegava de chicote. Olha, doutor, na cadeia a gente encontra homem de todo tipo, tudo o que não presta está aqui. Somos o esparro da sociedade. Pois nunca encontrei ninguém pior do que meu pai. Eu não entendia o velho. Para os outros, ele não era ruim, só para a família. Lembro que aos dez anos fui à cidade procurar o padre Paulo e pedi que falasse com meu pai. Sabe qual foi o resultado? Uma cacetada no queixo. Veja aqui! Está vendo o sinal? É uma lembrança que guardo dele até hoje. Meu velho sabia ler e agia como se não soubesse. Acho que tinha uma doença, não é possível. Minha mãe, ao contrário, era uma santa. Analfabeta, mas santa! Mesmo santa, não podia com o demônio do meu pai.

De repente, aparecem sinais de agitação em seu rosto, quando olha a janela e sorri como se avistasse alguma coisa muito especial.

— Que foi, MR?

— Toda manhã, antes do café, vou até a janela gradeada, de onde avisto um abacateiro. Ele me faz recordar o quintal de minha casa. Há doze anos faço isso. Toda manhã!

A sala se enche de cacarejar de galinhas, latidos de cães, mugidos de vacas ippppppppooooonnnsss de monjolo, jabuticabeiras, laranjeiras, pitangueiras, mangueiras, bananeiras ouro e prata... e me vejo subindo no abacateiro e levando Jacques Thibault comigo. Sento-me no galho mais alto e aprendo com ele a sonhar, a me revoltar contra o meio que não me compreende e que tenta me destruir.

Jacques afasta o cabelo ruivo da testa e murmura com paixão, não a seu amigo Daniel, mas diretamente a mim: "Ah, sabes, nada fazer de artificial, seguir a própria natureza, e, quando nos sentimos nascidos para criar, considerar que temos neste mundo a mais bela de todas as missões, um grande dever a cumprir. Sim! Ser sincero! Ser sincero em tudo, e sempre! Ó meu caro, como agradeço a Deus o te haver dado a mim, como nós teremos eterna necessidade um do outro para nos conhecermos a nós mesmos e para jamais nos iludirmos sobre o nosso verdadeiro gênio!"

Jacques — alma paginada e minha irmã! — ainda segreda-me que há muitos mundos que podemos conquistar, que tudo depende de se ser autêntico e saber almejar. Olho à minha volta e vejo que o horizonte é uma porta escancarada em todas as direções; que atrás de cada nuvem escondem-se convites de um mundo mágico, transcendente, que dará sentido à minha vida. Compreendo, então, que o abacateiro será um ponto de referência no continente do meu sonho e que, um dia, descerei dele e partirei para o amanhã, não importando a solidão, penitenciária ferrenha onde vivo prisioneiro; nem os dentes da incompreensão e da suspeita, Melindrosas dilacerando minha esperança de vir a ser! De repente, desço do abacateiro e volto do quintal da fazenda que virou memória, quando MR limpa a garganta chamando minha atenção. Foi aí que compreendi que havia encontrado, naquele continente de ferro, um homem com um abacateiro na infância! Sinto afeto nascendo e crescendo dentro de mim. Em qualquer lugar em que estamos, o que importa é encontrar o homem. Olho MR com certo carinho, mas ele abaixa o rosto e eu vejo apenas seus cabelos loiros, as mãos que continuam agitadas. Lembro-me de que, estudando seu caso, li não sei em que parte do processo: "O seu passado criminal é tortuoso e estarrecedor; de aparente afabilidade, age sempre em função a plano preconcebido, sendo emocionalmente pouco sensível".

— O abacateiro é o que vejo pela manhã. À noite, é muito pior. O silêncio é terrível. Até os guardas da ronda não fazem o menor ruído. Como não consigo dormir cedo, vou à janela, mas não avisto mais o abacateiro. Nem olho para o lado dele.

As veias de seu pescoço estão saltadas, as mãos mais agitadas e os olhos de um azul violeta. Vira o rosto, sem me encarar, quando continua:

— Só vejo o paredão do prédio em frente, onde as placas nas janelas com os números das celas me fazem pensar em cemitério, em túmulos. Recuo, deito-me e ligo o radinho, tentando esquecer as barbaridades que cometi. Procuro descobrir por que entrei na carreira do crime. Não havia necessidade, doutor. Não sei se foi por ignorância ou se foi...

Subitamente, ele para, parecendo indefeso. Seus músculos ficam retesados e os olhos ainda mais tristes. Ele se controla e acrescenta:

— Ou se foi pelo tratamento do meu velho. Como pode ter havido um homem como ele! Olha que aqui eu conheço gente dura e má, mas ainda não encontrei um como meu velho. Não gosto de dormir. Sei que é muito difícil sonhar. Se pelo menos eu soubesse que ia sonhar direito com minha mãe!

— Costuma sonhar sempre com ela?

— Sonho, mas o sonho nunca chega ao fim, é incompleto. Costumo sonhar que estou chegando naquele patamar. Nossa casa era grande, mais de vinte cômodos, tudo à vontade. No fundo havia um patamar, lugar predileto de minha velha. Toda tarde, quando eu voltava da invernada com o gado, gostava de parar ali e conversar com ela. Sonho com minha mãe naquele patamar. Mas, quando vou abraçá-la, acordo e fico muito aborrecido porque meu sonho nunca vai até o fim.

A terrível máscara de Édipo estampa-se no rosto de MR e eu procuro visualizar a Jocasta sertaneja, esperando-o no patamar, naqueles momentos de encontro na tarde. Sinto vergonha, ao perceber por quais caminhos vou seguir para descobrir a sua verdade.

— Sua mãe ia esperar no patamar só por você?

— Não.

— Pensei que fosse filho único.

— Somos cinco irmãos e quatro irmãs. Quando voltávamos do trabalho no campo, íamos ali saber como era o estado do velho, pois disso dependia nossa entrada em casa. Havia dia em que só se podia entrar pisando leve. Outros, em que não se podia nem tomar a bênção. Ela esperava a gente pra avisar. Eu ficava em cima do cavalo e ela encostada no patamar. Às vezes conversávamos até o anoitecer. Que saudade!

Enquanto fala, o rosto dele torna-se quase infantil. Os olhos ficam claros; as mãos, calmas ao passá-las pelos cabelos. Olha para mim com certo orgulho e acrescenta:

— Minha mãe tinha um modo todo especial para me tratar. Procurava sempre contornar as situações difíceis. Era realmente uma beleza de bondade. Sabe? Minha mãe era muito mais moça do que meu pai. A única coisa ruim que existia na família era o velho. Só na mata de cedros a gente conseguia alguma coisa deles.

    A palavra cedro torna a sair, acompanhada da mesma expressão retesada e sonhadora. Há uma pausa e ele examina as mãos com certa insistência. A voz, a princípio fria, vai ficando macia:

    — Havia na fazenda do velho uma mata de madeiras de lei. Cedros por todo lado. Era fechada com quinze fios de arame farpado. A porteira, trancada com cadeado. Nem porco entrava lá. As flores de cedro faziam da mata um verdadeiro jardim. Somente lá meu velho ficava diferente. Ficava manso, bondoso, tratava a gente como filho mesmo. Nunca consegui compreender por quê! O velho armava rede e conversava. Foi ali que ele prometeu me deixar conhecer o mundo. Mas, na semana em que eu devia partir, ficou muito doente e não tive coragem. Mais tarde, depois que o velho morreu — eu já estava aqui — pedi a minha mãe que me desse aquele pedaço de terra e até hoje ele me pertence. Tenho pensado muito e não consigo uma explicação: por que será que lá ele ficava diferente? Era só entrar na mata e ficava manso como cordeiro. Mas, mal saía de lá, e já virava lobo. O senhor pode me dar uma explicação?

    — Quer dizer que os episódios que gostaria de reviver estão relacionados com a mata?

    Ele fica pensativo e olha fixamente a janela. Seus olhos sobem pelo tronco de uma das palmeiras do jardim da penitenciária, enquanto me responde:

    — Logo depois que fui preso, na cidade onde eu morava no interior, meu pai não foi me ver. Só apareceu três meses depois. Como era homem muito respeitado, sabe?, honesto ali no duro, levaram-me a delegacia. Ele não queria me ver na cadeia. Enquanto me levavam, pensei: vai ser aquele esculacho! Quando entrei na sala, ele estava sentado. Levantou-se e abriu os braços. Me abraçou, me abraçou, ficou me abraçando sem dizer nada. Senti uma coisa ruim. Até hoje ainda penso: por que será que foi assim? Não compreendo. É esse o momento que gostaria de reviver.

    Seus olhos boiam perdidos no passado. Sinto que ele venceu o tempo e o espaço e se transportou para aquela delegacia, onde sentirá para sempre os braços do pai. Fecho os olhos respeitando o momento, e transporto-me para a Avenida Nove de Julho, onde também senti os braços do meu. A voz, mensageira do amor não revelado, ressoa em todo o meu ser: "Eu não sabia, meu filho. Eu não podia compreender. Peço que me perdoe!" As perguntas à queima-roupa de MR arrancam-me da recordação:

    — O senhor não acha que era melhor a pena de morte do que deixar um homem enterrado vivo? Se tenho que sair daqui realmente com 74 anos, não era preferível morrer?

    Fico surpreso com o ataque inesperado. A recordação o lançara novamente na agressão. Seu corpo está tenso e o rosto volta à imobilidade. Nada mais resta no azul dos olhos. Não sei se demorei a responder, ou se ele é quem está ansioso. Quando vou dizer qualquer coisa, ele acrescenta:

    — Acho preferível a pena curta, do que a longa que nos isola do mundo e não nos torna úteis. Como é que vou provar que posso viver entre os homens novamente? Sei que eu era um revoltado contra tudo e todos, achava que os outros é que tinham culpa dos meus crimes. Queria levar tudo no peito, na força, na raça. Mas hoje sou diferente. Aprendi que o mundo somos nós que fazemos. Quem planta flor colhe flor. Mas quem planta espinho, só pode colher espinho. Sei que o mundo será aquilo que eu for plantar, se sair daqui. Mas quando é que vou plantar? Quando tiver mais de setenta anos?

    MR faz menção de se levantar, mas torna a sentar, revelando um domínio que aprendeu entre as grades. Mas as palavras denunciam o movimento interior de fuga:

    — É nesses momentos que penso fugir, porque quero a liberdade a qualquer preço. Sei que na minha tentativa de fuga teria matado novamente. A gente fica disposto a tudo. Tentei uma vez e peguei noventa dias de cela forte.

— Cela forte?

— É uma cela com pouca luz. Ficamos completamente isolados: não há nada a fazer, a não ser meditar, sentir que errou. Foi lá que percebi o quanto odiava o meu velho. Foi com ele que à primeira ideia da morte brotou em mim. Quando eu tinha dezesseis anos, ele contratou meu casamento com uma moça de quem eu não gostava. Falei que não queria me casar. Discutimos enquanto eu tirava água na cisterna. A discussão foi aumentando até o ponto em que ele me deu um tapa na cara. Aí, tudo ficou escuro. Só voltei a mim quando senti uma dor aguda no ombro e o baque do meu corpo na água: eu me jogara dentro da cisterna. Caí onze metros abaixo e, na queda, quebrei o ombro. Fui ao fundo e voltei à tona. Meu braço não tinha movimentos e tornei a ir ao fundo. Desesperado, tentei me agarrar às paredes do poço. Mas eram de pedras e estavam lisas. O velho desceu e amarrou uma corda em meu corpo e assim fui tirado. Foi para esta vida que ele me salvou! O casamento se realizou, mas nos separamos um ano depois. Veja! Esta é a fotografia de minha filha. Mora com minha mãe. Meu pai tinha alma de ferro. Tudo tinha que ser como ele queria. Até hoje tenho ódio daquela mulher.

MR observa a fotografia e sorri amoroso. Tenho certeza de que na fotografia está Jocasta, rainha de Tebas! Os olhos de MR passeiam pela fotografia, envolventes e acariciantes. Sua voz vem do patamar distante:

— Mulher tem que ser como minha mãe: simples, sem vaidade, só pensando no lar e na família. Quando sair daqui, vou para outro estado. Levo minha mãe e minha filha e vou começar vida diferente.

Lembro-me que Dom Pancho, outro preso que entrevistei ali na penitenciária, tinha dito: "Até pra viver na cadeia é preciso ter caráter. Tenho setenta anos e passei cinquenta em várias penitenciárias da América Latina. Sempre fui respeitado porque respeitava. Fui tão feliz aqui dentro quanto lá fora. Sou um profissional do crime, mas honrado. Sei muito bem o que procurei na vida!" O que teria procurado MR? Lanço a pergunta. Ele pensa um instante, olha-me bem nos olhos e responde:

— A única coisa que procurei na vida foi entender meu velho. Nunca consegui. Queria entender como e por que se transformava tanto dentro daquela mata de cedros!

Desde que começara nosso diálogo, fui vendo a figura daquele pai ir crescendo e tomar conta da sala, espreitando cada palavra do filho. Eu sei como pensava e agia, mas sua figura ainda não se desenhou fisicamente, com nitidez, diante de mim.

— Como era seu pai?

Seus olhos procuram novamente a palmeira do jardim. Olha-a, obsessivamente, como se o pai estivesse escondido atrás dela. As mãos caem sobre as pernas, indefesas; em todo o rosto há um sorriso infantil escondido, prisioneiro.

— Meu pai tinha 1,80 metro de altura, claro, olhos castanhos, cabelos pretos e brilhantes, corpo atlético, saúde de ferro. A voz era firme, com uma têmpera diferente, uma voz que era só dele. Nunca mais ouvi outra que de longe se assemelhasse. Era homem de confiança até nos bancos. Além das ordens que dava, nunca conversava com a gente, nem fazia perguntas. Muito menos respondia. Quando ficava nervoso, sorria, um sorriso estranho. Geralmente depois do jantar, saía para ver qualquer coisa e eu o seguia, mas só observando de longe. Ele estava sempre triste, uma tristeza que eu não sabia de onde vinha. Nunca falava nos pais, nem admitia que se falasse. Era como se não existissem. Sempre desconfiei de que o verdadeiro nome dele não era o que usava. Não sei por quê, mas tenho certeza disso.

Embora MR pense que é ódio o que sentia pelo pai, o que havia realmente era um grande amor. Mas os dois haviam se matado à beira de uma cisterna. Levanto-me. Ele também. Olhamos um nos olhos do outro com naturalidade.

— O senhor tem filhos pequenos?
— Tenho três.
— A direção me permite fazer brinquedos na cela. O senhor aceita uma boneca para as suas filhas?
— Aceito.
— Eu vou buscar.

MR sai da sala. Chego à porta e o observo afastando-se pelo corredor que parece não ter fim. Tenho impressão de que ele puxa ligeiramente uma das pernas, e que um dos ombros é mais baixo do que o outro. MR para, emoldurado em barras de ferro. Percebo as portas de grades uma depois da outra. Enquanto ouço o barulho das trancas que correm, das fechaduras que se abrem, das dobradiças que cedem, ele se volta e me olha, como se procurasse ter certeza de que eu ainda estou ali. Depois, caminha firme, indo parar diante da segunda porta. E vai andando até desaparecer na vereda daquela mata, não de cedros, mas de trancas, chaves e fechaduras.

Sempre um pai na raiz de tudo! Volto-me e olho Sérgio: sua expressão é serena, não refletindo nenhum tormento guardado. Sua afirmação — que tirou MR da prisão e o trouxe ao escritório — ainda ressoa entre os livros: "Meu pai era muito autoritário. O que sou hoje acho que é uma reação contra a lembrança deste autoritarismo". Reação que o transforma num homem íntegro, num dos maiores historiadores brasileiros. Lembro-me da reação do infeliz MR e o vejo numa estrada solitária, observando três corpos de choferes que matou: um, com a garganta cortada; outro, com um furo de bala na testa; e o terceiro, com a cabeça esmagada a pauladas. E a reação de Kafka onde o levou? A minha onde me levará? Autoritarismo! Palavra de existência plural, determinando destinos singulares! Não sei por quê, lembro-me da frase do criminoso Dom Pancho, companheiro de MR: "Sei muito bem o que procurei na vida." A lembrança da frase traz pela vereda, não de cedros, trancas, chaves e fechaduras, mas de milhares de lombadas de livros lembrando grades, meu pai todo vestido de couro. "Sei muito bem o que procurei na vida."

Não! Não é meu pai! "Sei muito bem o que procurei na vida." É Fernão Dias com expressão ainda mais atormentada. Ele contrai o rosto como se sentisse dor profunda. Dúvida e remorso lutam dentro dele, refletindo-se em seu olhar febril. Condoído, aproximo-me dele. Com os cabelos brancos e revoltos, parece um rei Lear sertanejo sentado à margem do rio Sumidouro.

— Por que não voltou, Fernão Dias?
— Não teria sentido.
— Chegou a pensar em regressar?
— Houve um momento que tive vontade.
— Quando?
— Quando percebi que uma procura, para ser boa, deve encontrar; e que só o sucesso faz aceitável o que era primeiro sonho. Mas, quanto mais procurava, mais as pedras pareciam distantes. Meus olhos estavam cansados de sondar em todas as direções, e o brilho da serra não aparecia. A minha volta, só havia a escuridão da mata. Em todas as horas, dias, semanas, meses de seis anos, não fizera outra coisa. Mas, um dia, já com as mãos feridas de cavar, sentei-me à beira do Sumidouro e fiquei olhando as águas que passavam. De repente, compreendí que procurar era o que tinha me proposto, o que me distinguia dos outros. Que não importava mais achar, mas o ter feito tudo para encontrar. Que a única riqueza é o que cada um leva seguro nas mãos... e que eu levaria a certeza de ter procurado sempre, a vida inteira!

Foi com a inabalável determinação de Fernão Dias que aprendi a encontrar o que procurava: o sentido de tudo! Compreendi com ele que não merecemos paz, se não procurarmos até o fim. Eu estava preso a um passado que me sufocava. Não pertencia mais ao mundo dele, nem me deixava pertencer a outro. Quando nos perdemos em nossa procura, não enxergamos mais nada, nem os erros que começamos a cometer em nome dela. Em 1929, meu avô tirou o relógio da parede da fazenda, mudando-se falido para Barretos. Presenciei tudo! Foi quando comecei a procurar em toda parte e em mim mesmo. Aí, nasceu o sentimento de mundo perdido, agora reencontrado. No fim de tudo, só vão restar meus filhos, Helena e meu trabalho. Poderei dizer: olhei à minha volta, vi como as pessoas viviam, compreendi como tinham direito de viver e escrevi sobre a diferença.

Agradecido a Fernão Dias, não consigo me desprender dele. Sinto necessidade de ir até o fim da verdade. A luta dele com o filho mameluco não iluminou a minha com meu pai, com o meio que me agredia? Volto-me e vejo José Dias, acorrentado, entrar no escritório e se encostar ao batente da porta. Uma luta interior muito grande estampa-se em seu rosto atormentado. Mas percebe-se amor em cada reflexo do olhar. A angústia caminha, deixando marcas em cada centímetro do rosto. No corpo, dois sangues formam uma confluência torturante. Mas é belo como um deus da mata! Podem me chamar de nacionalista, mas é assim que o vejo. Volto-me para Fernão Dias, retesado.

— Enfrente seu pior momento, Fernão Dias! Você estava certo, mas seu filho também. Por que havia de trair, se não fosse por uma procura tão grande quanto a sua? Meu pai também me fez sentir como um traidor, pelo que sou. E só eu sei quanto o amava!

Fernão Dias anda de quatro, procurando desesperadamente entre os livros, indo parar aos pés de José Dias.

— Pai! Levante-se! Não faça a minha morte mais difícil

— Pretensioso! Pensa que estou de joelhos por sua causa? Não me ajoelho diante de traidores.

— Por que mandou me chamar ainda uma vez?

— Não pretendo condenar quem não sabe o que o faz. Quero ter certeza de não estar matando um inconsciente.

— Sei muito bem o que fiz. Consciência é o que não me falta.

— Não desejo ter nenhuma dúvida.

— Não pode ter. Abri picadas erradas, fiz índios fugirem, retardei seus passos o quanto pude. Que mais quer?

— Não tem amor à vida?!

— A esta que quer me dar, não. Sei por que morro.
— Porque chefiou uma sedição.
— Se quer pensar assim. Mas não pretendo pedir clemência.
— Não me importa que peça.
— Então que quer de mim?
— Foi sua mãe índia quem me fez sonhar com as esmeraldas. Prometi a ela que encontraria a lagoa dourada e a serra que brilha mais que o sol. Um lugar onde as árvores são sempre verdes, numa primavera constante. Onde o mantimento cresce nativo e flechas de ouro, atiradas de arcos mágicos, saem pelo mato caçando sozinhas. Um lugar onde não se morre, os velhos se tornam moços. Um dia...
— Assim sonhavam os donos da terra. É este sonho que o senhor vai destruir.
— Que vou tornar realidade. Sonho não significa nada.
— Tínhamos pelo menos ele. Que temos hoje?
— Isto mesmo: que temos hoje? O povo de Piratininga definhando na pobreza. Para que servem tesouros que ninguém usa?
— E que adianta achá-los, se não vão ser usados por nós?
— É em nome da colônia que procuro.
— Em nome do rei.
— Quando este rei nasceu, já tinha me proposto o que procuro agora. Que fiz em setenta anos? Lutei, conquistei, vivi mais na mata do que em casa, morri mil vezes e que é que tenho? Só a certeza de que procuro para os outros. Não teria terminado com tudo, se pensasse em um rei de quem não aceitei nem a ajuda. As minas serão nossas. Estamos na vida para lutar, conquistar, não para guardar riquezas, enquanto vivemos sem nada. Dei minha palavra que a serra seria para todos. E será!
— Que vale sua palavra para o rei? O senhor será responsável pela nossa miséria. Pode-se desculpar tudo em nome de uma procura, mas quando rebaixam a gente a besta, faz cair sobre a terra uma infâmia que nada compensa. Cada pedra que achar será transformada em colar no reino, e em corrente de ferro, aqui. Será em

nosso suor que essa lagoa dourada terá nascente. Nenhuma serra vai brilhar como o sol, mas gargalheiras em milhões de pescoços vão refleti-lo em agonias sem remédio.

— Filho! Precisamos das minas para continuar. Que adianta viver sobre elas, passando fome? Você não compreende que tudo é assim porque somos pobres?

— E ficaremos mais pobres ainda. Eles apenas nos ensinarão a morrer, de mil formas, com mil requintes.

— O que é erro, hoje, é certo, amanhã!

— Não deixa de ser erro, hoje.

— Pense no amanhã! É o que importa.

— E é o que faço. Se todas as montanhas se convertessem em prata; se as árvores e os rios se petrificassem em esmeraldas, não seria bastante para pagar o sofrimento de nossa gente.

— Desejei isto a vida inteira. Minhas pedras não podem trazer sofrimento.

— Muitas vezes a nossa perdição está em conquistar o que almejamos. Como nossa salvação, no insucesso que não esperamos.

— Filho! Não precisa temer. Não há nada que seja insondável. A natureza tem sido usada como esconderijo de castigos, para não ser enfrentada e dominada. É o seu lado-índio que traz temor, que o faz crer no castigo das pedras. Pedra é pedra.

— Pai! Quantas campanhas fizemos juntos? Quantas matas, rios, montanhas, enfrentamos e atravessamos? Quantas tribos ferozes derrotamos lado a lado? Acredita mesmo que tenho medo de alguma coisa? Que quero voltar para não enfrentar o desconhecido? Ou porque sei o que nos espera atrás das minas?

— Seja o que for, é preciso enfrentar. O que significa uma liberdade selvagem? Não consigo entender por que não é como Garcia Pais! É meu filho como ele e no entanto...!

— Qual o filho é melhor: aquele que o aborrece mostrando o crime que se pretende cometer, ou aquele que, por não o aborrecer, permite qualquer crime?

— Mas que crime?

— O de pagar qualquer preço por suas pedras. O de admitir, agora, o que não admitiria antes. O de ser instrumento do reino. A exploração será feita pela lealdade de homens como o senhor, mas que depois serão eliminados.

— Não percebe que queria salvar sua vida?

— Salvá-la para quê? Para viver como escravo?

— É meu filho, não um escravo.

— Não posso ser livre, quando existe alguém escravo. O senhor nem percebe que também será. O senhor e todos da colônia.

— Peça clemência? Não vê que não posso matar meu próprio filho?

— Peço clemência, se mandar a bandeira voltar.

— Não, filho! Se tenho que caminhar, que seja para frente. E se não tiver forças para continuar, maldita seja a noite em que fui concebido. Vou continuar e não será por mim. Para que me serve sua morte?

— Para o senhor, nada. Para mim, tudo! O senhor não é índio, não pode compreender. Se não pode regressar, também não posso deixar de conspirar. Trair é ação minha, de livre escolha. Não me tire o que procurei e encontrei. É o que vou levar seguro em minhas mãos. Nós vamos encontrar a serra que brilha mais que o sol, pai... cada um à sua maneira.

— Procurar, procurar, procurar... que mais poderia ter feito?

José Dias, lembrando todos os mártires da independência — de ontem, de hoje e de amanhã! — vai se afastando e desaparece pela porta. Fernão Dias cai de joelhos e some entre os livros.

Ao voltar-me para Sérgio, meus olhos demoram-se nas milhares de lombadas coloridas e me lembro do que ele dissera:

— Os livros me deram o sentido da história. São a vida em comprimidos. Para mim, a história é a negação de todos os limites, portanto foge a qualquer definição. Ela não se contém, passando constantemente.

Caminho admirando os livros, sentindo atração vital por eles. Vejo-me no alto do abacateiro lendo *Os Thibault*. Érico desce a "ladeira da inspiração" pensando no tempo e no vento. Gilberto Freyre passeia pela casa grande e pela senzala. Jorge Amado semeia nas terras do sem fim. Murilo Mendes sobe a escadaria da Via Del Consolato, pensando em poesia e liberdade. Meu sogro caminha pelo algodoal, branco como véu de noiva, lendo *A cidade e as serras*. Paro diante da estante, pensando que Sérgio me revelou a verdadeira "visão do paraíso"! Ele percebe a minha admiração pelos livros e diz:

— Nenhum desses livros é herdado do meu pai. Foram todos adquiridos ao longo da minha vida. Leio desde a infância. Li muito para a minha avó — até no seu leito de agonia. Eu era seu neto predileto!

Leito de agonia! Vejo meu sogro no seu, recostado em travesseiros, com os olhos cheios de lágrimas que a minha leitura determinou. Estou sentado ao pé da cama e seguro o livro de Eça de Queirós. Ele me pedira que interrompesse a leitura, com certeza para se perder em recordações. Foi um homem que dizia que tinha sete razões de viver: cinco filhas e dois filhos. E uma razão acima de tudo: a terra frutificada! Viveu também perdido em seu mundo: o da terra que amava profundamente. Enquanto visitava os Castelos do Loire, ou o Palácio de Versailles, discutia com seu irmão a política de Morro Agudo. Olhava os campos da França cobertos de trigais, mas pensava nas terras de sua Santa Izabel, revestidas de cafezais. Em Paris, estudante, percorreu os caminhos da mocidade. Em Portugal, já adulto, percorreu os caminhos de Eça de Queirós. Em sua fazenda, percorreu todos os caminhos do trabalho. Em São Paulo, agonizando, percorre o caminho de suas leituras prediletas. É por isto que estou ali, lendo para ele *A cidade e as serras*.

— Pode continuar, Jorge! Foi uma emoção passageira.

— "Para os vales, poderosamente cavados, desciam bandos de arvoredos, tão copados e redondos, dum verde tão moço, que eram como um musgo macio onde apetecia cair e rolar. Dos pendores, sobranceiros ao carreiro fragoso, largas ramarias estendiam o seu toldo amável, a que o esvoaçar leve dos pássaros sacudia a fragrância. Através dos muros seculares, que sustêm as terras liados pelas heras, rompiam grossas raízes coleantes a que mais hera se enroscava. Em todo o torrão, de cada fenda, brotavam flores silvestres. Brancas rochas, pelas encostas, alastravam a sólida nudez do seu ventre polido pelo vento e pelo sol, outras, vestidas de líquen e de silvados floridos, avançavam como proas de galeras enfeitadas..." Percebo que seus olhos estão fechados, e assim continuam no silêncio que se faz no quarto. Levanto-me e vou me afastando, deixando-o num recanto iluminado do meu labirinto, não sei se dormindo ou morto. O livro de Eça de Queirós fica ao alcance de suas mãos — lugar onde os livros sempre estiveram durante toda a sua vida.

Vejo-me entrando embaixo da cama branca para esconder meus preciosos livros. Olho à minha volta e compreendo que foi nos livros que busquei a verdade. Foi lendo dezenas deles que consegui encontrar a verdadeira face do bandeirante, nos livros que são "comprimidos de vida". Neles, procurei e encontrei o tema das "bandeiras". Mais do que isto: a desmistificação da gesta paulista da busca do ouro e das esmeraldas, da terra fosforescente. Mais do que isso ainda: eles permitiram a mais funda descida às minhas profundezas. Compreendo por que me coloquei em cena, dialogando com os personagens, refratadas, analisadas à luz dos resultados históricos da sua ação. Mergulhando até às raízes da aventura colonial — mas sempre com perspectiva dialética — dei, em sangue e em raciocínio, as misérias e grandezas do Brasil épico, que principia a separar-se de Portugal. Fernão Dias — em permanente diálogo comigo — é o obstinado herói antigo, testemunhando perante um tribunal imaginário, que tudo sabe de seus erros, sonhos grandiosos e espoliados. Seu filho bastardo e mestiço José Dias antecipa os rebeldes da Inconfidência: entre duas raças e duas fés, personifica o espírito da independência, o antiescravagismo, o sentimento libertário. Espécie de Brutus sertanejo, debate-se entre o amor filial e o imperativo de uma justiça nova, que os usos da época ainda não consentem. E é nesta angústia que a sua identidade brasileira se afirma. A mata é o dédalo, o campo escuro da peregrinação e da descoberta. Certas personagens morrem enforcadas na árvore da história já feita, petrificada, que deve servir de exemplo esclarecedor, ou de aviso, ao presente. Compreendo que critiquei o fato histórico à luz de uma ideologia, mas jamais obliterei ou diminuí o que, na sua altura própria, era como que inevitável, decorrente das condições sociais e econômicas. Lembro-me do que Sérgio me dissera no princípio de nossa conversa:

— Geralmente, confundem historiador com antiquário, adorador do passado. Escrever história é ter visão dialética do passado e, eventualmente, de suas consequências no presente. É iluminar o passado com o presente, ou vice-versa. É o presente que importa e é através dele que compreendemos a evolução humana.

Segurando firme na mente a perspectiva sobre o meu presente, determinado pelo passado, desço a escada acompanhado por Sérgio e encontro Isabel, sua neta, deitada no chão e desenhando. Maria Amélia, mulher de Sérgio, aproxima-se para se despedir de mim. Ouço a voz de Sérgio:

— Maria Amélia! Nesta casa não mora uma menina que chama Bebel e pensa chamar-se Isabel?

— Mora.

— Ela se chama Bebel e tem apelido de Isabel. Isto determina uma grande confusão.

Isabel levanta os olhos do desenho, sorri paciente e compreensiva, como se tivesse a idade dele, e continua a desenhar. Maria Amélia, carinhosa, olha Sérgio como se ele tivesse a idade da neta. Eu observo os três, personagens de uma casa fantasiosa, sem idade. E então, do historiador ilustre que sempre estudou o homem brasileiro no tempo e no espaço social e histórico — brotou a criança que costumava pular na calçada, como no jogo de amarelinhas. Sérgio tem a pureza infantil das mentes de exceção. De seu mundo aparentemente caótico e certamente cultural e profundamente humano nasce constantemente a fantasia. Compreendo que estou certo quando afirmo que nós somos a criança que fomos. E somos até o fim da vida. A criança que fomos ou a que conseguiu escapar, às vezes esfacelada, de mãos adultas. É por isto que, no meu teatro, há sempre um pai tentando destruir o filho diferente. Aparece constantemente um filho morto e exposto. Surgem sempre os mortos que determinaram o que sou hoje. Impõe-se, quase sempre terrível, um passado histórico, responsável pelo presente.

À medida que me afasto da rua Buri, caminhando pelas ruas silenciosas do Pacaembu, compreendo que Sérgio passou a integrar o meu museu-memória onde estão, entre outras esculturas cinzeladas pela vida, a minha *Pietà* fazendeira; o menino nu cercado de cachorros; a avó-onça levantando a saia e urinando; meu amigo Paulo com o copo de formicida; a prima samaritana com a xícara de chá entre as pernas; Gregório, suado, olhando a foice; Dolor — cacho de filhos entre cachos de arroz; a tia com vestido de miçangas brancas e pretas; Érico na ladeira da inspiração; e uma infinidade de pessoas e coisas estatuadas.

Entre muitas causas, os homens sentem-se sem sentido, porque não percebem que são produtos de soma, não assumem o seu passado — o remoto e o próximo — que a eles parecem coisas abstratas. E nada é tão concreto quanto o passado, fixo com seus valores no tempo e no espaço. Tudo o que há de melhor ou de pior no Brasil de hoje nasceu no de ontem. Daí a necessidade de se localizar o passado no presente. Para isto, basta que cada um visite, de vez em quando, o seu próprio museu. Há museus consultados, assumidos. E muitos, de donos perdidos, que nunca viram suas janelas abertas, de galerias escuras, onde o que está exposto nunca foi visitado. Se a vida de cada um monta um museu, é a soma de todos que se transforma em memória coletiva, em história.

O meu museu, às vezes, é um verdadeiro bricabraque, misturando pessoas, datas, músicas, bichos, fatos, metais, tudo! Como o estúdio de Wesley! As paredes de certas galerias lembram colcha de retalhos, de tantas fotografias. Como no estúdio de Wesley! Mas há salas onde existe apenas uma presença: um brinquedo da infância ou um rosto querido. Salas floridas no meu labirinto! Há uma só para o meu inesquecível brinquedo: o "Tinkertoy" está colocado sobre uma enorme peanha, toda recoberta de veludo branco, negro e vermelho. À sua volta, cabras ruminando, arcos de porão, lancheira, bolsa de escola, um trecho da rua Maranhão e a Igreja Santa Terezinha. Dentro da igreja, estou ajoelhado no altar, revirando os olhos para que todos vejam como sou fervoroso, principalmente a avó-onça, sentada no primeiro banco. Às vezes, espanto-me com as coisas que encontro no museu: ao lado da expressão de empáfia idiota de Mussolini, argolas de ferro e instrumentos de tortura, tudo em cima de um carro-de-boi. Geralmente, apresso o passo, fugindo. Também há, no museu, estradas com ipês, regatos cheios de patos, sapatos no rabo do fogão à espera do Papai Noel; missas do Galo, presépios, um cachorro policial chamado Rex que me ajuda a juntar vacas na fazenda, mas que se transforma em Rin-tin-tin, enquanto meu cavalo pampa fica branco e eu viro Tom Mix. Num cantinho de parede, escondido, envergonhado, o retrato de primeira comunhão. Não muito distante, oferecendo-se exibicionista, Rodolfo Valentino, sensual, beija Agnes Ayres no *O Sheik*. Os olhos fatais de Theda Bara e as pernas de Mistinguett, povoam a solidão do adolescente que revira na cama. Mistinguett ou Carole Lombard e Dorothy Lamour? Há pessoas que discutem sobre Getúlio Vargas nos desvãos do museu. De repente, apresenta-se a ala dos sentimentos, pendurados do forro como cachos de flores estranhas; alguns, como a solidão ou o desengano, lembram teias de aranha. Alguém passa numa rua de ontem, mas não sei quem é. Na areia da praia, uma criança enche o baldinho com água. Numa pequena ladeira do labirinto, estão Antonio Candido e Gilda num sofá na Rua dos Perdões; uma dama de preto ronda pela sala. Sábato atravessa a Rua Caconde e Décio lê no porão da Rua Itambé. Jornais e revistas enchem uma galeria. Sobre a coleção de selos, a galinha carijó põe ovos: Meu cavalo pampa está sempre dentro da balsa que atravessa o rio Pardo, prisioneiro do instante guardado. Perto da máquina de costura, meu avô desfia o trapinho xadrez, sonhando com a fazenda perdida. É sempre o mesmo trapinho, e no entanto ele o desfia há mais de quarenta anos! Perto da janela cheia de luz, minha mãe chora e eu, no chão, brinco com mangas que viraram bois e vacas, com pernas de palitos de fósforos. Mais distante, com a espingarda apontada, meu pai espera o voo do macuco para abatê-lo. A fumaça do tiro também está guardada no museu. Por entre a fumaça vejo o rosto de Getúlio Vargas. Fazendeiros do café, da cana e do cacau assistem à venda, em hasta pública, de suas terras. Eu, no meio de cafezais, e Jorge Amado, entre cacaueiros das terras do sem fim, estamos em museus que se comunicam, presos na ala dos homens da terra e seus dramas.

Jorge Amado, com dez anos, entra correndo na sala de jantar da fazenda e, maravilhado, observa a mesa: sobre a toalha branca, rendada, grandes bandejas de uvas, peras e maçãs estrangeiras. Entre as bandejas, garrafas de vinho do Porto. Jorge sabe que, no Natal, o pai costuma oferecer vinho também às crianças. É o que ele mais gosta: vinho e frutas. Lá fora, a cidade está calma. Se fosse o mês de junho — São João, São Pedro — então as festas seriam grandes. Mas Jorge Amado não está pensando em festas, somente em frutas: é a única época do ano em que elas aparecem na cidade. E é por causa delas que sempre aguarda o Natal. Observando as frutas, Jorge recorda-se da fazenda, dos cacaueiros. Imediatamente, a sala fica impregnada de cravo e canela. Ouve, vindo da cozinha, o barulho de panelas de muitas Gabrielas cozinheiras. Criado no mato, entre bichos, aos quais sempre foi muito ligado, Jorge lembra-se com carinho do presente que nunca conseguiu esquecer: o carneiro que um fazendeiro, amigo de seu pai, lhe dera quando tinha seis anos. Andando à volta da mesa, namorando as frutas e o vinho, Jorge ainda vê o bichinho, manso e dócil, acompanhando-o por toda parte. Enquanto os pais não vêm, Jorge continua andando e namorando a mesa, passando entre cadeiras, como se fossem árvores, sentindo que o carneirinho o segue. É neste Natal que descobre: ele o seguirá por toda a vida!... como me segue o "Tinkertoy". E assim Jorge Amado passou a noite de Natal em 1922: comendo frutas estrangeiras, tomando vinho do Porto e acariciando o seu carneiro. Foi neste ano de 1922 que nasci numa fazenda que virou saudade!

Olho à minha volta e compreendo que o estúdio de Wesley é o seu museu projetado. Vi o Wesley-criança brincando no jardim do avô; o menino-Murilo, nas ruas de Juiz de Fora; o Gilberto-garoto brincando no rego d'água do Engenho São Severino; o Érico-criança em cima da nespereira; o menino-Sérgio nas ruas de Higienópolis; o Jorge Amado-garoto numa noite de Natal; eu mesmo, entrando em baixo de uma cama branca na fazenda-memória. E, agora, vejo meus filhos que saíram da casa branca e azul das Perdizes, começando a nascer no estúdio onde estou. Vou me aproximando deles que ganham vida na tela branca, sentindo amor infinito. Blandina, com expressão decidida, está quase embaixo do pinheiro. Camila, sonhadora, olha para o infinito. Gonçalo, em silêncio determinado, pensa em problema de matemática ou num trecho de Nietzsche. Os rostos estão quase prontos, faltando ainda alguma coisa que não sei o que é. Os corpos começam a se projetar no espaço da tela que se torna maior que o mundo. O pincel fica parado perto da boca do meu filho, enquanto Wesley se volta para mim com expressão maliciosa.

— Como é? Encontrou o que anda procurando?

— Ainda não. Mas me lembrei de fatos fundamentais que explicam muitas coisas.

— Ainda bem.

— Sabe, Wesley? Eu deixo que meus filhos sejam o que querem ser. Mas sei, agora, que o futuro deles não depende de mim, como sei que não dependia de meu pai o que sou hoje. Onde está a verdade?

— Não existe a verdade. Tudo é relativo. E a relatividade é determinada pelo tempo. E o tempo é a história que caminha para um mundo mais justo. Nós somos apenas degraus de uma escada que não tem fim, que se perde no amanhã. Já leu os filósofos, Jorge?

— Já. Desde adolescente que leio Nietzsche. Agora, meu filho está lendo toda a obra dele.
— Acho que você devia ler Rousseau!
— Por quê?
— Ele prega a volta à natureza. Assim como fiquei preso num jardim de hortênsias, vejo você prisioneiro de uma fazenda que virou saudade. Assim como desceu dentro de mim, também desci dentro de você.
— É por isto que está colocando montanhas, árvore e tanto verde no quadro dos meus filhos?
— Talvez. É a verdade que você quer? Investigue! Ela é inimiga da aceitação, do receber sem contestar.
— Entre muitas verdades que já encontrei, uma é fundamental.
— Qual?
— Para mim, sempre foi impossível suportar o grosseiro materialismo de certos indivíduos — como hoje, também — mas sempre permaneci em sociedade, suportando-os, sabendo que faziam parte dos caminhos que teria que vencer.
— Permanecer em sociedade! É por isto que eu digo: leia Rousseau! Lembro-me de um trecho dele em que diz que se extasiava ao contato com a natureza, refugiando-se na mãe comum, buscando em seus braços subtrair-se aos ataques de seus filhos — os homens!

A palavra Rousseau ressoa em minha cabeça como barulho de rodas de trem sobre trilhos: rousseaurousseaurousseau! Um velho com expressão impaciente estende a mão para mim e ordena, não pede: "*Le billet, s'il vous plaît!*" Tento fugir da lembrança, examinando meus filhos. Wesley pinta o sapato de uma das minhas filhas. Lembro-me dos sapatinhos na minha biblioteca.

— Sabe que guardei, entre meus livros, o primeiro sapatinho que meus filhos usaram?
— O primeiro entre todos?! Por quê?
— Foi com eles que meus filhos começaram a andar. São simbólicos para mim.

— Está aí uma coisa que não posso colocar em meu estúdio. Ainda não encontrei barriga para filho.

— Os três sapatinhos ajudaram a ensiná-los a caminhar. Não tenho feito outra coisa que observar, amoroso, esse caminhar, esperando que ele os leve para onde sonham chegar.

Já não me sinto tão atormentado quanto no início, ao entrar no estúdio. As lembranças começam a vir mais ordenadas, consequentes. Não me acho tão perdido no labirinto, e de certa maneira parece que eu o assumi. Perdendo-me nele principiei a me encontrar na minha totalidade — única forma de sair dele inteiramente livre. Lembro-me da frase de André Gide: *"Entrer dans le labyrinthe est facile. Rien de plus malaisé que d'en sortir. Nul ne s'y retrouve qu'il ne s'y soit perdu d'abord"*. Olho para a porta de vidro do estúdio e vejo passar o Palácio de Versailles, carvalhos, faias, trigais, celeiros, fardos de feno, cerejeiras, bosques vestindo campanários. Ouço o apito do trem que parece dizer: "pierrrrrrres". Tento fixar minha atenção no quadro e não consigo mais. O velho de expressão intolerante sai do meio dos quadros e grita: *"Prochaine gare: Maintenon!"* Percebo onde estou e me deixo levar pela recordação.

O trem de Paris a Chartres diminui a marcha e para na estação de Maintenon, a mais de 70 quilômetros de Paris. Desço. O trem encobre a pequena estação. À medida que ele parte novamente, vejo, na plataforma vazia, Bento Prado à minha espera. Aproximo-me na manhã fria, procurando perceber aquele homem jovem, considerado no Brasil nosso primeiro filósofo de importância. O tremor de suas mãos é visível logo no primeiro relance. A maneira como leva o cigarro à boca revela agitação interior. Sem sorriso ou falsa amabilidade, estende-me a mão meio esquiva.

— Muito prazer, Jorge. Minha mulher nos espera no carro.

Lúcia, mulher de Bento, salta do Volks e me encara firme, com olhos cercados de sobrancelhas largas, revelando ser mulher vital, sem vaidade. Olho as mãos dela: são fortes, de quem trabalha, sem unhas pintadas, mãos camponesas. Os cabelos negros contrastam com a pele clara, revelando ascendência italiana. Lúcia toca o carro. Bento se volta para mim com um sorriso tímido, cheio de pudor, escondendo-se atrás dos olhos e dos lábios:

— Nunca consegui guiar um carro.

Olho suas mãos e não as vejo mesmo segurando a direção de um carro. Mãos nervosas, quase translúcidas, frágeis! As de Lúcia na direção do carro são determinadas, possessivas. Não sei por quê, penso que talvez sem elas Bento se sentisse perdido. De maneira fugidia, lembro-me das mãos da mãe de Wesley: dominadoras, segurando marido e filhos só para si! O Volks desce na rua de Maintenon em direção a Pierres. O silêncio entre o casal é cheio de expectativa. Sinto-me "estrangeiro", chegando e invadindo um mundo que se pretende fechado a curiosos — mundo de leituras, pesquisas cientificas, pensamentos filosóficos. Bento é homem fechado, introspectivo, só dialogando com quem tem intimidade, ou que tenha os mesmos interesses. Percebo-o, porém, com atenção voltada para mim numa curiosidade silenciosa, enquanto observo a "natureza" onde vive e trabalha.

Por todos os lados as árvores estão se vestindo de folhas: a primavera é presença constante e vital. Para qualquer lugar que se olhe, tudo renasce cobrindo-se de cores. O mundo ganha o colorido da infância, engatinhando-se novamente. A renovação se abre em cachos floridos de esperança. Os rostos que passam na calçada não sofrem pela morte do inverno. O manto verde que cobre a pequena cidade. agasalhando-a do resto do frio, reflete no brilho esverdeado o azul do céu. Parece que o mundo voltou ao princípio e vamos entrando num paraíso luxuriante. Na campanha que se perde de vista, as árvores formam grupinhos na paisagem, sussurrando ao vento segredos primaveris. Mas a beleza do renascimento da natureza não me faz esquecer do homem sentado na frente do Volks. Sei que para compreender o mundo de Bento preciso penetrar nele lentamente, registrando todos os pequenos incidentes, as expressões imperceptíveis, os gestos que não se completam. A minha missão é captar a natureza física e humana de um homem profundamente complexo, da mesma maneira como captamos, ao penetrarmos numa catedral — como a de Notre Dame, por exemplo — os pequenos detalhes, as esculturas, as colunas, as abóbadas, numa sequência lógica, sentindo até o fundo seu silêncio secular banhado pelas cores dos vitrais. Sem isto, podemos entrar na catedral, mas não a vemos. Vendo a primavera renascendo em toda Maintenon, lembro-me do grito de Rousseau:

— Voltemos à natureza!

Olho pela janela do carro e admiro as casas com tetos inclinados de ardósia, os muros floridos e os canteiros atapetados de tulipas. A rua sinuosa, estreita, lembra cenário de filme francês sobre vida operária. Atravessamos uma ponte de pedras e saímos diante do Castelo de Maintenon. Dois cisnes brancos, deslizando embaixo da ponte, abrem círculos na água transparente. Seu orgulho e empáfia fazem lembrar a aristocracia que viveu no Castelo. Olhando os cisnes, ouço a voz de Bento, ainda hesitante:

— Marcel Proust andou nesta paisagem. Maintenon é lugar proustiano! Algumas de suas personagens viveram aqui!

Penso comigo: talvez Bento Prado também seja personagem proustiana. Não é quatrocentão paulista vivendo e estudando a obra de Rousseau na campanha francesa? Imediatamente, o trecho que mais me marcou de *Em busca do tempo perdido*, de Marcel Proust, vem ao meu pensamento: "E, como nesse divertimento japonês de mergulhar numa bacia de porcelana cheia d'água pedacinhos de papel, até então indistintos e que, depois de molhados, se estiram, se delineiam, se colorem, se diferenciam, tornam-se flores, casas, personagens consistentes e reconhecíveis, assim agora todas as flores do nosso jardim e as do parque do sr. Swann, e as ninfeias do Vivonne, e a boa gente da aldeia e suas pequenas moradias e a igreja e toda Combray e seus arredores, tudo isso que toma forma e solidez, saiu, cidade e jardim, da minha taça de chá".

Vejo jardins, flores e moradias passando e penso que estou em Combray de Marcel Proust, não em Maintenon. Ou estaria numa fazenda distante que virou saudade? Não vivo também em busca de um tempo que parou, aprisionando-me numa procura que não tem fim? Ou estou ainda no estúdio de Wesley? Saio do Volks de Bento e volto-me para Wesley quando ouço sua voz:

— É claro, Jorge, que todos os seus trabalhos são uma espécie de grito. Não é simplesmente um escrever, não é um aviso, é um grito mesmo. Uma chamada de atenção para uma problemática. Concordo plenamente quando diz que essa problemática é sua, enquanto está sentindo e escrevendo, mas ela é geral como contexto. Só assim tem sentido. Concorda?

— Plenamente, Wesley.

— Deixa eu te perguntar uma coisa: quando você lê seus trabalhos, a visão que tem é de uma visão feliz, ou de uma visão atormentada?

— Na maioria das vezes, atormentada.

— A arte ainda não o libertou inteiramente, Jorge. Porque ela só pode trazer uma visão feliz, própria da realização plena. E ela só é plena quando registra a verdadeira face do homem no seu tempo. Já viu as pinturas de Rafael?

— Vi em Roma.

— O homem do Renascimento está todo lá!

Quando vou responder a Wesley, ouço a voz de Bento no Volks:

— Quando caminho pelos arredores de Pierres ou Maintenon, acho que a paisagem é tão bela quanto a que conheci na infância!

Eu estava certo quando desconfiei de que Bento era personagem proustiana. Percebo que ele me sonda, ao se sentir sondado. Sei que, para se perceber o outro, é necessário aceitá-lo tal como é. É por isto que não forço o diálogo, deixando que Bento saia do mundo dos pensamentos filosóficos e venha para o meu, como já começou a vir falando de sua infância. Ao mesmo tempo, uma frase de Rousseau vem ao meu pensamento: "Quando queremos estudar os homens é preciso olhar perto de si; mas para estudar o homem é necessário aprender a dirigir o olhar para longe; é preciso inicialmente observar as diferenças para descobrir as propriedades".

Assim, preciso dirigir a minha sondagem, o meu olhar, para o passado remoto de Bento. E é o que ele já começou a revelar ao se referir à infância. Pensando em Proust, para quem o passado é uma presença viva constante, lembro-me de que Bento veio de Jaú, no interior de São Paulo, e que pertence a família paulista de quatrocentos anos — parente de meu sogro. Com tato lanço a pergunta:

— Como era seu pai, Bento?

— Meu pai tinha muita doçura no olhar, um olhar que também podia refletir uma violência inaudita! Fugiu do mundo da tradição de Jaú e sentia-se feliz por ter escapado, porque, se não tivesse saído de lá, os filhos estariam desarmados, não poderiam conquistar o mundo de hoje, nem mesmo chegariam a compreendê-lo. Isto aconteceu quando eu tinha seis anos.

O passado começa a viver no presente! E não é realmente a infância o cadinho onde se forja o homem que cada um será? É pelo menos a memória que se transforma em sementeira da realização pessoal! A personagem proustiana, sentada na frente do carro, começa a se abrir, transformando timidez, sorrisos esquivos e pudor em fatos concretos de sua história, da sua vivência. O cigarro treme em seus dedos frágeis de intelectual, de mãos que só trabalham com livros e canetas. Lúcia, vigilante, permanece silenciosa.

Depois da ponte de pedras, nosso carro entra em Pierres, cidadezinha que é quase subúrbio de Maintenon. É onde mora Bento. Tem apenas mil habitantes, a maioria composta por artesãos, camponeses, operários de rostos avinhados. O Volks para.

— É aqui que moramos. Fiquei um ano em Paris. Mas lá, havia muitas interferências em meu trabalho. A vida de meus filhos era difícil, dificultando o trabalho de Lúcia.

Pela primeira vez, Lúcia se volta diretamente para mim:

— É melhor para Bento, para os estudos dos filhos, e aqui também posso acabar minha tese. O laboratório onde trabalho fica muito perto. Bento escreve sobre Rousseau e eu, etóloga, estudo os hábitos dos animais e da acomodação dos seres vivos às condições do ambiente. Estou fazendo uma tese sobre o comportamento das saúvas.

Parece que, ao entrarmos na casa, nosso relacionamento vai se aprofundando, tornando-se mais fácil. Enquanto caminho admirando o jardim, a casa, cercas e muros abraçados por trepadeiras que anunciam flores, ouço Bento:

— Às vezes, quando caminho neste jardim pensando no que tenho que escrever, acho-o tão bonito quanto o da Fazenda Redenção, em Bica de Pedra, onde passei meus primeiros anos de infância. Aqui, voltei a me interessar pelos bichos, pelas árvores, pelos pássaros. Tenho a cidade e o campo ao mesmo tempo. Não estou apenas no mundo do consumo, mas também da natureza.

Mais do que Proust, foi talvez Rousseau quem levou Bento à decisão de morar longe de Paris, decisão que julga fundamental. O rosto do filósofo genebrino vai aparecendo no jardim e, de repente, estamos eu e Bento um diante do outro, dois homens do campo brasileiro, produtos da mesma paisagem social, libertos de condições ultrapassadas, livres de mentalidades preconceituosas, condicionantes. Diante de mim, naquele jardim em Pierres, está o descendente de figuras históricas paulistas como João Ramalho, Tibiriçá, Borba Gato — genro de Fernão Dias! — que não nega suas raízes, mas que não vive apenas em função delas, bebendo, mastigando, respirando, agonizando tradição. As vozes estranhas, portadoras passadistas, voltam a ressoar no labirinto:

— O barão e meu avô, uma vez, armaram uma discussão daquelas! Um queria pagar, o outro não queria receber. Deve, não deve. Deve, não deve! Que gente diferente da gentinha de hoje!

— Era primo-irmão de minha avó materna e tio do meu avô paterno!

— Sobrinho do meu bisavô e, ao mesmo tempo, tio da minha avó materna.

— Tinha língua de fogo!... como aquela figura irreverente do Império, a quem, uma vez, perguntaram se conhecia os Veigas. "Conheço e não conheço", respondeu. "Os Veigas, de Minas, os Lobos, de Itu e os Uchoas, do Norte, distinguir um do outro não é possível. Conheço em bloco porque é tudo uma mulatada só." Era muito atrevido!

— Naquele tempo mandavam lavar as roupas em Portugal.

— As famílias tinham lugar certo para sentar nas igrejas e em toda parte!

— Depois que entraram os turcos é que tudo se modificou.

— Sabe? Só aqui na capital eu tenho sete lugares para ser enterrado. Em Itu, onde nasci, posso fechar os olhos, entrar no cemitério e onde encostar a mão... posso deitar que é parente meu. É para lá que quero ir.

— Prefiro o Cemitério da Consolação. O túmulo de papai está num lugar muito pitoresco. A vista é linda! Uma vizinhança boa, tão distinta!

Deixo de ouvir a voz dos mortos, quando ouço a de Bento:

— Na minha infância eu sonhava muito que estava na fazenda. Porém a realidade era outra. Mas um dia, acordei e vi que estava mesmo. Desde então, a sensação de felicidade está ligada a este fato.

O entendimento e a confiança se firmam entre nós, com a mesma força da primavera à nossa volta. As perguntas não precisam ser feitas: Bento se abre diante de mim como se eu fosse uma presença irmã. Ele quase se desculpa pela maneira de falar, citando e identificando-se a Rousseau: "Pouco senhor do meu espírito quando estou só comigo mesmo, avaliem o que devo ser na conversa, onde para falar como convém, é preciso pensar em mil coisas ao mesmo tempo e de repente. Basta a lembrança de tantas convenções, das quais tenho certeza que irei me esquecer pelo menos de uma, para me sentir intimidado. Mal chego a compreender como alguém ousa falar numa roda. No diálogo há um outro inconveniente, que ainda acho pior: a necessidade de falar sempre. Quando falam conosco é preciso responder e se ninguém toma a palavra, é preciso reatar a conversa. Então balbucio algumas palavras sem ideias, muito feliz quando elas não chegam a significar absolutamente nada".

— Mas não é o que está acontecendo, Bento!
— Por quê?
— Suas palavras significam muito. Num espaço tão curto, do momento em que o conheci na estação e agora neste jardim, você já se referiu a duas coisas fundamentais.
— Quais?
— Sua infância e sua adolescência. Quando queremos a verdade de um homem, onde mais podemos procurar a não ser nele mesmo, na sua vivência?
— É verdade! Eu mesmo disse isto de Rousseau.
— O quê?
— Que o singular contraste de tendências e ações nobres e vis, que em si mesmo nos revela, tem suas raízes no caráter extravagante e sonhador herdado do pai e alimentado pelas condições nas quais se desenvolveram sua infância e sua educação.
— Não vim aqui em busca de ideias filosóficas, mas para buscá-lo. É o homem que me interessa em primeiro lugar. As ideias filosóficas, se existirem, virão com ele.
— É claro. Eu estava tentando negacear. Justo eu que estudo Rousseau, que sempre se apresentou tal qual foi! Gostaria de...!
— Gostaria de quê? Diga!
— Gostaria de falar sobre meu pai, fundamental em minha vida.

Sinto que desde o começo este pai estivera nos espreitando, esperando um momento para impor sua presença. Não encontrei o pai de Wesley, Murilo, Gilberto, Érico, Sérgio e o meu? Por que não conhecer o de Bento? Não será ele que vim buscar neste jardim de Pierres? Sei que através dele posso encontrar o verdadeiro Bento. Não precisamos conhecer o passado para compreender o presente?

— Seu pai foi fundamental em que sentido?
— Na medida em que forneceu um modelo de escritor exigindo na escrita um posicionamento moral. Escrever, mas escrever

contra o mundo. Porque em qualquer literatura você está falando da convivência entre os homens, iluminando a história presente. Graças a meu pai — professor universitário, religioso, considerado meio louco em Jaú por não ser quadrado — passamos para o mundo de hoje, ou de amanhã. Estamos livres da carga que certo passado representa.

Compreendo muito bem o valor desta fuga. Mas será que ficamos livres da carga do passado? Urbana não afirma que não se pode cortar o passado e que ele nos acompanha para onde vamos? O pai de Bento, já morto, não é voz do passado ressoando viva no presente pela lembrança do filho? De repente, no jardim em Pierres onde a primavera é a grande presença com seu renascimento milenar, vejo meu pai sentando-se no cacho do curral, pensativo. Vaqueiro se aproxima meio temeroso.

— Chamou, compadre?

— Meu filho ficou famoso, Vaqueiro!

— Verdade, compadre?

— Não se lembra da notícia no jornal? Sobre aquela viagem no estrangeiro? Era até convidado do Governo, Vaqueiro. Não se lembra?

— Calma, compadre. Não precisa gritar.

— Tinha até uma fotografia no jornal, recebendo não sei que prêmio. Era cada roda de carro-de-boi!

— O quê?

— Os discos do Aluízio. Uma mulherada que só sabia gritar! Nunca vi ninguém gostar tanto de um livro! Passava o dia inteiro pendurado na orelha deles!

— Diz que essa gente de teatro é muito alegrinha, não é, compadre? Vi muitos no circo.

— Mas meu filho não é artista, não. É escritor! Não sabe o que é escritor, Vaqueiro?

— Pensei que escritor fosse artista, compadre! Não é?

— Pois não é! E não me venha falar em gente de circo. Ninguém precisa pintar a cara pra escrever. Cada um tem uma inclinação. Diz até que meu pai tocava flauta. Então! E era um dos antigos. Meu filho também podia gostar do que quisesse. E não me venha falar em gente de circo com cara pintada! Meu filho é um escritor!

Não posso deixar de sorrir, sofrendo ao mesmo tempo, ao me lembrar deste pai prisioneiro de valores herdados, sem nenhuma possibilidade de libertação da carga que o passado lhe trouxe. É o contrário do pai de Bento, que partiu para que os filhos conquistassem o "amanhã". Compreendo, então, que meu pai foi a grande vítima, esmagado entre dois mundos diametralmente opostos: o do passado e o de hoje. O que morreu em 1929 no *crack* da Bolsa de Nova York e o que começou a nascer, vindo com Getúlio Vargas dos pampas! Eu e o pai de Bento ainda conseguimos fugir. Ele não teve nenhuma chance. Viveu montado no cavalo Matogrosso e cercado de cachorros, no dédalo escuro da mata. Perdeu o mundo da terra que herdou e não tinha condições de preservar, nem foi preparado para conquistar outro. Com os mesmos olhos infantis e indefesos que olhou à sua volta quando criança, olhou também já adulto e quando agonizou. O telurismo marcou seu caráter do berço ao túmulo: era autêntico filho das matas e das terras roxas do Rio Pardo. O universo estava contido ali com os únicos valores que considerava fundamentais: o cachorro, o cavalo, a caça e a fêmea! Do que mais necessitava um homem? No continente onde habitava — cercado pelo Rio Pardo, pelo Ribeirão do Turvo e dos Coqueiros — os pontos cardeais eram o barreiro, o carreiro, o amoitador e o pesqueiro! Para além deste mundo nada existia e era só nele que se forjava um verdadeiro dono da terra. Somente o telúrico determinava o destino dos homens! Fugir deste mundo para onde e para quê, se nele é que a felicidade se amoitava? Pensando assim, se perdeu no seu mundo e, durante mais de sessenta anos, soltou suas Melindrosas para desamoitá-la! E é lá que vou sempre encontrá-lo muito mais puro e autêntico do que eu. Será mesmo que, para conquistar o "amanhã", precisamos fugir do passado? Ou eles se contêm no processo histórico? O pai de Bento fugiu de Jaú, mas quando este fala da infância, saudades telúricas espreitam em seus olhos. Eu também fugi, mas carreguei todos os mortos! Estava, em pensamento, comparando os dois pais, quando ouço a voz de Bento:

— Mas este passado me traz, às vezes, uma profunda nostalgia, brotando sempre em mim, a vontade de voltar, não uma volta histórica, mas uma volta material à casa, à fazenda, às ruas, às árvores, aos objetos, pedras, paisagens da infância. Não seria uma volta sofrida, mas não deixaria de ser pungente.

Agora, é meu pai quem sorri como se guardasse uma verdade fundamental. O pai de Bento fugiu de Jaú para o mundo do "amanhã", e encontro seu filho em Pierres escrevendo sobre Rousseau, mas pensando nas paisagens da infância, amando a natureza sempre presente da fazenda paterna perdida. O meu morreu prisioneiro de um mundo essencialmente telúrico, mas estou também em Pierres escrevendo, mas vendo-o conversar com Vaqueiro no cocho do curral! Nesta mistura de presenças concretas e imaginárias, até onde vai a realidade e onde começa a fantasia? E a realidade e a fantasia estão onde: no passado ou no presente? E se Bento e eu fôssemos apenas a fantasia de pais que pertencem a mundos concretos fixos no tempo e no espaço? Será que o meu mundo e o de Bento são também concretos e se fixarão no tempo? Até onde um passado avança transfigurando-se em futuro ou este recua transformando-se em passado? Passado, presente e futuro não serão uma só realidade? Por um momento fico inseguro, quando começo a perceber que o perigo, na compreensão do Bento que veio de Bica de Pedra, em Jaú, é misturar Proust com Rousseau, memória com história, com filosofia. E para não compreender a mim mesmo, para amoitar a minha verdade, o que foi que misturei? Realidade com teatro? Penso que Proust é a volta ao passado; que o passado é a natureza; que a natureza é Rousseau; e que Rousseau é a raiz da nossa verdade. Mas qual é a verdade que esclarece Bento e eu, se nossos pais foram tão diferentes, embora pertencessem ao mundo da terra? Lembro-me de Wesley dizendo-me:

— Acho que devia ler Rousseau. Ele prega a volta à natureza. Assim como fiquei preso num jardim de hortênsias, eu o vejo prisioneiro de uma fazenda que virou lembrança. Da mesma maneira como desceu dentro de mim, também desci dentro de você.

Volto-me para Bento e vejo nele não o produto dos mesmos conflitos humanos que me determinaram, mas o de idêntica condição social, habitando paisagens perdidas semelhantes às minhas. Não posso deixar de perguntar:

— A fazenda de seu pai ainda existe?

— Existe, mas não é nossa há mais de vinte anos. Acho que foi um antigo colono de meu pai quem ficou com ela. Aquela velha história de São Paulo: o dono tradicional descendo, o imigrante subindo.

— Acha errado?

— Certíssimo!

Não estou mais no jardim de Pierres, mas numa rua de cafezal. Egisto Ghirotto abaixa-se, enfia a peneira no monte de café e o puxa para dentro da peneira. Passa a mão grossa e áspera como raiz de lixeira e cata folhas, gravetos, pedras. Sacode a peneira com os joelhos. Balanceia a peneira e joga o café para o ar, procurando a ajuda do vento. O café abre-se numa enorme elipse no espaço, caindo já limpo dentro da peneira. As folhas, o cisco e o pó formam uma pequena nuvem no céu vermelho do cafezal. O corpo de Egisto é firme como jatobazeiro! Os braços, encordoados como galho de figueira! O suor faz pelotas de barro no rosto. A roupa molhada e colada revela um corpo de proporções quase perfeitas! Os olhos brilham como estrelas, quando grita com determinação inabalável:

— O que sou ganhei com estes braços e com esta cabeça. Me entende? O que tenho não encontrei na rua, nem recebi de presente. Carcamano, imigrante e com muito orgulho. Fiz mais do que os donos da terra! Quando cheguei aqui, eles eram os donos de tudo. Hoje, o dono sou eu. E *lavoro* honesto, honestíssimo! Vou me importar com o que pensam? *A l'inferno tutti quanti*! Eu vim da Itália pra ficar, *figlio*. Estrangeiro é turista, gente que não tem o que fazer em lugar nenhum. Conheço muitos brasileiros. que são turistas *qui*! *Qui*! Andam por aí olhando a paisagem; estudando história. *Io* faço *la* história! Pra chegar onde cheguei, *ho lavorato*. *Ho lavorato* como *un disgraziato*. Ninguém é melhor do que nós, *figlio*! Está vendo esta fazenda aí? Foi feita com essas peneiras. E eu tomei parte. *A famiglia* de sua mãe também. Tem um pedaço grande aí que é tão nosso quanto deles!

Encontro em Pierres personagens da minha dramaturgia, da história paulista: os netos dos barões entregando os bens e o sangue que não souberam conservar ao imigrante ambicioso e trabalhador, disposto a conquistar o novo mundo e enraizar-se nele. Entregaram os bens, os filhos, o nome, a tradição e a história. Com tudo isto e com seu trabalho, o imigrante fundou uma nova sociedade. Ouço a voz de Egisto que vem, não mais de uma rua de cafezal, mas de uma do Brás, da Bela Vista, da Avenida Paulista, de São Bernardo do Campo, de toda a metrópole paulista:

— Tudo começou quando cheguei e saltei do carroçon. Súbito, o mundo ficou verde. Pensei que estava no *paradiso*... e estava! *Questa* terra fez brotar o *amore* e amei sua gente. *Má* nunca tive tempo de namorar a paisagem, *perchè* vivia com os olhos no cabo da enxada ou dentro da peneira. E foi assim que juntei as terras e enchi de plataçon. O cafezal agonizava! Os donos não sabiam tratar. *Má* eu sabia *perchè*. Lavorava dentro dele! Eu dizia: *má* a chuva não para dentro do cafezal. *Má come* pode ser! *Come una* árvore pode viver e produzir, morrendo de sede? Prendi a chuva no cafezal! Eu dizia: *má questo* café está *vecchio*! *Má come* pode ser? *Come una cosa vecchia* pode dar *dei frutti*? Replantei o cafezal! Eu dizia: *ma questa* terra está faminta! *Come una cosa* pode produzir morrendo de fame? Adubei o cafezal! Lavorei próprio como *comanda la sciencia* e o café virou um belíssimo *jardino*! A fazenda tornou a viver e deu tudo o que podia dar: café, mantimento, tecelagens, fiaçon, refinaçon e tanta cosa! Tanta *cosa, Santo Dio*! Até *una famiglia veramente brasiliana*!

No jardinzinho de Pierres, vindo do passado de Bento, encontro um dos colonos que deram início a um novo ciclo paulista, o da industrialização, da ascensão concomitante dos imigrantes e da sua integração na sociedade brasileira.

— Que fez seu pai, Bento, depois que saiu da fazenda, entregando-a a um ex-colono?

— Foi para São Paulo e fez o curso de Letras Clássicas e passou a lecionar na Universidade Católica. Traduzia Horácio.

Universidade Católica! As duas palavras mágicas transformam o jardinzinho de Pierres numa capela forrada de agapantos brancos! Gente enchapelada, com expressões circunspectas, ouve o órgão tocando *Apenas um coração solitário*. É a capela da Universidade Católica onde me casei com Helena, prima quatrocentona de Bento. Vejo-me de fraque, esperando no altar que ela entre na nave. De repente, a porta se abre e ela aparece no braço do pai. Ele vem pelo meio da nave, mancando e sem bengala, para entregar-me a filha. Nele, é um ato de amor, de suprema confiança. Entregar uma filha, para meu sogro, era entregar a pedra preciosa mais procurada e encontrada. A família era a sua serra fosforescente. E não sonhou entregar suas pedras a nenhum rei, mas a um homem! Na capela, vazia para mim, ela vai se aproximando florida de promessas! Seus olhos verdes são esmeraldas que brilham mais do que as que seu antepassado procurou na mata escura. No vestido branco, lembra as garças que vi pousar nas árvores do Rio Pardo. O seu caminhar firme, aproximando-se de mim, diz que me libertará do passado e me levará para o futuro. Descendente de Fernão Dias que me guiará na mata cerrada da procura, na busca da minha verdade. Ela se ajoelha ao meu lado e eu me faço homem. No outro dia, andando pela praia de Copacabana, tenho vontade de correr na areia como menino, de atirar-me ao mar e ir ver onde se esconderam os cavalos-marinhos, de subir nas montanhas e alçar voo, procurando o infinito! Que importa o que eu e Helena fizemos ou fomos! O essencial é o que somos hoje, neste dia cheio de estrelas. Neste hoje que é só amanhã. Assim via chegada da noite, prenhe de promessas, com o céu coberto de luas. E foi assim que assisti o dia amanhecer, radioso de realização! Já não seria mais a caça perseguida, mas o caçador perseguindo. Estava liberto e era dono de mim mesmo. Podia, agora, correr rasto atrás e brincar com meus perseguidores. E foi o que fiz! E é ainda o que faço! Só a prima samaritana e minha amada Helena sabem disto. É o bastante. Volto-me e olho meus filhos no quadro de Wesley: eles vieram daquela capela coberta de agapantos. Aproximo-me do quadro e sinto uma sensação de profunda alegria. O labirinto fica iluminado por uma luz que não sei de onde vem. Suas paredes se revestem de trepadeiras floridas! Ouço vozes e risadas infantis! O menino Wesley passa correndo, brincando entre hortênsias. Jorge Amado namora a mesa natalina, cheia de vinhos e frutas. Gilberto Freyre solta seu naviozinho no rego d'água do Engenho. Érico sobe na sua nespereira florida. Eu brinco embaixo de mangueiras. Observo meus filhos no quadro já ganhando vida entre ramagens, montanhas e nuvens! Qualquer coisa me diz que estou próximo de descobrir o que está gerando o encantamento naquele estúdio. Com os olhos presos em meus filhos, pergunto:

— Como vê meus filhos, Wesley? Por que os pintou no meio da natureza?

— Jorge! Não fiz o retrato de seus filhos, fiz o seu retrato interior. Desde que começamos a estreitar nossa amizade, eu vinha observando você. Em várias passagens do meu diário em que comento isto, uma delas saiu durante a longa reportagem que você fez sobre mim, e lá está escrito: eu tenho a sensação nítida de que Jorge está pescando em si mesmo e não reportando. Enquanto trabalho no quadro a grande dificuldade é sua filha menor, porque é o terceiro elemento e eu não entendia o que significava. Mas hoje está claro para mim: é a aparição do Self meu que sincronizava com o seu. Daí a árvore atrás dela e a abertura da moldura na parte superior. Sabe para quê? Para que o seu Self cresça e transcenda a limitação do espaço dado que é a tela. O caminho é o do meio! O reconhecimento de si mesmo!

Aproximo-me ainda mais do quadro observando meu filho. Com o braço direito meio escondido atrás do corpo que recua, parece não querer se comunicar: ele se basta! Reflete no olhar um ser profundamente introspectivo, que vive prisioneiro de seu mundo interior e se sente feliz assim. Olha para mim como se quisesse dizer: "Você é você, eu sou eu!" Tudo nele é vontade de autoafirmação. Lembro-me que um dia, era ainda criança, apontou meus prêmios teatrais na estante da biblioteca e disse: "Ainda vou colocar o meu entre os seus!" Está impenetrável no quadro, tanto quanto costuma estar na vida de todo dia. Suas feições refletem caráter e determinação. Apaixonado pela física e pela matemática, apresenta-se distante do meu mundo dionisíaco. Mas temos um traço em comum: a paixão pelos livros. Camila, em primeiro plano do outro lado do quadro, tem as mãos fechadas numa atitude de defesa. Realmente, é a mais insegura e indefesa dos meus filhos. Ela não parece olhar, mas sondar, espreitar. Há qualquer coisa neste olhar que parece dizer: "pretendo tirar tudo da vida!" A expressão do rosto revela confiança na própria beleza — sua principal arma na luta pela vida. Tudo nela é maternal. Mais ao fundo, entre Gonçalo e Camila, está Blandina quase embaixo do pinheiro. Olha para mim fixamente, enfrentando-me. O olhar é carregado de determinação interior. Tenho a impressão de que vai subir pelos galhos do pinheiro e sair do quadro pela abertura na moldura. Ela é da realidade, preocupada, querendo ser a mãe dos outros. Parece estar vigiando, preocupando-se com os irmãos em primeiro plano. É da espécie de filho que olha à sua volta e entende o outro muito antes do tempo em que deveria entender. Procuro compreender por que Wesley disse que é o meu Self, o reconhecimento de mim mesmo, mas não consigo. Uma coisa fundamental, porém, eu entendo: a presença dos três no estúdio determina para sempre a minha no mundo!

Os filhos de Bento passam correndo pelo estúdio, voltando da escola municipal de Pierres. De imediato percebo que Bento também é inábil para lidar com os filhos. Prisioneiro da condição de escritor e filósofo, vive perdido no mundo das ideias. Quando desce para o dia-a-dia, fica à margem das coisas.

— O que significam os filhos para você, Bento?

— Eles me contestam, me recusam, me colocam de escanteio, embora tente conquistá-los até usando meios de sedução. Isto com minhas filhas. Com meu filho é diferente. Conversamos até em filosofia no bar. Mas, às vezes, percebo que estou querendo projetar nele a minha relação com meu pai. Mas eu não quero que ele seja eu, mas ele mesmo. E isto é uma preocupação.

— Você disse que seu pai fugiu de Jaú, fez curso de Letras Clássicas e lecionou na Universidade Católica. Acha que pelo fato dele ter entregue a fazenda a um ex-colono, ele desceu?

— Pelo contrário! Mas você sabe que muitos ainda estão descendo, exatamente porque não têm coragem de partir. Continuam agarrados a um mundo que não existe mais, que não tem mais razão de ser.

— Sei disto melhor do que ninguém. Basta ler o meu teatro.

— Meu pai era fora de série. Sabe que se perdia tanto na leitura de um romance que chegou a cair dentro do rio Jaú, ainda com o livro aberto? Quando eu tinha mais ou menos sete anos, quando minha mãe viajava, eu e meus irmãos deitávamos na cama dele e ele lia poemas seus para nós. Até hoje ainda sei um deles que dizia:

"Rendeira boa rendeira,
Não deixarás de tecer
Que o tecido é trabalheira
Que a gente queira ou não queira
Há de ter a vida inteira
Como castigo ou prazer."

— Eu diria de meu pai o que ele costumava dizer do seu: foi um homem tão justo que se cometesse um crime, não seria crime, mas virtude!

Por um momento, Bento se perde em recordações. A força do passado sobrepõe-se ao presente, pintando o jardinzinho francês com matizes evanescentes de Bica de Pedra. Ou seria com o colorido translúcido nas árvores da Santa Izabel? Vejo meu sogro, primo do pai de Bento, erguer os olhos e admirar o Pau-d'alho que plantou. Dois descendentes dos bandeirantes: um, em Bica de Pedra, e o outro, na Santa Izabel, cumprindo a vida com a mesma dignidade. Como o pai de Bento, meu sogro foi também homem justo. Honesto e íntegro até a medula, podia desfechar, enfurecido, uma bengalada numa pessoa, mas uma hora depois ninguém sofreria mais do que ele por tê-lo feito. Poucas mãos, enquanto viveu, puderam apertar as suas, tão sinceras e limpas quanto as dele. Poucos olhos puderam encará-lo refletindo idêntica limpidez de alma. Raros guardaram dentro de si a mesma capacidade de amar e respeitar. O ódio, nele, era terrível, mas passageiro como a brisa. O amor tinha raízes profundas de árvore capaz de enfrentar tempestades. Os olhos refletiam sempre uma crença inabalável no homem. Os braços viveram estendidos para quem precisasse deles. A inteligência, aberta para a aceitação e compreensão de tudo. O coração, um universo de amor, onde brilhavam o afeto e a capacidade de perdão. Amou, ofereceu, deu, sem esperar receber de volta. Meu sogro se distancia do Pau d'alho, observa o sentido do vento, vê para onde correm as nuvens e sua expressão feliz anuncia a proximidade das chuvas que farão tudo germinar. Ele se afasta de mim, dialogando com o tempo, com o vento e com a terra. Por que será que apareceu no jardim de Pierres? Ou está no estúdio admirando o quadro, onde tintas ainda esmaecidas começam a projetar seus netos? Netos que são filhos meus, a quem deve ter transmitido muitas de suas qualidades. Entre todas, espero que tenham herdado o seu profundo humanismo. Sei que sente orgulho dos meus filhos, como sente de todos os "seus". A família, foi realmente a serra fosforescente que procurou e encontrou. Com ele compreendi que era o que eu também procurava, ensinando-me a respeitar meus filhos como dádivas preciosas da vida.

Meu sogro sai mancando entre as tulipas que se abrem, quando ouço a voz de Bento, voltando de Bica de Pedra no dorso da tropa célere da recordação:

— Aprendi com meu pai a importância fundamental do trabalho literário. E trabalho é o que faço aqui, não como castigo, mas com o prazer de escrever sobre Rousseau. Não tenho hora para deitar ou levantar, os dias da semana se embaralham, o almoço se confunde com o jantar, o dia se mistura com a noite; o sentido do tempo, do cotidiano, fica completamente esfacelado.

— Por que escolheu Rousseau?

— Porque, para mim, hoje, tudo passa por ele. Procuro revelar a atualidade dele e não revelar Rousseau a partir da atualidade. No meu trabalho ele aparece de maneira dúplice, como objeto de estudo, mas também como instância e condição de possibilidade de compreender o mundo moderno que ele anuncia do coração da Idade Clássica. Esse lugar privilegiado que Rousseau ocupa no horizonte do pensamento moderno já foi fortemente sublinhado por Lévi-Strauss, que vê nele o fundador da Antropologia.

— E seu sentido filosófico, Bento, nasceu desde cedo?

— Quando estava no fim do ginásio, aos 15 anos.

— E como percebeu?

— Pelo sentido de vertigem que sentia quando somente o céu estava diante de meus olhos, ou mesmo quando, passando pelas ruas, sentia vivamente que não existia somente eu, mas também o outro. Isto geralmente determinava perguntas como: por que não sou o outro? Ou vice-versa. Penso que tudo isto lembra o nascimento de uma sensibilidade filosófica.

— Como também pode sugerir sentimento religioso!

— Na linguagem do êxtase eu poderia ser religioso, nunca em um sentido de crença. Nunca fui, nem sou religioso. Só tenho uma religião: o homem!

— Não percebo a diferença! Afinal, ser religioso é também ser homem.

— Acontece que creio no homem, mas como Rousseau: livre de condicionamentos místicos, apenas prisioneiro, felizmente, de seus instintos, mas no melhor sentido do uso que pode fazer deles.

Caminhando pelo jardim, Bento fala sobre o homem, revelando sua verdade mais profunda: ele anda à procura da explicação de tudo, do homem na sociedade moderna. Seu pensamento filosófico é cortado no momento em que, com a mão trêmula, tenta me servir cerveja. Percebendo que a cerveja pode cair em qualquer lugar, menos no copo, tomo a garrafa e me sirvo. Bento sorri, mas não se desculpando:

— A resistência da matéria me deixa indignado. Só me acomodo à resistência do pensamento. Afinal, escrever e polemizar é quase sempre a mesma coisa. Sou como meu pai, que tinha total inabilidade para tudo, desde guiar um carro até abrir uma gaveta. Era minha mãe quem fazia tudo, até mesmo pôr a roupa que ele ia usar em cima da cama.

Fica cada vez mais clara a grande influência do pai na formação do filho filósofo. O pai, a fazenda perdida em Bica de Pedra, a infância! De repente, meio sem jeito, Bento enfia a mão no bolso e se volta para mim.

— Quer ouvir o poema que escrevi sobre Bica de Pedra, hoje chamada Itapuy?

— Nada me agradaria mais, Bento!

O papel treme em suas mãos, mas a voz sai firme, enovelada pelos fios da roca da saudade. Os olhos brilham como pedras na paisagem batidas pelo sol.

"A pedra contra a pedra,
uma faísca.
A mula contra o raio,
um prisco.
A mão trêmula contra o papel,
um fiasco.

No Jaú, na Europa, nas Minas Gerais,
as letras nunca são iguais,
na obsessiva repetição do mesmo:
— Itapuy, Itabira, Pierres, Itapuy.
Letrado de Bica de Pedra,
coração de priscas eras,
alma vetusta, torta e morta,
lavrador de terra pobre e pedregosa,
lavro a cinza exausta da montanha,
o osso de seu dorso magro,
rabisco, avaro, o cisco de sua lava,
com o risco senão o perdão
da palavra,
embora na Bica de Pedra o sítio
se chamasse Redenção.
Nem bastara uma alma enorme,
para mais livre uso do traço,
sob tanto peso de pedra,
sob o vertical infinito peso
do Ita Puy."

    Bento cresceu livre da carga do passado, mas só aparentemente. Seu poema prova a profunda nostalgia que sente, a vontade que brota nele de uma volta; histórica ou material, não importa, não deixa de ser uma volta. Sei por experiência própria que qualquer volta é sempre muito sofrida. O poema, a maneira de dizê-lo, o carinho que brincou em seus olhos enquanto lia — tudo me fez lembrar de uma das minhas voltas.

    Depois de ter hesitado o dia inteiro, numa saudade que me consumia, os sinos da igreja me chamaram para o largo. Tento resistir, andando pela cidade aparentemente sem rumo, mas sabendo onde meus passos vão me levar. Quando vejo, estou parado embaixo da árvore, em frente à nossa casa na praça principal. As pessoas que passam olham-me indiferentes, não percebendo a saudade desesperante que se estampa em meu rosto. Há muita luz, música, alegria e vozes infantis na praça. Tanto quanto havia no passado! Observo a casa longamente, tentando ganhar coragem para entrar. Ela parece abandonada! Na praça cheia de vida, ela é como a presença da morte. As janelas abertas e escuras me fazem lembrar cavidades de caveira. Se não há ninguém morando, por que as janelas estão escancaradas, tornando-a indefesa? De repente, vejo um homem andando em seu jardim. Velho e curvado, lembra um coveiro rondando sepultura. Quando ele sobe a escada, atravesso a rua e peço para ver a casa. Ele me olha meio assustado, como se eu fosse uma aparição em cemitério. Digo que nasci ali e tenho vontade de revê-la depois de muitos anos. Ele abre a boca sem dentes num esgar, apontando-me a porta aberta. Vacilo um instante, ganho coragem e entro na sala principal. Sinto uma sensação estranha e me lembro do menino de *Sparkenbroke* que gostava de ir pensar e brincar no jazigo da família. O escuro me envolve, recebendo-me com carinho. Olho o forro de madeira trabalhada, sem lustre. Nas paredes rachadas, nenhum dos antigos quadros ou retratos. Do assoalho de tábuas largas, desapareceram as cadeiras austríacas. Meus pés, acariciando o assoalho, sentem que ele está meio inclinado. Meus sentidos estão aguçados em todas as partes do corpo: vejo com os pés, falo com as mãos, acaricio com os olhos, sinto o odor do ambiente com os ouvidos, sons e vozes do passado ecoam em todo o meu corpo. Paro no meio da sala e me vejo cercado por fantasmas. Todos, amorosos, sussurram-me segredos saudosos. Sou como a personagem de *Morangos silvestres*, de Bergman. Espaços se abrem nas paredes para que eu assista cenas que ficaram guardadas na tela da memória. Volto-me e vejo, em um canto toda de preto, a avó-onça remendando um par de meias. Ao mesmo tempo ouço o seu rugido:

— Já empobrecemos demais, meu filho. Foram até os anéis, naquela maldita crise. Não deixe que nos arranquem os dedos. Esta foi a minha sina: passar a vida no meio de homens fracos. O que foi que fez na vida meu filho? Usou a fazenda para caçar, para mais nada. Você pensa que ainda está no tempo antigo. Desde que o trem chegou aqui que tudo mudou e você não percebeu. Trinta mil alqueires, meu Deus!... que desapareceram entre os dedos como água!

Fujo da avó trágica que lutou a vida inteira contra o irreversível e entro no quarto que se abre para a praça. Observo as janelas com olhos que deslizam acariciantes e meu coração se aperta: era por elas que fugia para ficar filosofando com Léio a noite inteira, num dos bancos da praça, embaixo do castanheiro. Lá, enquanto o relógio da matriz batia todos os quartos de hora da noite, resolvemos, uma infinidade de vezes, os problemas do homem, desprezamos os adultos e sonhamos com o futuro que nos libertaria da mentalidade bovina que pensávamos querer nos destruir! Recuo e entro no corredor escuro, labirinto carregado de angústias: era por ele que passava para ir ao quarto da empregada que nunca abria a porta, gritando:

— Vá dormir, fedelho!

Saio na copa com ladrilhos rachados e soltos. Está sem luz, mas as lembranças a iluminam com faróis imensos. Vejo a mesa posta e a família jantando. A avó-onça limpa os dentes com o dedo. Meu pai sorri e minha mãe está atenta para satisfazer todas as suas vontades. A conversa é descontraída, girando em torno do dia-a-dia. O mundo ainda não desabara inteiro dentro das casas, através do rádio, dos jornais e da televisão! Ele terminava ali, nas divisas do município ou das fazendas dos parentes! Compreendo que, apesar de tudo, era uma família feliz! Minha mãe oferece mandiocas e bananas fritas, farinha do moinho, cambuquira, frango caipira, angu e picadinho. Sei que na sobremesa vai ter orelha de padre, rocambole e papo-de-anjo. Meu pai sorri e se dirige a meu primo Marino, referindo-se a mim:

— Ouvi dizer que alguém anda puxando um carro de pedras por causa da filha do doutor Bezerra. É verdade, Marino?

— Puxa o carro com os dentes, tio.

As risadas estouram em volta da mesa. Empurro meu prato e, com expressão agressiva, fico trancado em silêncio. Agora, vejo que muitas vezes ele tentou se comunicar comigo. O que me impedia de perceber era a minha vontade de partir, de me realizar distante dali, de ser e de me sentir atuante no mundo. Naquele meio de horizontes estreitos que agonizava, eu me sentia agonizando também. Agora sei que ele era a matéria prima da minha realização. Fonte de inspiração onde mato a minha sede literária há mais de vinte e cinco anos! Ando em volta da mesa, de onde a empregada Elisa tira travessas e pratos. Sei que depois do jantar meu pai vai se encontrar com o compadre Chiquito nos bancos da praça e que minha mãe irá assistir a reza. Os sinos da igreja já começaram a chamar. Até hoje, em qualquer parte que esteja, ainda ouço aqueles sinos. Também sei que vou ao cinema com Léio, passando depois no Grêmio para tomar o café de dona Rosa. Antes, porém, caminharei pela Avenida 19 e observarei as três irmãs Brigagão, amigas de minha avó-onça, debruçadas na janela entre cortinas de filé com desenhos gregos, namorando a rua à espera de quem nunca chegará. Esperaram a vida inteira! Nada mais lhes pertence: casa, louças, cristais, móveis. Venderam tudo para ser entregue depois que a última morrer. Fizeram um saque contra a morte! Ou talvez vá à casa do doutor Galvão. Gosto, invejoso, de ouvi-lo contar que já foi soldado na *Tosca*, cigano em *Il Trovatore* e egípcio na *Aida*. Era assim que conseguia assistir ópera no Rio de Janeiro quando estudante de medicina. Ou, quem sabe, irei à casa do poeta do jornal para ouvi-lo recitar, ainda uma vez, a sua obra prima de mediocridade, revelando a mentalidade literária que me envolvia:

> Estrelas festivas no infinito cintilam!
> Mil trovões no espaço, ribombam!
> E sobre a terra — madre-humosa!
> Leito de mil folhas, generosa,
> Ouvem-se passos de alma destemerosa!

De clã de primitivos tempos
Que batendo mil léguas afoitamente
Aqui aportou só e destemidamente!
Para lares, colégios e capelas erguer,
E um imenso chão santificar.
Surge, assim, o cruzeiro altaneiro
De uma cidade, vagido primeiro!

Evito entrar no quarto da copa: foi onde vi meu pai falecer. Como foi lá que passei minhas primeiras semanas de vida, num berço enfeitado de esperanças paternas. Saio andando meio desorientado pela casa escura e vou parar diante do fogão à lenha. Sobre a chapa negra há dois tachos: a avó-onça faz pamonha, enquanto a mãe-borboleta dá ponto na goiabada. Fujo para o quintal onde só restam as jabuticabeiras e a mangueira-bourbon. Sempre jabuticabeiras e mangueiras na minha infância! Naquele quintal, eu e Marino fizemos um monte de gravetos e queimamos uma boneca de celulóide pensando que fosse Joana D'Arc. Ou seria dona Idalina, a professora de matemática? Volto-me para o homem que me acompanha já com os olhos repletos de lágrimas:

— Por que destruíram tudo? Por que a casa está vazia assim?

— Ela estava apenas esperando a valorização do terreno. Agora, vai ser demolida!

A angústia me trava a garganta e deixo finalmente que as lágrimas desçam em meu rosto, sentindo vergonha por não poder adquiri-la.

— A casa é muito velha e está com os alicerces abalados. Não viu que o assoalho está cedendo?

Saio correndo enquanto ouço os sinos chamando para a reza. Vejo meu pai encaminhando-se para os bancos da praça e minha mãe subindo os degraus da igreja com um véu preto nos cabelos: ela faz parte da Congregação do Sagrado Coração! Na praça, não de hoje, mas de ontem, vou me sentar com Léio embaixo do castanheiro — banco e castanheiro que já não existem mais. Aflito, ando pela praça procurando o tempo perdido e só vejo bancos, árvores e gente que não fazem parte do meu mundo. Sentindo uma solidão infinita, dirijo-me para o apartamento de Léio, hoje funcionário aposentado do Banco do Brasil, pai de sete filhos e avô de quatro netos — "por enquanto", ele gosta de acrescentar. Estava pensando em Léio, em sua cabeça inteiramente branca, quando ouço a voz de Bento:

— Vamos a Chartres amanhã? Daqui, são quinze minutos de trem.

— Estou pensando nisto desde que cheguei aqui.

Saímos pelo portão arcado de trepadeiras. Agora, a situação é inversa à da minha chegada: atravessamos as mesmas ruas silenciosas, passamos em frente ao Castelo de Maintenon, mas conversando descontraídos. Suas mãos não estão trêmulas e os nossos olhos se encontram com naturalidade, não tentando esconder o que somos. Bento oferece para me levar à estação. Recuso, pois quero caminhar sozinho pelas ruas onde ele caminha; observar mais de perto as árvores, os jardins, a ponte de pedra. E é sobre ela — enquanto Bento se distancia, desaparecendo na viela sinuosa — que me lembro de seu poema que é um grito de saudades telúricas:

"Letrado de Bica de Pedra,
coração de priscas eras,
alma vetusta, torta e morta,
lavrador de terra pobre e pedregosa!"

No dia seguinte, Bento para na pequena praça de Chartres e me mostra a placa em homenagem a Jean Moulin, herói da resistência francesa, torturado e assassinado pela Gestapo durante a ocupação nazista.

— Sempre que passo aqui, lembro-me da frase de Rousseau: a liberdade e o indivíduo são sagrados. Se permite que sua liberdade seja violada, o homem atraiçoa sua própria natureza e se rebela contra os mandados de Deus.

Vejo uma freira — não usa hábito, mas sei que é freira — passar correndo pela praça. Ainda ouvindo as considerações de Bento sobre a liberdade, chegamos diante da catedral. Bento conclui, admirando o frontispício gótico:

— Renunciar à sua liberdade é renunciar à qualidade de ser humano. Com esta catedral, a arte do homem atinge o limite do perfectível, da beleza.

A freira passa por nós e para no portal da catedral. Sinto uma sensação estranha que não sei definir. De repente, descubro quem é a freira: é Irmã Joana de Jesus Crucificado, personagem de *Milagre na cela*. Ela se volta e me encara firmemente. Seu rosto, transfigurado pelo furor religioso, chega a resplandecer. Quando fala é a voz de Marta que ouço:

— Não é Deus que nego e rejeito, mas o mundo que confrarias odientas criaram para ele e para os homens. Arranquem o medo da alma! Esse Deus já está morto. Não sentem o cheiro da sua decomposição? Está aqui nesta igreja: vem dos alicerces, das imagens, das confrarias. Foram vocês que o mataram, com a faca do desamor. Só o suor de seus corpos poderá lavar o sangue nesta faca.

Marta e Joana! Personagens que me fizeram esquecer os mortos do passado e a sofrer pelos vivos perseguidos, presos e torturados. Foi Joana quem me ensinou, infundindo-me total confiança no homem, que há uma força invencível na humanidade que sabe resistir à violência das trevas que tenta sempre a sua desumanização. Foi ela quem me levou a escrever sobre a perseguição, a tortura e a intolerância que existem no mundo de hoje; sobre o ódio que se lança contra o homem que deseja ser livre, pensar livremente, viver feliz. Sobretudo, me fez registrar um tempo difícil e doloroso vivido pelo homem, mostrando-me a violência que ele é obrigado a enfrentar, violência colocada em seu ponto-limite. Um dia, Joana-personagem saiu do depoimento da freira presa, guardado entre meus livros, debruçou-se sobre minha mesa e, depois de contar o martírio da freira na prisão, sussurrou-me sua prece: "Meu Deus! Por que todo este ódio? Que mais não inventarão em nome dele? Que fizestes com os homens, meu Deus?... vossa maior criação! Em que parte do mundo ele não está sendo torturado ou perseguido? Em que lugar não sofre por suas próprias ideias?" Joana disse tudo isto como um pedido de vida, afastou-se olhando-me suplicante e voltou para a estante, desaparecendo entre os livros, nas páginas do depoimento. Depois deste dia, no silêncio do meu escritório, entre os livros que sempre me acompanharam, muitas vezes ela saiu da estante para falar da liberdade, da dignidade humana, dos direitos sagrados do homem, da dificuldade de se ser independente e das contradições a serem enfrentadas para que sejamos livres. Advertiu-me contra a alienação que entorpece o povo e me lembrou que, como escritor, eu tinha obrigação de registrar o homem brasileiro no tempo e no espaço com toda a sua problemática. E o que é que estava acontecendo à minha volta nas sombras malignas das celas? Falou-me longamente sobre Emmanuel Mounier, Teilhard de Chardin e Soljenítsin, levando-me a estudá-los. Pintou em cores trágicas a escalada da violência e do terror no mundo inteiro, reduzindo o homem à condição de besta. Descreveu-me com minúcias terríveis a degradação humana nas prisões fascistas, nazistas e soviéticas. Fez-me ouvir os gritos e gemidos dos que sofriam nas prisões do mundo. Provou-me que, liberto do passado, eu tinha um compromisso fundamental com o presente, única maneira de conquistar o futuro. Insistiu, polemizou dialeticamente e acabou provando que o artista só tem validade quando se situa dentro de um processo histórico que se desenvolve numa caminhada pela libertação do homem. Acabei dando vida a Joana, porque me ensinou a crer na história e sobretudo no trabalho do homem, pois tudo o que existe na face da terra, desde o mais insignificante parafuso à mais sublime sinfonia, é produto dele, é fruto de seu trabalho e do seu amor. Como esta maravilhosa catedral que se ergue à minha frente. Foi Joana quem me fez compreender que o homem tem sido a minha religião. Como é a de Bento. O homem no seu sentido histórico.

Irmã Joana entra no portal. Antes, porém, olha-me e sorri cúmplice, como se quisesse dizer: "Aqui você vai encontrar a verdadeira face do homem e de Deus, porque as duas se confundem!" Fico ansioso, desejando tornar a vê-la dentro da catedral. Bento fala com ternura no olhar e sua voz sai mansa:

— Meu pai era profundamente religioso. Pascal era seu livro de cabeceira. Nunca mais conheci ninguém com tanta doçura no olhar.

Ouvindo Bento se abrir, ainda pensando em Irmã Joana, paro nos degraus. Mas, como se quisesse fugir àquele momento de confissão de amor pelo pai, Bento se afasta, examinando a lateral da catedral. As pedras esculpidas que me rodeiam fazem-me lembrar de seu poema, e compreendo que o pai determinou Bento, tanto quanto o meu me determinou, apesar de sermos tão diferentes.

Diante de mim está a catedral que sempre sonhei conhecer. Para isto, basta transpor as portas talhadas em santos de pedra. Sinto que Proust e Rousseau ainda continuam dividindo a compreensão de mim mesmo e do homem que me parece tão perto, ao se aproximar, vindo da lateral da catedral, falando da beleza da cidade medieval que a envolve. De repente, lembro-me de que é no fundo dos outros que nós nos encontramos e percebo que não foi Bento que vim buscar, mas a mim mesmo. Porém conhecer-se é entrar numa vereda sem fim, é debruçar-se num poço que se perde no insondável. Espero entrar na catedral, quem sabe Irmã Joana me ensinará a caminhar na vereda, a debruçar-me no poço.

Com ansiedade transponho a porta lavrada em pedra. Nesta hora não há ninguém na nave, apenas eu, Bento e irmã Joana. Ela se volta para mim, ainda ajoelhada, e fala com a força dos místicos. Suas palavras ecoam na imensa nave vazia, nas abóbadas eternas feitas para durarem até o fim dos tempos, recebendo-me no templo que é um dos maiores engenhos da mente humana:

— É com a sobra da sopa de abóbora de sábado que celebro minha liturgia na prisão, em cima de uma privada entupida e malcheirosa. No mundo de hoje, há pessoas que rezam em lugares piores. É sobre ela que o pão seco e o caldo ralo da sopa se transformam em experiência litúrgica. E neste momento me lembro que no mundo inteiro, homens rezam pela paz, pelo fim do sofrimento... porque onde ele não está sofrendo ou sendo perseguido? Mas o que é certo não é certo. As coisas não ficarão como estão nem como estarão. Só os cristais são estáticos. O homem sabe resistir e vence sempre!

Joana desaparece entre as monumentais colunas. Olho à minha volta: pela posição do sol, seus raios caem diretamente sobre vitrais vermelhos e roxos, transformando a nave em morada de tons que lembram as paixões humanas. As colunas, paredes, altares, abóbada, parecem ter sangue, carne, alma! Ela palpita como se fosse o coração da humanidade! Legado desta às gerações futuras, ela prova que o trabalho do homem é a grande transcendência. Transfigurado, sentindo uma emoção quase religiosa, volto-me para Bento com olhos onde as lágrimas começam a minar.

— Sabe o que ela me lembra, Bento? O homem, a grande face do homem!

— Mas sem assinatura. Ninguém sabe quem a arquitetou, mas foi o povo de Chartres quem a construiu, foi ele quem trabalhou a pedra e a colocou.

É mesmo a face do homem que está em suas paredes há mais de oito séculos. Diante das pedras esculpidas por mãos anônimas, lembro-me novamente de Jean Moulin, herói da resistência francesa e prefeito de Chartres, um dos símbolos do sofrimento humano na defesa das ideias. Compreendo, então, o que Irmã Joana quis me dizer dentro da catedral, o que vem tentando me provar desde que saiu da estante em meu escritório: que não adianta torturar, matar o corpo — as ideias não conhecem torturas, muito menos a morte — uma vez nascidas, são indestrutíveis. Basta uma pequena raiz para que novas folhas, flores e frutos apareçam. Se isto não acontecesse, o planeta já teria se transformado num deserto. As ideias têm a consistência eterna das pedras! Do tribunal da história ninguém pode escapar! De repente, vejo Irmã Joana correr pela nave e ir cair ajoelhada diante do altar. Ela leva as mãos em direção à imagem petrificada e suplica, dolorosa:

— Meu Deus! Dai paciência ao homem, porque é de paciência que ele precisa. Paciência para vencer a violência, dobrar os demônios, arautos de um sistema que o oprime, o degrada e humilha no mundo! Mostre o caminho que o liberta para a luta!

Joana ergue-se, abre os braços e, magnífica, enfrenta a catedral. Sua voz vem do começo e vai para o fim de todos os tempos:

— Sinto meus seios cheios de leite e gostaria que viessem mamar neles, cachorros, gatos, porcos... todo o ser vivo que precise de alimento para sobreviver! Venham filhos da dor! Da dor do mundo! Eu sou o futuro onde não mora o sofrimento!

Joana rasga o vestido e os seios, fontes da vida, ficam expostos diante da face do homem e de Deus. Começando a compreender minha verdade, corro para o altar, mas Joana desaparece como miragem. Bento me alcança e me olha admirado.

— Que foi, Jorge?

— Era aqui que estava amoitada a minha verdade. Na catedral, nas moitas de seus pensamentos, meu querido Bento!

Então, a voz de Rousseau — cujas ideias, também esculpidas entre incompreensões, ergueram uma das mais belas colunas da catedral filosófica, do pensamento humano — ressoa em toda a catedral como um coro de milhões de vozes:

— Viver não é respirar: é trabalhar, é fazer uso de nossos órgãos, de nossos sentidos, de nossas faculdades, de todas as partes de nós mesmos, que nos dão o sentimento de existência!

E eu acrescento que viver é procurar, procurar sempre, a vida inteira. E Rousseau adianta que, na procura, devemos ser sempre verdadeiros. Compreendo que a minha obstinada procura, que a peregrinação no labirinto à busca dos elementos vitais e dos significados da minha vida — desde a velha ordem colonial e patriarcal até os problemas de ser ou não ser no mundo de hoje — começou embaixo de uma cama branca e no alto de um abacateiro. Com raízes mergulhadas na memória e na vivência, eu tinha que fazer o levantamento das minhas origens, na medida em que minha consciência me impelia à consciência do outro. Buscando a mim mesmo e o meu chão na engrenagem da sociedade moderna, tentei fixar o drama do homem e da terra paulista dentro da história brasileira. Mas foi estranha e inútil a maneira que segui de escrever e de me esconder ao mesmo tempo. Inútil, porque escrever é nos revelar, mesmo quando nos escondemos. Agir assim é uma fuga! E o que é esta fuga senão a falta de coragem de encarar a si mesmo, quando é possível ser sempre verdadeiro? É necessário ser como Rousseau: "mostrei-me tal como sou: desprezível e vil, quando fui; bom, generoso, sublime, quando assim agi; revelei minha alma tal qual Tu mesmo a vistes, Oh! Ser Eterno". Mas será que não cheguei a revelar minha alma através de tantos temas, situações e personagens? Afinal, não são projeções do meu próprio ser? Não compreendi que era dramaturgo porque senti um impulso irresistível de me transformar e de falar mediante outros corpos e outras almas? Quando Joana grita por liberdade, não sou eu mesmo quem grita? Quando Marta e Mariana tentam enterrar o corpo exposto, não sou eu querendo enterrar meus mortos? Quando Joaquim tenta se libertar do demônio que o corrói por dentro, alçando seu voo impossível, não sou eu mesmo lutando contra a suspeita que se aninhou em mim, dilacerando-me? Quando Lucília, desesperada, chora pela morte lenta do pai desfiando um trapo xadrez, não sou eu sentado embaixo do filtro, chorando pela agonia do meu mundo? Quando Francisco admira pelo telescópio as estrelas que nunca saem do lugar, não sou eu amando valores fixos no tempo e no espaço do passado? Quando Fernão Dias se perde no dédalo escuro da mata, buscando obsessivo suas pedras, não sou eu procurando determinado a minha verdade? Quando Egisto põe à venda os ossos do barão, não sou eu tentando me livrar de uma tradição que sufocava? Por que tenho procurado minha explicação longe de mim, se posso encontrá-la em mim mesmo? O problema é ser ou não ponto de referência na paisagem. Há sementes que dão grama, outras que se transformam em árvores. Não se pode culpar a terra, a chuva e muito menos a primavera!

No limite da descoberta fundamental, já pressentindo luz iluminando a saída do labirinto, volto-me dentro da catedral — ou seria no estúdio? — como se quisesse procurar Irmã Joana. Sinto que ela se esconde num altar ou num dos vitrais — ou está atrás dos quadros de Wesley? Ao mesmo tempo, percebo que descobri a verdade há muito tempo, só agora conscientizada: que meu teatro já era uma cerimônia fúnebre, uma libertação dos mortos, uma partida para a vida, uma busca do homem de hoje, agora revelada por Joana.

— Bento! Aqui, eu sinto que os mortos foram realmente enterrados, até os que ainda caminham. Só resta a presença dos vivos!

— Para mim, Jorge, enterrar os mortos é desertar um mundo cuja superfície é recortada por cercas, relações de parentesco, moral e religião, todo esse sistema coercitivo que pré-fabrica, através de um nome, um destino.

Cercas, parentesco, moral e religião! Tudo enterrado na cerimônia fúnebre teatral! Estou nu e livre diante do mundo! Irmã Joana de Jesus Crucificado, inteiramente nua, levanta voo de um dos vitrais coloridos e pousa no meio da nave, dançando e cantando:

"É preciso sobreviver
Para o amanhã que virá.
Não importa o cerrar da boca,
ou que a voz caminhe incerta
na garganta dolorida,
se amanhã o protesto
sairá da boca
de milhões!
Ficou a crença no amanhã,

hoje proibido!
É preciso sobreviver,
Para o amanhã que virá!"

Então, diante dos vitrais entre rendas de pedra, a pergunta ecoa na nave mais alto do que eu esperava, como se a necessidade de confirmar meu destino descontrolasse minha voz:
— Para você, Bento, o que é o escritor?
— A literatura, é mais ou menos essa a conclusão, não salva ninguém — e escrever é, num sentido positivo, perder a alma. Anônimo, sem nada nos bolsos ou nas mãos, nômade, viajante sem bilhete ou documento de identidade, assim vejo o escritor.
— Anônimo como o artesão desta catedral?
— Exatamente!

A face de Rousseau confunde-se com os vitrais; sua voz vem da luz, do silêncio gótico das abóbadas, das pedras talhadas anonimamente, dos confessionários vazios onde, como ele, há oito séculos milhões de homens têm repetido: "mostrei-me tal como sou: desprezível e vil, quando fui; bom, generoso, sublime, quando assim agi; revelei minha alma tal qual Tu mesmo a vistes, Oh! Ser Eterno!"

Certo de ter encontrado o sentido maior da existência, de ter preservado o menino que fui, volto-me e vejo Wesley saindo do fundo da piscina — ou da imensa pia batismal? — inteiramente nu e segurando o saquinho de cloro, emergindo com a cobra de plástico verde enrolada no pescoço.
— Coloquei cloro na água. De vez em quando é preciso.

Meio fascinado, aproximo-me da água. Boiando na piscina, a cobra de plástico verde. Acima do jardinzinho japonês, mais ao fundo, as copas das jabuticabeiras plantadas pelo avô de Wesley, refletidas na piscina de pastilhas amarelas, lembram-me um chão de mangueiras atapetado de folhas fanadas, jabuticabeiras refletidas nas águas verdelodo de um rego d'água encantado. Não era a bandeira da porta nem o chifre de cervo, mas a cobra de plástico, enrolada, observando-me à beira da piscina, que em certo momento lembrou-me um vale que se agitava cobramente. Havia uma cobra da saudade em cada objeto ou quadro do estúdio, guardando, como anjos, as portas do meu paraíso infantil perdido. Era a penumbra verdemangueiral que procurava e que acabo de encontrar dentro de mim mesmo: o menino que fui antes do grito de agonia de meu avô.

— O quadro já está pronto, Jorge. Pode levar se quiser.

Aproximo-me do quadro onde meus filhos estão vivos. Constituem um dos três atos, sem os quais nunca se foi um verdadeiro homem: fazer um filho, plantar uma árvore, escrever um livro! Descubro, então, que a magia que me encantava, tentando me mostrar a saída do labirinto, vinha deles! Era no quadro que se escondia o encantamento! Compreendo que, enquanto nasciam na tela branca pela arte de Wesley, iam me transcendendo. Mais importante ainda: encontro neles, o menino que fui e que procurei a vida inteira! Eles saltam do quadro e correm pelo estúdio. O homem livre de hoje transfigura-se no menino sonhador de ontem e corro atrás, indo parar na beira da piscina. Fico olhando a cobra de plástico que se transforma numa lua quebrada. Perco o sentido do tempo e do espaço e me vejo na fazenda que virou saudade. Meu pai volta-se para mim, olha a mata que desce ondulando em busca do rio e aponta:

— Lá está o Rio Pardo! Nasci vendo tudo isto. Para mim, o mundo inteiro está contido aqui. Ele é seu, meu filho! Foi de meu avô, de meu pai, é meu e será inteiramente seu! É sagrado e ninguém poderá nos tirar! Nele nascemos, brincamos, crescemos e havemos de viver para sempre!

Não sou eu, mas é o menino que sai correndo do estúdio, entra no Maverick e parte em desabalada corrida. Meu carro passa veloz pela marginal. Olho o Rio Pinheiros, um dos mais poluídos do mundo — rio cinzento! Ao mesmo tempo, vejo-me no alto do abacateiro, namorando a curva do rio, não ladeada por coqueiros e figueiras, mas pelas residências do Morumbi e pelos prédios de Moema e do Brooklin. Como o rio é belo, passando entre árvores debruçadas!

Compreendo, então, que todos os rios do mundo são Rios Pardos para mim. Em qualquer deles vejo a barra do Ribeirão do Rosário, patos selvagens, patoris, garças vestindo as árvores de noivas com grinaldas de trepadeiras silvestres. Todos eles refletem-me sentado numa canoa, soltando peixes do covo e namorando estrelas de igarapés floridos que descem no céu projetado nas águas. Em qualquer superfície encontro a lua quebrada espelhada, escamando de prata as águas. No Tâmisa, no Loire ou no Tibre, vejo meu pai sair nu e abraçado ao mateiro. Não cruzo rios em pontes, mas em balsa ao lado do meu cavalo pampa. Não encontro casas e prédios nas águas, mas figueiras brancas com galhos cheios de ninhos de guachos. As enxurradas que escorrem nas sarjetas são vermelhas e fazem sulcos na beirada das estradas. Meus pés não estão calçados, mas descalços na lama de currais. No uísque *on the rocks*, vejo o leite saindo das tetas e espumando no copo, temperado com café e açúcar de raiz do campo. Não trago correntes e medalhas no pescoço, mas estilingue com forquilha de goiabeira. Não entro em parques e jardins para sentar-me, cansado, mas para armar arapucas. Não admiro o entardecer vermelho entre a floresta de prédios, mas entre ipês floridos e vacas pastando. Não olho a nuvem negra da poluição pairando sobre a metrópole, mas rodamunhos de pó, gravetos e folhas dançando nas estradas e nas queimadas. A chuva que cai é mansa e criadeira, fazendo o verde brotar no concreto. Nos mundéus da memória ouço pios de macuco. Nas veredas da compreensão, passa o toque da cachorrada atrás do mateiro. Na mata cerrada das minhas esperanças, filetes de sol atravessam a ramagem, escorrem pelos troncos das árvores, espalham pelo chão amarelo de folhas, norteando-me sempre em direção do sonho. Ouço rugido de leão que são gritos de araras coloridas. Vejo flores roxas, vermelhas e negras que se transformam em borboletas. Sinto o perfume do eterno e sei que exala da terra. Não fico extasiado diante de vitrais góticos, mas de bandeiras das portas da fazenda, cheias de cavalos-marinhos azuis e vermelhos. Não vejo nas vitrinas brinquedos eletrônicos, mas mangas com palitos de fósforos transformadas em vacas e touros. Nem encontro carros da Fórmula 1 expostos nas prateleiras, mas toquinhos de madeira com rodas riscadas. Não compro chicletes e chocolates na Kopenhagen, mas pirulitos e balas de coco de dona Regina na matinê de domingo. Não sonho com Mercedes-Benz, mas com a bicicleta na porta da Casa Tedesco. Não sinto mais orgulho de ser pai, mas a saudade de ter sido filho. Nem a esperança de ser avô, mas o sentimento pungente e saudoso de que fui neto que aprendeu a andar e a brincar embaixo de mangueiras nodosas. E a voz do passado se torna do presente:

— Vem, meu filho! Vovô dará jeito.

Firme, seguro a mão vacilante de meu avô... e até hoje ainda não paramos de andar. Nem vamos parar: nossos caminhos jamais poderão chegar à sala de bandeiras coloridas — ela não existe mais. Só existe, na lembrança, o bloco cinzelado pela dor: ele com as mãos no rosto tentando esconder as lágrimas; minha mãe abraçada a ele num gesto de impossível consolo; minha avó agarrada em suas pernas — mater dolorosa caída no assoalho de tábuas largas. Minha *Pietà* fazendeira! A luz, esverdeada por dezenas de mangueiras, entrando em vidraças desenhadas, iniciava a pátina de tempos que findavam. Petrificado na lembrança, eu, que tinha apenas sete anos, comecei a percorrer as termas da saudade.

Compreendo, então, quando foi que o tempo parou, aprisionando-me nas grades do que foi e que não seria mais, lançando-me numa procura sem fim do tempo perdido. Vejo que cheguei ao fim do labirinto, porque percebo, passando pela marginal do Pinheiros, que nunca deixei de ser o menino que fui, compreendendo ao mesmo tempo por que e para que havia nascido. Não afirmei que somos a criança que fomos, ou a que conseguiu escapar, às vezes estraçalhada, de mãos adultas?

Agora, voltando pra casa e sentindo infinito amor por minha mulher e meus filhos, percebo que o mundo à minha volta se transfigura, ganhando cores de vitrais rendados em pedra que lembra paixões humanas. As ruas, os prédios, o céu, as nuvens, parecem ter sangue, carne, alma! A cidade palpita como um coração imensurável. Tudo ganha a infinita dimensão do sonho, onde todos os homens formam um único e indivisível ser — habitante solitário de um planeta que ele mesmo sublimou. Sobre o capô do meu carro, sentada e apontando a megalópole — sinistra catedral de deuses que aviltam o ser humano! — corporifica-se Irmã Joana de Jesus Crucificado. Ela se volta para mim, inspiradora e determinante, indicando os novos caminhos que devo percorrer, advertindo-me: "Liberto do passado, seu compromisso agora é com o presente, com todos os homens que sofrem na abjeção ou nas prisões, com o amanhã onde violência, preconceito e desamor não terão morada!" Irmã Joana sorri com olhos enigmas e, numa estranha magia, de sua boca sai florida e frutificada a palavra de Rousseau que Bento Prado revelou: "mostrei-me tal como sou: desprezível e vil, quando fui; bom, generoso, sublime, quando assim agi; revelei minha alma tal qual Tu mesmo a vistes, Oh! Ser Eterno!"

Foi assim que também me revelei no labirinto, onde ressoava o grito do homem-menino libertado — grito que foi se transformando em tudo que escrevi, agora contendo-se em tímidos versos:

Veio das sombras,
Da memória de todos os tempos.
Do menino nascendo, veio.

Veio das novenas, das lajes, dos terços
E de sinos tangendo em monjolos e moinhos.
Do menino crescendo, veio.

Veio do orgulho, das árvores, das raízes
E de relógios sem ponteiros e máquinas Singer.
Do menino caminhando, veio.

Veio de estrelas já extintas e tão distantes
E de chuvas tão inúteis e de terras sem sementes.
Do menino falando, veio.

Veio do suor nas enxadas e das lágrimas nas peneiras
E da injustiça feita homem-Deus-colono.
Do menino observando, veio.

Veio de perfumes, leques, retratos
E de mulheres com camafeu e de cortinas de filé.
Do menino sonhando, veio.

Veio de balaústres, demandas, heranças, lustres
E do sangue feito canga ou coroa de espinhos.
Do menino amando, veio.

Veio de rastelos cantando canções estrangeiras
E de todos os sangues que não correm em mim.
Do menino sofrendo, veio.

Veio de tábuas largas, melindrosas, telha-vã
E do menino ouvindo os vissi darte e os vissi damore
Entre latidos de cães, pés na enxurrada e mangas no chão.
Do menino humilhado, veio.

Veio de livros roubados e de pedras procuradas.
Veio dos momentos vividos e sonhados.
Veio das sombras,
Da memória de todos os tempos.
Do menino libertado, veio!

Índice onomástico

A

Afonso de Sousa, Martim 221, 224
Aguillar, Hermógenes Francisco de 48, 53, 54
Alcântara Machado, Antônio de 231
Almeida Castanho, família 224
Almeida de Miranda, Miguel 224
Almeida Naves, família 224
Almeida Prado, Décio de 257
Almeida Prado, família 224
Almeida Prado, Tavico de (sogro) 29, 30, 220, 221, 229, 253, 274, 278, 279
Almeida Prado Franco, Blandina (filha) 259, 276
Almeida Prado Franco, Gonçalo de (filho) 259, 276
Almeida Prado Franco, Helena de (esposa) 40, 220, 223, 274, 275
Alves, Castro 56
Alvim, Maria Amélia (esposa de Sérgio Buarque de Holanda) 255
Amado, Jorge 42, 43, 52, 55, 65, 67, 76, 84, 89, 90, 253, 258, 259, 275
Arruda Botelho, família 233
Artuliana, personagem de *Vereda da salvação* 143, 145
Ataíde 227
Avó-onça 71, 104, 105, 106, 111, 115, 117, 124, 128, 129, 134, 135, 136, 153, 155, 156, 162, 171, 172, 174, 177, 178, 180, 181, 182, 183, 189, 190, 191, 192, 193, 195, 207, 209, 210, 211, 226, 256, 257, 282, 283, 284, 285
Avó-paina 69, 133, 137, 156, 162, 191
Ayres, Agnes 257

B

Babinski, Maciej 216
Balzac, Honoré de 162, 197
Bandeira, Manuel 233
Barata, Cipriano 48, 49, 50
Bara, Theda (Theodosina Goodman) 257
Baravelli, Luiz Paulo 216
Barroso, Ary 40
Bergman, Ingmar 282
Bicudo, família 224
Borba Gato, bandeirante e personagem de *O sumidouro* 266
Brahms, Johannes 164
Buarque de Holanda, Sérgio 29, 61, 214, 215, 216, 217, 218, 222, 225, 229, 233, 234, 235, 247, 252, 253, 255, 256, 259, 268
Bueno de Ribeira, Izabel 233

C

Cabral de Melo Neto, João 91, 151, 152
Câmara Cascudo, Luís da 89
Campos, família 224
Caniglia, Maria 65, 66, 67, 85, 187, 217
Caymmi, Dorival 40
Cícero 61, 151
Cigna, Gina 175
Conrad, Joseph 162
Cortez, Raul 145
Cortez, Ricardo 33
Cunha, Antônio da 225
Cunha, Henrique da 225
Cunha, João da 225

D

Dalí, Salvador 37
Dantas de Amorim Tôrres, Lucas 47, 49, 50, 52, 53, 54, 55, 56, 59, 62
D'Arc, Joana 285
Dias, José, filho de Fernão Dias e personagem de *O sumidouro* 231, 232, 249, 252
Dias Pais, Fernão, bandeirante e personagem de *O sumidouro* 153, 214, 218, 221, 222, 223, 229, 230, 232, 233, 234, 248, 249, 252, 254, 274, 292
Dias, Verônica 221
Didieta 109, 110, 111, 112, 129, 227
Diocleciano, Imperador 68, 151
Dolor, personagem de *Vereda da salvação* 142, 143, 144, 145, 147, 151, 155, 156, 161, 256
Dom Afonso V 233
Dom Pancho 247
Duke Lee, Wesley 17, 18, 19, 20, 21, 22, 23, 28, 29, 30, 31, 32, 34, 35, 36, 37, 39, 42, 46, 50, 51, 57, 58, 59, 65, 66, 68, 87, 90, 91, 102, 144, 151, 156, 165, 168, 169, 173, 174, 179, 180, 189, 209, 210, 212, 213, 214, 215, 217, 218, 220, 222, 228, 229, 256, 257, 259, 260, 262, 264, 268, 271, 275, 276, 293, 294, 295

E

Egisto Ghirotto, personagem de *Os ossos do barão* 66, 272, 273, 292

F

Faulkner, William 162
Fellini, Federico 41, 81
Forquins, família 233
Francisco, personagem de *O telescópio* 292
Franco Moraes Abreu, Camila (filha) 259, 276
Freyre, Gilberto 39, 84, 88, 89, 90, 102, 103, 106, 107, 108, 109, 112, 113, 119, 123, 124, 125, 144, 151, 153, 156, 165, 189, 218, 234, 253, 259, 268, 275

G

Gabriel, personagem de *Pedreira das almas* 41, 166, 167, 168, 211
Garcia Márquez, Gabriel 215
Garcia Pais, bandeirante e personagem de *O sumidouro* 251

Gayas, família 224
Gide, André 15, 261
Góes, Gabriel de 224
Góes, Luís de 224
Góes, Pedro 224
Gonzaga das Virgens, Luiz 44, 47, 49, 50, 52, 54, 58
Gonzaga, Tomás Antônio 233
Green, Stephen 216
Gruber, Gregório 151, 155, 216, 256
Guedes Pereira, Madalena 103
Guilherme Pompeu, Padre ou Primo Guilherme 221

H

Hamagushi, Yozo 216
Harlow, Jean 33
Houaiss, Antônio 29
Huxley, Aldous 106, 153, 162

I

Ibsen, Henrik 162
Índio do Brasil, Olivando 158
Irmã Joana de Jesus Crucificado, personagem de *Milagre na cela* 287, 288, 289, 290, 291, 292, 293, 298
Isabel, neta de Sérgio Buarque de Holanda (Bebel Gilberto) 214, 255

J

Jacques Thibault (personagem de *Os Thibault*, de Roger Martin du Gard) 82, 128, 129, 197, 199, 203, 240
Jardim, Evandro Carlos 216
Joaquim, personagem de *A moratória* 93, 94, 143, 145, 292
Joyce, James 162
Jupira, prostituta e personagem de *Rasto atrás* 40, 127

K

Kafka, Franz 247
Klinger, General 154, 210

L

Lamour, Dorothy 128, 257

Landau, Myra 216
Lara, família 224
Lee, General 17
Léio (amigo) 67, 128, 129, 143, 183, 283, 284, 285, 286
Leirner, Nelson 216
Leitão, Domingos 224
Leite, João 61, 151, 156, 157, 161
Leme, família 224, 231
Leme, Pedro 232
Lems, família 231
Lévi-Strauss, Claude 279
Lima Franco, Ignácio de (pai) 24, 27, 28, 33, 46, 66, 69, 70, 71, 82, 84, 105, 108, 111, 113, 114, 115, 116, 117, 125, 127, 129, 130, 135, 136, 142, 143, 146, 151, 164, 165, 166, 168, 169, 170, 172, 174, 175, 177, 178, 179, 180, 181, 182, 183, 185, 186, 188, 189, 190, 191, 193, 195, 196, 197, 198, 199, 200, 201, 202, 203, 204, 205, 206, 207, 208, 209, 212, 213, 214, 219, 221, 229, 236, 249, 251, 258, 259, 269, 270, 271, 283, 284, 285, 295, 296
Lins do Rego, José 11
Lobo, família 267
Lombard, Carole 33, 85, 128, 187, 257
Lucília, personagem de *A moratória* 292
Luís Antônio (professor) 52

M
Mãe-borboleta 190, 285
Magaldi, Sábato 257
Mann, Thomas 162
Manoel Salvino da Silva, coveiro 125, 130, 131, 132, 138, 142, 143, 144, 147, 150
Mariana, personagem de *Pedreira das almas* 41, 166, 167, 292
Marino (primo) 283, 285
Marta, personagem de *As confrarias* 41, 42, 43, 56, 63, 101, 287, 292
Martiniano, personagem de *Pedreira das almas* 41, 166, 168
Maupassant, Guy de 162
Maximiliano, Imperador 68
Mellinger, Esther 145
Mello e Souza, Antonio Candido de 84, 234, 257
Mello e Souza, Gilda de 257
Mendes, Murilo 38, 41, 62, 66, 67, 68, 72, 73, 74, 75, 76, 77, 81, 83, 90, 101, 151, 156, 165, 189, 218, 253, 259, 268
Mendonça, família 224
Meneghetti, Gino Amleto 210
Menophant 81
Mesquita, família 224
Miller, Arthur 151
Miller, Henry 32
Mistinguett (Jeanne Bourgeois) 257
Moema, Índia 39, 87, 88, 112
Monte Carmelo, Frei José de 47, 52, 53
Morgan, Charles 162
Moulin, Jean 286, 290
Mounier, Emmanuel 288
MR, presidiário 235, 237, 238, 239, 240, 241, 242, 244, 245, 246, 247
Mussolini, Benito 257

N
Nascimento, João de Deus 47, 49, 52, 53, 55, 56, 57, 58, 63
Nietzsche, Friedrich 51, 82, 129, 196, 203, 228, 259, 260
Nobre, Ibrahim 154

P
Passos, John dos 106
Paulo (amigo) 126, 127, 128, 129, 143, 180, 183, 256
Pina Manique, Diogo Inácio de 43
Pires, família 224
Plattner, Karl 216
Prado, Helena do 232
Prado, João do 224
Prado Jr., Bento 41, 59, 60, 67, 261, 262, 263, 264, 265, 266, 267, 268, 270, 271, 272, 274, 276, 277, 278, 279, 280, 281, 286, 287, 289, 290, 291, 293, 294
Prado Jr., Caio 234
Prado, Lúcia (esposa de Bento Prado Jr.) 261, 262, 265
Prado, Maria do 224
Proust, Marcel 162, 228, 263, 265, 266, 271, 289

Q
Queirós, Eça de 29, 218, 221

R
Rafael, mestre renascentista 264
Ramalho, João 266
Rendon, família 224
Rolland, Romain 162
Rossellini, Roberto 106
Rousseau, Jean-Jacques 59, 260, 263, 264, 266, 267, 268, 271, 272, 279, 280, 286, 289, 291, 292

S
Santos Lira, Manoel Faustino 47, 49, 52, 56, 59, 60, 61, 62, 63
Santos, Sílvio (Senor Abravanel) 140
Siqueira Baruel 233
Soljenítsin, Alexander 288
Sparkenbroke, Lord, personagem de *Sparkenbroke*, de Charles Morgan 127, 193
Spiegel, Samuel 30, 35
Stupakoff, Otto 216

T
Távola, Artur da 15
Teilhard de Chardin, Pierre 288
Thomaz (amigo) 37
Tibiriçá, Cacique 266
Tio Chiquito 177, 178, 179, 284
Toledo, Pedro de 210
Toledo Piza, família 216, 224
Tolstoi, Liev 162

U
Uchoa, família 267
Urbana, personagem de *Pedreira das almas* 135, 154, 269

V
Valentino, Rodolfo 257
Vaqueiro, empregado da família e personagem de *O telescópio* e *Rasto atrás* 169, 176, 178, 179, 269, 271
Vargas, Getúlio 133, 257, 258, 270
Veiga, família 267
Veríssimo, Érico 41, 61, 67, 84, 90, 151, 152, 156, 161, 162, 164, 165, 169, 170, 173, 174, 180, 181, 185, 188, 189, 191, 192, 195, 196, 198, 201, 202, 203, 206, 207, 208, 209, 214, 218, 220, 253, 256, 259, 268, 275
Veríssimo, Mafalda (esposa de Érico Veríssimo) 173, 174, 180, 206, 220
Vicente, Felipa 224, 232

W
Willy Loman, personagem de *A morte de um caixeiro-viajante*, de Arthur Miller 151
Woolf, Virginia 162

Y
Yáconis, Cleyde 143, 144, 145, 147